George Orwell

1984

GEORGE ORWELL

1984

Aus dem Englischen
neu übersetzt von Jan Strümpel

Anaconda

Die britische Erstausgabe erschien 1949 unter dem Titel »Nineteen Eighty-Four« bei Martin Secker & Warburg Ltd.

19. Auflage

Neumarkter Straße 28, 81673 München
produktsicherheit@penguinrandomhouse.de
(Vorstehende Angaben sind zugleich Pflichtinformationen nach GPSR.)

Umschlagmotive: Hintergrund Shutterstock / svekloid; außerdem lizenzfreie Motive aus Dingbatsfont »Eyez« und Dingbatsfont »Military RPG«
Umschlaggestaltung: www.katjaholst.de
Satz und Layout: Achim Münster, Overath
Druck und Bindung: GGP Media GmbH, Pößneck
Printed in Germany
ISBN 978-3-7306-0976-7
www.anacondaverlag.de

Erster Teil

I

Es war ein klarer, kalter Apriltag, die Uhren schlugen dreizehn. Winston Smith hielt das Kinn auf die Brust gedrückt zum Schutz vor dem strengen Wind, als er rasch durch die Glastür des Victory-Wohnblocks trat, wenn auch nicht rasch genug, um einen Schwall Staub davon abhalten zu können, mit hineinzuwirbeln.

Im Flur roch es nach gekochtem Kohl und alten Lumpen. Ganz hinten an der Wand war ein farbiges Plakat befestigt, das für innen eigentlich zu groß war. Es zeigte nichts als ein riesiges Gesicht, mehr als einen Meter breit: das Gesicht eines etwa 45-jährigen Mannes mit großem schwarzem Schnurrbart und markant-attraktiven Zügen. Winston ging Richtung Treppe. Mit dem Aufzug brauchte man nicht zu rechnen. Selbst in den günstigsten Momenten funktionierte er nur selten, und derzeit wurde der Strom abgestellt, solange es hell war. Das gehörte zu den Sparmaßnahmen im Vorfeld der Hasswoche. Die Wohnung befand sich in der siebten Etage; Winston, der 39 Jahre alt war und oberhalb des rechten Fußknöchels ein Geschwür hatte, ging langsam und machte unterwegs mehrmals Pause. Auf jedem Treppenabsatz starrte ihn von der Wand gegenüber dem Aufzug das Plakat mit dem riesigen Gesicht an. Es war in der Art gestaltet, dass die Augen dir überall hin folgten. Darunter stand: DER GROSSE BRUDER WACHT ÜBER DICH.

Drinnen in der Wohnung verlas eine sonore Stimme ein Zahlenwerk, irgendetwas zur Roheisen-Produktion. Die Stimme kam aus einer länglichen Metallplatte, die einem blinden Spiegel glich und in die rechte Wand eingelassen war. Winston betätigte einen Schalter, worauf die Stimme etwas leiser wurde, jedoch immer noch zu verstehen war. Der Apparat (Monitor genannt) konnte heruntergeregelt werden, es gab jedoch keine Möglichkeit, ihn ganz abzustellen. Winston trat ans Fenster: eine kleine, hinfällige Gestalt, deren Ausgezehrtheit durch den blauen Overall, die Uniform der Partei, noch betont wurde. Er hatte schütteres Haar und eine frische Gesichtsfarbe, seine Haut war gegerbt von der groben Seife, den stumpfen Rasierklingen und der Kälte des eben ausgeklungenen Winters.

Die Welt draußen wirkte selbst durch die Scheibe des geschlossenen Fensters kalt. Unten auf der Straße wirbelten kleine Windstöße Staub und Papierfetzen zu Spiralen auf, und obwohl die Sonne schien und der Himmel tiefblau war, wirkte alles vollkommen farblos bis auf die Plakate, die überall hingen. Das Schnäuzer-Gesicht blickte von jeder präsenten Ecke herab. Eins befand sich an der Hausfassade direkt gegenüber. DER GROSSE BRUDER WACHT ÜBER DICH stand darunter, während die dunklen Augen Winston streng musterten. Auf Straßenniveau flatterte die abgerissene Ecke eines weiteren Plakats im Wind, sodass das Wort ENGSOZ mal zu erkennen war, mal nicht. In der Ferne senkte sich ein Helikopter zwischen die Dächer hinab, schwebte dort eine Weile wie eine Schmeißfliege und schoss in weitem Bogen wieder fort. Das war die Polizeistreife, die den Leuten in die Fenster spähte. Und doch waren die Streifen belanglos. Von Belang war nur die Gedankenpolizei.

In Winstons Rücken brabbelte die Stimme vom Monitor

noch immer über Roheisen und die Übererfüllung des neunten Dreijahresplans. Der Monitor war Sender und Empfänger zugleich. Jedes von Winston ausgehende Geräusch, das ein sehr leises Flüstern überschritt, konnte er einfangen; solange Winston sich im Sichtfeld der Metallplatte befand, war er zudem auch sichtbar. Selbstverständlich konnte man zu keinem Zeitpunkt wissen, ob man gerade beobachtet wurde. Wie oft und in welcher Form sich die Gedankenpolizei bei jemandem einklinkte, war reine Mutmaßung. Es war sogar denkbar, dass sie alle Menschen durchgängig überwachte. In jedem Fall konnte sie sich bei dir einklinken, wann immer sie wollte. Du musstest unter der Prämisse leben – hattest verinnerlicht, so zu leben –, dass jeder von dir ausgehende Laut mitgehört und, außer im Dunkeln, jede Bewegung registriert wurde.

Winston hielt dem Monitor weiter den Rücken zugewandt. Das war sicherer, wenngleich er sehr wohl wusste, dass auch ein Rücken verräterisch sein konnte. In einem Kilometer Entfernung überragte das Ministerium für Wahrheit, sein Arbeitgeber, weiß und gewaltig die rußgeschwärzte Landschaft. Dies – dachte er mit unbestimmtem Ekel – dies also war London, Hauptstadt von Landebahn Eins, Ozeaniens Provinz mit der drittgrößten Bevölkerung. Er kramte nach Kindheitserinnerungen, die ihm verraten mochten, ob London schon immer so gewesen war. Hatte es diese Reihen verfallener Häuser aus dem 19. Jahrhundert immer gegeben – die Wände von Holzbalken gestützt, die Fenster mit Pappe bedeckt, die Dächer mit Wellblech –, deren baufällige Gartenmauern in alle Richtungen absanken? Und die zerbombten Ecken, wo der Pflasterstaub in der Luft umherwirbelte und Weidenröschen die Trümmerhaufen überwucherten; und die Flächen, wo Bomben eine größere Lücke gerissen hatten, auf der schäbige, hühnerstallartige Wohnbaracken entstanden waren? Doch es war nutzlos, er hatte keine Erinnerung; nichts war von seiner Kindheit geblieben außer einer Folge greller Bilder ohne Hintergrund, die meist unverständlich waren.

Das Ministerium für Wahrheit – Miniwahr auf Neusprech[1] – hob sich von allen anderen Objekten in Sichtweite auffällig ab. Es war ein riesiges pyramidenförmiges Gebäude aus weißglänzendem Beton, das sich Stufe um Stufe 300 Meter in die Höhe erstreckte. Von Winstons Position aus konnte man die in schöner Schrift auf die weiße Fassade gemeißelten drei Maximen der Partei lesen:

KRIEG IST FRIEDEN
FREIHEIT IST SKLAVEREI
UNKENNTNIS IST STÄRKE

Das Ministerium für Wahrheit, so hieß es, umfasste dreitausend Räume oberhalb der Erde und war unterirdisch noch einmal entsprechend weit verzweigt. In ganz London gab es nur drei weitere Gebäude von ähnlicher Erscheinung und Größe. Sie ragten so über die umliegende Bebauung empor, dass man vom Victory-Wohnblock aus alle vier zugleich sehen konnte. Sie beherbergten die vier Ministerien, unter die der Regierungsapparat aufgeteilt war: Das Ministerium für Wahrheit, das sich mit Nachrichten, Unterhaltung, Erziehung und den schönen Künsten befasste. Das Ministerium für Frieden, das sich mit dem

1 Neusprech war die Amtssprache Ozeaniens. Hinweise zu ihrem Aufbau und ihrer Etymologie siehe Anhang.

Krieg beschäftigte. Das Ministerium für Liebe, das für Recht und Ordnung sorgte. Und das Ministerium für Fülle, das für Wirtschaftsfragen zuständig war. Auf Neusprech hießen sie Miniwahr, Minipax, Miniliebe und Minifülle.

Richtig furchterregend war das Ministerium für Liebe. Es hatte keinerlei Fenster. Winston war nie im Ministerium für Liebe gewesen oder ihm näher als einen halben Kilometer gekommen. Man gelangte ausschließlich mit offiziellem Anliegen hinein, und auch dann ging es nur durch ein Labyrinth aus Stacheldrahtverhauen, Stahltüren und verborgenen Maschinengewehren. Selbst in den Straßen, die auf seine äußerste Absperrung zuliefen, patrouillierten schwarzuniformierte Wachposten mit Gorillagesicht, die schwere Schlagstöcke bei sich trugen.

Winston drehte sich mit einem Mal um. Er hatte eine Miene sanfter Zuversicht aufgesetzt, die angeraten war, wenn man sein Gesicht dem Monitor aussetzte. Er ging durchs Zimmer in die winzige Küche. Indem er das Ministerium zu dieser Tageszeit verlassen hatte, entging ihm sein Mittagessen in der Kantine, wobei er wusste, dass er bis auf einen Kanten Schwarzbrot, den er fürs Frühstück morgen aufheben musste, nichts Essbares in der Küche hatte. Er nahm eine Flasche mit farblosem Inhalt vom Regal, auf dessen schlichtem, weißem Etikett *Victory-Gin* stand. Ein muffiger, öliger Geruch ging von ihr aus, wie von chinesischem Reisschnaps. Winston schenkte sich fast eine ganze Teetasse voll ein, sammelte sich innerlich für den Schock und stürzte ihn wie Medizin hinunter.

Sein Gesicht wurde sofort feuerrot, Tränen schossen ihm in die Augen. Das Zeug schmeckte wie Salpetersäure und hinterließ beim Hinunterschlucken das Gefühl eines Knüppelschlags auf den Hinterkopf. Das Brennen im Magen ließ jedoch rasch nach, und schon begann die Welt sich aufzuheitern. Winston zog eine Zigarette aus einem knittrigen Päckchen mit der Aufschrift *Victory-Zigaretten* und hielt sie unbedacht senkrecht, sodass der ganze Tabak auf den Boden rieselte. Mit der nächsten hatte er mehr Erfolg. Er ging zurück ins Wohnzimmer und setzte sich an einen kleinen Tisch, der links vom Monitor stand. Der Tischschublade entnahm er einen Federhalter, ein Tintenfässchen und ein großes, dickes Notizbuch mit rotem Rücken und marmoriertem Bezug.

Aus irgendeinem Grund befand sich der Monitor im Wohnzimmer an einer ungewöhnlichen Stelle. Statt wie üblich am Kopfende der Wand montiert zu sein, von wo aus er das gesamte Zimmer beherrschte, befand er sich an der Längswand gegenüber dem Fenster. Dort gab es auf einer Seite eine kleine Nische, in der Winston jetzt saß und die man beim Bau der Wohnungen wohl für ein Bücherregal vorgesehen hatte. Wenn sich Winston eng in diese Nische drückte, blieb er außerhalb der Reichweite des Monitors, jedenfalls außer Sichtweite. Natürlich war er zu hören, doch solange er in seiner Position blieb, konnte man ihn nicht sehen. Der ungewöhnliche Zuschnitt des Zimmers hatte ihn mit darauf gebracht, das zu tun, für das er sich nun vorbereitete.

Ebenfalls darauf gebracht hatte ihn das Buch, das er aus der Schublade geholt hatte. Es war ein auffällig schönes Buch. Sein weiches, cremefarbenes Papier, altersbedingt leicht vergilbt, war von einer Sorte, die seit mindestens vierzig Jahren nicht mehr hergestellt wurde. Er vermutete allerdings, dass das Buch noch erheblich älter war. Er hatte es im Fenster eines stickigen Trödelladchens in einem verrufenen Stadtviertel gesehen (welches Viertel genau, wusste er nicht mehr) und sofort den unbändigen Wunsch verspürt, es zu besitzen. Mitglieder der Partei sollten keine normalen Geschäfte betreten (»am freien Markt teilnehmen«, wie man es nannte), aber die Vorschrift wurde nicht streng eingehalten, weil allerhand Dinge wie Schnürsenkel oder Rasierklingen sich unmöglich auf andere Weise beschaffen ließen. Winston hatte eilig rechts und links die Straße entlanggespäht, den Laden betreten und für zwei Dollar fünfzig das Buch gekauft. Damals wollte er es gar nicht für einen bestimmten Zweck haben. Er hatte es schuldbewusst in seiner Aktentasche nach Hause getragen. Selbst ohne etwas Geschriebenes darin war es ein kompromittierender Besitz.

Er machte sich daran, ein Tagebuch anzulegen. Das war nicht verboten (nichts war verboten, seit es keine Gesetze mehr gab), doch für den Fall, dass es aufflog, musste man mit der Todesstrafe oder zumindest der Verurteilung zu 25 Jahren Arbeitslager rechnen. Winston steckte eine Schreibfeder in den Halter und leckte sie an, um Ablagerungen zu entfernen. Die Feder war ein altmodisches Gerät, das selbst für Unterschriften nur selten benutzt wurde; beschafft hatte er sie sich heimlich und mit einiger Mühe einfach wegen des Gefühls, dass es dem schönen cremefarbenen Papier angemessen war, mit einer echten Feder beschrieben zu werden statt mit einem kratzigen Tintenstift. Winston hatte gar keine Übung darin, mit der Hand zu schreiben. Von kurzen Notizen abgesehen diktierte man gemeinhin alles in den Sprechschreiber, was für sein jetziges Vorhaben natürlich nicht ging. Er tauchte die Feder in die Tinte und zögerte nur einen ganz kurzen Moment. In seinem Darm hatte es gerumpelt. Das Papier zu beschreiben, war die maßgebliche Tat. In unförmigen kleinen Buchstaben schrieb er:

4. April 1984.

Er lehnte sich zurück. Ein Gefühl völliger Hilflosigkeit war in ihm aufgestiegen. Zunächst konnte er gar nicht mit Gewissheit sagen, dass es 1984 war. Es musste so etwa dieses Jahr sein, denn er war sich ziemlich sicher, 39 Jahre alt zu sein, und glaubte, dass er 1944 oder 1945 geboren worden war; aber heutzutage war es unmöglich, sich bei einem Datum auf ein, zwei Jahre genau festzulegen.

Für wen, musste er sich mit einem Mal fragen, führte er dieses Tagebuch überhaupt? Für die Zukunft, für die Kommenden. Seine Gedanken umkreisten einen Moment lang das fragliche Datum auf der Seite und prallten dann auf das Neusprech-Wort *Doppeldenk*. Zum ersten Mal wurde ihm die Bedeutung seines Vorhabens bewusst. Wie konnte man sich der Zukunft mitteilen? Das war ihrer Natur nach unmöglich. Entweder glich die Zukunft der Gegenwart und würde ihm in diesem Fall gar nicht zuhören; oder sie war ganz anders als die Gegenwart, womit seine Kategorien bedeutungslos waren.

Er saß eine Weile da und blickte apathisch auf das Papier. Aus dem Monitor kam jetzt schneidige Militärmusik. Seltsam, er schien nicht nur alle Formulierungskunst eingebüßt, sondern völlig vergessen zu haben, was er ursprünglich hatte mitteilen wollen. In den ganzen letzten Wochen hatte er sich auf diesen Moment vorbereitet und nicht im Entferntesten gedacht, dass es noch etwas anderes brauchte als Mut. Die eigentliche Schreibarbeit wäre leicht. Er müsste nur den seit vielen Jahren pausenlos seinen Kopf durchströmenden Monolog zu Papier bringen. Momentan allerdings war selbst dieser Monolog verstummt. Noch dazu hatte sein Geschwür unerträglich zu jucken begonnen. Er wagte sich nicht zu kratzen, da es sich in diesem Fall immer sofort entzündete. Die Sekunden verstrichen. Er nahm nichts wahr außer der Leere der Seite vor ihm, dem Jucken der Haut oberhalb des Knöchels, dem Dröhnen der Musik und der leichten Benommenheit durch den Gin.

Plötzlich begann er, wie wildgeworden zu schreiben, ohne klares Bewusstsein, was er da von sich gab. Seine kindliche kleine Handschrift wanderte auf und ab über die Seite, wobei sie erst auf Großbuchstaben verzichtete und schließlich sogar auf Satzzeichen.

4. April 1984. Gestern Abend im Kino. Lauter Kriegsfilme. Ein sehr guter über ein Schiff voller Flüchtlinge irgendwo im Mittelmeer, das beschossen wird. Leute begeistert von einer Szene, wo ein großer, fetter Mann vor einem Helikopter wegzuschwimmen versucht, erst sieht man ihn im Wasser dümpeln wie ein Wal, dann sieht man ihn im Fadenkreuz des Helikopters, dann ist er ganz durchlöchert und das Meer um ihn herum wird rosa und er sinkt so schnell, als wäre er durch die Löcher mit Wasser vollgelaufen, die Leute kreischten vor Vergnügen, als er unterging. dann gabs ein rettungsboot voller kinder zu sehen mit einem drüber fliegenden helikopter. da saß eine frau mittleren alters jüdin vielleicht vorn mit einem so drei jahre alten jungen in den armen. der junge schreit vor angst und presst seinen kopf zwischen ihre brüste als wolle er sich in sie hineinbohren und die frau legt ihre arme um ihn und tröstet ihn obwohl sie selbst vor angst vergeht, beschützt ihn so weit wie möglich als würde sie denken dass ihre arme kugeln von ihm abhalten können.

dann pflanzt der helikopter eine 20-kilo-bombe zwischen sie sagenhafte detonation und das boot zersplittert zu kleinholz. dann eine herrliche szene von einem kinderarm der hoch hoch immer höher in die luft fliegt ein helikopter mit kamera am bug muss sie eingefangen haben viel applaus dafür von den parteilogen aber eine frau auf den plätzen für die prols macht plötzlich rabatz und schreit rum das dürfte man nicht zeigen nicht vor kindern das dürfte man nicht vor kindern doch nicht nein bis die polizei sie rausbefördert raus der ist wohl nichts passiert völlig egal was die prols sagen typische prol-reaktion die werden doch nie …

Winston hörte auf zu schreiben, auch weil er einen Krampf bekommen hatte. Er wusste nicht, was ihn veranlasst hatte, diesen Schwall von Blödsinn von sich zu geben. Kurioserweise hatte jedoch währenddessen in seinen Gedanken eine völlig andere Erinnerung klare Konturen angenommen, beinahe so, als habe er tatsächlich sie aufgeschrieben. Wegen dieser anderen Sache, so wurde ihm nun bewusst, hatte er heute mit einem Mal beschlossen, heimzugehen und das Tagebuch zu beginnen.

Es hatte sich diesen Morgen im Ministerium zugetragen, falls sich von etwas so Nebulösem überhaupt sagen ließ, es habe sich zugetragen.

Es war kurz vor elf. In der Archiv-Abteilung, wo Winston arbeitete, schob man die Stühle aus den Büros und stellte sie in der Mitte des Vorraums vor dem großen Monitor auf, denn gleich gab es die Zwei Minuten Hass. Winston nahm gerade seinen Platz in einer der mittleren Reihen ein, als zwei Personen, die er vom Sehen kannte, ohne je mit ihnen gesprochen zu haben, unerwartet den Raum betraten. Die eine war ein Mädchen, an dem er oft in den Gängen vorüberlief. Er wusste nicht, wie sie hieß, aber er wusste, dass sie in der Roman-Abteilung tätig war. Er hatte sie manchmal mit verschmierten Händen und einem Schraubenschlüssel gesehen, was wohl hieß, dass sie irgendwelche technischen Arbeiten an einem der Romanschreibautomaten vornahm. Sie war eine forsch wirkende junge Frau, etwa 27 Jahre alt, mit fülligem schwarzem Haar, Sommersprossen im Gesicht und flinken, sportlichen Bewegungen. Eine schmale orangerote Leibbinde, Erkennungszeichen des Anti-Sex-Jugendbundes, war über dem Overall mehrfach um ihre Taille gewunden, gerade so eng, dass die Wohlgestalt ihrer Hüften hervortrat. Seit er sie das allererste Mal gesehen hatte, konnte Winston sie nicht leiden. Er wusste auch, warum. Es lag an der Atmosphäre von Hockeyfeldern, kalten Bädern, Gruppenwanderungen und rundum reiner Denkungsart, die sie ausstrahlte. Er konnte Frauen fast grundsätzlich nicht leiden, erst recht nicht die jungen und hübschen. Stets waren Frauen, und vor allem junge, ganz besonders fanatische Anhänger der Partei, die Parolen nachplapperten und als Hobbyspitzel mangelnder Orthodoxie nachspürten. Doch speziell dieses Mädchen wirkte auf ihn noch gefährlicher als die meisten. Einmal, als sie im Flur aneinander vorbeigegangen waren, hatte sie ihn mit einem Seitenblick gestreift, der ihn zu durchbohren schien und ihn für kurze Zeit mit schierem Entsetzen erfüllte. Er hatte sogar schon überlegt, ob sie eine Agentin der Gedankenpolizei sein mochte. Das war nun gewiss sehr unwahrscheinlich. Und doch ließ ein seltsames Unbehagen nicht von ihm ab, in das Angst ebenso mit hineinspielte wie Feindseligkeit, wann immer sie irgendwo in seiner Nähe war.

Die andere Person war ein Mann namens O'Brien, Mitglied der Inneren Partei in einer derart wichtigen und unnahbaren Position, dass Winston nur eine vage Vorstellung von ihrer Spezies hatte. Als die Leute bei den Stühlen den schwarzen Overall eines Mitglieds der Inneren Partei näher kommen sahen, verstummten sie für einen kurzen Moment. O'Brien war ein großer, stämmiger Mann mit dickem Hals und einem derben, heiteren, brutalen Gesicht. Seiner furchteinflößenden Erscheinung zum Trotz verfügte er über gewisse Umgangsformen. Er hatte so eine Art, die Brille auf seiner Nase zurechtzurücken, die seltsam gewinnend war – auf nicht benennbare Weise seltsam zivilisiert. Es war eine Geste, die – hätte denn jemand noch in solchen Kategorien gedacht – an einen Adligen des 18. Jahrhunderts denken ließ, der seine Schnupftabaksdose anbietet. Winston hatte O'Brien vielleicht ein Dutzend Mal gesehen im Verlauf etwa ebenso vieler Jahre. Er fühlte sich sehr von ihm angezogen, nicht allein, weil ihn der Kontrast zwischen O'Briens kultivierter Art und seiner Preisboxerstatur so faszinierte. Es lag noch weit mehr an seiner insgeheimen Überzeugung – oder vielleicht nicht gerade Überzeugung, nur Hoffnung –, dass O'Briens politische Orthodoxie nicht makellos rein war. Etwas in seiner Miene ließ klar darauf schließen. Gut, vielleicht ließ sich nicht gerade ein unorthodoxer Kern aus seiner Miene herauslesen, sondern ganz einfach Intelligenz. Jedenfalls wirkte er wie ein Mensch, mit dem man reden konnte, wenn sich der Monitor irgendwie überlisten ließ und man mit ihm allein war. Winston hatte nie den kleinsten Versuch unternommen, diese Annahme auf ihre Richtigkeit zu überprüfen; das war ein Ding der Unmöglichkeit. In diesem Moment blickte O'Brien auf seine Armbanduhr, sah, dass es kurz vor elf war, und beschloss offenbar, für die Zwei Minuten Hass noch in der Archiv-Abteilung zu bleiben. Er setzte sich auf einen Stuhl in Winstons Reihe ein paar Plätze weiter. Eine kleine, strohblonde Frau, die im Büro neben dem von Winston arbeitete, saß zwischen ihnen. Das Mädchen mit dem schwarzen Haar saß direkt dahinter.

Nun dröhnte eine scheußlich-knirschende Stimme wie von einer riesigen, schlecht geölten Maschine aus dem großen Monitor am Ende des Raums. Das Geräusch ging durch Mark und Bein und sträubte einem die Nackenhaare. Die Hass-Sendung hatte begonnen.

Wie üblich war das Gesicht von Emmanuel Goldstein, dem Feind des Volkes, auf dem Bildschirm erschienen. Hier und da gaben Anwesende Unmutsgeräusche von sich. Die kleine, strohblonde Frau kreischte auf vor Angst und Ekel. Goldstein war der Überläufer und Abtrünnige, der einst vor langer Zeit (vor wie langer Zeit, wusste niemand mehr so recht) zu den führenden Köpfen der Partei gezählt hatte, fast auf einer Ebene mit dem Großen Bruder, und später konterrevolutionär tätig geworden war, worauf er die Todesstrafe erhielt, der er jedoch auf rätselhafte Weise entkam; seither war er verschwunden. Das Programm der Zwei Minuten Hass war jeden Tag etwas anders, aber es gab keine Sendung ohne Goldstein als Hauptfigur. Er war der erste Verräter, der früheste Schänder der Reinheit der Partei. Alle späteren Verbrechen gegen die Partei, alle Treuebrüche, Sabotageakte, Irrlehren, Abweichungen waren die direkte Folge seines Wirkens. Irgendwo lebte er noch und betrieb sein Verschwörungswerk, vielleicht irgendwo jenseits des Meeres, unter dem Schutz seiner ausländischen Geldgeber, möglicherweise gar, wie mitunter gemunkelt wurde, von einem Versteck hier in Ozeanien aus.

Winstons Zwerchfell schnürte sich zusammen. Er konnte nie ohne ein schmerzliches Gemisch von Empfindungen in Goldsteins Gesicht blicken. Es war ein hageres, jüdisches Gesicht mit einer großen, krausen Aureole weißen Haars und Ziegenbärtchen – ein gescheites Gesicht und doch irgendwie armselig, mit einer Art greisenhafter Einfalt durch die lange, schmale Nase, auf deren Wurzel eine Brille saß. Es ähnelte einem Schafsgesicht, und auch die Stimme hatte etwas Schafartiges. Goldstein gab wie üblich seine ätzende Kritik an den Lehren der Partei von sich – diese Kritik war so überzogen und verdreht, dass selbst ein Kind sie durchschauen können sollte, und doch auch bestechend genug, dass einen die Sorge beschlich, andere, weniger besonnene Menschen als man selbst könnten empfänglich für sie sein.

Er schmähte den Großen Bruder, er verurteilte die Diktatur der Partei, er forderte einen sofortigen Friedensschluss mit Eurasien, trat ein für Redefreiheit, Pressefreiheit, Versammlungsfreiheit, Gedankenfreiheit; mit hysterischer Stimme schrie er, die Revolution sei verraten worden – all dies rasend schnell mit komplizierten Wörtern vorgebracht, was den gängigen Stil der Parteiredner zu parodieren schien und auch Neusprech-Wörter umfasste, mehr Neusprech-Wörter sogar, als Parteileute gemeinhin im Alltag gebrauchten. Und die ganze Zeit, wie um letzte Zweifel an der Realität hinter dem von Goldstein errichteten Blendwerk zu zerstreuen, marschierten auf dem Monitor hinter seinem Rücken endlose Kolonnen der eurasischen Armee vorbei – Reihe um Reihe drahtig wirkende Männer mit ausdruckslosen asiatischen Gesichtern, die kurz über den Bildschirm glitten und wieder verschwanden, um anderen, exakt gleichen Männern Platz zu machen. Das dumpfe, rhythmische Stampfen der Soldatenstiefel bildete die Geräuschkulisse für Goldsteins blökende Stimme.

Die Hass-Sendung hatte noch keine dreißig Sekunden gedauert, da war bereits die Hälfte der Leute im Raum in unbeherrschtes Wutgeschrei ausgebrochen. Das selbstzufriedene Schafsgesicht auf dem Bildschirm und die furchterregende Stärke der eurasischen Armee hinter ihm waren unerträglich; wobei schon Goldsteins Anblick oder auch nur der Gedanke an ihn unwillkürlich Furcht und Zorn auslöste. Als Hassobjekt war er beständiger als Eurasien oder Ostasien, denn wenn Ozeanien mit einer dieser Mächte Krieg führte, hielt es mit der anderen gemeinhin Frieden. Doch seltsam: Obwohl Goldstein von jedermann gehasst und verachtet wurde, obwohl seine Theorien jeden Tag und täglich tausendfach von Tribünen herab, im Monitor, in Zeitungen und Büchern widerlegt, demontiert, verhöhnt und der Öffentlichkeit als der klägliche Schund vorgeführt wurden, der sie waren – all dem zum Trotz schien sein Einfluss niemals abzunehmen. Ständig warteten neue Trottel darauf, von ihm verführt zu werden. Kein Tag verging, ohne dass die Gedankenpolizei in seinem Auftrag handelnde Spione und Saboteure enttarnte. Er war der Befehlshaber einer riesigen Schattenarmee, eines Untergrund-Netzwerks von Verschwörern, die am Umsturz des Staates arbeiteten. Die Bruderschaft, so nannte sie sich angeblich. Auch von einem schrecklichen Buch wurde geraunt, einer Gesamtschau aller Irrlehren aus Goldsteins Hand, das da und dort heimlich kursierte. Das Buch hatte keinen Titel. Wenn überhaupt je, dann erwähnten die Leute nur *das Buch*. Doch von so etwas wusste man allein durch ganz vage Gerüchte. Kein normales Parteimitglied kam je ohne Not auf die Bruderschaft oder *das Buch* zu sprechen.

Die zweite Minute der Hass-Sendung steigerte sich zur Raserei. Die Leute tobten auf ihren Sitzen und schrien so laut sie konnten, um die unerträgliche Blökstimme vom Bildschirm zu übertönen. Die kleine, strohblonde Frau war rot angelaufen, und sie öffnete und schloss ihren Mund wie ein Fisch an Land. Sogar O'Briens derbes Gesicht war gerötet. Er saß aufrecht auf seinem Stuhl, sein mächtiger Brustkorb wogte und bebte, als müsse er dem Anprall einer Welle widerstehen. Das Mädchen mit dem schwarzen Haar hinter Winston schrie nun laut »Drecksau! Drecksau! Drecksau!«, griff auf einmal nach einem dicken Neusprech-Wörterbuch und warf es gegen den Bildschirm. Es traf Goldsteins Nase und prallte ab; das Mädchen schrie hemmungslos weiter. In einem hellen Augenblick bemerkte Winston, dass er genau wie die anderen schrie und mit der Ferse rabiat gegen das Stuhlbein trat. Das Schlimme an den Zwei Minuten Hass war nicht, dass man daran teilnehmen musste, sondern vielmehr, dass es unmöglich war, nicht mit hineingezogen zu werden. Nach dreißig Sekunden brauchte man sich gar nicht mehr zu verstellen. Ein hässlicher Taumel aus Angst und Rachsucht, der Wunsch zu töten, zu foltern, mit dem Vorschlaghammer Gesichter einzuschlagen, setzte alle Versammelten gleichsam unter Strom und verwandelte jeden auch gegen seinen Willen in einen Fratzen schneidenden, brüllenden Schwachkopf. Und doch war die empfundene Wut eine ganz abstrakte, ungezielte Regung, die sich von einem Objekt auf ein anderes richten ließ wie die Flamme einer Lötlampe. Dann richtete sich Winstons Hass eine Weile gar nicht gegen Goldstein, sondern im Gegenteil gegen den Großen Bruder, die Partei und die Gedankenpolizei, und in solchen Momenten fühlte er sich dem einsamen, geschmähten Ketzer auf dem Bildschirm innig verbunden, dem einzigen Hüter der Wahrheit und Vernunft in einer lügenhaften Welt. Und im nächsten Augenblick empfand er doch wieder genau wie die Leute um ihn herum und hielt alles für wahr, was über Goldstein gesagt wurde. Dann wandelte sich seine geheime Abneigung dem Großen Bruder gegenüber in Verehrung, und der Große Bruder, unbezwingbarer, furchtloser Beschützer, ragte empor wie ein Fels gegen die asiatischen Horden; und Goldstein erschien ihm dann trotz seiner Isolation, seiner Ohnmacht und der ganzen Ungewissheit, was seine bloße Existenz betraf, wie ein böser Hexenmeister, der allein kraft seiner Stimme das Fundament der Zivilisation zu zerstören vermochte.

Manchmal war es sogar möglich, seinen Hass durch einen Willensakt von hier nach dort zu lenken. Mit einem heftigen Ruck ähnlich dem, durch den man sich aus einem Alptraum vom Kissen losreißt, gelang es Winston plötzlich, seinen Hass vom Gesicht auf dem Bildschirm fort auf das schwarzhaarige Mädchen hinter ihm zu richten. Lebhafte, herrliche Fantasien gingen ihm durch den Sinn. Dass er sie mit einem Gummiknüppel totschlägt. Dass er sie nackt an einen Pfahl bindet und mit lauter Pfeilen durchbohrt wie beim heiligen Sebastian. Dass er sie vergewaltigt und ihr im Moment des Orgasmus die Kehle durchschneidet. Besser als zuvor begriff er nun auch, *warum* er sie so hasste. Er hasste sie, weil sie jung und hübsch und geschlechtslos war, weil er mit ihr ins Bett wollte und es nie dazu kommen würde, weil um ihre entzückende weiche Hüfte, die dich einlud, deinen Arm um sie zu legen, bloß die scheußliche orangerote Leibbinde war, das offensive Symbol der Keuschheit.

Die Hass-Sendung erreichte ihren Höhepunkt. Goldsteins Stimme war nun tatsächlich ein Blöken, und sein Gesicht verwandelte sich kurz in das eines Schafs. Dann nahm das Schafsgesicht die Gestalt eines eurasischen Soldaten an, der groß und schrecklich mit ratternder Maschinenpistole vorzurücken und aus der Fläche des Bildschirms zu springen schien, was einige Leute in der ersten Reihe auf ihren Stühlen zurückweichen ließ. Im selben Moment jedoch – und da atmete jedermann erleichtert auf – verwandelte sich die feindliche Gestalt in das Gesicht des Großen Bruders: schwarzes Haar und schwarzer Schnurrbart, durchdrungen von Kraft und einer rätselhaften Ruhe, so groß, dass fast der gesamte Bildschirm ausgefüllt war. Niemand verstand, was der Große Bruder sagte. Es waren nur ein paar aufmunternde Worte von der Art, wie man sie im Kampfgetöse äußert, die nichts Bestimmtes meinen, sondern allein dadurch, dass sie fallen, wieder für Zuversicht sorgen. Dann verschwand das Gesicht des Großen Bruders wieder, und nun erschienen die drei Maximen der Partei in fett gesetzten Großbuchstaben:

KRIEG IST FRIEDEN
FREIHEIT IST SKLAVEREI
UNKENNTNIS IST STÄRKE

Doch das Gesicht des Großen Bruders schien noch einige Sekunden lang auf dem Bildschirm zu verharren, als sei die Wirkung, die es auf den Netzhäuten ringsumher hinterließ, zu stark, um sich sofort zu verlieren. Die kleine, flachsblonde Frau hing nun über der Rückenlehne des Stuhls vor ihr. Sie reckte ihre Arme in Richtung Bildschirm und raunte bebend etwas, das wie »Mein Erlöser!« klang. Dann hielt sie sich die Hände vors Gesicht. Offenbar betete sie.

Jetzt stimmte die gesamte Gruppe einen feierlichen, langsamen rhythmischen Sprechchor an, »G–B! … G–B! … G–B!« – wieder und wieder, sehr langsam mit einer langen Pause zwischen »G« und »B« –, einen mächtigen, säuselnden, seltsam unbändigen Ton, in dessen Hintergrund man das Aufstampfen nackter Füße und das Pulsieren von Trommeln zu hören meinte. Vielleicht dreißig Sekunden lang fuhren sie so fort. Es war ein Refrain, der in Momenten unbändiger Erregung oft zu hören war. Teils war es eine Art Hymne an die Weisheit und Herrlichkeit des Großen Bruders, doch weit mehr noch ein Akt der Selbsthypnose, eine vorsätzliche Betäubung des Bewusstseins durch rhythmischen Lärm. Winstons Eingeweide schienen kalt zu werden. Während der Zwei Minuten Hass konnte er sich dem allgemeinen Taumel nicht entziehen, aber dieses unmenschliche »G–B!-G–B!«-Skandieren erfüllte ihn jedes Mal mit Grauen. Natürlich skandierte er wie die Übrigen mit, alles andere war undenkbar. Dass man seine Gefühle verbarg, seine Mimik beherrschte, tat, was alle taten, war eine Instinkthandlung. Aber es gab eine Lücke von einigen Sekunden Länge, in der ihn der Ausdruck seiner Augen durchaus verraten mochte. Und in genau dieser Phase trat das Bedeutsame ein – wenn es denn wirklich eintrat.

Ganz kurz fing er O'Briens Blick auf. O'Brien war aufgestanden. Er hatte seine Brille abgenommen und setzte sie sich eben in seiner typischen Art wieder auf die Nase. Doch da war der Bruchteil einer Sekunde, den sie einander anblickten, und während dieses Moments wusste Winston – ja, er *wusste* es! –, dass O'Brien das Gleiche dachte wie er. Es hatte ein unmissverständliches Signal gegeben. Es war, als hätte sich beider Verstand geöffnet und die Gedanken wären durch ihre Blicke in den jeweils anderen geströmt. »Ich sehe es wie du«, schien O'Brien ihm zu sagen. »Ich weiß genau, was du empfindest. Deine Verachtung, dein Hass, dein Abscheu sind mir völlig vertraut. Doch keine Sorge, ich bin auf deiner Seite!« Dann war der Funke des Einverständnisses verflogen, und O'Briens Miene war wieder so verschlossen wie die aller anderen.

Mehr war es nicht, und er fragte sich bereits, ob es überhaupt geschehen war. Derlei Vorfälle hatten nie weitere Folgen. Sie dienten einzig dazu, dass der Glaube oder die Hoffnung in ihm wach blieb, es gäbe außer ihm selbst noch weitere Feinde der Partei. Vielleicht stimmte ja das Gerücht von gewaltigen Verschwörungen im Untergrund – vielleicht gab es die Bruderschaft wirklich! Allen zahllosen Verhaftungen, Geständnissen und Hinrichtungen zum Trotz konnte man sich unmöglich sicher sein, dass die Bruderschaft mehr war als eine Erfindung. An manchen Tagen hielt er sie für existent, an anderen nicht. Es gab keine Belege, nur flüchtige Eindrücke, die etwas bedeuteten oder auch nicht: Fetzen zufällig mitgehörter Gespräche, undeutliches Gekritzel an Toilettenwänden – einmal sogar, bei der Begegnung zweier Fremder, eine kleine Geste der Hände, die gewirkt hatte, als sei sie ein Zeichen des Erkennens. Es war reine Mutmaßung; höchstwahrscheinlich hatte er sich alles nur eingebildet. Er war in sein Büro zurückgegangen, ohne O'Brien noch einmal anzusehen. Der Gedanke, nach ihrem flüchtigen Kontakt weitere Schritte zu unternehmen, lag ihm fern. Es wäre unvorstellbar gefährlich gewesen, selbst wenn er gewusst hätte, wie man es anstellt. Eine Sekunde, zwei Sekunden lang hatten sie einen mehrdeutigen Blick getauscht, damit war die Geschichte beendet. Doch bereits dies war ein denkwürdiges Ereignis in der hermetischen Einsamkeit, in der man leben musste.

Winston fuhr hoch und setzte sich aufrechter hin. Er musste aufstoßen. Der Gin rumorte in seinem Magen.

Sein Blick richtete sich wieder auf die Seite. Er stellte fest, dass er, während er nutzlos grübelnd dasaß, weiter geschrieben hatte, wie unwillkürlich. Und nicht länger in dieser verkrampften, ungelenken Handschrift wie zuvor. Seine Feder war ausladend über das weiche Papier geglitten und hatte in großer, sauberer Blockschrift hinterlassen:

NIEDER MIT DEM GROSSEN BRUDER
NIEDER MIT DEM GROSSEN BRUDER
NIEDER MIT DEM GROSSEN BRUDER
NIEDER MIT DEM GROSSEN BRUDER
NIEDER MIT DEM GROSSEN BRUDER

Wieder und wieder, über eine halbe Seite hinweg.

Ein Gefühl der Bestürzung durchfuhr ihn. Es war lächerlich, denn diesen Satz niederzuschreiben war nicht gefährlicher als der Schritt, mit dem Tagebuch zu beginnen, doch einen Moment lang war er versucht, die beschriebenen Seiten herauszureißen und das gesamte Vorhaben aufzugeben.

Letztlich tat er es nicht, denn er wusste, dass es sinnlos war. Ob er NIEDER MIT DEM GROSSEN BRUDER schrieb oder es sein ließ, machte keinen Unterschied. Ob er weiter Tagebuch schrieb oder damit aufhörte, machte keinen Unterschied. Die Gedankenpolizei würde ihn ohnehin finden. Er hatte das Kapitalverbrechen begangen, das alle anderen in sich einschloss – hätte es sogar begangen, ohne je die Feder anzusetzen. Gedankenverbrechen wurde es genannt. Gedankenverbrechen ließen sich nicht für alle Zeit geheim halten. Man konnte sie eine

Weile, sogar jahrelang erfolgreich verbergen, doch früher oder später erwischten sie dich garantiert.

Es geschah immer nachts – die Verhaftungen fanden ausnahmslos nachts statt. Das plötzliche Hochfahren aus dem Schlaf, die ruppige Hand, die an deiner Schulter rüttelt, die dich blendenden Lampen, der Kreis strenger Gesichter um das Bett. In den allermeisten Fällen gab es keinen Prozess, keine Mitteilung zur Festnahme. Die Leute verschwanden einfach, und immer nachts. Man entfernte deinen Namen aus den Melderegistern, jeder Eintrag zu allem, was du getan hast, wurde getilgt; dass du je gelebt hast, wurde erst bestritten, dann vergessen. Du wurdest beseitigt, ausgelöscht: *vaporisiert*, wie es gemeinhin hieß.

Kurz wurde er von einer Art Hysterie gepackt. Er begann hektisch hinzuschmieren:

> *die werden mich erschießen mir egal die schießen mir von hinten ins genick mir egal nieder mit dem großen bruder die schießen einem immer von hinten ins genick mir egal nieder mit dem großen bruder …*

Er lehnte sich zurück, etwas beschämt über sich selbst, und legte den Federhalter hin. Im nächsten Moment schrak er heftig auf. Jemand klopfte an die Tür.

Jetzt schon! Er saß mucksmäuschenstill da in der sinnlosen Hoffnung, der da draußen, wer immer es war, würde nach einem Versuch wieder gehen. Doch nein, es wurde wieder geklopft. Das Schlimmste von allem wäre, jetzt zu zögern. Sein Herz pochte wie eine Trommel, doch sein Gesicht war aufgrund langer Gewohnheit wohl ausdruckslos. Er stand auf und ging langsam in Richtung Tür.

II

Während er die Türklinke ergriff, sah Winston, dass er das Tagebuch offen auf dem Tisch hatte liegen lassen. NIEDER MIT DEM GROSSEN BRUDER stand dort wieder und wieder geschrieben in Buchstaben, die man vom Ende des Zimmers her fast lesen konnte, so groß waren sie. Das war nun eine unvorstellbare Dummheit gewesen. Doch ihm wurde bewusst, dass er selbst in seiner Panik das weiche Papier nicht besudeln wollte, indem er das Buch mit der noch feuchten Tinte zuklappte.

Er holte tief Luft und öffnete die Tür. Sofort durchströmte ihn eine warme Woge der Erleichterung. Draußen stand eine blasse, geduckt wirkende Frau mit dünnem Haar und schmalem Gesicht.

»Ach, Genosse«, sagte sie mit düsterer, weinerlicher Stimme, »hab ich doch richtig gehört, dass Sie gerade heimgekommen sind. Ob Sie wohl mal rüberkommen und sich meinen Abfluss anschauen können? Er ist verstopft und …«

Es war Mrs Parsons, die Frau eines Nachbarn auf derselben Etage. (»Mrs« zu sagen wurde von der Partei missbilligt – man sollte jeden mit »Genosse« anreden –, aber gegenüber manchen Frauen fiel das Wort instinktiv.) Die Frau war etwa dreißig Jahre alt, wirkte aber viel älter. Man hatte den Eindruck, dass ihre Gesichtsfalten voller Staub waren. Winston folgte ihr durch den

Flur. Diese Aushilfsreparaturen waren ein fast tägliches Ärgernis. Die Victory-Wohnblocks waren alte Gebäude, hochgezogen etwa in den 1930er-Jahren, und fielen auseinander. Ständig bröselte der Putz von den Decken und Wänden, bei strengem Frost barsten jedes Mal die Leitungen, es sickerte durchs Dach, wenn Schnee darauf lag, die Zentralheizung lief gewöhnlich nur mit halber Kraft, wenn sie zwecks Einsparung nicht ganz abgestellt war. Reparaturen, die man nicht selbst erledigen konnte, mussten von fernen Gremien genehmigt werden, die sich selbst mit dem Austausch einer kaputten Fensterscheibe zwei Jahre Zeit lassen konnten.

»Natürlich nur, weil Tom nicht zu Hause ist«, sagte Mrs Parsons undeutlich.

Die Wohnung der Parsons' war größer als die von Winston und in besonderer Art schäbig. Alles sah abgenutzt und ramponiert aus, als sei eben ein großes, wütendes Tier zu Besuch dagewesen. Der Boden war bedeckt mit Sportausrüstung – Hockeyschläger, Boxhandschuhe, ein geplatzter Football, verschwitzte, auf links gewendete Shorts –, und auf dem Tisch stapelten sich schmutziges Geschirr und Schulhefte mit Eselsohren. An den Wänden hingen orangerote Fahnen des Jugendbundes und der Kundschafter, außerdem ein lebensgroßes Plakat des Großen Bruders. Hier hing der übliche Kohlgeruch im Raum, der das gesamte Gebäude durchzog, doch ihn überlagerte ein strenger Schweißmief, der – man wusste es nach einmal Schnuppern, gleich wie sich das erklären mochte – von einer gewissen, gerade nicht anwesenden Person herrührte. In einem anderen Zimmer versuchte jemand auf einem mit Papier überspannten Kamm die Militärmusik zu begleiten, die noch aus dem Monitor drang.

»Die Kinder«, sagte Mrs Parsons mit leicht ängstlichem Blick in Richtung Tür. »Sie waren heute nicht draußen. Und natürlich …«

Sie hatte die Angewohnheit, ihre Sätze mittendrin abzubrechen. Die Spüle in der Küche war beinahe randvoll mit einer grünlichen Dreckbrühe, die schlimmer denn je nach Kohl stank. Winston kniete nieder und machte sich am Siphon zu schaffen. Er hasste es, mit den Händen zu arbeiten, und er hasste es, sich bücken zu müssen, wovon er immer gleich zu husten begann. Mrs Parsons sah hilflos drein.

»Natürlich, wenn Tom da wäre, hätte er das sofort repariert«, sagte sie. »Er tut so etwas furchtbar gern. Er hat so geschickte Hände, der Tom.«

Parsons war ein Kollege von Winston im Ministerium für Wahrheit. Er war ein ziemlich dicker, aber sehr emsiger Mann von abgrundtiefer Dummheit, ein Ausbund idiotischen Eifers – einer jener völlig bedingungslos ergebenen Knechte, auf denen mehr noch als auf der Gedankenpolizei die Stabilität der Partei beruhte. Mit 35 Jahren hatte er widerwillig den Jugendbund verlassen, und bevor er in den Jugendbund aufgerückt war, hatte er ein Jahr über das maximal gestattete Höchstalter hinaus bei den Kundschaftern verbracht. Beim Ministerium saß er auf irgendeiner niederen Position, die kein Auffassungsvermögen erforderte, dagegen war er eine treibende Kraft im Sportausschuss und in allen anderen Ausschüssen, die Gruppenwanderungen, Spontandemonstrationen, Sparaktionen und jede Art von freiwilligem Einsatz organisierten. Mit leisem Stolz setzte er einen zwischen zwei Zügen an seiner Pfeife in Kenntnis, dass er in den vergangenen vier Jahren jeden Abend im Gemeinschaftszentrum vorbeigeschaut habe. Ein durchdringender Schweißgeruch folgte ihm wie ein unbewusster Beleg für die Anstrengungen seines Lebens auf Schritt und Tritt und hing noch in der Luft, wenn er längst wieder fort war.

»Haben Sie einen Schraubenschlüssel?«, fragte Winston, der die Mutter am Siphon betastete.

»Einen Schraubenschlüssel«, sagte Mrs Parsons und wurde sofort nervös. »Keine Ahnung, bestimmt. Die Kinder könnten …«

Stiefelgetrappel war zu hören und noch eine Fanfare auf dem Kamm, als die Kinder ins Wohnzimmer einfielen. Mrs Parsons brachte den Schraubenschlüssel. Winston ließ das Wasser ablaufen und entfernte angeekelt den Pfropfen aus Menschenhaar, der den Abfluss verstopft hatte. Er wusch sich die Hände, so gut es mit dem kalten Wasser aus der Leitung möglich war, und ging in das andere Zimmer zurück.

»Hände hoch!«, schrie jemand schrill.

Ein hübscher, robust wirkender Junge, neun Jahre alt, war hinter dem Tisch hochgesprungen und hielt eine Spielzeugpistole auf ihn gerichtet; seine kleine Schwester, die etwa zwei Jahre jünger war, machte ihm dies mit einem Stück Holz nach. Beide trugen kurze blaue Hosen, graue Hemden und rote Halsbänder, die Uniform der Kundschafter. Winston streckte seine Hände in die Luft, aber mit einem unguten Gefühl, denn der Junge verhielt sich so garstig, dass es gar nichts mehr von einem Spiel hatte.

»Du bist ein Verräter!«, schrie der Junge. »Du bist ein Gedankenverbrecher! Ein eurasischer Spion bist du! Ich erschieße dich, ich vaporisiere dich, ich steck dich ins Salzbergwerk!«

Mit einem Mal hüpften sie beide um ihn herum, schrien »Verräter!« und »Gedankenverbrecher!«, wobei das kleine Mädchen dem Bruder alles nachmachte. Es war ein bisschen beängstigend, wie das Herumtollen von Tigerjungen, die bald groß sein und Menschen auffressen werden. Im Blick des Jungen lag eine berechnende Wildheit, das offenkundige Verlangen, Winston zu schlagen und zu treten, und das Bewusstsein davon, sehr bald groß genug zu sein, um es zu können. Ein Glück, dass er da keine echte Waffe in der Hand hielt, dachte Winston.

Mrs Parsons' Blick ging nervös von Winston zu den Kindern und wieder zurück. Im besseren Licht des Wohnzimmers bemerkte Winston interessiert, dass tatsächlich Staub in ihren Gesichtsfalten hing.

»Sie machen so einen Lärm«, sagte sie. »Sie sind enttäuscht, weil sie nicht zur Hinrichtung können, deshalb. Ich hab keine Zeit, sie hinzubringen, und Tom ist nicht rechtzeitig von der Arbeit zurück.«

»Warum dürfen wir nicht zur Hinrichtung?«, brüllte der Junge mit lauter Stimme.

»Wir woll'n zur Hinrichtung! Wir woll'n zur Hinrichtung!«, skandierte das Mädchen, das noch immer herumhüpfte.

Am Abend, das fiel Winston wieder ein, sollten im Park eurasische Gefangene hingerichtet werden, überführte Kriegsverbrecher. Etwa einmal im Monat fand dies statt, es war ein beliebtes Schauspiel. Kinder zeterten immer herum, dass sie mit hinwollten. Er verabschiedete sich von Mrs Parsons und ging zur Tür. Als er im Treppenhaus noch keine sechs Stufen hinabgestiegen war, schoss ihm etwas unerträglich schmerzhaft in den Nacken. Es war, als sei ein glühend heißer Draht in ihn gerammt worden. Er fuhr herum und konnte gerade noch sehen, wie Mrs Parsons ihren Sohn, der eine Zwille wegsteckte, zurück durch den Eingang zerrte.

»Goldstein!«, grölte der Junge, während sich die Tür schloss.

Vor allem erschütterte Winston jedoch der Anblick hilflosen Schreckens auf dem blassgrauen Gesicht der Frau.

In seiner Wohnung ging er rasch am Monitor vorbei und setzte sich, weiter den Nacken reibend, wieder an den Tisch. Aus dem Monitor kam keine Musik mehr. Dafür verlas eine militärische Stimme abgehackt und mit einer Art brutaler Lust Angaben zur Bewaffnung der neuen Schwimmenden Festung, die eben zwischen Island und den Färöer-Inseln vor Anker gegangen war.

Mit diesen Kindern, dachte Winston, musste die arme Frau in Angst und Schrecken leben. Noch ein, zwei Jahre, dann würden sie sie Tag und Nacht nach Anzeichen von mangelnder Orthodoxie belauern. Fast alle Kinder waren schrecklich heutzutage. Am Schlimmsten von allem war, dass sie durch Organisationen wie die Kundschafter systematisch in unkontrollierbare kleine Bestien verwandelt wurden; und doch regte sich in ihnen keinerlei Neigung, gegen die Lehre der Partei aufzubegehren. Ganz im Gegenteil, sie schwärmten für die Partei und alles, was mit ihr zu tun hatte. Die Lieder, die Umzüge, die Fahnen, die Wanderungen, das Exerzieren mit Gewehrattrappen, das Skandieren von Parolen, die Anbetung des Großen Bruders – all dies war ihnen eine Art herrliches Spiel. Ihre ganze Grausamkeit wurde nach außen gelenkt, gegen die Staatsfeinde, gegen Ausländer, Verräter, Saboteure, Gedankenverbrecher. Für Menschen über dreißig war es fast normal, die eigenen Kinder zu fürchten. Aus gutem Grund, denn selten verging eine Woche, ohne dass in der *Times* ein Artikel darüber zu lesen war, wie irgendein kleiner Schnüffler – üblicherweise »Kinderheld« genannt – eine kompromittierende Bemerkung belauscht und seine Eltern an die Gedankenpolizei verraten hatte.

Der Schmerz vom Geschoss der Zwille hatte nachgelassen. Winston ergriff unentschlossen den Federhalter und fragte sich, was er denn noch in sein Tagebuch schreiben konnte. Plötzlich dachte er erneut an O'Brien.

Vor Jahren – wie vielen? Sieben bestimmt – hatte er geträumt, dass er durch ein stockfinsteres Zimmer ging. Und jemand, der seitlich von ihm saß, hatte, als er an ihm vorbeilief, gesagt: »Dort, wo keine Dunkelheit herrscht, werden wir uns wiederbegegnen.« Es war ganz leise gesagt worden, fast beiläufig – eine Feststellung, kein Befehl. Er war ohne anzuhalten weitergegangen. Seltsamerweise hatten damals, im Traum, die Worte keinen großen Eindruck auf ihn gemacht. Erst später und ganz allmählich schienen sie bedeutsam zu werden. Winston konnte sich jetzt nicht erinnern, ob er O'Brien vor oder nach diesem Traum erstmals gesehen hatte, er wusste auch nicht mehr, wann er zum ersten Mal die Stimme als die von O'Brien identifiziert hatte. In jedem Fall aber war es so gekommen. Es war O'Brien, der ihn aus der Finsternis heraus angesprochen hatte.

Winston hatte sich nie sicher sein können – und auch nach dem kurzen Blick von heute Morgen war es unmöglich zu sagen –, ob O'Brien ein Freund war oder ein Feind. Es schien nicht einmal sehr von Belang. Zwischen ihnen herrschte eine Übereinkunft, die entscheidender war als Zuneigung oder Parteigeist. »Dort, wo keine Dunkelheit herrscht, werden wir uns wiederbegegnen«, hatte er gesagt. Winston wusste nicht, was dies bedeutete, nur, dass es auf die eine oder andere Weise eintreten würde.

Die Stimme vom Monitor hielt inne. Eine Trompetenfanfare glitt hell und schön durch die stehende Luft. Die Stimme fuhr schnarrend fort:

»Wir bitten um Ihre Aufmerksamkeit! Soeben erreicht uns eine Meldung von der Malabar-Front. In Südindien haben unsere Truppen einen glorreichen Sieg errungen. Ich darf verkünden, dass aufgrund der Maßnahme, von der gleich berichtet wird, das Kriegsende absehbar näher gerückt ist. Es folgt nun die Meldung …«

Schlechtes Zeichen, dachte Winston. Und auf den blutrünstigen Bericht von der Vernichtung einer eurasischen Armee mit gewaltigen Zahlen von Toten und Gefangenen folgte denn auch die Ankündigung, dass ab kommender Woche die Zuteilung an Schokolade von dreißig auf zwanzig Gramm herabgesetzt werde.

Winston stieß erneut auf. Die Wirkung des Gins wurde schwächer und hinterließ ein Gefühl der Ermattung. Aus dem Monitor dröhnte – vielleicht zur Feier des Sieges oder auch, um Gedanken an die rationierte Schokolade zu vertreiben – die Hymne Ozeaniens. Dazu hatte man eine stramme Haltung einzunehmen. Wobei Winston an seinem momentanen Platz nicht sichtbar war.

Auf die Hymne folgte leichte Musik. Winston trat ans Fenster, mit dem Rücken zum Monitor. Der Tag war noch immer kalt und klar. Irgendwo weit hinten detonierte dumpf und nachhallend eine Raketenbombe. Aktuell gingen jede Woche rund zwanzig bis dreißig auf London nieder.

Unten auf der Straße schlug der Wind das zerrissene Plakat hin und her, und das Wort ENGSOZ war mal zu lesen, dann wieder nicht. Engsoz. Die heiligen Grundsätze von Engsoz. Neusprech, Doppeldenk, die Veränderbarkeit von Vergangenem. Ihm war, als spaziere er durch die Wälder auf dem Grund des Meeres, verirrt in eine monströse Welt, in der er selbst das

Monstrum war. Er war allein. Die Vergangenheit war tot, die Zukunft unvorstellbar. Wie konnte er mit Bestimmtheit sagen, dass auch nur ein einziger lebender Mensch auf seiner Seite war? Und wie wissen, ob die Herrschaft der Partei nicht *ewig* fortbestand? Wie als Antwort darauf erinnerte er sich der drei Maximen auf der weißen Fassade des Ministeriums für Wahrheit:

KRIEG IST FRIEDEN
FREIHEIT IST SKLAVEREI
UNKENNTNIS IST STÄRKE

Er nahm ein 25-Cent-Stück aus der Tasche. Auch hier waren in winziger, klarer Schrift die Maximen eingeprägt, die andere Seite der Münze zeigte den Kopf des Großen Bruders. Selbst von der Münze verfolgte dich sein Blick. Von Geldstücken, Briefmarken, Büchern, Transparenten, Plakaten und Zigarettenschachteln – einfach von überall. Immer der Blick, der dich ansah, und die Stimme, die dich einhüllte. Gleich ob du schliefst oder wach warst, beim Arbeiten oder Essen, drinnen oder draußen, im Bad oder Bett – es gab kein Entrinnen. Dir gehörte nichts als die paar Kubikzentimeter im Innern deines Schädels.

Die Sonne war weitergewandert, und die zahllosen Fenster des Ministeriums für Wahrheit wirkten ohne das Licht ihrer Strahlen düster wie die Schießscharten einer Festung. Winstons Herz erbebte angesichts dieses riesigen Pyramidenbaus. Er war zu stark, einfach uneinnehmbar. Tausend Raketenbomben würden ihn nicht in Trümmer legen können. Wieder fragte sich Winston, für wen er überhaupt Tagebuch schrieb. Für die Zukunft, die Vergangenheit – für ein Zeitalter, das vielleicht nur eine Fantasie war. Und ihn erwartete nicht allein der Tod, sondern die Auslöschung. Vom Tagebuch würde ein Häufchen Asche bleiben und von ihm selbst ein Schwall Rauch. Niemand als die Gedankenpolizei würde lesen, was er geschrieben hatte, und ihn dann aus dem Dasein und der Erinnerung tilgen. Wie konnte man sich an die Zukunft wenden, wenn von einem nicht die geringste Spur, kein auf ein Stück Papier gekritzeltes Wort eines Namenlosen materiell fortbestand?

Der Monitor schlug 14.00 Uhr. In zehn Minuten musste er los. Um halb drei hatte er wieder an der Arbeit zu sein.

Der Stundenschlag schien Winston seltsamerweise mit neuem Mut erfüllt zu haben. Er war ein einsamer Geist, der eine Wahrheit aussprach, die niemand je hören würde. Doch solange er sie aussprach, war auf unbestimmte Weise die Verbindung nicht abgerissen. Man wahrte das menschliche Erbe nicht, indem man sich Gehör verschaffte, sondern indem man bei gesundem Verstand blieb. Er ging zurück zum Tisch, tauchte die Feder ein und schrieb:

An die Zukunft oder die Vergangenheit, an eine Zeit, in der die Gedanken frei sind, in der Menschen sich voneinander unterscheiden und nicht jeder für sich lebt – an eine Zeit, in der Wahrheit existiert und Geschehenes nicht ungeschehen gemacht werden kann:
Aus dem Zeitalter der Gleichförmigkeit, dem Zeitalter der Einsamkeit, aus dem Zeitalter des Großen Bruders, dem Zeitalter von Doppeldenk – seid gegrüßt!

Er war bereits tot, überlegte er. Ihm schien, als habe er erst jetzt, da er seine Gedanken endlich zu formulieren in der Lage war, den entscheidenden Schritt getan. Jedem Handeln sind die Folgen dieses Handelns inbegriffen. Er schrieb:

Das Gedankenverbrechen führt nicht zum Tod: Das Gedankenverbrechen ist der Tod.

Nun, da er sich selbst als Toten begriff, wurde es wichtig, so lange wie möglich am Leben zu bleiben. Zwei Finger seiner rechten Hand hatten Tintenflecken. Durch genau solche Kleinigkeiten konnte man sich verraten. Irgendein herumschnüffelnder Eiferer im Ministerium (am ehesten eine Frau, jemand wie die kleine Strohblonde oder das schwarzhaarige Mädchen aus der Roman-Abteilung) käme auf die Idee, sich zu fragen, warum er in der Mittagspause geschrieben hatte, wieso er eine altmodische Feder dazu benutzte, *was* er da wohl geschrieben hatte – um der zuständigen Stelle daraufhin einen Wink zu geben. Er ging ins Bad und schrubbte die Tinte sorgsam fort mit der groben, dunkelbraunen Seife, die einem die Haut aufscheuerte wie Schmirgelpapier und für diesen Zweck daher wie geschaffen war.

Er legte sein Tagebuch in die Schublade. Es zu verstecken war ein ziemlich nutzloser Gedanke, doch er konnte zumindest dafür sorgen, dass ihm auffiel, wenn es entdeckt worden war. Ein zwischen die Seiten gelegtes Haar war zu offenkundig. Mit der Fingerspitze tippte er ein eben noch erkennbares weißes Staubkörnchen auf und legte es auf die Ecke des Einbands, wo es herunterfallen musste, wenn jemand das Buch anrührte.

III

Winston träumte von seiner Mutter. Er wird, überlegte er, zehn, elf Jahre alt gewesen sein, als seine Mutter verschwand. Sie war eine große, stattliche, eher stille Frau mit langsamen Bewegungen und glänzendem blondem Haar. Seinen Vater hatte er undeutlicher in Erinnerung, als brünett und hager; er war stets gepflegt schwarz gekleidet (Winston hatte besonders die sehr dünnen Sohlen seiner Schuhe vor Augen) und trug eine Brille. Beide mussten während einer der ersten großen Säuberungen der fünfziger Jahre mit in den Abgrund gerissen worden sein.

Seine Mutter saß im Traum irgendwo tief unter ihm mit seiner kleinen Schwester im Arm. An seine Schwester hatte er überhaupt keine Erinnerung, außer dass sie ein kleines, schwächliches, immer ganz stilles Baby mit großen, hellwachen Augen war. Beide sahen zu ihm hinauf. Sie befanden sich irgendwie unterhalb der Erde – auf dem Grund eines Brunnens vielleicht oder in einem sehr tiefen Grab –, doch obwohl diese Stelle bereits so tief unter ihm lag, sank sie immer noch weiter abwärts. Sie waren im Salon eines sinkenden Schiffes und sahen durch das immer dunkler werdende Wasser zu ihm hoch. Noch war Luft im Salon, sie konnten ihn noch erkennen und er sie, aber dabei sanken sie die ganze Zeit tiefer und tiefer hinab in das grüne Wasser, das sie jeden Moment für immer seinem Blick entziehen musste. Er war draußen, hatte Licht und Luft, während sie in den Tod gezogen wurden, und sie waren dort unten, weil er hier oben war. Er wusste es, sie wussten es, und er las dieses Wissen ihren Gesichtern ab. Da lag kein Vorwurf, weder in ihren Gesichtern noch in ihren Herzen, nur das Wissen, dass sie sterben mussten, damit er am Leben blieb, und dass dies unausbleiblich zur Ordnung der Dinge gehörte.

Er erinnerte sich nicht, was geschehen war, doch in seinem Traum wusste er, dass seine Mutter und seine Schwester ihre Leben gewissermaßen für seines hatten opfern müssen. Es war einer jener Träume, die eine typische Traumsituation einfangen und doch eine Weiterführung des Verstandeslebens sind und in denen man sich Dingen und Ideen bewusst wird, die auch nach dem Aufwachen noch neu und kostbar wirken. Winston wurde nun mit einem Mal bewusst, dass der Tod seiner Mutter vor nahezu dreißig Jahren auf eine Weise tragisch und traurig gewesen war, die es heute gar nicht mehr geben konnte. Tragik, so erkannte er, war historisch geworden, sie gehörte einer Zeit an, in der es noch Privatsphäre, Liebe und Freundschaft gegeben hatte und in der alle Angehörigen einer Familie zusammenhielten, ohne den Grund dafür kennen zu müssen. Die Erinnerung an seine Mutter zerriss ihm das Herz, weil sie als ihn liebender Mensch starb, als er noch zu jung und eigensüchtig zur Erwiderung ihrer Liebe war, und weil sie sich irgendwie – wie genau, dessen konnte er sich nicht mehr erinnern – einem persönlichen, unabänderlichen Treuegedanken geopfert hatte. Dergleichen, so sah er, war heute nicht mehr möglich. Heute gab es Angst, Hass und Leid, aber keine Größe in der Empfindung, keinen tiefen, komplexen Schmerz. All dies meinte er in den großen Augen seiner Mutter und seiner

Schwester gesehen zu haben, die durch das grüne Wasser zu ihm hinaufblickten, viele Hundert Klafter unter ihm und noch immer sinkend.

Unvermittelt stand er auf einem kleinen federnden Rasenplatz; es war ein Sommerabend, die Strahlen der tiefstehenden Sonne tauchten den Boden in Gold. Die sich ihm darbietende Landschaft kehrte in seinen Träumen so oft wieder, dass er nie genau wusste, ob er sie aus dem wirklichen Leben kannte oder nicht. In seiner wachen Vorstellung nannte er sie das Goldene Land. Es war eine alte, von Kaninchen bewohnte Weide mit einem Trampelpfad quer hindurch und Maulwurfshügeln da und dort. Inmitten des wildwuchernden Buschwerks am hinteren Ende der Wiese wiegten sich die Zweige der Ulmen kaum merklich im Wind, ihre Blätter wogten in dichten Büscheln wie Frauenhaar. Irgendwo ganz in der Nähe, wenn auch außer Sicht, gab es einen klaren, langsam dahinfließenden Bach, an dessen seichten Stellen unter den Weiden Haselfische umherschwammen.

Das Mädchen mit dem schwarzen Haar kam über die Wiese auf ihn zu. Mit einer einzigen Bewegung riss sie sich die Kleidung vom Leib und warf sie lässig beiseite. Ihr Körper war weiß und weich, doch er weckte kein Begehren in ihm, ja er betrachtete ihn kaum. In diesem Moment war er ganz von Bewunderung für die Geste erfüllt, mit der sie ihre Kleidung fortgeworfen hatte. Mit ihrer Anmut und Sorglosigkeit schien sie eine ganze Kultur aufzulösen, ein ganzes Denksystem, so als ließen sich der Große Bruder und die Partei und die Gedankenpolizei mit einem einzigen großartigen Schwung des Armes ins Nichts befördern. Auch dies war eine Geste aus alter Zeit. Mit dem Wort »Shakespeare« auf den Lippen wachte Winston auf.

Aus dem Monitor drang ein ohrenbetäubendes Pfeifen, das in gleicher Tonhöhe dreißig Sekunden lang anhielt. Es war Viertel nach sieben, Weckzeit für die Büroangestellten. Winston quälte sich aus dem Bett – nackt, denn ein Mitglied der Äußeren Partei erhielt nur 3000 Kleidermarken pro Jahr, und für einen Schlafanzug benötigte man schon 600 – und griff nach dem schmuddeligen Unterhemd und den Shorts auf seinem Stuhl. In drei Minuten begann die Morgengymnastik. Im nächsten Moment krümmte er sich unter einem heftigen Hustenanfall, der ihn fast jedes Mal kurz nach dem Aufwachen überkam. Er leerte die Lunge so vollständig, dass sich Winston flach auf den Rücken legen und mehrfach tief nach Luft schnappen musste, um wieder zu Atem zu kommen. Durch das angestrengte Husten schwollen seine Adern an, und das Geschwür begann zu jucken.

»Altersgruppe dreißig bis vierzig!«, kläffte eine durchdringende Frauenstimme. »Altersgruppe dreißig bis vierzig! Bitte auf Position. Gruppe dreißig bis vierzig!«

Winston nahm Haltung an vor dem Monitor, auf dem bereits eine recht junge Frau erschienen war; sie war mager, doch muskulös und trug einen Kittel und Sportschuhe.

»Die Arme beugen und strecken!«, bellte sie. »Ich gebe das Tempo vor. *Eins,* zwei, drei, vier! *Eins,* zwei, drei, vier! Na los, Genossen, mit etwas mehr Einsatz! *Eins,* zwei, drei, vier! *Eins,* zwei, drei, vier! …«

Die Schmerzen durch den Hustenanfall hatten nicht ganz aus Winstons Gedanken vertreiben können, was der Traum in ihm ausgelöst hatte, und die rhythmischen Bewegungen der Übung brachten es wieder stärker in Gang. Während er mit einer Miene verbissener Freude, die für die Dauer der Morgengymnastik vorgeschrieben war, seine Arme mechanisch vor und zurück bewegte, versuchte er seine Gedanken in die undeutliche Phase seiner frühen Kindheit zu lenken. Das war ungemein schwierig. Jenseits der späten fünfziger Jahre verblasste alles. Gab es keine äußeren Orientierungspunkte, an die man sich halten konnte, verlor sogar der Verlauf des eigenen Lebens an Kontur. Man erinnerte sich großer Ereignisse, die mutmaßlich nie stattgefunden hatten, man erinnerte sich an Details von Begebenheiten, ohne die damalige Atmosphäre zu fassen zu bekommen, und es gab lange leere Phasen, zu denen einem überhaupt nichts einfiel. Damals war alles anders gewesen. Sogar die Namen der Länder und ihre Umrisse auf der Landkarte waren anders gewesen. Landebahn Eins zum Beispiel hatte früher nicht so geheißen: Damals hatte man England oder Großbritannien gesagt, wobei sich Winston bei London ziemlich sicher war, dass es schon immer London genannt wurde.

Winston hatte keine eindeutige Erinnerung an eine Zeit, in der sein Land sich nicht im Krieg befunden hatte, doch während seiner Kindheit musste es eine ziemlich lange Friedensperiode gegeben haben, denn eine seiner frühen Erinnerungen betraf einen Luftangriff, der jedermann überrascht zu haben schien. Vielleicht war es zu der Zeit, als die Atombombe auf Colchester niedergegangen war. An den Angriff selbst konnte er sich nicht erinnern, aber er erinnerte sich, wie die Hand seines Vaters seine eigene Hand im Griff hielt, während sie eilig hinabliefen, hinab, hinab an einen Ort tief unter der Erde, immer herum auf einer spiralförmigen Treppe, die unter seinen Füßen kreiste und seine Beine schließlich so müde werden ließ, dass er zu wimmern begann und sie anhalten und eine Pause machen mussten. Seine Mutter, in ihrer langsamen, verträumten Art, folgte hinter ihnen mit einigem Abstand. Sie trug seine kleine

Schwester, oder vielleicht war es auch nur ein Bündel Decken – er wusste nicht genau, ob seine Schwester damals schon geboren war. Endlich gelangten sie an einen lauten, überfüllten Ort, den er als eine Station der U-Bahn erkannte.

Ringsumher saßen Menschen auf dem gepflasterten Boden, andere hockten enggedrängt auf eisernen Stockbetten, einer über dem anderen. Winston und seine Eltern fanden einen Platz auf dem Boden, dicht bei ihnen saßen ein alter Mann und eine alte Frau nebeneinander auf einem Bett. Der alte Mann trug einen guten dunklen Anzug, eine in den Nacken geschobene schwarze Stoffmütze bedeckte sein schlohweißes Haar. Sein Gesicht war stark gerötet, seine Augen waren blau und standen voller Tränen. Er stank nach Gin. Er schien ihn auszudünsten anstelle von Schweiß, und man mochte denken, dass die aus seinen Augen quellenden Tränen klarer Gin waren. Er war zwar etwas angetrunken, aber er litt auch unter irgendeinem echten und unerträglichen Kummer. Auf seine kindliche Art begriff Winston, dass gerade etwas Schreckliches geschehen war, etwas Unverzeihliches und niemals wieder Heilbares. Er meinte auch zu wissen, was es war. Ein vom alten Mann geliebter Mensch – eine kleine Enkelin vielleicht – war ums Leben gebracht worden. Alle paar Minuten sagte der alte Mann wieder:

»Wir hätten ihnen nicht trauen dürfen. Hab ich's nicht immer gesagt, Frau? Das hat man nun davon. Die ganze Zeit hab ich's gesagt. Diesen Dreckskerlen hätten wir nie vertrauen dürfen.«

Doch was für Dreckskerlen sie nicht hätten trauen dürfen, daran konnte sich Winston jetzt nicht mehr erinnern.

Seit dieser Zeit hatte buchstäblich durchgehend Krieg geherrscht, auch wenn es strenggenommen nicht immer derselbe Krieg war. In seinen Kinderjahren hatte es einige Monate lang verworrene Straßenkämpfe direkt in London gegeben, an die er sich zum Teil lebhaft erinnerte. Aber die Historie dieser ganzen Epoche dingfest zu machen, wer da wann genau gegen wen kämpfte, wäre völlig unmöglich gewesen, denn kein schriftliches Dokument und keine mündliche Überlieferung hatte je etwas anderes als die gegenwärtige Frontstellung zum Thema. So befand sich aktuell, im Jahr 1984 (wenn es denn 1984 war), Ozeanien im Krieg mit Eurasien und war mit Ostasien verbündet. Weder öffentlich noch im Privaten war je zu hören, dass die drei Mächte irgendwann früher in anderer Konstellation zueinander gestanden hatten. Wie Winston genau wusste, hatte Ozeanien sich tatsächlich noch vor vier Jahren im Krieg mit Ostasien befunden und Eurasien zum Verbündeten gehabt. Doch das war nur ein Bruchstück heimlichen Wissens, über das er verfügte, weil seine Erinnerung noch nicht hinreichend unter Kontrolle war. Offiziell hatte es den Bündniswechsel nie gegeben. Ozeanien befand sich im Krieg mit Eurasien, weshalb Ozeanien sich schon immer im Krieg mit Eurasien befunden hatte. Der aktuelle Feind verkörperte stets das absolute Böse, woraus folgte, dass jegliche zurückliegende oder künftige Vereinbarung mit ihm unmöglich war.

Wirklich beängstigend daran war, so dachte er zum zehntausendsten Mal, während er seine Schultern schmerzhaft nach hinten riss (mit den Händen seitlich am Körper ließen sie gerade die Hüften kreisen, eine Übung zur Stärkung der Rückenmuskulatur) – wirklich beängstigend daran war, dass einfach alles wahr sein konnte. Wenn die Partei Hand an die Vergangenheit legen und von gleich welchem Ereignis sagen konnte, es habe *nie stattgefunden* – das war doch gewiss entsetzlicher als Folter und Tod.

Die Partei sagte, Ozeanien habe Eurasien niemals zum Verbündeten gehabt. Er, Winston Smith, wusste, dass Ozeanien nur vier Jahre zuvor noch mit Eurasien verbündet gewesen war. Doch wo existierte dieses Wissen? Allein in seinem eigenen Bewusstsein, das unweigerlich bald ausgelöscht sein würde. Und wenn alle anderen die von der Partei verbreitete Lüge für wahr hielten – wenn sämtliche Dokumente gleich lauteten –, dann ging die Lüge in Geschichte über und wurde Wahrheit. »Wer die Vergangenheit beherrscht«, so lautete die Devise der Partei, »beherrscht die Zukunft. Wer die Gegenwart beherrscht, beherrscht die Vergangenheit.« Und doch hatte sich das Vergangene, so veränderlich es seinem Wesen nach ist, nie verändert. Eine Wahrheit von heute war immerwährende Wahrheit. Es war ganz einfach. Man brauchte nichts als eine nie abreißende Serie von Siegen über das eigene Gedächtnis. »Wirklichkeitskontrolle« wurde es genannt, »Doppeldenk« in Neusprech.

»Und entspannen!«, blaffte die Trainerin etwas freundlicher.

Winston ließ die Arme hängen und füllte seine Lungen wieder langsam mit Luft. Seine Gedanken schweiften fort in die labyrinthische Welt von Doppeldenk. Etwas zu wissen und es nicht zu wissen, über die gesamte Wahrheit zu verfügen, während man sorgsam konstruierte Lügen erzählt, zwei Meinungen gleichzeitig zu vertreten, die einander ausschließen, im Wissen um ihre Widersprüchlichkeit gleichwohl beiden anzuhängen, Logik mit Logik auszuhebeln, Moral abzulehnen, während man sie für sich selbst in Anspruch nimmt, der Ansicht zu sein, dass Demokratie unmöglich, doch die Partei die Hüterin der Demokratie sei, zu vergessen, was immer zu vergessen gerade geboten ist, und es sich ins Gedächtnis zurückzurufen, wenn man es braucht, nur um es bei Bedarf sogleich wieder zu vergessen; und vor allem, eben dieses Verfahren auf das Verfahren selbst anzuwenden. Dies hieß, die Täuschung auf die Spitze zu treiben: bewusst Unbewusstheit herzustellen und sich dann der eben vollzogenen Selbsthypnose nicht bewusst zu sein. Wer auch nur das Wort »Doppeldenk« begreifen wollte, musste dazu Doppeldenk anwenden.

Die Trainerin hatte sie wieder in Position gerufen. »Und jetzt wollen wir mal sehen, wer von uns bis hinab an seine Zehen kommt!«, sagte sie aufgekratzt. »Ganz aus der Hüfte heraus, Genossen, und bitteschön. *Eins*-zwei. *Eins*-zwei! …«

Winston hasste diese Übung, die von den Fersen bis hinauf zum Gesäß stechende Schmerzen in ihm auslöste und oft in einen erneuten Hustenanfall mündete. Alles halbwegs Angenehme schwand aus seinen Betrachtungen. Die Vergangenheit, so überlegte er, war nicht nur verändert worden, sondern schlichtweg ausgelöscht. Denn wie ließ sich selbst die offenkundigste Tatsache belegen, wenn es jenseits deines eigenen Gedächtnisses keinerlei Quelle dafür gab? Er versuchte sich zu erinnern, in welchem Jahr er erstmals vom Großen Bruder hatte reden hören. Es musste irgendwann in den Sechzigern gewesen sein, dachte er, doch er konnte sich dessen unmöglich gewiss sein. Die Geschichtsbücher der Partei schilderten den Großen Bruder natürlich als Anführer und Hüter der Revolution seit ihrem Urbeginn. Seine Heldentaten waren zeitlich immer weiter zurückverlegt worden, bis sie in die sagenumwobene Welt der Vierziger und Dreißiger hineinreichten, als die Kapitalisten mit ihren seltsamen, zylinderförmigen Hüten noch in großen, glänzenden Automobilen oder Pferdekutschen mit Glasfenstern durch Londons Straßen fuhren. Man wusste nicht, wie viel an diesem Mythos stimmte und wie viel erfunden war. Winston konnte sich nicht einmal erinnern, wann genau die Partei selbst in Erscheinung getreten war. Er glaubte nicht, das Wort »Engsoz« vor 1960 je gehört zu haben, doch es war möglich, dass es in seiner Altsprech-Form – »Englischer Sozialismus« nämlich – schon früher kursiert hatte. Ein Nebel legte sich über alles. Manchmal allerdings ließ sich eine eindeutige Lüge dingfest machen. Es stimmte zum Beispiel nicht, wie in den Geschichtsbüchern der Partei stand, dass die Partei das Flugzeug erfunden hatte. Er erinnerte sich an Flugzeuge seit seinen frühesten Kindertagen. Nur nachweisen ließ sich nichts. Es gab keinerlei Belegmaterial. Nur ein einziges Mal in seinem Leben hatte er ein Dokument in Händen gehalten, das die Verfälschung einer historischen Tatsache unwiderleglich bewies. Und damals hatte …

»Smith!«, schrie die Krawallstimme aus dem Monitor. »6079 Smith W.! Ja, *Sie!* Tiefer beugen, bitteschön! Sie können das besser. Sie geben sich keine Mühe. Tiefer, wenn ich bitten darf! *So* ist es besser, Genosse. Jetzt entspannt dastehen die ganze Gruppe und einmal auf mich achten.«

Plötzlich war Winston heißer Schweiß aus allen Poren getreten. Seine Miene blieb gänzlich undurchschaubar. Niemals Angst zeigen! Niemals Unwillen an den Tag legen! Ein einziges Augenzucken konnte dich verraten. Er schaute zu, während die Trainerin ihre Arme über den Kopf hob und sich – nicht eben anmutig, aber doch auffällig geschickt und sportiv – hinabbeugte und die Fingerspitzen unter ihre Zehen steckte.

»Bitteschön, Genossen! Genau *so* macht ihr das jetzt nach. Schaut noch mal hin. Ich bin neununddreißig und habe vier Kinder. Schaut.« Sie beugte sich erneut vor. »Seht ihr, mit durchgedrückten Knien. Das schafft ihr alle, wenn ihr nur wollt«, fügte sie hinzu, während sie sich gerade aufrichtete. »Jeder unter fünfundvierzig kommt locker an seine Zehen. Wir haben allesamt nicht die Ehre, an der Front kämpfen zu dürfen, aber wir können uns wenigstens fit halten. Denkt an unsere Jungs an der Malabar-Front! Und an die Seeleute auf den Schwimmenden Festungen! Denkt nur daran, was *die* über sich ergehen lassen müssen. Also jetzt noch mal. Das ist besser, Genosse, *viel* besser«, sagte sie beifällig, während Winston mit heftigem Schwung und durchgedrückten Knien zum ersten Mal seit etlichen Jahren wieder hinab an seine Zehen gelangte.

IV

Mit dem tiefen, unbewussten Seufzer zum Auftakt seines Arbeitstages, von dem ihn nicht einmal die Nähe des Monitors abhielt, zog Winston den Sprechschreiber an sich heran, blies den Staub vom Mundstück und setzte seine Brille auf. Dann öffnete er vier kleine Papierzylinder, die bereits aus dem Rohrpostsystem rechts von seinem Schreibtisch geplumpst waren, und heftete sie zusammen.

In den Wänden seiner Bürokabine gab es drei Öffnungen: rechts vom Sprechschreiber eine kleine Rohrpost für schriftliche Nachrichten, links eine größere für Zeitungen und in der Längswand in bequemer Reichweite für Winston ein großer, länglicher Schlitz mit einem Drahtgitter davor. Letzterer diente der Beseitigung von Altpapier. Schlitze dieser Art befanden sich zu Tausenden oder Zehntausenden überall im Gebäude, nicht nur in jedem Raum, auch in kleinen Abständen in jedem Flur. Aus irgendeinem Grund hießen sie Gedächtnislöcher. Wusste man, dass ein Dokument vernichtet werden sollte oder sah man auch nur ein Stück Abfallpapier herumliegen, klappte man automatisch das nächste Gedächtnisloch auf und warf es hinein, woraufhin ein warmer Luftstrom es zu den riesigen Verbrennungsöfen trug, die irgendwo in den Tiefen des Gebäudes verborgen waren.

Winston las die vier Blätter, die er aufgerollt hatte. Jedes enthielt eine nur eine oder zwei Zeilen lange Mitteilung in dem Kurzjargon – nicht direkt Neusprech, aber voller Neusprech-Wörter –, der im Ministerium intern verwendet wurde. Sie lauteten:

times 17.3.84 gb rede falschbericht afrika richtigstellen

times 19.12.83 prognose 3 jp 4. quartal 83 falschdruck abgleich aktuelle ausgabe

times 14.2.84 minifülle falschbericht schokolade richtigstellen

times 3.12.83 bericht gb tagesbefehl doppelplusungut nennt unpersonen komplett neufass oberplazet vorarch

Mit einem leisen Gefühl der Genugtuung legte Winston die vierte Mitteilung beiseite. Das war ein aufwendiger und verantwortungsvoller Auftrag, der am besten ganz zuletzt erledigt wurde. Die anderen drei waren Tagesgeschäft, wenngleich er für die zweite vermutlich allerhand langweilige Zahlenwerke durchforsten musste.

Winston gab »Frühere Ausgaben« auf dem Monitor ein und bestellte die entsprechenden Nummern der *Times*, die schon wenige Minuten später aus dem Rohrpostsystem glitten. Die empfangenen Mitteilungen bezogen sich auf Artikel oder Informationen, die aus diesem oder jenem Grund zu ändern oder, wie der amtliche Ausdruck lautete, richtigzustellen für notwendig befunden wurde. Aus der *Times* vom 17. März ging zum Beispiel hervor, dass der Große Bruder in seiner Rede vom

Vortag prognostiziert hatte, die Südindien-Front werde ruhig bleiben, jedoch werde in Nordafrika sehr bald eine eurasische Offensive starten. Letztlich aber hatte das eurasische Oberkommando seine Offensive in Südindien gestartet und Nordafrika in Ruhe gelassen. Daher musste in der Rede des Großen Bruders ein Absatz dahingehend umgeschrieben werden, dass er prognostizierte, was dann auch tatsächlich eintrat. Ferner hatte die *Times* vom 19. Dezember die amtlichen Vorausberechnungen zur Produktion diverser Konsumgüter im vierten Quartal 1983 abgedruckt, das zugleich das sechste Quartal des neunten Dreijahresplans war. Die Ausgabe von heute enthielt Angaben zur tatsächlichen Produktion, denen zufolge sich die Vorausberechnungen in jeder Hinsicht als hochgradig verfehlt erwiesen. Winstons Aufgabe bestand darin, die ursprünglichen Zahlen richtigzustellen, sodass sie mit den späteren übereinstimmten. Die dritte Mitteilung bezog sich auf einen simplen Fehler, der in wenigen Minuten zu beheben war. Erst im Februar hatte das Ministerium für Fülle die Zusage erlassen (das »unumstößliche Versprechen«, so die amtliche Wortwahl), dass es im Jahr 1984 zu keiner Senkung der Schokoladezuteilung kommen werde. Dabei sollte die Schokoladeration, wie Winston wusste, Ende dieser Woche von dreißig auf zwanzig Gramm gesenkt werden. Nun musste man nur die ursprüngliche Zusage durch eine Warnung ersetzen, es könne erforderlich werden, die Ration im Lauf des April zu senken.

Hatte sich Winston mit einer Mitteilung befasst, heftete er seine sprechgeschriebenen Korrekturen an die entsprechende Ausgabe der *Times* und schob beides in die Rohrpost. Mit einem fast völlig unbewussten Handgriff zerknüllte er daraufhin die ursprüngliche Mitteilung und seine sämtlichen Notizen dazu und warf sie ins Gedächtnisloch, damit die Flammen sie verzehrten.

Was in dem unsichtbaren Labyrinth geschah, in das die Rohrpost führte, wusste er nicht im Detail, aber doch in groben Umrissen. Hatte man sämtliche erforderlichen Korrekturen einer bestimmten Ausgabe der *Times* zusammengetragen und umgesetzt, wurde diese Ausgabe neu gedruckt, das Originalexemplar vernichtet und das korrigierte Exemplar an seiner Stelle archiviert. Dieser Prozess fortwährender Änderungen erstreckte sich nicht nur auf Zeitungen, sondern auch auf Bücher, Magazine, Broschüren, Plakate, Flugblätter, Filme, Tonaufnahmen, Karikaturen, Fotografien – auf jede Art schriftlicher oder sonstiger Aufzeichnung, die politisch oder ideologisch irgendwie von Bedeutung sein konnte. Tag für Tag und nahezu im Minutentakt wurde die Vergangenheit auf den neuesten Stand gebracht. Auf diese Weise ließ sich jede Prognose der Partei durch einen konkreten Beleg hinterher als zutreffend nachweisen; zudem durften keine Information und keine Meinungsäußerung, die im Widerspruch zu den aktuellen Erfordernissen standen, dokumentiert bleiben. Die gesamte Geschichte war ein Palimpsest, wurde nach Bedarf jederzeit ausradiert und neu geschrieben. War dies einmal geschehen, ließ sich niemals nachvollziehen, dass eine Fälschung stattgefunden hatte. Die größte Teilgruppe der Archiv-Abteilung – die erheblich größer war als die, in der Winston arbeitete – bestand aus Leuten, deren Aufgabe es war, alle Exemplare von Büchern, Zeitschriften und anderen Dokumenten aufzuspüren und einzusammeln, die ersetzt worden waren und zerstört werden mussten. Eine Ausgabe der *Times*, die aufgrund einer Neuausrichtung der Politik oder irrtümlicher Prognosen des Großen Bruders ein Dutzend Mal überarbeitet worden war, befand sich weiterhin unter ihrem ursprünglichen Datum im Archiv, und es gab nirgends ein Exemplar, das im Widerspruch dazu stand. Auch Bücher wurden eingesammelt, wieder und wieder umgeschrieben und dann stets ohne jeglichen Hinweis auf Veränderungen neu aufgelegt. Selbst die schriftlichen Aufträge, die Winston erhielt und derer er sich nach ihrer Umsetzung immer sofort entledigte, sagten niemals direkt oder in Andeutungen, dass eine Fälschung vorgenommen werden sollte: In ihnen ging es immer nur um Schnitzer, Irrtümer, Druckfehler oder falsche Zitate, die im Dienst der Genauigkeit richtiggestellt werden mussten.

Eigentlich, dachte Winston beim Anpassen der Zahlen vom Ministerium für Fülle, war es nicht einmal Fälschung. Man tauschte doch nur einen Unsinn durch einen anderen aus. Die Materie, mit der man sich befasste, hatte zumeist keinerlei Beziehung zu etwas in der realen Welt, nicht einmal die Art von Beziehung, die sich durch eine direkte Lüge ergibt. In ihrer ursprünglichen Form waren Statistiken genauso ein Fantasieprodukt wie in ihrer berichtigten Fassung. Sehr häufig sollte man sie sich einfach selbst zurechtdenken. Das Ministerium für Fülle etwa hatte die Schuhproduktion auf 145 Millionen Paar pro Quartal geschätzt. Die tatsächliche Produktion wurde dann mit 62 Millionen angegeben. Beim Umschreiben der Vorausberechnung setzte Winston dann allerdings 57 Millionen ein, damit man wie üblich behaupten konnte, die Quote sei übererfüllt worden. 62 Millionen lagen in jedem Fall nicht näher an der Wahrheit als 57 Millionen oder 145 Millionen. Sehr wahrscheinlich waren überhaupt keine Schuhe hergestellt worden. Noch wahrscheinlicher war, dass überhaupt niemand wusste, wie viele hergestellt worden waren, oder dass es allen egal war.

Alles, was man wusste, war, dass in jedem Quartal auf dem Papier astronomisch hohe Mengen Schuhe hergestellt wurden, während etwa die Hälfte der Bevölkerung Ozeaniens barfuß ging. Und so war es mit jeder Kategorie schriftlich belegter Fakten, gleich ob groß oder klein. Alles zerrann zu einer Schattenwelt, in der am Ende sogar unklar war, in welchem Jahr man sich gerade befand.

Winston warf einen Blick hinaus in den Gang. Im Büro direkt gegenüber arbeitete ein kleiner, gewissenhaft wirkender, unrasierter Mann namens Tillotson emsig vor sich hin; auf seinen Knien lag eine aufgeschlagene Zeitung, sein Mund befand sich dicht am Mundstück des Sprechschreibers. Er wirkte wie jemand, der das, was er sagte, ein Geheimnis zwischen sich und dem Monitor bleiben lassen wollte. Er sah auf, und seine Brille schickte ein feindseliges Blitzen in Winstons Richtung.

Winston kannte Tillotson kaum und hatte keine Ahnung, womit er befasst war. Die Menschen in der Archiv-Abteilung redeten nicht gern über ihre Arbeit. In dem langen, fensterlosen Gang mit den Bürokabinen zu beiden Seiten und dem unentwegten Papierrascheln und Gewirr der Stimmen, die in die Sprechschreiber raunten, gab es glatt ein Dutzend Leute, von denen Winston nicht einmal die Namen kannte, obwohl er sie jeden Tag die Gänge rauf und runter eilen oder während der Zwei Minuten Hass mit den Armen fuchteln sah. Er wusste, das in seinem Nachbarbüro die kleine, flachsblonde Frau tagein, tagaus nichts anderes tat, als die Namen von Menschen, die vaporisiert worden waren und deshalb für niemals existent galten, aus der Presse herauszusuchen und zu tilgen. Sie war ein Stück weit vom Fach, denn vor einigen Jahren hatte man ihren Ehemann vaporisiert. Und ein paar Büros weiter saß ein sanftes, untaugliches, verträumtes Geschöpf mit stark behaarten Ohren und einem erstaunlichen Talent im Hantieren mit Reimen und Versmaßen namens Ampleforth, der die Aufgabe hatte, entstellte Fassungen – »Texte letzter Hand« genannt – von Gedichten zu erzeugen, die ideologisch anstößig geworden waren, aber aus diesem oder jenem Grund Teil des lyrischen Werks bleiben sollten. Und dieser Gang mit seinen rund fünfzig Angestellten war nur eine Unterabteilung, eine kleine Zelle gleichsam, im gewaltigen Netzwerk der Archiv-Abteilung. Neben, über und unter ihnen gingen andere Scharen von Mitarbeitern einer unvorstellbaren Vielzahl an Aufgaben nach. Es gab große Druckereien mit Redakteuren, versierten Setzern und bestens ausgestatteten Ateliers zum Fälschen von Fotografien. Es gab die Teleprogramm-Abteilung mit Technikern, Produzenten und einem Stab an Schauspielern, die vor allem ihr Talent im Nachahmen von Stimmen qualifizierte. Es gab ganze Trupps an Fachreferenten, die keine andere Aufgabe hatten, als Listen von Büchern und Zeitschriften zu erstellen, die einzuziehen waren. Es gab riesige Depots zum Lagern korrigierter Schriftstücke und die verborgenen Brennöfen zur Vernichtung der Originale. Und irgendwo saßen unerkannt die führenden Köpfe, die den ganzen Apparat koordinierten und die Kriterien festlegten, nach denen dieser Teil der Vergangenheit beizubehalten, jener zu verfälschen und wieder ein anderer ganz auszumerzen war.

Und doch war die Archiv-Abteilung wiederum nur ein einzelner Teilbereich im Ministerium für Wahrheit, dessen zentrale Aufgabe ja nicht das Umgestalten der Vergangenheit war, sondern die Versorgung der Bürger Ozeaniens mit Zeitschriften, Filmen, Lehrbüchern, Monitor-Programmen, Spielen, Romanen – mit jeglicher Form von Information, Erbauung und

Unterhaltung vom Denkmal bis zum Denkspruch, vom gefühlvollen Gedicht bis zum biologischen Fachartikel und von der Kinderfibel bis zum Neusprech-Wörterbuch. Und das Ministerium musste nicht nur die vielfältigen Ansprüche der Parteiebene bedienen, sondern das gesamte Verfahren auf niedrigerem Niveau im Dienst des Proletariats noch einmal anwenden. Es gab eine ganze Reihe gesonderter Abteilungen für proletarische Literatur, Musik, Theater und Zeitvertreib allgemein. Hier entstanden die miesen Blättchen mit kaum anderem Inhalt als Sport, Verbrechen und Astrologie, schrille Groschenhefte, Sexfilme und rührselige Lieder, die rein maschinell durch eine Art Zufallsgenerator, dem Versifikator, komponiert wurden. Es gab sogar ein ganzes Unterressort – Pornorg auf Neusprech – zur Produktion von Pornoheftchen niederster Güte, die in verschlossenen Umschlägen verschickt wurden und die kein Parteimitglied zu Gesicht bekommen durfte, abgesehen jene, die an ihnen arbeiteten.

Drei neue Mitteilungen waren aus dem Rohrpostsystem geglitten, während Winston gearbeitet hatte, jedoch allesamt leichte Fälle, und er hatte sie erledigt, bevor die Zwei Minuten Hass ihn unterbrachen. Nach dem Hass ging er wieder in sein Büro, zog das Neusprech-Wörterbuch aus dem Regal, schob den Sprechschreiber beiseite, putzte seine Brille und machte sich an den wichtigsten Auftrag dieses Vormittags.

Seine Arbeit war Winstons größte Freude im Leben. Sie bestand vorwiegend aus langweiliger Routine, stellte ihn aber manchmal auch vor so schwierige und komplexe Aufgaben, dass man sich in ihnen verlieren konnte wie in den Untiefen eines mathematischen Problems – heikle Fälschungen, für die man sich ganz auf seine Kenntnisse der Engsoz-Grundsätze und sein Gespür dafür verlassen musste, was die Partei von einem erwartete. Winston war gut in solchen Dingen. Hin und wieder wurde er sogar mit der Verbesserung von ganz auf Neusprech verfassten Leitartikeln der *Times* beauftragt. Er rollte die Mitteilung auf, die er beiseitegelegt hatte:

times 3.12.83 bericht gb tagesbefehl doppelplusungut nennt unpersonen komplett neufass oberplazet vorarch

Was in Altsprech oder gewöhnliche Sprache übersetzt etwa meinte:

Der Artikel zum Tagesbefehl des Großen Bruders in der *Times* vom 3. Dezember 1983 ist zutiefst unzulänglich und erwähnt nichtexistente Personen. Verfassen Sie ihn komplett neu und legen Sie den Entwurf Ihrem Dienstherrn vor, bevor der Text archiviert wird.

Winston las den inkriminierten Artikel durch. Der Tagesbefehl des Großen Bruders hatte wohl hauptsächlich einem Loblied auf die Arbeit einer als FFCC bekannten Organisation gegolten, die die Seeleute auf den Schwimmenden Festungen mit Zigaretten und weiteren Annehmlichkeiten versorgte. Ein Genosse Withers, prominentes Mitglied der Inneren Partei, war dabei namentlich erwähnt und mit dem Orden für besondere Verdienste zweiter Klasse ausgezeichnet worden.

Drei Monate später war die FFCC plötzlich ohne Angabe von Gründen aufgelöst worden. Es ließ sich denken, dass Withers und seine Gefährten in Ungnade gefallen waren, aber es hatte keinen Bericht dazu in der Presse oder im Monitor gegeben. Das war zu erwarten gewesen, denn nur selten wurden politische Missetäter vor Gericht gestellt oder auch nur öffentlich angeprangert. Die großen, Tausende Personen betreffenden Säuberungen mit Schauprozessen gegen Verräter und Gedankenverbrecher, die ihre schlimmen Taten gestanden und anschließend hingerichtet wurden, waren besondere Spektakel, die nur alle paar Jahre einmal stattfanden. Menschen, die sich den Unmut der Partei zugezogen hatten, verschwanden für gewöhnlich einfach, ohne dass man je wieder von ihnen hörte. Man erhielt nie den kleinsten Hinweis darauf, was mit ihnen geschehen war. Manchmal waren sie vielleicht gar nicht tot. Etwa dreißig Menschen, die Winston persönlich gekannt hatte, seine Eltern nicht mitgezählt, waren im Lauf der Zeit verschwunden.

Winston tippte sich mit einer Büroklammer sanft auf die Nase. Genosse Tillotson im Büro gegenüber hockte noch immer geheimnistuerisch vor seinem Sprechschreiber. Er hob kurz seinen Kopf – wieder das feindselige Blitzen seiner Brille. Winston fragte sich, ob Genosse Tillotson den gleichen Auftrag bearbeitete wie er selbst. Das war sehr gut möglich. Ein derart kniffliger Text wurde nie nur einer einzelnen Person anvertraut. Ein ganzes Gremium daranzusetzen hätte andererseits das offene Eingeständnis bedeutet, dass hier ein Akt der Fälschung stattfand. Höchstwahrscheinlich arbeitete gerade ein Dutzend Personen an konkurrierenden Fassungen dessen, was der Große Bruder wirklich gesagt hatte. Bald würde irgendein Oberhirn in der Inneren Partei diese oder jene Version auswählen, publik machen und damit das komplexe Räderwerk erforderlicher Nachbesserungen andernorts in Gang setzen, und dann würde die gewählte Lüge zu den Akten genommen und damit Wahrheit werden.

Winston wusste nicht, warum Withers in Ungnade gefallen war. Vielleicht wegen Korruption oder Unfähigkeit. Vielleicht wollte der Große Bruder nur einen zu beliebt gewordenen Subalternen loswerden. Vielleicht hatte sich Withers oder jemand aus seinem näheren Umfeld ketzerischer Neigungen verdächtig gemacht. Oder vielleicht – und das war das Wahrscheinlichste – war dies nur geschehen, weil Säuberungen und Vaporisierungen im Regierungsgeschäft eine unerlässliche Rolle spielten. Der einzige echte Anhaltspunkt steckte in den Wörtern »nennt unpersonen«, was darauf hindeutete, dass Withers bereits tot war. Wobei dies nicht grundsätzlich der Fall war, wenn Menschen verhaftet wurden. Manchmal wurden sie wieder entlassen und durften bis zu ihrer Hinrichtung noch ein, zwei Jahre in Freiheit verbringen. Mitunter trat eine Person, die man längst für tot gehalten hatte, bei einem öffentlichen Prozess geisterhaft wieder in Erscheinung, belastete Hunderte andere durch ihre Aussage und verschwand dann wieder, diesmal für immer. Withers allerdings war bereits eine *Unperson*. Er existierte nicht, hatte nie existiert. Winston entschied, dass es nicht genüge, die Absicht der Rede des Großen Bruders einfach in ihr Gegenteil umzukehren. Es war besser, sie von etwas handeln zu lassen, das mit ihrem ursprünglichen Thema gar nichts zu tun hatte.

Er konnte die Rede in das übliche Anprangern von Verrätern und Gedankenverbrechern umgestalten, doch das war ein bisschen zu durchschaubar, während es die Archivlage zu sehr strapazieren mochte, wenn er einen Sieg an der Front oder irgendeine grandiose Übererfüllung im neunten Dreijahresplan erfand. Ein reines Fantasiegebilde musste her. Mit einem Mal hatte er bis ins Detail die Vorstellung eines Genossen Ogilvy im Kopf, der unlängst heldenhaft in der Schlacht gefallen war. Zu manchen Gelegenheiten widmete der Große Bruder seinen Tagesbefehl der Erinnerung an ein einfaches, ergebenes Parteimitglied, dessen Leben und Sterben er als nachahmenswertes Beispiel propagierte. Am heutigen Tag würde er also des Genossen Ogilvy gedenken. Dieser Genosse war inexistent, aber mit ein paar gedruckten Zeilen und einer Handvoll gefälschter Fotografien ließ er sich rasch zum Leben erwecken.

Winston dachte kurz nach, dann zog er den Sprechschreiber zu sich heran und begann im vertrauten Stil des Großen Bruders zu diktieren, einem zugleich militärischen und pedantischen Stil, der sich aufgrund seiner Masche, eine Frage zu stellen und sie sogleich selbst zu beantworten (»Welche Lehre ziehen wir daraus, Genossen? Die Lehre – die zugleich ein zentraler Grundsatz von Engsoz ist –, dass« usw. usf.), leicht nachahmen ließ.

Im Alter von drei Jahren wollte Genosse Ogilvy nur noch mit einer Trommel, einer Maschinenpistole und einem Hubschraubermodell spielen. Mit sechs – aufgrund einer Sondergenehmigung ein Jahr früher als gemeinhin möglich – trat er den Kundschaftern bei, mit neun hatte er es zum Truppführer gebracht. Mit elf denunzierte er seinen Onkel bei der Gedankenpolizei, nachdem er ein Gespräch mitgehört hatte, das ihm kriminelle Absichten durchscheinen ließ. Mit siebzehn war er Bezirksleiter des Anti-Sex-Jugendbundes. Mit neunzehn hatte er eine Handgranate entwickelt, die das Ministerium für Frieden übernahm und die bei ihrem ersten Testlauf auf einen Schlag 31 eurasische Gefangene tötete. Mit zweiunddreißig fiel er im Kampf. Er flog mit wichtigen Depeschen über den Indischen Ozean, als ihn feindliche Düsenjäger verfolgten, woraufhin er sich das Gewicht seines Maschinengewehrs auflud und mitsamt seiner Depeschen aus dem Helikopter in die Untiefen hinabsprang – ein Tod, wie der Große Bruder sagte, angesichts dessen man nicht umhinkam, Neid zu empfinden. Der Große Bruder sagte dann noch kurz etwas dazu, wie keusch und zielstrebig Genosse Ogilvy gelebt habe. Er rührte keinen Alkohol an und rauchte nicht, gönnte sich keinerlei Pausen außer während einer Stunde täglich in der Sporthalle und hatte das Gelübde abgelegt, unverheiratet zu bleiben, da ihm die Ehe und die Versorgung einer Familie unvereinbar schien mit hingebungsvollem Dienst rund um die Uhr. Er hatte kein anderes Gesprächsthema als die Grundsätze von Engsoz und kein anderes Ziel im Leben als den Sieg über den eurasischen Feind und das Ausmerzen von Spionen, Saboteuren, Gedankenverbrechern und sonstigen Verrätern.

Winston überlegte, den Genossen Ogilvy mit dem Orden für besondere Verdienste auszuzeichnen, entschied sich aber letztlich dagegen, da dies nur wieder unnötige Nachkorrekturen andernorts verursachte.

Noch einmal blickte er zu seinem Konkurrenten im Büro gegenüber. Irgendetwas gab ihm die Gewissheit, dass Tillotson an demselben Auftrag saß. Man konnte nie wissen, wessen Arbeit am Ende genommen wurde, aber er war tief davon überzeugt, dass es seine eigene war. Genosse Ogilvy, vor einer Stunde noch nicht einmal ersonnen, war nun Realität. Sonderbar, so fiel ihm auf, dass man Tote erschaffen konnte, aber keine Lebenden. Genosse Ogilvy, der niemals in der Gegenwart existiert hatte, existierte jetzt in der Vergangenheit, und war der Akt der Fälschung erst einmal in Vergessenheit geraten, würde er ebenso wirklich und nachweisbar gelebt haben wie Karl der Große oder Julius Caesar.

V

In der unterirdisch gelegenen Kantine mit der niedrigen Decke kam die Schlange der Mittagsgäste nur langsam voran. Der Raum war bereits gedrängt voll, und es war ohrenbetäubend laut. Von der Ausgabe an der Theke stieg der Dampf vom Eintopf auf, der sauer-metallisch roch und den Dunst des Victory-Gins nicht ganz überdeckte. Weit hinten im Raum befand sich eine kleine Bar, nur eine Nische in der Wand, wo man für zehn Cent einen großen Schluck Gin erhielt.

»Genau dich habe ich gesucht«, sagte eine Stimme in Winstons Rücken.

Er drehte sich um. Es war sein Freund Syme, der in der Forschungsabteilung arbeitete. »Freund« war vielleicht nicht der richtige Ausdruck. Heutzutage hatte man keine Freunde, man hatte Genossen; aber es gab Genossen, deren Gesellschaft angenehmer war als die anderer. Syme war Philologe, Spezialgebiet Neusprech. Er gehörte der riesigen Arbeitsgruppe an, die gerade mit der Redaktion der elften Auflage des Neusprech-Wörterbuchs befasst war. Er war klein von Wuchs, kleiner als Winston, hatte dunkles Haar und hervorquellende, traurig und zugleich spöttisch wirkende große Augen, die dein Gesicht zu durchforschen schienen, während er mit dir sprach.

»Ich wollte dich fragen, ob du vielleicht Rasierklingen hast«, sagte er.

»Nicht eine!«, erwiderte Winston mit gleichsam schuldbewusster Eile. »Ich habe alles abgesucht. Es gibt einfach keine mehr.«

Ständig fragte dich jemand nach Rasierklingen. In Wirklichkeit besaß er noch zwei unbenutzte. Seit Monaten schon waren sie Mangelware. Irgendeinen Bedarfsartikel gab es immer, den die Läden der Partei nicht im Angebot hatten. Mal waren es Knöpfe, mal Schnürsenkel, mal war es Stopfwolle; aktuell waren es Rasierklingen. Wenn überhaupt, fand man welche beim mehr oder weniger verstohlenen Abklappern des »freien« Marktes.

»Seit sechs Wochen benutze ich dieselbe Klinge«, fügte er unwahr hinzu.

Die Schlange rückte erneut etwas vor. Als sie anhielten, drehte sich Winston wieder Syme zu. Beide nahmen ein schmieriges Metalltablett vom Stapel am Ende der Theke.

»Warst du gestern mit dabei, als die Gefangenen gehenkt wurden?«, fragte Syme.

»Ich hatte zu tun«, sagte Winston interesselos. »Ich werd's wohl im Kino zu sehen bekommen.«

»Ein sehr unzulänglicher Ersatz«, sagte Syme.

Seine spöttischen Augen schweiften über Winstons Gesicht. ›Ich kenne dich‹, schien sein Blick zu sagen. ›Ich durchschaue dich. Ich weiß sehr wohl, warum du dir das Aufknüpfen der Gefangenen nicht ansehen wolltest.‹ Syme war auf verstandesmäßige Weise herzlos orthodox. Er redete mit unangenehm hämischer Wonne über Luftangriffe auf feindliche Dörfer, Verhöre und Geständnisse von Gedankenverbrechern und über die Exekutionen in den Kellern des Ministeriums für Liebe. Wenn man sich mit ihm unterhalten wollte, musste man ihn von solchen Themen wegbringen und ihn soweit möglich in ein Gespräch über Detailfragen von Neusprech verwickeln, dann wurde er kompetent und fesselnd. Winston drehte seinen Kopf leicht zur Seite, um dem forschenden Blick der großen dunklen Augen zu entgehen.

»War gut, die Hinrichtung«, griff Syme den Faden wieder auf. »Mich stört's, wenn die Füße dabei zusammengebunden sind. Ich sehe gern, wie sie zappeln. Und vor allem, wenn am Ende die Zunge richtig raushängt, blau – so ganz hellblau. Das ist ein Detail, das mich anspricht.«

»Nächster bitte!«, rief die weißbeschürzte Prol-Frau mit der Kelle.

Winston und Syme schoben ihre Tabletts vor die Ausgabe. Schnell bekamen sie das Standardgericht ausgehändigt – ein Schüsselchen mit rosa-grauem Eintopf, eine dicke Scheibe Brot, einen Würfel Käse, einen Becher Victory-Kaffee ohne Milch und ein Stück Süßstoff.

»Dahinten ist ein Tisch frei, unter dem Monitor«, sagte Syme. »Lass uns unterwegs noch einen Gin mitnehmen.«

Der Gin wurde in henkellosen Porzellanbechern ausgeschenkt. Sie schoben sich durch den gedrängt vollen Raum und stellten ihre Tabletts auf die Metallplatte des Tisches, an dessen Ecke jemand eine Lache Eintopf hinterlassen hatte, ein schmutzig-feuchtes Etwas, das wie Erbrochenes aussah. Winston nahm seinen Becher Gin, hielt einen Moment inne, um sich zu sammeln, und kippte das ölig schmeckende Zeug hinunter. Nachdem er sich die Tränen aus den Augen gezwinkert hatte, spürte er plötzlich, dass er hungrig war. Er begann den Eintopf in sich hineinzulöffeln, in dessen Pampe schwammige rosa Bröckchen steckten, die vermutlich Fleischersatz waren. Beide schwiegen, bis sie ihre Schüsselchen geleert hatten. Am Tisch links von

Winston hinter seinem Rücken sprach jemand schnell und unausgesetzt, ein grelles Plappern fast wie Entengeschnatter, das durch das allgemeine Getöse im Raum drang.

»Wie geht's mit dem Wörterbuch voran?«, fragte Winston mit erhobener Stimme, um den Lärm zu übertönen.

»Langsam«, sagte Syme. »Ich sitze jetzt an den Adjektiven. Spannende Sache.«

Die Thematisierung von Neusprech ließ ihn sofort munter werden. Er schob sein Schüsselchen zur Seite, ergriff mit der einen feingliedrigen Hand sein Brot und mit der anderen den Käse und beugte sich über den Tisch, damit er nicht zu schreien brauchte.

»Die elfte Auflage wird die maßgebliche Fassung«, sagte er. »Wir geben der Sprache ihre endgültige Form – die Form, die sie haben wird, wenn niemand mehr anders spricht. Wenn wir damit fertig sind, werden Leute wie du alles neu lernen müssen. Du denkst vermutlich, dass unsere Arbeit wesentlich im Erfinden neuer Wörter besteht. Keine Spur! Wir löschen Wörter aus – jede Menge, Hunderte, jeden Tag. Wir verschlanken die Sprache bis auf ihr nacktes Gerüst. Die elfte Auflage enthält kein einziges Wort mehr, das bis zum Jahr 2050 außer Gebrauch sein wird.«

Er biss gierig in sein Brot und verschlang ein paar Brocken, dann fuhr er mit der Begeisterung eines Schulmeisters fort. Sein schmales, dunkles Gesicht hatte sich belebt, aus seinen Augen war alles Spöttische gewichen, sie schauten fast träumerisch.

»Im Auslöschen von Wörtern steckt ein großer Reiz. Den meisten Ausschuss gibt es natürlich bei den Verben und den Adjektiven, aber es gibt auch Hunderte Substantive, die abgeschafft werden können. Nicht nur bei den Synonymen, auch bei den Gegenbegriffen. Wie begründet sich denn die Existenz eines Wortes, das einfach das Gegenteil eines anderen besagt? Ein Wort trägt sein Gegenteil doch schon in sich. Nimm ›gut‹, zum Beispiel. Wenn du ein Wort wie ›gut‹ hast, wozu brauchst du dann noch das Wort ›schlecht‹? ›Ungut‹ tut es genauso, ist sogar besser, weil es anders als ›schlecht‹ das exakte Gegenteil ist. Und wenn du eine Verstärkung von ›gut‹ brauchst, was bringt dir da die ganze Latte vager, nutzloser Wörter wie ›großartig‹, ›hervorragend‹ und so fort? Mit ›plusgut‹ ist alles gesagt, oder ›doppelplusgut‹, wenn's noch etwas stärker sein soll. Wir haben solche Formen ja längst in Gebrauch, aber in der endgültigen Version von Neusprech wird es keine anderen mehr geben. Am Ende wird sich die gesamte Begrifflichkeit von Gut bis Schlecht durch nicht mehr als sechs Wörter fassen lassen – im Grunde durch ein einziges Wort. Erkennst du nun den Reiz darin, Winston? Natürlich war es der GB, der zuerst auf diesen Einfall kam«, schob er hinterher.

Bei der Erwähnung des Großen Bruders glitt ein mattes Aufmerken über Winstons Gesicht. Und doch registrierte Syme sofort den gewissen Mangel an Begeisterung.

»Du bist nicht wirklich aufgeschlossen für Neusprech, Winston«, sagte er beinahe traurig. »Selbst wenn du darin schreibst, denkst du weiterhin in Altsprech. Ich habe ein paar der Sachen gelesen, die du mitunter für die *Times* schreibst. Sie sind sehr anständig, aber es sind Übersetzungen. Dein Herz hängt noch am Altsprech mit der ganzen Unklarheit und den nutzlosen Bedeutungsnuancen. Dir verschließt sich der Reiz, der im Auslöschen von Wörtern liegt. Wusstest du, dass Neusprech die einzige Sprache der Welt ist, deren Vokabular mit jedem Jahr kleiner wird?«

Natürlich wusste Winston das. Er lächelte teilnahmsvoll, wie er hoffte, er wagte nichts zu sagen. Syme biss noch ein Stück von dem dunklen Brot ab, kaute kurz und fuhr fort:

»Kapierst du denn nicht, dass Neusprech ganz darauf abzielt, das Spektrum möglicher Gedanken zu verengen? Zu guter Letzt werden wir Gedankenverbrechen buchstäblich unmöglich gemacht haben, weil es dann keine Wörter mehr gibt, mit denen sie geäußert werden könnten. Was immer man zum Ausdruck bringen möchte wird sich in genau einem Wort sagen lassen, dessen Bedeutung streng festgelegt ist; alle seine Nebenbedeutungen sind dann ausradiert und vergessen. In der elften Auflage sind wir bereits nahe dran an diesem Punkt. Doch der Prozess wird noch andauern, wenn wir beide längst tot sind. Mit jedem Jahr weniger Wörter und das Spektrum des Bewusstseins immer ein bisschen kleiner. Schon heute gibt es natürlich keinerlei Begründung oder Ausflucht dafür, wenn jemand Gedankenverbrechen begeht. Alles eine Frage der Selbstdisziplin, der Wirklichkeitslenkung. Aber am Ende wird es selbst dafür keine Notwendigkeit mehr geben. Wenn die Sprache perfekt ist, wird die Revolution vollendet sein. Neusprech ist Engsoz und Engsoz ist Neusprech«, fügte er mit einer Art mystischem Behagen hinzu. »Hast du dir je bewusst gemacht, Winston, dass im Jahr 2050 allerspätestens kein einziger Mensch mehr leben wird, der ein Gespräch wie unseres noch versteht?«

»Bis auf …«, wollte Winston einhaken, hielt dann aber inne.

Ihm hatte »Bis auf die Prols« auf der Zunge gelegen, doch er verkniff es sich, denn er war unsicher, ob er damit nicht etwas Unorthodoxes aussprach. Syme konnte sich freilich denken, was er hatte sagen wollen.

»Die Prols sind keine Menschen«, sagte er leichthin. »Im

Jahr 2050 – eher früher – werden jegliche Altsprech-Kenntnisse erloschen sein. Die Literatur der Vergangenheit wird vollständig getilgt sein. Chaucer, Shakespeare, Milton, Byron – sie alle gibt es nur noch in Neusprech-Versionen, die dann nicht einfach nur umgestellt wurden, sondern in das Gegenteil dessen verkehrt, was sie einmal waren. Selbst die Parteiliteratur wird anders sein. Selbst die Parolen werden anders sein. Was soll man mit einer Parole wie ›Freiheit ist Sklaverei‹, wenn die Idee der Freiheit aufgehoben wurde? Das gesamte Klima des Denkens wird anders sein. Es wird überhaupt kein Denken in unserem heutigen Verständnis mehr geben. Orthodoxie bedeutet: nicht denken, nicht denken müssen. Orthodoxie ist Unbewusstheit.«

Eines Tages, dachte Winston plötzlich zutiefst davon überzeugt, wird man Syme vaporisieren. Er ist zu intelligent. Er sieht zu klar und spricht zu offen. Die Partei mag solche Leute nicht. Eines Tages wird er verschwinden. Es steht ihm ins Gesicht geschrieben.

Winston hatte Brot und Käse aufgegessen. Er setzte sich etwas seitlich hin, um seinen Becher Kaffee zu trinken. Am Tisch zu seiner Linken redete der Mann mit der grellen Stimme weiter unerbittlich drauflos. Eine junge Frau, vielleicht seine Sekretärin, die mit ihrem Rücken zu Winston saß, hörte ihm zu und schien ihm in allem, was er sagte, beflissen zuzustimmen. Hier und da schnappte Winston Floskeln auf wie »Sie haben total recht, ich seh's ganz genauso«, geäußert von einer jugendlichen und ziemlich einfältigen Frauenstimme. Die andere Stimme aber hielt niemals inne, auch nicht, wenn die junge Frau sprach. Winston kannte den Mann vom Sehen, wusste jedoch nicht mehr über ihn, als dass er irgendeine wichtige Position in der

Roman-Abteilung hatte. Er war um die dreißig, hatte einen muskulösen Hals und einen großen, beweglichen Mund. Sein Kopf war etwas nach hinten geneigt, und aufgrund des Winkels, in dem er saß, fiel das Licht so auf seine Brillengläser, dass Winston zwei blanke Scheiben anstelle der Augen sah. Ein bisschen schaurig war, dass sich im Strom an Lauten, der aus seinem Mund quoll, fast kein einziges Wort richtig heraushören ließ. Nur einmal hörte Winston einen Satzfetzen – »vollständige und endgültige Eliminierung des Goldsteinismus« –, blitzschnell ausgestoßen und, so wirkte es, wie in einem Stück, wie eine Zeile Bleisatz für den Druck. Alles Übrige war Geräusch, nichts als quak quak quak. Und obwohl man nicht verstand, was der Mann sagte, konnte man doch zweifellos wissen, worum es in der Sache ging. Er mochte Goldstein brandmarken und strengere Maßnahmen gegen Gedankenverbrecher und Saboteure fordern, er mochte gegen die Gräueltaten der eurasischen Armee wettern, er mochte den Großen Bruder oder die Helden an der Malabar-Front rühmen – es machte keinen Unterschied. Gleich was er sagte, man konnte sicher sein, dass jedes Wort Orthodoxie in Reinform war, Engsoz in Reinform. Während Winston das augenlose Gesicht mit dem sich rasch auf und ab bewegenden Unterkiefer betrachtete, hatte er die seltsame Empfindung, dass dies kein echter Mensch war, sondern so etwas wie eine Attrappe. Nicht das Hirn des Mannes sprach, sondern sein Kehlkopf. Das Zeug, das da aus ihm drang, bestand aus Wörtern, war aber kein Sprechen im eigentlichen Sinn, es war ein unbewusst hervorgebrachtes Geräusch wie das Quaken einer Ente.

Syme war einen Moment lang verstummt, mit dem Griff seines Löffels zeichnete er Muster in den Rest vom Eintopf. Die

Stimme am anderen Tisch quakte unentwegt weiter, gut hörbar trotz des Lärms ringsumher.

»Es gibt da ein Wort auf Neusprech«, sagte Syme. »Ich weiß nicht, ob du das kennst: *Quaksprech*, quaken wie eine Ente. Es ist eins dieser interessanten Wörter, die zwei gegensätzliche Bedeutungen haben. Auf einen Gegner gemünzt ist es eine Schmähung und im Fall, dass du mit jemandem einer Meinung bist, ein Lob.«

Man wird Syme ohne Zweifel vaporisieren, dachte Winston erneut. Er dachte das mit einer gewissen Betrübnis, obwohl er nur zu gut wusste, dass Syme ihn geringschätzte und nicht besonders mochte, ja dass er es fertigbrachte, ihn als Gedankenverbrecher zu denunzieren, sollte sich ihm irgendein Anlass dazu bieten. Mit Syme war etwas nicht in Ordnung. Ihm ging etwas ab: Taktgefühl, Zurückhaltung, ein Maß an rettender Dummheit. Man konnte nicht sagen, dass er unorthodox war. Er glaubte an die Grundsätze von Engsoz, verehrte den Großen Bruder, bejubelte Siege, hasste Ketzer, nicht nur reinen Herzens, sondern mit dem rastlosen Eifer eines stets Wohlinformierten, den ein Parteimitglied gemeinhin so nicht an den Tag legte. Dennoch ging auch etwas Anrüchiges von ihm aus. Er sagte Dinge, die man besser nicht sagte, er hatte zu viele Bücher gelesen, er ging ins Chestnut Tree Cafe, Stammlokal der Maler und Musiker. Kein Gesetz, auch kein ungeschriebenes, untersagte den Besuch des Chestnut Tree Cafe, trotzdem galt der Ort als unheilvoll. Die in Verruf geratenen alten Anführer der Partei hatten sich dort getroffen, bevor sie eliminiert wurden. Sogar Goldstein selbst, hieß es, habe man gelegentlich dort gesehen, vor Jahren oder Jahrzehnten. Symes Schicksal war nicht schwer vorauszusagen. Und doch stand fest: Sollte Syme – und sei es nur für Sekunden – dem Wesen seiner, Winstons geheimer Ansichten auf die Spur kommen, er würde ihn umgehend an die Gedankenpolizei verraten. Jeder würde das tun, aber Syme ganz vorneweg. Eifer allein genügte nicht. Orthodoxie war Unbewusstheit.

Syme blickte auf. »Da kommt Parsons«, sagte er.

Etwas im Klang seiner Stimme schien »dieser Blödmann« zu ergänzen. Tatsächlich bahnte sich Parsons, Winstons Nachbar im Victory-Wohnblock, seinen Weg durch den Raum – ein rundlicher, mittelgroßer Mann mit blondem Haar und Froschgesicht. Mit seinen 35 Jahren setzte er bereits Fettpolster im Nacken und auf den Hüften an, aber er bewegte sich flink und jungenhaft. Er wirkte insgesamt wie ein großgewordener Junge, so sehr, dass man, obwohl er den regulären Overall trug, ihn sich kaum anders vorzustellen vermochte als in der kurzen blauen Hose, dem grauen Hemd und roten Halstuch der Kundschafter. Vor dem inneren Auge sah man ihn stets mit bloßen Knien, hochgekrempelten Ärmeln und speckigen Unterarmen. Und in der Tat trug Parsons grundsätzlich kurze Hosen, wenn ihm eine Wandergesellschaft oder andere körperliche Aktivitäten dazu irgendwie Anlass boten. Er grüßte beide mit einem freudigen »Hallo, hallo!« und setzte sich an den Tisch. Er roch penetrant nach Schweiß. Sein rosa Gesicht war über und über feuchtbesprenkelt. Im Schwitzen war er einsame Klasse. Im Gemeinschaftszentrum konnte man anhand der feuchten Griffe der Schläger immer sagen, ob er gerade Tischtennis gespielt hatte. Syme hatte einen Papierstreifen mit einer langen Wörterliste hervorgeholt, die er mit einem Tintenstift in der Hand durchging.

»Sieh dir den an, arbeitet selbst noch in der Mittagspause«, sagte Parsons und knuffte Winston. »Emsig, hm? Was haben Sie denn da, alter Knabe? Bestimmt etwas, das zu hoch für mich ist. Smith, alter Knabe, ich sag', warum ich Ihnen auf den Pelz rücke. Es geht um den Beitrag, den Sie vergessen haben zu bezahlen.«

»Welcher Beitrag genau?«, sagte Winston und tastete mechanisch nach seinem Geld. Rund ein Viertel seines Gehalts hatte man freiwillig zu spenden für eine Vielzahl an Verwendungen, bei denen man nur schwer den Überblick behielt.

»Für die Hasswoche. Sie wissen doch – die Mittel für das eigene Wohnhaus. Ich bin der Kassenwart unseres Blocks. Wir hängen uns da voll rein und ziehen das ganz groß auf. Ich werd' nicht schuld daran sein, wenn der olle Victory-Block nicht der mit dem prächtigsten Fahnenschmuck in der ganzen Straße ist, das sag ich Ihnen. Sie haben mir zwei Dollar zugesagt.«

Winston fand zwei knittrige, schmutzige Scheine und reichte sie Parsons, der die Zahlung in der ordentlichen Handschrift eines Ungebildeten in ein kleines Notizbuch eintrug.

»Bei der Gelegenheit, alter Knabe«, sagte er. »Wie ich höre, hat gestern mein kleiner Racker mit seiner Zwille auf Sie geschossen. Ich habe ihm ziemlich den Kopf gewaschen dafür. Ich sagte ihm, dass ich ihm das Ding wegnehme, wenn er's noch mal tut.«

»Ich glaube, er war ein bisschen verärgert, dass er nicht zur Hinrichtung durfte«, sagte Winston.

»Das, nun … ich meine, das zeugt doch vom richtigen Geist, nicht? Sind immer zu Streichen aufgelegte Schlingel, alle beide, aber mit was für einem Eifer! Sie haben nichts im Kopf als die Kundschafter, und den Krieg natürlich. Wissen Sie, was mein kleines Mädchen letzten Samstag tat, als ihre Schar eine Wanderung nach Berkhamsted machte? Hat sich zwei andere Mädchen geschnappt, mit denen sie ausbüxte, um den ganzen Nachmittag lang einen seltsamen Mann zu verfolgen. Zwei Stunden lang blieben sie ihm auf den Fersen einmal quer durch den Wald, und in Amersham haben sie ihn dann der Polizei übergeben.«

»Warum haben sie das getan?«, fragte Winston einigermaßen verblüfft. Parsons fuhr triumphierend fort:

»Meine Kleine hatte erkannt, dass er irgendwie ein feindlicher Agent war – einer, der mit dem Fallschirm abgesetzt worden war zum Beispiel. Aber jetzt kommt's, alter Knabe. Was meinen Sie, wodurch ist er ihr wohl zuerst aufgefallen? Sie sah, dass er seltsame Schuhe trug, und sagte, solche Schuhe hätte sie noch nie jemand tragen sehen. Gut möglich also, dass der ein Ausländer war. Ganz schön pfiffig für eine Siebenjährige, hm?«

»Was ist mit dem Mann passiert?«, fragte Winston.

»Ach, das weiß ich doch nicht. Ich wäre aber nicht allzu überrascht, wenn ...« Parsons zielte mit einer imaginären Waffe und schnalzte mit der Zunge für den Schuss.

»Gut«, sagte Syme geistesabwesend, ohne von seinem Papierstreifen aufzusehen.

»Natürlich können wir es uns nicht leisten, ein Risiko einzugehen«, stimmte Winston pflichtschuldig bei.

»Immerhin ist Krieg«, sagte Parsons.

Wie zur Bestätigung dessen drang eine Trompetenfanfare aus dem Monitor direkt über ihren Köpfen. Diesmal folgte allerdings keine Bekanntgabe eines militärischen Sieges, sondern bloß eine Durchsage vom Ministerium für Fülle.

»Genossen!«, rief eine eifrige, jugendliche Stimme. »Hergehört, Genossen! Es gibt ruhmreiche Nachrichten. Wir haben die Schlacht um die Produktion gewonnen! Nunmehr abgeschlossene Berichte über das Volumen von Konsumgütern aller Bereiche zeigen, dass der Lebensstandard im vergangenen Jahr um nicht weniger als zwanzig Prozent gestiegen ist. In ganz Ozeanien kam es heute Morgen zu stürmischen Spontankundgebungen; Arbeiter verließen ihre Fabriken und Büros, marschierten mit Transparenten durch die Straßen und brachten dem Großen Bruder ihre Dankbarkeit für das neue, glückliche Leben zum Ausdruck, das uns seine weise Führung beschert. Es folgen einige der Gesamtzahlen. Nahrungsmittel …«

Die Wendung »unser neues, glückliches Leben« wurde noch mehrfach wiederholt. Im Ministerium für Fülle war sie zuletzt zu einer Lieblingsformel geworden. Von der Trompetenfanfare in Aufmerksamkeit versetzt, saß Parsons in einer Art glotzender Andacht, einer Art gelehriger Apathie da. Den Zahlen konnte er nicht folgen, aber er begriff, dass sie irgendwie Grund zur Zufriedenheit boten. Er hatte eine enorm große, verdreckte Pfeife hervorgezogen, die bereits zur Hälfte mit versengtem Tabak gestopft war. Bei einer Ration von 100 Gramm Tabak pro Woche war es selten möglich, eine Pfeife bis zum Rand zu füllen. Winston rauchte eine Victory-Zigarette, die er sorgsam waagerecht hielt. Die neue Zuteilung gab es erst morgen, und er hatte nur noch vier Zigaretten übrig. Für den Moment hatten seine Ohren die ferneren Geräusche ausgeblendet, er lauschte dem Zeug, das aus dem Monitor drang. Demnach hatte man sogar dem Großen Bruder mit Kundgebungen dafür gedankt, dass er die Schokoladeration auf zwanzig Gramm pro Woche erhöht hatte. Dabei, überlegte er, war doch erst gestern verkündet worden, dass die Ration auf zwanzig Gramm pro Woche *gesenkt* werde. War es möglich, dass die Leute dies nur vierundzwanzig Stunden später einfach schluckten? Ja, sie schluckten es. Parsons schluckte es spielend, mit der Dummheit eines Tieres. Das augenlose Wesen am Nebentisch schluckte es fanatisch, hingebungsvoll, in dem wilden Verlangen, jeden, der die Vorstellung erweckte, die Ration habe letzte Woche dreißig Gramm betragen, dingfest zu machen, zu denunzieren und zu vaporisieren. Und auch Syme schluckte es – auf etwas komplexere Art, unter Anwendung von Doppeldenk. Verfügte denn Winston *allein* über ein Gedächtnis?

Die sagenhaften Statistiken quollen weiter aus dem Monitor. Im Vergleich zum Vorjahr gab es mehr Nahrung, mehr Kleidung, mehr Häuser, mehr Möbel, mehr Kochtöpfe, mehr Heizmaterial, mehr Schiffe, mehr Helikopter, mehr Bücher, mehr Babys – mehr von allem außer Krankheit, Verbrechen und Wahnsinn. Jahr für Jahr und Minute um Minute ging es für alles und jeden steil nach oben. Wie zuvor Syme hatte nun Winston seinen Löffel in der Hand, mit dem er in der blässlichen Soße da und dort auf dem Tisch umherfuhr, wobei er einen langen Klecks zu einem Muster auszog. Verdrossen dachte er über die materiellen Umstände des Lebens nach. War es immer schon so gewesen? Hatte das Essen immer schon so geschmeckt? Er blickte sich in der Kantine um. Ein bevölkerter Raum mit niedriger Decke, dessen Wände durch den Kontakt mit zahllosen Körpern ganz schmutzig geworden waren; ramponierte Metalltische und -stühle, so eng gestellt, dass man beim Sitzen einander mit den Ellbogen stieß; verbogene Löffel, defektes Geschirr, derbe weiße Becher, alles fettig und mit Schmutz in jedem Riss; und ein säuerlicher Geruch, ein Gemisch aus miesem Gin, miesem Kaffee, metallischem Eintopf und dreckiger Kleidung. Immer regte sich in deinem Magen und deiner Haut eine Art Protest, das Gefühl, dass du um etwas betrogen wurdest, das dir zustand. Er hatte keine Erinnerung an etwas davon wesentlich Verschiedenes, wohl wahr. Zu jeder Zeit, die ihm noch präsent war, hatte es nie wirklich genug zu essen gegeben, hatte man nur löchrige Socken und Unterwäsche besessen, ramponierte, klapprige Möbel, hatte man in kalten Zimmern gewohnt und dichtgedrängt in der U-Bahn gestanden, waren die Häuser verfallen, war das Brot dunkel gewesen, Tee eine Seltenheit, Kaffee scheußlich, Zigaretten Mangelware – und nichts billig und reichlich vorhanden außer synthetischem Gin. Und wenngleich dies mit dem Älterwerden natürlich alles schlimmer wurde, zeigte es denn nicht an, dass es *nicht* die natürliche Ordnung der Dinge war, wenn einem das Herz wehtat angesichts der Trostlosigkeit, des Drecks und des Mangels, der endlosen Winter, der feuchten Socken, der nie funktionierenden Aufzüge, des kalten Wassers, der körnigen Seife, der zerbröselnden Zigaretten, der kaum genießbaren Nahrung? Warum empfand man das als eine solche Zumutung, wenn nicht, weil eine Art ererbte Erinnerung in einem steckte, dass die Dinge einmal ganz anders gewesen waren?

Winston blickte sich erneut in der Kantine um. Fast jeder hier war hässlich und würde auch in anderen Sachen als dem blauen Einheits-Overall hässlich bleiben. Am anderen Ende des Raums saß ein kleiner, seltsam käferartiger Mann allein am Tisch, trank eine Tasse Kaffee und ließ seine ruhelosen Äuglein argwöhnisch schweifen. Wie leicht war es doch, dachte Winston, einfach nicht um sich zu schauen und dann zu glauben, dass es den von der Partei zum Ideal erklärten Körpertypus – große, muskulöse Jünglinge und vollbusige Maiden, blond, kraftstrotzend, sonnengebräunt, unbekümmert – tatsächlich und sogar vorherrschend gab. Soweit er das beurteilen konnte, waren die Menschen in Landebahn Eins meist klein, dunkelhaarig und unansehnlich. Es war seltsam, wie sich dieser käferartige Typus in den Ministerien immer weiter ausbreitete: kleine, untersetzte Männer, die schon in sehr jungen Jahren korpulent wurden, mit kurzen Beinen, flinkem Wieselschritt und feisten, unerforschlichen Gesichtern mit sehr kleinen Augen. Das war der Typus, der unter der Oberherrschaft der Partei offenbar am besten gedieh.

Die Durchsage des Ministeriums für Fülle endete mit einer erneuten Trompetenfanfare, auf sie folgte scheppernde Musik. Parsons, den das Bombardement der Zahlen in leise Hochstimmung versetzt hatte, nahm seine Pfeife aus dem Mund.

»Das Ministerium für Fülle hat dieses Jahr wirklich ganze Arbeit geleistet«, sagte er mit wissendem Kopfnicken. »Ach übrigens, Smith, alter Knabe, hätten Sie nicht zufällig ein paar Rasierklingen für mich übrig?«

»Nicht eine«, sagte Winston. »Ich habe meine selbst schon seit sechs Wochen im Einsatz.«

»Na denn – wollte nur mal gefragt haben, alter Knabe.«

»Tut mir leid«, sagte Winston.

Die quakende Stimme vom Nebentisch, die während der Durchsage des Ministeriums vorübergehend verstummt war, hatte wieder losgelegt, unvermindert laut. Aus irgendeinem Grund musste Winston plötzlich an Mrs Parsons denken, ihr strähniges Haar und den Staub in den Falten ihres Gesichts. Noch zwei Jahre, dann würden ihre Kinder sie bei der Gedankenpolizei denunzieren. Mrs Parsons würde vaporisiert. Syme würde vaporisiert. Winston würde vaporisiert. O'Brien würde vaporisiert. Parsons dagegen würde niemals vaporisiert. Das augenlose Wesen mit der quakenden Stimme würde niemals vaporisiert. Und die käferartigen kleinen Männer, die so flink durch die labyrinthischen Flure der Ministerien wieselten, auch sie würden niemals vaporisiert. Das Mädchen mit dem schwarzen Haar, das Mädchen aus der Roman-Abteilung – sie würden ebenfalls niemals vaporisiert. Ihm schien, dass er instinktiv wusste, wer überleben und wer sterben würde; nur dass nicht leicht zu sagen war, was letztlich über das Weiterleben entschied.

In diesem Moment schrak er mit einem heftigen Ruck aus seinen Tagträumen hoch. Das Mädchen am Nebentisch hatte sich halb umgedreht und sah zu ihm hin. Es war das Mädchen mit dem schwarzen Haar. Sie sah ihn von der Seite, doch merkwürdig konzentriert an. Als ihre Augen sich begegneten, wendete sie ihren Blick sofort wieder ab.

Winston brach der Schweiß aus. Ein schreckliches Angstgefühl durchfuhr ihn. Es war sofort wieder weg, doch es hinterließ ein quälendes Unbehagen in ihm. Wieso hatte sie ihn angesehen? Warum verfolgte sie ihn ständig? Er konnte sich dummerweise nicht erinnern, ob sie bei seinem Eintreffen schon mit an dem Tisch gesessen hatte oder erst später dazugekommen war. Gestern, zu den Zwei Minuten Hass, hatte sie sich auf jeden Fall direkt hinter ihn gesetzt, ohne dass es einen ersichtlichen Grund dafür gab. Der wahre Anlass dafür war sehr wahrscheinlich, dass sie ihn belauschen und sich vergewissern wollte, ob er auch laut genug schrie.

Sein früherer Gedanke kam ihm wieder: Sie war vermutlich gar kein richtiges Mitglied der Gedankenpolizei, andererseits bildeten gerade die Amateurspitzel die größte Gefahr von allen. Er wusste nicht, wie lange sie ihn angeblickt hatte, aber fünf Minuten konnten es gewesen sein, und es war möglich, dass er seine Mimik nicht völlig im Griff gehabt hatte. Es war furchtbar gefährlich, an einem öffentlichen Ort oder in Reichweite eines Monitors seine Gedanken schweifen zu lassen. Die geringste Sache konnte dich verraten. Ein nervöses Zucken, ein unbewusst ängstlicher Blick, eine Neigung zum Selbstgespräch – was immer auf eine Abweichung schließen ließ oder darauf, dass man etwas zu verbergen hatte. Auf jeden Fall war es bereits eine strafbare Handlung, einen unpassenden Gesichtsausdruck an den Tag zu legen (zum Beispiel, wenn man bei der Verkündigung eines Sieges skeptisch blickte). Neusprech hatte sogar ein Wort dafür: *Gesichtsdelikt.*

Das Mädchen hatte ihm wieder den Rücken zugekehrt. Vielleicht verfolgte sie ihn ja gar nicht, vielleicht war es reiner Zufall, dass sie zwei Tage in Folge so dicht bei ihm gesessen hatte. Seine Zigarette war erloschen, er legte sie behutsam an die Tischkante. Er wollte sie nach der Arbeit zu Ende rauchen, wenn ihm bis dahin nicht der Tabak herausfiel. Sehr wahrscheinlich war die Person am Nebentisch ein Spitzel der Gedankenpolizei, und sehr wahrscheinlich vergingen keine drei Tage, und er steckte in den Kellern des Ministeriums für Liebe, doch eine halb abgebrannte Zigarette ließ man nicht umkommen. Syme hatte seinen Papierstreifen zusammengefaltet und in die Tasche gesteckt. Parsons hatte wieder zu reden begonnen.

»Alter Knabe, habe ich Ihnen je davon erzählt«, sagte er kichernd mit der Pfeife im Mund, »wie meine beiden kleinen Schlingel die Schürze der alten Marktfrau in Brand setzten, weil sie gesehen hatten, wie sie Würstchen in ein Plakat vom GB einwickelte? Haben sich von hinten angeschlichen und sie mit Streichhölzern angezündet. Die hatte ziemliche Verbrennungen, glaub ich. Ganz schöne Racker, hm? Aber scharf wie Senf! Bei den Kundschaftern kriegen die heutzutage eine erstklassige

Schulung – sogar besser als zu meiner Zeit. Raten Sie mal, womit sie die Kinder neuerdings ausrüsten? Hörrohre zum Mitlauschen durch Schlüssellöcher! Meine Kleine brachte neulich abends eins mit nach Hause. Sie hat's an unserer Wohnzimmertür ausprobiert und festgestellt, dass sie uns doppelt so gut versteht wie mit dem Ohr am Loch. Ist ja aber nur ein Spielzeug. Bringt sie trotzdem schon auf die richtige Spur, hm?«

In diesem Moment kam ein schriller Pfeifton aus dem Monitor. Es war das Zeichen, wieder an die Arbeit zu gehen. Die drei Männer sprangen gemeinsam auf, um sich in das Gewühl vor den Aufzügen zu stürzen, dabei rieselte der restliche Tabak aus Winstons Zigarette.

VI

Winston schrieb in sein Tagebuch:

Es war vor drei Jahren. Es war an einem dunklen Abend in einer engen Seitenstraße in der Nähe eines der großen Bahnhöfe. Sie stand an einer Tür in der Mauer, unter einer Straßenlaterne, die kaum Licht gab. Sie hatte ein junges Gesicht, sehr stark geschminkt. Eigentlich war es die Farbe, die mich anzog, dass sie so weiß war wie eine Maske, und die leuchtend roten Lippen. Frauen aus der Partei schminken sich nie. Es war sonst niemand auf der Straße, und kein Monitor da. Sie sagte zwei Dollar. Ich …

Es war fürs Erste zu schwer, weiterzuschreiben. Er schloss seine Augen und presste die Finger gegen sie im Versuch, die wiederauftauchende Vorstellung wegzudrücken. Er hatte das fast überwältigende Verlangen, eine Kaskade unflätiger Worte herauszuschreien so laut es ging. Oder seinen Kopf gegen die Wand zu schlagen und das Tintenfass aus dem Fenster zu schleudern – irgendetwas Rabiates, Lautes oder Schmerzhaftes zu tun, durch das sich die ihn quälende Erinnerung verdrängen ließ.

Dein schlimmster Feind, dachte er, ist das eigene Nervenkostüm. Deine innere Anspannung konnte sich jederzeit in äußeren Anzeichen niederschlagen. Er dachte an einen Mann, an dem er einige Wochen zuvor auf der Straße vorbeigegangen war; ein ganz normal wirkender Mann, Parteimitglied, 35 bis 40 Jahre alt, groß und dünn, mit einer Aktentasche. Sie waren wenige Meter voneinander entfernt, als sich die linke Gesichtshälfte des Mannes plötzlich krampfhaft verzog. Als sie aneinander vorbeigingen, wiederholte sich dies: Es war nur ein Zucken, ein Flattern, kurz wie das Auslösen einer Kamerablende, aber offenbar eine Angewohnheit. Er erinnerte sich, wie er damals dachte: Der arme Kerl ist erledigt. Das Beängstigende daran war, dass es wohl ganz unbewusst geschah. Das Gefährlichste von allem war, im Schlaf zu reden. Soviel er wusste, konnte man sich durch nichts dagegen schützen.

Er holte Luft und schrieb weiter:

Ich ging mit ihr durch die Tür und über einen Hinterhof in eine Küche im Untergeschoss. An der Wand stand ein Bett und auf dem Tisch eine nur sehr matt leuchtende Lampe. Sie …

Er knirschte mit den Zähnen. Er hätte am liebsten ausgespuckt. Neben der Frau in der Küche dachte er zugleich an Katharine, seine Frau. Winston war verheiratet – verheiratet gewesen jedenfalls: Wahrscheinlich war er es immer noch, denn soweit er wusste, war seine Frau nicht tot. Er schien wieder den warmen, stickigen Geruch in der Küche einzuatmen, eine Mischung aus Ungeziefer, Schmutzwäsche und billigstem Parfüm und doch verlockend, denn Frauen aus der Partei trugen niemals Parfüm oder hielten dies überhaupt für denkbar. Nur die Prols benutzten Parfüm. In seiner Vorstellung war dieser Duft untrennbar mit Unzucht verknüpft.

Als er der Frau hineingefolgt war, war dies sein erster Fehltritt seit zwei Jahren oder so gewesen. Mit Prostituierten zu verkehren, war natürlich verboten, aber dies war eine der Regeln, die man gelegentlich zu übertreten wagen konnte. Es war gefährlich, doch man setzte nicht gleich sein Leben aufs Spiel. Mit einer Prostituierten erwischt zu werden, konnte fünf Jahre Zwangsarbeitslager bedeuten, aber nicht mehr, wenn man sich sonst nichts zuschulden kommen ließ. Und es ging ziemlich einfach, solange man aufpasste, dass man nicht auf frischer Tat ertappt wurde. In den ärmeren Vierteln wimmelte es vor käuflichen Frauen. Manche waren sogar schon für eine Flasche Gin zu haben, den die Prols nicht trinken sollten. Unter der Hand befürwortete die Partei Prostitution sogar als Ventil für Triebe, die sich nicht völlig unterdrücken ließen. Einfach einen Drang zu befriedigen, mochte angehen, solange dies im Verborgenen und freudlos geschah und nur mit Frauen aus einer machtlosen und geächteten Gruppe. Ein wahrhaft unverzeihlicher Frevel war Unzucht zwischen Parteimitgliedern. Dies zählte zwar zu den Verbrechen, dessen sich die Angeklagten in den großen Säuberungsprozessen ohne Ausnahme schuldig bekannten, doch konnte man sich nur schwer vorstellen, dass so etwas wirklich vorkam.

Die Partei wollte nicht bloß verhindern, dass sich Männer und Frauen in einer Weise aneinanderbanden, die sich womöglich nicht mehr kontrollieren ließ. Ihr eigentliches, unausgesprochenes Ziel war es, dem sexuellen Akt jegliche Freude zu rauben. Der Feind war nicht so sehr die Liebe, sondern die Erotik, innerhalb der Beziehung wie abseits von ihr. Sämtliche Eheschließungen zwischen Parteimitgliedern mussten von einer zu diesem Zweck gebildeten Kommission genehmigt werden, und obwohl man dieses Kriterium nie direkt benannte, wurde die Zustimmung immer verweigert, wenn das betreffende Paar erkennen ließ, dass es körperlich zueinander hingezogen war. Der einzige anerkannte Heiratsgrund war die Zeugung von Kindern für den Dienst in der Partei. Der Geschlechtsakt galt als leicht peinliche, rasche Prozedur ähnlich einem Darmeinlauf. Auch dies wurde nie so klar formuliert, doch indirekt jedem Parteimitglied von Kindesbeinen an eingeimpft. Es gab sogar Verbände wie den Anti-Sex-Jugendbund, die für die völlige Enthaltsamkeit beider Geschlechter eintraten. Alle Kinder sollten durch künstliche Insemination (*Kunstsem* auf Neusprech) gezeugt werden und in staatlichen Einrichtungen heranwachsen. Winston war sich im Klaren, dass dies nicht ganz ernst gemeint war, doch es passte zum ideologischen Kern der Partei. Die Partei versuchte den Sexualtrieb abzutöten oder, falls dies nicht gelang, ihn als ungehörig und schmutzig hinzustellen. Er wusste nicht, warum es so war, doch es schien natürlich, dass es so sein sollte. Und hinsichtlich der Frauen erwiesen sich die Bemühungen der Partei als überaus erfolgreich.

Wieder dachte er an Katharine. Es war neun, zehn – fast elf Jahre her, seit sie sich getrennt hatten. Schon sonderbar, wie selten er an sie dachte. Über Tage hinweg konnte er ganz vergessen, dass er einmal verheiratet gewesen war. Sie hatten nur etwa fünfzehn Monate zusammengelebt. Die Partei bewilligte keine Scheidung, unterstützte in Fällen ohne Kinder jedoch, dass man sich trennte.

Katharine, ein großes, blondes Mädchen, war sehr aufrecht und wusste sich anmutig zu bewegen. Sie hatte ein kühnes, adlerhaftes Gesicht, ein Gesicht, das man vornehm hätte nennen können, bis man herausfand, dass im Grunde nichts dahintersteckte. Schon sehr bald nach ihrer Heirat hatte er festgestellt – vielleicht auch nur, weil er sie näher kennenlernte als die Leute sonst gemeinhin –, dass er in seinem Leben nie einem derart dummen und abgeschmackten Hohlkopf begegnet war. Ihre Gedanken brachten nichts als Phrasen hervor, und sie schnappte nach jedem, wirklich jedem nur denkbaren Schwachsinn, den sie von der Partei hingeworfen bekam. »Abspielgerät auf zwei Beinen« nannte er sie für sich. Und doch hätte er sich ein Leben mit ihr vorstellen können, wäre da nicht das eine Thema gewesen – Sex.

Sobald er sie nur berührte, zuckte sie zusammen und wurde steif. Sie zu umarmen war wie eine hölzerne Gelenkpuppe in den Arm zu nehmen. Und ganz seltsam war es, wenn sie sich an ihn klammerte, weil es sich für ihn anfühlte, als stoße sie ihn zugleich mit aller Kraft von sich fort. Dieser Eindruck entstand durch die Verkrampftheit ihrer Muskeln. Sie lag mit geschlossenen Augen da, ohne sich zu sträuben, ohne mitzumachen, wie *ergeben*. Es war äußerst beschämend und nach einer Weile einfach entsetzlich. Selbst damals noch hätte er es ertragen, mit ihr zusammenzuleben, hätten sie sich darauf einigen können, enthaltsam zu bleiben. Doch merkwürdig, ausgerechnet Katharine lehnte das ab. Sie müssten, sagte sie, wenn irgend möglich ein Kind zeugen. So unterzogen sie sich weiter dieser Verrichtung regelmäßig einmal pro Woche, wenn es nicht gerade unausführbar war. Sie erinnerte ihn sogar am Morgen daran als an etwas, das an diesem Abend anstand und nicht vergessen werden durfte. Sie hatte zwei Bezeichnungen dafür, die eine war »ein Kind machen«, die andere »unserer Pflicht gegenüber der Partei nachkommen« (ja, genauso hatte sie das gesagt). Schon bald stieg in Winston ein Gefühl nackter Angst auf, wenn der betreffende Tag nahte. Zum Glück blieb ein Kind aus, schließlich war sie einverstanden, dass sie es nicht weiter versuchten, und wenig später trennten sie sich.

Winston seufzte unhörbar. Er ergriff seinen Federhalter und schrieb:

> *Sie warf sich aufs Bett und zog sofort, ohne jeglichen Vorlauf, ihren Rock hoch, auf die denkbar vulgärste, abscheulichste Weise. Ich …*

Er sah sich dastehen im trüben Licht der Lampe, in seiner Nase der Geruch von Wanzen und billigem Parfüm und in seinem Herzen die Empfindung von Niederlage und Groll, die sich selbst in diesem Moment mit dem Gedanken an Katharines weißen Leib verband, den die hypnotische Macht der Partei für alle Zeit hatte erstarren lassen. Warum musste es immer so sein? Wieso konnte er keine Frau für sich haben anstelle dieser scheußlichen Hantierungen alle paar Jahre? Aber ein richtiges Liebesverhältnis war eine schier undenkbare Sache. Die Frauen aus der Partei waren alle gleich. Ihre Sittsamkeit war so tief in ihnen verankert wie ihre Parteitreue. Durch sorgsame frühe Zurichtung, durch Spiele und kaltes Wasser, durch all den Quatsch, den sie in der Schule, bei den Kundschaftern und im Jugendbund eingetrichtert bekamen, durch Vorträge, Umzüge, Lieder, Parolen und zackige Musik war ihnen jedes natürliche Empfinden ausgetrieben worden. Sein Verstand sagte ihm, dass es Ausnahmen geben musste, doch sein Herz glaubte nicht daran. Sie waren sämtlich unbezwingbar, genau wie die Partei sie haben wollte. Mehr noch sogar, als geliebt zu werden, wollte er diese Tugendmauer durchbrechen, und wäre es auch nur ein einziges Mal in seinem Leben. Der Geschlechtsakt, erfolgreich vollzogen, war Rebellion. Lust war ein Gedankenverbrechen. Selbst ein Erfolg bei Katharine, wenn er ihm denn gelungen wäre, hätte etwas von einer Verführung gehabt, obwohl sie seine Frau war.

Aber er musste den Rest der Geschichte zu Papier bringen. Er schrieb:

Ich drehte die Lampe hoch. Als ich sie bei Licht sah …

Nach der Dunkelheit war ihm das matte Licht der Petroleumlampe sehr hell erschienen. Zum ersten Mal konnte er die Frau richtig sehen. Er hatte einen Schritt auf sie zu gemacht und blieb nun stehen, voller Begierde und Furcht. Er war sich schmerzlich der Gefahr bewusst, der er sich aussetzte, indem er hier war. Es war ohne Weiteres möglich, dass ihn die Streife beim Fortgehen schnappte; vielleicht warteten sie zu diesem Zweck bereits draußen vor der Tür. Wenn er nun ging, ohne zu tun, weshalb er gekommen war …!

Es musste aufgeschrieben werden, es musste gestanden werden. Im Schein der Lampe hatte er mit einem Mal gesehen, dass die Frau *alt* war. Ihr Gesicht bedeckte eine derart dicke Farbschicht, dass es wirkte, als könne sie reißen wie eine Pappmaske. Ihr Haar war voll weißer Strähnen, doch besonders schaudern ließ ihn, dass ihr leicht geöffneter Mund nichts offenbarte als ein tiefes Schwarz. Sie besaß nicht einen Zahn mehr.

Er schrieb hastig in krakeliger Schrift:

Als ich sie bei Licht sah, erkannte ich, dass die Frau ganz alt war, fünfzig Jahre mindestens. Aber ich ließ mich nicht abhalten und ging einfach zur Sache.

Wieder presste er die Finger gegen seine Lider. Endlich hatte er es hingeschrieben, aber es half nichts. Die Therapie war ohne Erfolg geblieben. Der Drang, so laut es ging unflätige Worte zu schreien, war so heftig wie zuvor.

VII

Wenn es noch Hoffnung gibt, schrieb Winston, *liegt sie bei den Prols.*

Wenn es noch Hoffnung gab, *musste* sie bei den Prols liegen, denn nur aus ihrer wimmelnden, missachteten Masse, 85 Prozent der Bevölkerung Ozeaniens, konnte die Macht zur Zerstörung der Partei hervorgehen. Die Partei ließ sich nicht von innen heraus zu Fall bringen. Ihren Feinden, wenn sie denn Feinde hatte, blieb keine Möglichkeit, zusammenzukommen oder auch nur einander zu erkennen. Selbst wenn die sagenumwobene Bruderschaft existierte, was immerhin möglich war, schien undenkbar, dass sich ihre Mitglieder jemals in größeren Gruppen als zu zweit oder zu dritt versammelten. Rebellion, das war schon ein Blick in die Augen, ein Tonfall in der Stimme oder, wenn es hoch kam, ein beiläufig geflüstertes Wort. Die Prols jedoch, wenn sie sich nur irgendwie ihrer Macht bewusst wurden, mussten sich überhaupt nicht verschwören. Sie brauchten nur aufzustehen und sich zu schütteln wie ein Pferd, das Fliegen vertreibt. Wenn sie wollten, konnten sie die Partei schon morgen früh in Stücke schlagen. Gewiss musste ihnen doch früher oder später der Gedanke dazu kommen? Und doch …!

Er erinnerte sich, wie er einmal eine bevölkerte Straße entlangging, als ein furchtbares Geschrei Hunderter Stimmen – Stimmen von Frauen – aus einer Seitenstraße ein Stück vor ihm drang. Es war ein großer, furchteinflößender Aufschrei voller Zorn und Verzweiflung, ein dumpfes, lautes »Oh-o-o-o-oh!«, das wie bei einer Glocke lang nachhallte. Sein Herz hatte höher geschlagen. Es geht los!, hatte er gedacht. Ein Aufstand! Endlich erheben sich die Prols! Als er die Stelle erreicht hatte, bot sich ihm der Anblick eines Mobs aus zwei-, dreihundert Frauen, die sich mit tragischen Mienen, als seien sie todgeweihte Passagiere eines sinkenden Schiffs, um die Stände eines Marktes ballten. Doch im gleichen Moment löste sich die allgemeine Verzweiflung in eine Vielzahl einzelner Händel auf. Es stellte sich heraus, dass einer der Stände Blechtöpfe im Angebot hatte. Sie waren mangelhaft und dürftig, aber Kochgeschirr jeglicher Art war immer schwer aufzutreiben. Nun war der Vorrat unerwartet bereits erschöpft. Wer Glück gehabt hatte, versuchte sich inmitten von Stößen und Gerempel samt den Töpfen hinauszukämpfen, während Dutzende Frauen rund um den Stand zeterten und seinem Betreiber vorwarfen, andere zu begünstigen und noch irgendwo Töpfe in Reserve zu haben. Wieder kam es zu Geschrei. Zwei aufgedunsene Frauen, eine mit offenem Haar, hatten denselben Topf zu fassen bekommen und versuchten ihn sich gegenseitig aus den Händen zu reißen. Einen Moment lang zerrten beide, dann brach der Griff ab. Winston sah ihnen angewidert zu. Und doch, welche fast beängstigende Macht hatte dieses Geschrei aus wenigen hundert Kehlen durchklingen lassen! Warum nur erhoben sie ihre Stimme nie derart für etwas von Bedeutung?

Er schrieb:

Solange sie sich nicht ihrer Macht bewusst sind, werden sie nie rebellieren, und erst wenn sie rebelliert haben, werden sie sich ihrer Macht bewusst sein.

Das, überlegte er, hätte fast aus einem der Parteilehrbücher abgeschrieben sein können. Natürlich behauptete die Partei, die Prols aus ihrer Knechtschaft befreit zu haben. Vor der Revolution waren sie von den Kapitalisten grässlich unterdrückt worden, man hatte sie hungern lassen und geschlagen, Frauen hatten in den Kohlebergwerken arbeiten müssen (wobei Frauen immer noch in den Kohlebergwerken arbeiteten), Kinder waren im Alter von sechs Jahren an die Fabriken verkauft worden. Doch gleichzeitig lehrte die Partei entsprechend den Grundsätzen von Doppeldenk, dass die Prols von Natur aus minderwertig seien und mittels Anwendung einiger schlichter Regeln wie Tiere in Abhängigkeit gehalten zu werden hatten. In Wirklichkeit wusste man über die Prols sehr wenig. Viel brauchte man auch gar nicht zu wissen. Solange sie nur arbeiteten und Kinder bekamen, spielte keine Rolle, was sie sonst taten. Sich selbst überlassen wie freilaufendes Vieh auf den Weiden Argentiniens, hatten sie zu einer Lebensweise zurückgefunden, die ihnen natürlich erschien, zu einer Art Urmodell. Sie kamen zur Welt, wuchsen im Rinnstein auf, gingen mit zwölf Jahren zur Arbeit, durchlebten eine kurze Blütephase im Zeichen von Schönheit und sexueller Begierde, heirateten mit zwanzig, hatten mit dreißig die Hälfte des Lebens überschritten und starben ganz überwiegend mit sechzig Jahren. Schwere körperliche Arbeit, die Sorge um Heim und Kinder, läppischer Streit mit Nachbarn, Filme, Fußball, Bier und vor allem Glücksspiel bildeten ihren geistigen Horizont. Sie unter Kontrolle zu halten, war nicht schwer. Immer bewegten sich einige Agenten der Gedankenpolizei unter ihnen, sie verbreiteten falsche Gerüchte und ermittelten die Handvoll Leute, die sie für eine potenzielle Gefahr hielten, um sie auszuschalten; doch es wurde keinerlei Versuch unternommen, sie parteiideologisch zu schulen. Es war nicht erwünscht, dass die Prols ein starkes politisches Bewusstsein hatten. Sie sollten nur über einen beschränkten Patriotismus verfügen, an den im Bedarfsfall appelliert werden konnte, damit sie längere Arbeitszeiten oder kleinere Zuteilungen hinnahmen. Und selbst wenn sie unzufrieden wurden, wie es manchmal der Fall war, führte ihr Unmut ins Leere, denn da sie die Zusammenhänge nicht überblickten, konnten sie ihn nur auf kleine, konkrete Missstände richten. Die größeren Mängel entgingen ausnahmslos ihrer Kenntnis. Die Prols hatten ganz überwiegend nicht einmal Monitore in ihren Wohnungen. Selbst die normale Polizei mischte sich sehr wenig in ihre Angelegenheiten ein. Es gab enorm viel Kriminalität in London, eine ganze Parallelwelt voller Diebe, Räuber, Prostituierte, Drogenhändler und Ganoven gleich welcher Art; doch da die Prols all dies unter sich selbst ausmachten, war es ohne Belang. In allen Fragen der Moral durften sie nach alter Väter Sitte handeln. Der sexuelle Puritanismus der Partei wurde ihnen nicht aufgenötigt. Fremdgehen wurde nicht bestraft, Scheidungen waren erlaubt. Selbst Gottesdienste wären gestattet worden, hätten die Prols denn irgendein Bedürfnis oder den Wunsch danach erkennen lassen. Sie konnte kein Vorwurf treffen. Ganz nach der Parteiparole: »Prols und Tiere sind frei.«

Winston beugte sich vor und kratzte vorsichtig an seinem Geschwür. Es hatte wieder zu jucken begonnen. Immer wieder stieß man auf die Unmöglichkeit, wissen zu können, wie man vor der Revolution wirklich gelebt hatte. Er holte das Exemplar eines Geschichtsbuchs für Kinder aus der Schublade, das er sich von Mrs Parsons geliehen hatte, und begann eine Passage daraus in sein Tagebuch abzuschreiben:

Früher einmal (lautete sie), *vor der glorreichen Revolution, war London nicht die schöne Stadt, die wir heute kennen. Es war ein dunkler, schmutziger, elender Ort, wo kaum jemand genug zu essen hatte und Hunderte, ja Tausende armer Menschen keine Schuhe an den Füßen hatten und nicht einmal ein Dach über dem Kopf für die Nacht. Kinder in deinem Alter mussten täglich zwölf Stunden für grausame Herren arbeiten, die sie mit Peitschen schlugen, wenn sie zu langsam waren, und ihnen nichts als trocken Brot und Wasser zu essen gaben. Inmitten all dieser furchtbaren Armut aber gab es einige wenige große, schöne Häuser, bewohnt von reichen Männern, denen bis zu dreißig Diener unterstanden. Diese reichen Männer nannte man Kapitalisten. Es waren fette, hässliche Leute mit feisten Gesichtern ähnlich dem Bild auf der Seite gegenüber. Wie du siehst, trägt er einen langen schwarzen Mantel, einen sogenannten Gehrock, und einen komischen glänzenden Hut in Form eines Ofenrohrs, der Zylinder hieß. Das war die Uniform der Kapitalisten, und niemand sonst durfte sie tragen. Den Kapitalisten gehörte alles, was es auf der Welt gab, und alle anderen Menschen waren ihre Sklaven. Sie besaßen das ganze Land, alle Häuser, alle Fabriken und das gesamte Geld. Wer ihnen nicht gehorchte, konnte ins Gefängnis gesteckt werden oder bekam die Arbeit weggenommen, sodass er verhungern musste. Wenn ein gewöhnlicher Mensch mit einem Kapitalisten sprach, musste er sich vor ihm verneigen, die Mütze ziehen und ihn mit »gnädiger Herr« anreden. Der Anführer all dieser Kapitalisten wurde König genannt und …*

Aber den Rest der Litanei kannte er schon. Gleich kämen die Bischöfe in ihren Messgewändern dran, die Richter in ihren Hermelinroben, der Pranger, die Fesselstöcke, die Tretmühle, die neunschwänzige Katze, das Bankett des Oberbürgermeisters und der Brauch, dem Papst den Fuß zu küssen. Es hatte auch etwas mit Namen *jus primae noctis* gegeben, das in einer Kinderfibel aber wohl keine Erwähnung fand. Es war das Gesetz, nach dem Kapitalisten das Recht hatten, mit jeder in ihren Fabriken beschäftigten Frau zu schlafen.

Wie ließ sich entscheiden, was alles davon gelogen war? Es konnte ja stimmen, dass der Durchschnittsmensch heute besser dran war als vor der Revolution. Der einzige Anhaltspunkt für das Gegenteil war der stumme Protest in deinem Innern, das instinktive Gefühl, dass die Bedingungen, unter denen du lebtest, unerträglich waren und in früherer Zeit anders gewesen sein mussten. Winston wurde bewusst, dass das wirklich Bezeichnende am modernen Leben nicht seine Grausamkeit oder Unsicherheit war, sondern ganz schlicht seine Kargheit, seine Schäbigkeit, seine Apathie. Wenn man sich umsah, hatte das Leben nicht nur keine Ähnlichkeit mit den Lügen, die aus den Monitoren strömten, es erinnerte auch nichts an die Ideale, die die Partei zu verwirklichen suchte. Große Teile des Lebens waren – auch für ein Parteimitglied – gewöhnlich und unpolitisch, man ging seiner langweiligen Arbeit nach, erkämpfte sich einen Platz in der U-Bahn, stopfte seine alten Socken, bettelte um ein Stück Süßstoff, sparte sich eine Zigarettenkippe auf. Das von der Partei postulierte Ideal war etwas Gewaltiges, Schreckliches, Funkelndes – eine Welt aus Stahl und Beton, voller riesiger Maschinen und furchteinflößender Waffen – ein geschlossen voranmarschierendes Volk von Kriegern und Fanatikern, in dem alle dasselbe dachten und alle dieselben Parolen riefen, unentwegt arbeiteten, kämpften, siegten, nachsetzten – dreihundert Millionen Menschen, und ein Gesicht glich dem anderen. Die Wirklichkeit waren verfallende, schäbige Städte, in denen mangelernährte Menschen in löchrigen Schuhen umherschlurften, waren Bruchbuden aus dem 19. Jahrhundert, in denen es ständig nach Kohl und defekten Klosetts roch. Vor seinem inneren Auge sah er London, riesengroß und baufällig, Stadt der Millionen Mülltonnen, und in diese Vorstellung gemischt das Bild von Mrs Parsons, einer Frau mit Gesichtsfalten und strähnigem Haar, die hilflos an einem verstopften Abflussrohr hantiert.

Er beugte sich vor und kratzte sich erneut am Knöchel. Tag und Nacht bombardierte der Monitor einen mit Statistiken, die belegten, dass die Menschen heute mehr Nahrung, mehr Kleidung, bessere Wohnungen, eine bessere Freizeit hatten – dass sie länger lebten, kürzere Arbeitszeiten hatten, größer, gesünder, stärker, glücklicher, klüger, gebildeter waren als die Menschen vor fünfzig Jahren. Kein Wort davon ließ sich je beweisen oder widerlegen. Die Partei behauptete zum Beispiel, heute könnten 40 Prozent der erwachsenen Prols lesen und schreiben; vor der Revolution, hieß es, habe diese Quote nur bei 15 Prozent gelegen. Die Partei behauptete, die Kindersterblichkeit betrage heute nur 160 pro Tausend, vor der Revolution seien es 300 gewesen – und immer so weiter. Es war wie unentwegtes Rechnen mit zwei Unbekannten. Es konnte sehr gut möglich sein, dass buchstäblich jedes Wort in den Geschichtsbüchern, auch das, was man unhinterfragt gelten ließ, frei erfunden war. Er hielt für denkbar, dass es ein Gesetz wie das *jus primae noctis,* Gestalten wie die Kapitalisten oder eine Kopfbedeckung wie den Zylinder nie gegeben hatte.

Alles verschwand im Nebel. Die Vergangenheit war ausgelöscht, die Auslöschung hatte man vergessen, die Lüge war zur Wahrheit geworden. Nur einmal in seinem Leben – und zwar *nach* dem Vorgang, dies war entscheidend – hatte er über den konkreten, untrüglichen Beleg einer Fälschungstat verfügt. Er hatte ihn ganze dreißig Sekunden in seinen Fingern gehalten. Es muss 1973 gewesen sein – jedenfalls um die Zeit herum, als Katharine und er sich getrennt hatten. Doch das maßgebliche Datum lag noch sieben oder acht Jahre davor.

Die Geschichte nahm ihren Anfang Mitte der sechziger Jahre, der Zeit der großen Säuberungen, in der die ursprünglichen Anführer der Revolution ein für alle Mal ausgemerzt wurden. 1970 war keiner mehr übrig, bis auf den Großen Bruder selbst. Alle weiteren waren inzwischen als Verräter und Konterrevolutionäre enttarnt worden. Goldstein war geflohen und hielt sich an einem unbekannten Ort verborgen; von den anderen waren ein paar schlichtweg verschwunden, während die meisten nach spektakulären Schauprozessen, in denen sie ihre Verbrechen gestanden, hingerichtet worden waren. Unter den letzten Überlebenden waren drei Männer namens Jones, Aaronson und Rutherford. Diese drei dürften 1965 verhaftet worden sein. Wie es häufig vorkam, blieben sie für ein Jahr oder länger verschwunden, sodass niemand wusste, ob sie lebten oder tot waren, dann wurden sie plötzlich aus der Versenkung hervorgeholt, damit sie sich in der üblichen Weise selbst beschuldigten. Sie gestanden, gemeinsame Sache mit dem Feind gemacht zu haben (der Feind zu dieser Zeit war Eurasien), die Veruntreuung öffentlicher Gelder, die Ermordung diverser treuer Parteimitglieder, Intrigen gegen die Herrschaft des Großen Bruders, die längst vor der Revolution ihren Anfang genommen hatten, sowie Sabotageakte mit Hunderttausenden Todesopfern. Nachdem sie all dies gestanden hatten, wurden sie begnadigt, wieder in die Partei aufgenommen und mit Ämtern versehen, die nichts als Ruheposten waren, aber bedeutend klangen. Alle drei schrieben lange, unterwürfige Artikel für die *Times,* in denen sie die Gründe für ihren Treuebruch darlegten und Wiedergutmachung zu leisten versprachen.

Einige Zeit nach ihrer Freilassung hatte Winston alle drei sogar gemeinsam im Chestnut Tree Cafe gesehen. Er erinnerte sich noch, mit welch fasziniertem Schrecken er ihnen aus dem Augenwinkel zugeschaut hatte. Die Männer waren deutlich älter als er selbst, Relikte der Welt von gestern, nahezu die letzten verbliebenen Größen aus den heroischen Tagen der Partei. Sie umgab noch immer ein wenig die Aura von Untergrundkampf und Bürgerkrieg. Wenngleich schon damals Fakten und Daten zunehmend verschwammen, hatte er das Gefühl, ihre Namen früher gekannt zu haben als den des Großen Bruders. Zugleich waren sie Geächtete, Feinde, Unberührbare, die mit absoluter Gewissheit binnen ein, zwei Jahren vor ihrer Auslöschung standen. Niemand, der je der Gedankenpolizei in die Hände gefallen war, vermochte ihr zu entrinnen. Sie waren Leichen im Wartestand auf dem Weg zurück ins Grab.

Die an ihren Platz angrenzenden Tische waren alle unbesetzt. Es war nicht zu empfehlen, in der Nähe solcher Leute auch nur gesehen zu werden. Sie saßen schweigend vor ihren Gläsern Gin mit Gewürznelkenaroma, der Spezialität dieses Cafés. Von den dreien hatte Rutherfords Erscheinung den stärksten Eindruck auf Winston gemacht. Rutherford war einmal ein berühmter Karikaturist gewesen, dessen brutale Cartoons mitgeholfen hatten, vor und während der Revolution die Volksmeinung aufzupeitschen. Selbst heute noch erschienen gelegentlich Cartoons von ihm in der *Times.* Sie waren ein Abklatsch seines einstigen Stils und seltsam steif und witzlos. Ständig wärmten sie die alten Themen neu auf – Wohnungselend, sterbende Kinder, Straßenschlachten, Kapitalisten mit Zylindern – sogar auf den Barrikaden noch schienen sich die Kapitalisten nicht von ihren Zylindern trennen zu können – ein endloses, heilloses Bemühen um eine Wiederholung der Vergangenheit. Er war eine Missgestalt, hatte eine fettige Haarmähne, Tränensäcke unter den Augen und wulstige Lippen. Früher einmal musste er ungemein stark gewesen sein; heute war sein großer Leib plump, schief, aufgedunsen und in jede Richtung in Auflösung begriffen. Er schien vor aller Augen zu zerbröseln wie ein abrutschender Berg.

Es war die stille Stunde gegen drei am Nachmittag. Winston erinnerte sich nicht mehr, was ihn zu dieser Zeit in das Café geführt hatte. Es war fast leer. Blecherne Musik strömte aus den Monitoren. Die drei Männer saßen fast reglos in ihrer Ecke und schwiegen vor sich hin. Der Ober brachte unaufgefordert neue Gläser mit Gin. Auf dem Tisch neben ihnen stand ein Schachbrett mit aufgebauten Figuren, doch niemand spielte. Und dann, es dauerte vielleicht nur eine halbe Minute, ging etwas auf den Monitoren vor sich. Das Lied änderte sich und mit ihm auch die Klangfarbe der Musik. Da schwang etwas mit – etwas schwer Erklärbares. Ein auffallend befremdlicher, gellender, höhnischer Unterton: ein gelber Klang, wie ihn Winston für sich nannte. Und dann sang eine Stimme aus dem Monitor:

Under the spreading chestnut tree
I sold you and you sold me:

There lie they, and here lie we
Under the spreading chestnut tree.

Die drei Männer verzogen keine Miene. Doch als Winston erneut zu Rutherfords eingefallenem Gesicht hinüberspähte, sah er, dass dessen Augen voller Tränen standen. Und erstmals bemerkte er nun mit innerem Schaudern und ohne Begriff, was genau ihn denn erschaudern ließ, dass Aaronson und Rutherford gebrochene Nasen hatten.

Kurz darauf wurden alle drei erneut verhaftet. Es stellte sich heraus, dass sie sich direkt nach ihrer Freilassung sofort wieder an Verschwörungen beteiligt hatten. Bei ihrem zweiten Prozess gestanden sie all ihre früheren Verbrechen noch einmal und dazu noch einen ganzen Schwung neue. Sie wurden hingerichtet, und zur Warnung für die Nachwelt fand ihr Schicksal Eingang in die Parteihistorie. Rund fünf Jahre später, 1973, hatte Winston gerade ein per Rohrpost auf seinen Tisch geschicktes Bündel Dokumente entrollt, als er auf ein Stück Papier stieß, das offenkundig zwischen die anderen gerutscht und dann vergessen worden war. Er strich es glatt und erkannte sofort seine Bedeutung. Es war eine aus einer rund zehn Jahre alten *Times* herausgerissene halbe Seite – die obere Hälfte, sodass das Datum mit draufstand –, und sie zeigte eine Fotografie von den Delegierten irgendeiner Parteisitzung in New York. Prominent im Zentrum der Gruppe standen Jones, Aaronson und Rutherford. Sie waren es unverkennbar, außerdem standen ihre Namen in der Bildunterschrift.

Die Sache war nun die, dass in beiden Prozessen alle drei Männer gestanden hatten, sich an diesem Tag auf eurasischem Boden befunden zu haben. Sie seien von einem geheimen Flugplatz in Kanada aus zu einem Treffen irgendwo in Sibirien geflogen und mit Angehörigen des eurasischen Generalstabs zusammengekommen, denen sie wichtige Militärgeheimnisse verraten hätten. Das Datum war Winston im Gedächtnis geblieben, weil es zufällig der Tag der Sommersonnenwende war; doch die ganze Geschichte musste noch an zahllosen weiteren Stellen dokumentiert sein. Es gab nur einen möglichen Schluss daraus: Die Geständnisse waren Lügen.

Dies war an sich natürlich noch keine große Enthüllung. Schon damals hatte Winston nicht daran geglaubt, dass die bei den Säuberungen beseitigten Leute die ihnen zur Last gelegten Verbrechen tatsächlich begangen hatten. Aber hier lag der konkrete Beweis vor; die Seite war ein Fragment aus der getilgten Zeit, wie ein fossiler Knochen, der in der falschen Gesteinsschicht zutage tritt und damit die Theorie zur Erdgeschichte über den Haufen wirft. Sie war der Stoff, der die Partei zu pulverisieren vermochte, wenn sie sich der Welt darlegen und in ihrer Bedeutung vermitteln ließ.

Er hatte einfach weitergearbeitet. Er hatte das Foto gesehen, seinen Wert ermessen und es sofort mit einem anderen Blatt Papier bedeckt. Zum Glück hatte der Ausschnitt beim Entrollen aus der Monitor-Perspektive auf dem Kopf gestanden.

Winston legte den Schreibblock auf die Knie und schob seinen Stuhl bis auf den maximal möglichen Abstand zum Monitor zurück. Eine ausdruckslose Miene aufzusetzen, war nicht schwer, und selbst die Atmung ließ sich mit gutem Willen beherrschen, doch seinen Pulsschlag hatte man nicht unter Kontrolle, und der Monitor war empfindlich genug, ihn zu registrieren. Er ließ nach seinem Gefühl zehn Minuten verstreichen, die ganze Zeit von der Angst gepeinigt, irgendein Zufall – etwa ein plötzlich über seinen Tisch wehender Windzug – könnte ihn verraten. Dann steckte er die Fotografie mit anderem Papiermüll in das Gedächtnisloch, ohne sie noch einmal aufzudecken. Keine Minute später war sie vielleicht schon zu Asche zerfallen.

Das lag zehn, elf Jahre zurück. Heute hätte er das Foto vermutlich aufbewahrt. Es war sonderbar, dass ihm die Tatsache, es in der Hand gehalten zu haben, noch immer von Bedeutung schien, wo doch die Fotografie wie das darauf dokumentierte Ereignis nichts war als eine Erinnerung. War der Einfluss der Partei auf die Vergangenheit etwas weniger stark, fragte er sich, weil ein nicht mehr existentes Beweisstück immerhin einmal existiert hatte?

Heute dagegen dürfte die Fotografie – angenommen, man könnte sie irgendwie aus der Asche wiederauferstehen lassen – wohl gar nicht mehr als Beweis taugen. Ozeanien befand sich schon zu der Zeit, als sie ihm unterkam, nicht mehr im Krieg mit Eurasien, und die drei toten Männer hätten ihr Land an die Agenten von Ostasien verraten haben müssen. Seither hatten sich weitere Kehrtwenden ergeben – zwei, drei oder wie viele, er konnte sich nicht erinnern. Sehr wahrscheinlich waren die Geständnisse wieder und wieder umgeschrieben worden, bis die ursprünglichen Tatsachen und Daten nicht mehr die geringste Bedeutung hatten. Nicht allein, dass sich die Vergangenheit veränderte, die Veränderungen unterlagen auch einem fortlaufenden Prozess. Was ihm am meisten, geradezu wie ein Alptraum zusetzte, war, dass sich ihm nie erschlossen hatte, wozu dieser gewaltige Schwindel überhaupt stattfand. Der unmittelbare Nutzen beim Fälschen der Vergangenheit lag klar zutage, doch die Urmotivation war rätselhaft. Er griff wieder zu seiner Feder und schrieb:

Das WIE verstehe ich; das WIESO verstehe ich nicht.

Er fragte sich, wie er sich zuvor schon oft gefragt hatte, ob er wohl wahnsinnig war. Vielleicht war ein Wahnsinniger einfach eine Ein-Mann-Minderheit. In früherer Zeit hatte die Ansicht, dass sich die Erde um die Sonne drehte, als Zeichen von Tollheit gegolten; heute galt dies für die Ansicht, dass die Vergangenheit unveränderlich war. Er mochte mit dieser Ansicht ganz *allein* dastehen, und in dieser Weise allein, wäre er wahnsinnig. Doch der Gedanke, wahnsinnig zu sein, beunruhigte ihn nicht besonders; in Panik versetzte ihn dagegen, dass auch er unrecht haben konnte.

Er nahm das Geschichtsbuch für Kinder in die Hand und betrachtete das Porträt des Großen Bruders auf dem Deckel. Die hypnotischen Augen blickten fest in die seinen. Es war, als wirke eine gewaltige Kraft auf dich ein – etwas, das in deinen Schädel eindrang, dein Gehirn übel zurichtete, dir deine Ansichten verleidete, dich fast dazu brachte, das Vertrauen in deine eigenen Sinne zu verlieren. Zu guter Letzt würde die Partei vermelden, dass zwei und zwei fünf sei, und du würdest es glauben müssen. Es konnte nicht ausbleiben, dass sie früher oder später diese Behauptung aufstellte: Es folgte logisch aus ihrer Position. Nicht nur der Wahrheitsgehalt von Erfahrung, schon das bloße Vorhandensein einer äußeren Realität wurde durch ihre Philosophie stillschweigend geleugnet. Die größte aller Irrlehren war vernünftig. Und furchteinflößend war nicht, dass sie dich umbrachten, weil du anders dachtest, sondern dass sie recht haben konnten. Woher können wir schon wissen, dass zwei und zwei vier ist? Oder dass sich die Gravitationskraft auswirkt? Oder dass die Vergangenheit unveränderlich ist? Wenn beide, die Vergangenheit und die äußere Realität, nur in der Vorstellung existieren und die Vorstellung selbst gesteuert werden kann – was dann?

Doch nein! Plötzlich schien seine Zuversicht aus eigener Kraft wieder zu wachsen. Ohne durch eine naheliegende Verbindung evoziert worden zu sein, war ihm das Gesicht von O'Brien in den Sinn gekommen. Er wusste mit größerer Gewissheit als zuvor, dass O'Brien auf seiner Seite stand. Er schrieb sein Tagebuch für O'Brien – *an* O'Brien: Es war wie ein endloser Brief, den niemand je lesen würde, der jedoch an eine ganz bestimmte Person gerichtet war und dadurch seine spezielle Färbung erhielt.

Die Partei lehrte dich, dem Eindruck deiner Augen und Ohren nicht zu trauen. Das war ihr abschließendes und wichtigstes Gebot. Ihm sank der Mut beim Gedanken an die gewaltige, gegen ihn in Stellung gebrachte Macht, die Leichtigkeit, mit der ihn jeder Parteitheoretiker beim Debattieren kleinkriegen konnte, die scharfsinnige Gedankenführung, der er nicht würde folgen und erst recht nichts würde entgegenhalten können. Und doch war er im Recht! Sie lagen falsch und er lag richtig. Augenfälliges, Simples und Wahres musste verteidigt werden. Binsenwahrheiten sind wahr, halte an ihnen fest! Die stoffliche Welt existiert, ihre Gesetze ändern sich nicht. Steine sind hart, Wasser ist nass, frei fallende Objekte unterliegen der Erdanziehung. Mit dem Gefühl, zu O'Brien zu sprechen und zudem ein wichtiges Axiom aufzustellen, schrieb er:

Freiheit ist die Freiheit zu sagen, dass zwei und zwei vier ist. Gilt dies als gesetzt, ergibt sich daraus alles weitere.

VIII

Von irgendwo am Ende eines Gangs her strömte der Geruch von Röstkaffee – richtigem Kaffee, nicht Victory-Kaffee – auf die Straße. Winston blieb unwillkürlich stehen. Vielleicht zwei Sekunden lang fühlte er sich in die halbvergessene Welt seiner Kindheit versetzt. Dann schlug eine Tür zu, wodurch der Geruch so abrupt abgeschnitten wurde wie ein Geräusch.

Er war etliche Kilometer auf Straßenpflaster gelaufen, in seinem Geschwür pochte es. Zum zweiten Mal innerhalb von drei Wochen hatte er einen Abend im Gemeinschaftszentrum verpasst. Das war unbesonnen, denn man konnte sicher sein, dass genau registriert wurde, wie oft man im Zentrum anwesend war. Ein Parteimitglied hatte im Prinzip keine Freizeit und war niemals allein außer im Bett. Musste er nicht gerade arbeiten, essen oder schlafen, galt die Erwartung, dass er das öffentliche Freizeitangebot nutzte; etwas zu unternehmen, das einen Hang zum Alleinsein verriet, und sei es nur ein Spaziergang, war immer leicht gefährlich. Es gab ein Neusprech-Wort dafür, *Selbstleben* lautete es und bedeutete Individualismus und Verschrobenheit. Doch an diesem Abend hatte ihn beim Verlassen des Ministeriums die milde Aprilluft verlockt. Das Blau des Himmels war wärmer, als er es in diesem Jahr bislang erlebt hatte, und mit einem Mal sperrte sich alles in ihm gegen einen langen, lauten Abend im Zentrum mit öden, ermüdenden Spielen, den Vorträgen und dem knarzenden, vom Gin geölten Kameradschaftsgeist. Spontan hatte er die Bushaltestelle verlassen und war in das Labyrinth Londons losspaziert, erst in südliche Richtung, dann ostwärts, dann wieder nach Norden; dabei war er in unbekannte Straßen gelangt und aufs Geratewohl einfach weitergelaufen.

»Wenn es noch Hoffnung gibt«, hatte er in sein Tagebuch geschrieben, »liegt sie bei den Prols.« Diese Worte, Ausdruck einer dunklen Wahrheit wie einer offenkundigen Absurdität, wollten ihm nicht aus dem Sinn. Er steckte irgendwo inmitten der diffusen, erdfarbenen Elendsviertel nordöstlich des einstigen Bahnhofs St Pancras. Er lief durch eine gepflasterte Straße mit kleinen, zweistöckigen Häusern, deren ramponierte Türen direkt am Gehsteig lagen und sehr an Rattenlöcher denken ließen. Da und dort gab es Dreckpfützen auf dem Kopfsteinpflaster. An den finsteren Eingängen wie auf den nach beiden Seiten abzweigenden schmalen Gässchen wimmelte es geradezu vor Menschen – voll erblühte Mädchen mit üppig bemalten Lippen und ihnen nachstellende Jungmänner, wabblige Weiber, die vor Augen führten, wie die Mädchen in zehn Jahren aussehen würden, und gebeugte Alte, die auf schräg angewinkelten Füßen einher schlurften, zerlumpte Kinder, die barfuß in den Pfützen spielten und auf das erzürnte Geschrei ihrer Mütter hin fortstoben. Rund ein Viertel aller Fenster in der Straße waren zerbrochen und mit Brettern verrammelt. Die Menschen beachteten Winston überwiegend gar nicht; ein paar beäugten ihn mit vorsichtiger Neugierde. Vor einer Eingangstür unterhielten sich zwei sehr dicke Frauen mit über ihren Schürzen verschränkten, krebsroten Armen. Beim Näherkommen schnappte Winston Gesprächsfetzen auf.

»Ja, sag ich der, schön und gut, sag ich. Aber wärste an meiner Stelle gewesen, hättst es genauso gemacht wie ich. Kritisieren ist immer leicht, sag ich, aber du hast nicht die Probleme, wie ich sie hab.«

»Na«, sagte die andere, »genau so isses. Ganz genau so isses doch.«

Plötzlich verstummten die zeternden Stimmen. Die Frauen musterten ihn in feindseligem Schweigen, während er vorüberging. Doch es war nicht wirklich Feindseligkeit, eher eine Art Wachsamkeit, ein verharrendes Aufmerken wie beim Erscheinen eines unbekannten Tiers. Der blaue Overall der Partei konnte in einer Straße wie dieser kein gewohnter Anblick sein. Im Grunde war es unklug, sich ohne klar definierten Anlass an einem solchen Ort blicken zu lassen. Man konnte einer Streife über den Weg laufen und von ihr angehalten werden. »Bitte mal die Papiere, Genosse. Was tun Sie hier? Wann haben Sie Ihren Arbeitsplatz verlassen? Ist das Ihr üblicher Heimweg?« und so weiter und so fort. Nicht, dass das Einschlagen eines abweichenden Heimwegs irgendwie untersagt war, doch wenn die Gedankenpolizei das mitbekam, hatte man bereits ihre Aufmerksamkeit auf sich gelenkt.

Plötzlich war die gesamte Straße in Aufruhr. Von allen Seiten waren warnende Schreie zu hören. Leute huschten wie Kaninchen in ihre Häuser. Direkt vor Winston sprang eine junge Frau aus dem Eingang, schnappte sich ein kleines Kind, das in einer Pfütze spielte, barg es in ihrer Schürze und sprang zurück, alles in einer einzigen Bewegung. Genau im selben Moment lief ein Mann in schwarzem Anzug, der aus einer Seitengasse gekommen war, auf Winston zu und wies aufgeregt hinauf in den Himmel.

»Dampfer!«, schrie er. »Pass auf, Meister, gleich knallt's! Runter mit dir!«

Aus irgendeinem Grund nannten die Prols die Raketenbomben »Dampfer«. Winston warf sich sofort mit dem Gesicht nach unten zu Boden. Wenn die Prols einen derart warnten, lagen sie nahezu immer richtig. Sie schienen über einen Instinkt zu verfügen, der einige Sekunden vor dem Anflug einer Rakete reagierte, obwohl die Geschosse angeblich schneller waren als der Schall. Winston umfasste seinen Kopf. Es gab eine Detonation, die den Bürgersteig emporzuheben schien; ein Schwall kleiner Teilchen prasselte auf seinen Rücken. Als er aufstand, erkannte er, dass er mit Splittern der nächstgelegenen Fensterscheibe übersät war.

Er ging weiter. Die Bombe hatte zweihundert Meter die Straße runter eine Häusergruppe zerstört. Schwarze Rauchschwaden hingen am Himmel und darunter eine Wolke aus Mörtelstaub, in der sich bereits eine Menschenmenge um die Ruinen versammelte. Vor ihm lag ein kleiner Haufen Schutt auf dem Pflaster, in dessen Mitte er ein hellrotes Rinnsal sah. Als er näherkam, erkannte er eine am Gelenk abgetrennte Menschenhand. Von dem blutigen Stumpf abgesehen, war die Hand dermaßen kalkweiß, dass sie einem Gipsabguss glich.

Er trat das Ding in den Rinnstein und bog dann rechts in eine Seitenstraße ab, um der Menge zu entgehen. Drei, vier Minuten später lag der von der Bombe heimgesuchte Bereich hinter ihm, und auf den Straßen herrschte wieder das armselige Getümmel, als sei nichts gewesen. Es war kurz vor 20.00 Uhr, die von den Prols besuchten Gaststätten (sie sagten »Pubs« dazu) waren gedrängt voll. Aus ihren abgegriffenen Schwingtüren, die sich permanent öffneten und wieder schlossen, drang der

Geruch nach Urin, Sägemehl und säuerlichem Bier. In einer Häuserecke standen drei Männer eng beisammen; der mittlere hielt eine aufgeschlagene Zeitung in der Hand, in der die anderen über dessen Schulter hinweg lasen. Winston war noch zu weit entfernt, um ihre Gesichtszüge erkennen zu können, da sah er bereits an ihrer Körperhaltung, wie vertieft sie waren. Offenkundig lasen sie eine sehr wichtige Meldung. Er war ein paar Schritte von ihnen entfernt, als die Gruppe sich plötzlich trennte und zwei der Männer heftig aneinandergerieten. Einen Moment lang schienen sie sich fast prügeln zu wollen.

»Hör mir gefälligst mal richtig zu. Ich sag dir doch, in den letzten vierzehn Monaten hat nie eine Zahl mit einer Sieben am Ende gewonnen.«

»Aber ist doch passiert!«

»Nein, ist es nicht! Seit über zwei Jahren schreib ich alle Zahlen auf, ich hab den Zettel zu Hause. Da bin ich genau wie 'n Uhrwerk. Und ich sag dir, keine Zahl mit einer Sieben am Ende …«

»Doch, so eine *hat* gewonnen! Ich kann die Scheißnummer fast auswendig. Hört mit vier-null-sieben auf. Das war im Februar – zweite Februarwoche.«

»Februar, wer's glaubt, wird selig! Ich hab's alles schwarz auf weiß. Und ich sag dir, keine Zahl …«

»Ach, hört doch auf!«, sagte der dritte Mann.

Sie sprachen über die Lotterie. Winston ging dreißig Meter weiter, dann blickte er noch einmal zurück. Sie stritten sich weiter wild und leidenschaftlich. Die Lotterie mit ihrer wöchentlichen Ausspielung gewaltiger Summen war das eine öffentliche Ereignis, dem die ganze Aufmerksamkeit der Prols galt. Sie gab wohl etlichen Millionen Prols den wesentlichen, wenn nicht einzigen Grund, am Leben festzuhalten. Sie war ihre Lust, ihr Laster, ihr Sedativ, ihr geistiges Aufputschmittel. Rund um die Lotterie schienen selbst des Lesens und Schreibens kaum kundige Leute zu komplexen Berechnungen und verblüffenden Gedächtnisleistungen in der Lage zu sein. Es gab eine ganze Brut Männer, die vom Verkauf von Systemen, Prognosen und Glücksamuletten lebten. Mit dem Betrieb der Lotterie, die dem Ministerium für Fülle zugeordnet war, hatte Winston selbst nichts zu tun, doch ihm war (wie jedem in der Partei) bekannt, dass die Prämien größtenteils fingiert waren. Nur kleine Beträge wurden wirklich ausgezahlt, die Gewinner der Haupttreffer waren erfundene Personen. Da es zwischen den einzelnen Teilen Ozeaniens keine funktionierende Kommunikation gab, war das unschwer einzurichten.

Und doch, wenn es noch Hoffnung gab, so lag sie bei den Prols. Daran musste man sich klammern. So hingeschrieben, klang es vernünftig; doch indem man die Menschen betrachtete, die einem auf der Straße entgegenkamen, wurde es zu einer Frage des Glaubens. Die Straße, in die er eingebogen war, führte bergab. Er hatte das Gefühl, schon einmal in dieser Gegend gewesen zu sein und dass es nicht weit entfernt eine Hauptverkehrsstraße gab. Von irgendwoher vor ihm war lautes Geschrei zu hören. Die Straße machte eine spitze Kurve und endete an einer kurzen Treppe, die zu einer schmalen Gasse hinabführte, in der ein paar Marktleute schlaff aussehendes Gemüse verkauften. In diesem Moment wusste Winston wieder, wo er sich befand. Die Gasse mündete in die Hauptstraße, und hinter der nächsten Biegung, keine fünf Minuten entfernt, lag das Trödellädchen, in dem er das Notizbuch gekauft hatte, das ihm jetzt als Tagebuch diente. Und in einem kleinen Schreibwarengeschäft ganz in der Nähe hatte er seine Schreibfeder und die Tinte gekauft.

Oben an den Stufen blieb er kurz stehen. Auf der anderen Seite der Gasse lag ein schmuddeliger kleiner Pub, dessen Fenster zugefroren wirkten, tatsächlich aber einfach nur staubbedeckt waren. Ein uralter Mann, gebeugt, aber rüstig, mit weißen, wie bei einer Garnele weit abstehenden Schnurrbarthaaren drückte die Schwingtür auf und ging hinein. Während Winston so dastand, machte er sich bewusst, dass der Mann, der mindestens achtzig sein musste, zur Zeit der Revolution bereits im besten Alter gewesen war. Er und ein paar andere seinesgleichen waren die letzten Bindeglieder zur verschwundenen Welt des Kapitalismus. Auch in der Partei gab es kaum noch Leute, deren Gedankenwelt vor der Revolution geformt worden war. Die ältere Generation war während der großen Säuberungen in den fünfziger und sechziger Jahren weitgehend ausgelöscht worden, und die wenigen Überlebenden hatte man längst in die totale geistige Unterwerfung getrieben. Wenn denn noch jemand lebte, der wahrheitsgetreu von den Bedingungen in der ersten Phase des Jahrhunderts zu berichten wusste, konnte es nur ein Prol sein. Mit einem Mal fiel Winston die Passage aus dem Geschichtsbuch wieder ein, die er in sein Tagebuch geschrieben hatte, und ein verrückter Drang stieg in ihm hoch. Er würde in den Pub gehen, er würde sich dem alten Mann vorstellen und ihn ausfragen. Er würde zu ihm sagen: »Erzählen Sie mir von Ihrem Leben, als Sie ein Junge waren. Wie war das damals? War die Zeit besser als heute oder schlechter?«

Eilig, um ja erst keine Furcht aufkommen zu lassen, stieg er die Stufen hinab und überquerte die schmale Straße. Es war natürlich Wahnsinn. Es gab wie immer kein direktes Verbot, mit

Prols zu reden und ihre Pubs zu besuchen, aber dieses Verhalten war einfach viel zu ungewöhnlich, um unbemerkt bleiben zu können. Wenn eine Streife erschien, konnte er sich mit einem Schwächeanfall herauszureden versuchen, aber es war nicht sehr wahrscheinlich, dass man ihm glaubte. Er stieß die Tür auf, und ihm schlug der abscheuliche Mief von saurem Bier entgegen. Bei seinem Eintreten ließ die Lautstärke des Stimmengewirrs um etwa die Hälfte nach. In seinem Rücken spürte er, wie jedermann auf seinen blauen Overall starrte. Eine Partie Darts, die am anderen Ende des Raums im Gang war, kam für vielleicht dreißig Sekunden zum Erliegen. Der alte Mann, dem Winston gefolgt war, stand an der Bar und zankte sich mit dem Wirt, einem großen, beleibten jungen Mann mit Hakennase und gewaltigen Unterarmen. Eine Schar Leute stand mit den Gläsern in Händen da und verfolgte das Geschehen.

»Ich hab doch wohl höflich gefragt, oder nicht?«, sagte der Alte und reckte kampflustig die Schultern. »Und Sie wolln mir sagen, es gäb' kein Pint in Ihrem Sauladen?«

»Was zum Teufel soll das sein, ein Pint?«, fragte der Wirt, der sich mit den Fingerspitzen auf den Tresen gestützt nach vorn lehnte.

»Hört euch den an! Will Wirt sein und weiß nicht, was ein Pint ist! Na, ein Pint ist 'n halbes Quart, und vier Quarts sind eine Gallone. Demnächst bring ich Ihnen noch das Abc bei.«

»Nie von gehört«, sagte der Wirt knapp. »Hier bei uns gibt's Liter und Halbliter. Da stehen die Gläser, im Regal vor Ihnen.«

»Ich will ein Pint«, beharrte der Alte. »Kriegen Sie doch mühelos gezapft, so ein Pint. Als ich ein junger Mann war, gab's diese blöden Liter nicht.«

»Als Sie ein junger Mann waren, lebten wir alle noch auf den

Bäumen«, sagte der Wirt mit einem Blick in Richtung der anderen Gäste.

Alle lachten laut auf, und das durch Winstons Erscheinen ausgelöste Unbehagen schien geschwunden zu sein. Das Gesicht des alten Mannes – voller weißer Bartstoppeln – hatte sich leicht gerötet. Brummelnd wandte er sich ab und stieß dabei gegen Winston. Winston griff ihn sanft am Arm.

»Darf ich Ihnen ein Glas spendieren?«, sagte er.

»Sie sind ein Gentleman«, sagte der andere und reckte erneut seine Schultern. Winstons blauer Overall schien ihm gar nicht aufgefallen zu sein. »Ein Pint!«, rief er energisch in Richtung Wirt. »Ein gutgezapftes Pint.«

Der Wirt ließ zwei halbe Liter dunkelbraunes Bier in dicke Gläser laufen, die er zuvor in einem Eimer unter der Theke abgespült hatte. Bier war der einzige Alkohol in den Pubs der Prols. Die Prols sollten keinen Gin trinken, konnten ihn sich allerdings sehr leicht beschaffen. Die Dartspartie war wieder in vollem Gang, die Schar Leute am Tresen sprach inzwischen über Lotterielose. Winstons Anwesenheit war für den Moment vergessen. Unter dem Fenster stand ein Tisch zum Kartenspielen, an dem er und der Alte unbelauscht miteinander reden konnten. Es war extrem gefährlich, aber immerhin befand sich kein Monitor im Raum, wovon sich Winston gleich bei seinem Eintreten vergewissert hatte.

»Der schafft's nicht, mir 'n Pint zu zapfen«, murrte der Alte, während er hinter seinem Glas Platz nahm. »Ein halber Liter ist zu wenig, der reicht nicht. Und 'n ganzer Liter ist zu viel. Geht mir sofort auf die Blase. Vom Geld mal ganz abgesehen.«

»Sie müssen viele Veränderungen miterlebt haben, seit Sie ein junger Mann waren«, sagte Winston vorantastend.

Die blassblauen Augen des Alten schweiften von der Dartscheibe zum Tresen und vom Tresen zur Tür des Herren-WC, als habe der Satz den Veränderungen hier in der Kneipe gegolten.

»Das Bier war besser«, sagte er schließlich. »Und billiger! Als ich jung war, kostete ein leichtes Bier – so 'n Gebräu, wie wir sagten – vier Pence das Pint. Das war vor dem Krieg, versteht sich.«

»Welcher Krieg?«, fragte Winston.

»Krieg halt«, sagte der Alte unbestimmt. Er ergriff sein Glas, und wieder reckte er seine Schultern. »Auf Ihr ganz spezielles Wohl!«

Der spitze Adamsapfel an seinem dünnen Hals sprang erstaunlich flink auf und ab, und schon war das Bier verschwunden. Winston ging zur Theke und kehrte mit zwei neuen Halbliergläsern zurück. Der Alte schien seine Vorbehalte gegenüber dem ganzen Liter vergessen zu haben.

»Sie sind sehr viel älter als ich«, sagte Winston. »Schon bevor ich geboren wurde, müssen Sie ein erwachsener Mann gewesen sein. Sie haben Erinnerungen daran, wie es damals war, vor der Revolution. Leute meines Alters wissen eigentlich gar nichts über diese Zeit. Wir können nur die Bücher dazu lesen, und was in denen drinsteht, muss nicht die Wahrheit sein. Ich wüsste gern Ihre Ansicht dazu. In den Geschichtsbüchern steht, dass das Leben vor der Revolution völlig anders war als heute. Es herrschte schrecklichste Unterdrückung, Willkür und Armut weit jenseits unserer Vorstellungskraft. Hier in London gab es für die große Masse des Volkes von Geburt an bis zum Tod nicht genug zu essen. Zur Hälfte hatten sie nicht einmal Schuhe an den Füßen. Man arbeitete zwölf Stunden täglich, ging mit neun Jahren von der Schule ab und schlief zu zehnt in einem Zimmer. Und zur gleichen Zeit gab es ganz wenige Menschen, nur ein paar Tausend – Kapitalisten genannt –, die reich und mächtig waren. Sie besaßen alles, was es zu besitzen gab. Sie lebten in prächtigen großen Häusern mit dreißig Dienstboten, fuhren in Autos und vierspännigen Kutschen umher, tranken Champagner, trugen Zylinder …«

Plötzlich wurde der Alte munter.

»Zylinder!«, sagte er. »Lustig, dass Sie die erwähnen. Gestern erst sind sie mir selbst in den Sinn gekommen, keine Ahnung, warum. Ich dachte nur so, ich hab' schon seit Jahren keinen Zylinder mehr gesehen. Sind völlig weg vom Fenster. Das letzte Mal, das ich einen trug, war bei der Beerdigung meiner Schwagerin. Und das war – na, weiß nicht mehr genau, wann, aber es ist bestimmt fünfzig Jahre her. Der war natürlich nur für diesen Anlass geliehen, Sie verstehen.«

»Ist nicht so wichtig, das mit den Zylindern«, sagte Winston geduldig. »Es geht darum, dass diese Kapitalisten – sie und die Handvoll Anwälte und Geistlichen und dergleichen, die von ihnen lebten – die Herren der Welt waren. Alles war ihrem Nutzen unterworfen. Sie – das einfache Volk, die Arbeiter – waren ihre Sklaven. Sie konnten mit ihnen machen, was sie wollten. Sie konnten sie nach Kanada schaffen lassen wie Vieh. Sie konnten mit deren Töchtern schlafen, wenn ihnen danach war. Sie konnten sie mit einem Ding auspeitschen lassen, das neunschwänzige Katze hieß. Man musste die Mütze ziehen, wenn man an ihnen vorbeiging. Allen Kapitalisten folgte ein ganzer Trupp Lakaien, die …«

Der Alte wurde erneut munter.

»Lakaien!«, sagte er. »Schon wieder ein Wort, das ich lange nicht mehr gehört habe. Lakaien! Da muss ich aber wirklich an früher denken. Ich erinnere mich – ist ewig und drei Tage her –, dass ich manchmal Sonntagnachmittags in den Hyde Park ging, um den Reden der Typen dort zu lauschen. Heilsarmee, Katholiken, Juden, Inder – alles bunt gemischt. Und einer von denen – wie der hieß, kann ich nicht mehr sagen, aber der war ein ganz starker Redner. Der hat die vielleicht rangenommen! ›Lakaien!‹, sagte er, ›Lakaien der Bourgeoisie! Steigbügelhalter der herrschenden Klasse!‹ Parasiten – auch so ein Begriff von dem. Und Hyänen – hat sie allen Ernstes Hyänen genannt. Meinte natürlich die von der Labour-Partei, Sie verstehen.«

Winston hatte das Gefühl, dass sie aneinander vorbeiredeten.

»Ich wollte eher auf etwas anderes hinaus«, sagte er. »Haben Sie das Gefühl, dass Sie heute mehr Freiheiten haben als damals? Werden Sie mehr wie ein Mensch behandelt? In den alten Zeiten waren die Reichen, die Herrschenden …«

»Das Oberhaus«, warf der Alte nostalgisch ein.

»Das Oberhaus, meinetwegen. Aber was ich wissen will, konnten diese Leute Sie wirklich wie Minderwertige behandeln, nur weil sie selbst reich waren und Sie arm? Stimmt es zum Beispiel, dass Sie sie mit ›gnädiger Herr‹ anreden und beim Vorübergehen die Mütze ziehen mussten?«

Der Alte schien gründlich nachzudenken. Er trank rund ein Viertel seines Biers aus, bevor er antwortete:

»Ja«, sagte er. »Es gefiel ihnen, wenn man für sie an die Mütze griff. Galt als Zeichen von Respekt. Meine Sache war's nicht, aber ich hab's oft genug getan. Ging nicht anders, könnte man sagen.«

»Und war es üblich – ich führe nur an, was ich in Geschichtsbüchern gelesen habe –, war es üblich, dass diese Leute und ihre Bediensteten Sie vom Gehsteig in den Rinnstein stießen?«

»Einmal hat einer von denen das gemacht«, sagte der Alte. »Ich erinnere mich, als wär's gestern gewesen. Es war am Abend der Ruderregatta – es ging immer ruppig zu am Abend der Ruderregatta –, da stieß ich in der Shaftesbury Avenue gegen einen jungen Typen. War 'n ziemlich feiner Herr – weißes Hemd, Zylinder, schwarzer Mantel. Ging ganz schön in Schlangenlinie über den Bürgersteig, da hab ich ihn aus Versehen angerempelt. Der sagt: Pass doch auf, wo du langgehst, sagt der. Sag ich: Gehört dieser Scheiß-Gehsteig etwa Ihnen allein? Sagt der: Werd nicht frech, ich dreh ich dir den Hals um. Sag ich: Sie sind ja besoffen. Ich ruf sofort die Polizei, sag ich. Und wissen Sie was, da fasst der mir an die Brust und schubst mich derart, dass ich fast unter 'nen Bus geraten wäre. Na, ich war jung damals und wollte ihm gerade eine langen, als ...«

Ein Gefühl von Ratlosigkeit packte Winston. Die Erinnerung des Alten war nichts als ein Müllhaufen aus Kleinkram. Man hätte ihn den ganzen Tag lang ausfragen können, ohne irgendeine brauchbare Auskunft zu erhalten. Die Geschichtsdarstellung der Partei mochte halbwegs der Wahrheit entsprechen, sie konnte sogar ganz der Wahrheit entsprechen. Er unternahm einen letzten Versuch.

»Vielleicht habe ich mich nicht klar ausgedrückt«, sagte er. »Mir geht es um Folgendes: Sie blicken auf eine sehr lange Lebenszeit zurück; die Hälfte Ihrer Jahre haben Sie vor der Revolution verbracht. 1925 zum Beispiel waren Sie bereits erwachsen. Würden Sie von Ihrer Erinnerung her sagen, dass das Leben im Jahr 1925 besser war, als es heute ist, oder war es schlechter? Wenn Sie die Wahl hätten, würden Sie wieder damals leben wollen oder lieber heute?«

Der Alte blickte sinnend in Richtung Dartscheibe. Er trank

sein Glas aus, langsamer als zuvor. Als er dann sprach, tat er dies auf eine nachsichtig-philosophische Weise, wie milde gestimmt durch das Bier.

»Ich weiß, was Sie von mir hören wollen«, sagte er. »Sie wollen hören, dass ich lieber wieder jung wäre. Die meisten Leute würden auf diese Frage antworten, sie wären lieber wieder jung. Als junger Mensch bist du gesund und stark. Wenn du dann in mein Alter kommst, plagt dich ständig irgendwas. Meine Füße tun mir immer wieder schrecklich weh, und meine Blase ist der reinste Graus. Sie treibt mich jede Nacht sechs, sieben Mal aus dem Bett. Andererseits hat das Altsein auch viele große Vorzüge. Sorgen von früher sind vom Tisch. Du hast nicht mehr das ganze Theater mit den Frauen, und das ist herrlich. Seit fast dreißig Jahren war ich mit keiner Frau mehr zusammen, das können Sie mir glauben. Und, noch besser, ich hab auch nie eine gewollt.«

Winston lehnte sich zurück an den Fenstersims. Weitere Versuche waren sinnlos. Er wollte gerade neues Bier besorgen, da stand der Alte plötzlich auf und schlurfte hastig in das stinkende Pissoir neben dem Kneipenraum. Der halbe Liter extra machte sich bereits bemerkbar. Winston saß noch ein, zwei Minuten da und starrte in sein leeres Glas, dann trugen ihn, ohne dass er es recht mitbekam, seine Füße wieder hinaus auf die Straße. Höchstens noch zwanzig Jahre, überlegte er, dann wäre eine Antwort auf die so gewaltige wie einfache Frage »War das Leben vor der Revolution besser als heute?« ein für alle Mal unmöglich geworden. Doch im Grunde ließ sie sich schon heute nicht mehr beantworten, da die paar verstreuten Überlebenden aus der alten Welt nicht imstande waren, zwei Zeitalter miteinander zu vergleichen. Sie erinnerten sich einer Unzahl nutzloser Dinge, an den Streit mit einem Kollegen, an die Suche nach einer verschwundenen Fahrradpumpe, an den Ausdruck auf dem Gesicht einer längst verstorbenen Schwester, den umherwirbelnden Staub eines stürmischen Morgens vor siebzig Jahren; doch die wichtigen Sachverhalte lagen allesamt jenseits ihrer Vorstellungskraft. Sie waren wie die Ameisen, die Kleines wahrnehmen, aber nichts Großes. Und wenn die Erinnerung ausfiel und schriftliche Dokumente gefälscht waren – wenn es so weit war, dann musste die Behauptung der Partei, sie habe die Lebensbedingungen der Menschen verbessert, als wahr gelten, denn dann wäre der Maßstab, an dem sich dies erweisen ließe, für alle Zeit verloren.

In diesem Moment brach sein Gedankengang plötzlich ab. Er blieb stehen und sah hoch. Er befand sich in einer engen Straße mit ein paar lichtlosen kleinen Läden hier und da zwischen Wohnhäusern. Direkt über seinem Kopf hingen drei abgewetzte Metallkugeln, die wirkten, als seien sie einmal vergoldet gewesen. Dieser Ort kam ihm bekannt vor. Natürlich! Er stand vor dem Trödellädchen, in dem er das Tagebuch gekauft hatte.

Ein Gefühl der Angst durchfuhr ihn. Es war unbedacht genug gewesen, das Buch überhaupt zu kaufen, und er hatte sich geschworen, nie wieder in diese Gegend zu kommen. Doch kaum begannen seine Gedanken umherzuschweifen, hatten ihn seine Füße ganz von selbst wieder hierhergeführt. Das war genau die Art von selbstmörderischer Regung, gegen die er sich durch das Führen des Tagebuchs wappnen zu können hoffte. Dabei bemerkte er, dass der Laden noch geöffnet hatte, obwohl es fast 21.00 Uhr war. In dem Gefühl, drinnen weniger aufzufallen als hier draußen auf dem Gehsteig, trat er durch die Eingangstür. Falls man ihn fragte, konnte er glaubhaft erwidern, auf der Suche nach Rasierklingen zu sein.

Der Inhaber hatte eben eine aufgehängte Öllampe entzündet, die einen unreinen, doch angenehmen Geruch verbreitete. Er war vielleicht sechzig Jahre alt, krumm und gebrechlich, hatte eine lange, gutmütige Nase und durch dicke Brillengläser verzerrte, sanfte Augen. Sein Haar war fast ganz weiß, seine Augenbrauen dagegen buschig und schwarz. Die Brille, seine sachten, diskreten Bewegungen und die altmodische schwarze Samtjacke, die er trug, verliehen ihm einen Ausdruck von Geistigkeit, so als könne er auch ein Mann der Literatur sein oder vielleicht Musiker. Seine Stimme war weich, wenngleich etwas matt, und sein Akzent nicht so ausgeprägt wie sonst bei den Prols.

»Ich habe Sie schon auf der Straße erkannt«, sagte er sofort. »Sie sind der Gentleman, der das Erinnerungsalbum der jungen Dame gekauft hat. Ein wunderschönes Stück, wirklich. Gelblich-weiß gerippt nannte man das Papier. So ein Papier stellt seit, ach, bestimmt fünfzig Jahren niemand mehr her.« Er blickte Winston über den Rand seiner Brille hinweg an. »Kann ich etwas Bestimmtes für Sie tun? Oder wollen Sie sich einfach umsehen?«

»Ich kam hier lang«, sagte Winston unbestimmt. »Und schaue nur mal rein. Ich habe keinen speziellen Wunsch.«

»Soll mir recht sein«, sagte der andere, »den hätte ich Ihnen wohl ohnehin nicht erfüllen können.« Er machte eine entschuldigende Geste mit seiner weichen Hand. »Sie sehen ja selbst: gähnende Leere, möchte man sagen. Ganz unter uns, im Antiquitätenhandel läuft praktisch nichts mehr. Keinerlei Nachfrage und auch kein Angebot. Möbel, Porzellan, Glas – ist mit der Zeit alles kaputtgegangen. Und Metallobjekte wurden natürlich alle eingeschmolzen. Ich habe seit Jahren keinen Messingleuchter mehr zu Gesicht bekommen.«

In Wirklichkeit war der winzige Verkaufsraum unangenehm vollgestellt, aber es gab so gut wie nichts von auch nur dem geringsten Wert darin. Der Platz auf dem Boden war sehr beschränkt, weil rings an den Wänden zahllose staubige Bilderrahmen aufgestapelt waren. Im Schaufenster waren Kästchen voller Muttern und Schrauben, schartige Meißel, Taschenmesser mit abgebrochenen Klingen, fleckige Uhren, die sich keine Mühe gaben, funktionstüchtig zu wirken, und diverser anderer Plunder. Nur ein Tischchen in der Ecke war mit allerhand Kleinteilen übersät – lackierten Tabaksdosen, Achatbroschen und dergleichen –, die wirkten, als könne sich manch interessantes Stück unter ihnen befinden. Als Winston sich diesem Tisch näherte, fiel sein Blick auf einen runden, glatten Gegenstand, der im Schein der Lampe sanft schimmerte. Er nahm ihn in die Hand.

Es war ein schweres Stück Glas, gewölbt auf der einen Seite, auf der anderen flach, beinahe eine Halbkugel. In seiner Farbe wie der Beschaffenheit wirkte das Glas sonderbar geschmeidig, wie aus Regenwasser. In seinem Innern befand sich, vergrößert durch die Wölbung, ein seltsames, verzweigtes rosa Gebilde, das an eine Rose oder Seeanemone erinnerte.

»Was ist das?«, fragte Winston, ganz bezaubert.

»Das? Eine Koralle«, sagte der alte Mann. »Sie muss aus dem Indischen Ozean stammen. Früher hat man sie in Glas gleichsam eingekapselt. Ist vor mindestens hundert Jahren entstanden oder noch älter, dem Aussehen nach zu schließen.«

»Ein schönes Stück«, sagte Winston.

»Ein schönes Stück«, sagte der andere anerkennend. »Aber

das sehen heute nicht mehr viele so.« Er hustete. »Sollten Sie zufällig Lust haben, es zu kaufen, ich geb's Ihnen für vier Dollar. Ich erinnere mich an eine Zeit, da hätte solch ein Objekt acht Pfund gebracht, und acht Pfund waren – na, ich bekomm's nicht mehr umgerechnet, jedenfalls eine Menge Geld. Aber wer interessiert sich heutzutage noch für echt antike Stücke – für die paar, die es noch gibt?«

Winston bezahlte sofort die vier Dollar und steckte das Objekt seiner Begierde in die Tasche. Es gefiel ihm nicht so sehr wegen seiner Schönheit, sondern weil es aus einer Zeit stammte, die sich von der heutigen sehr unterschied, was es irgendwie besonders machte. Das weiche, regenwasserartige Glas war ganz anders als jedes ihm bekannte Glas. Doppelt reizvoll war das Objekt aufgrund seiner offenkundigen Nutzlosigkeit, obwohl er annehmen konnte, dass es einmal als Briefbeschwerer gedacht gewesen war. Es hing schwer in seiner Tasche, beulte sie jedoch zum Glück nicht sehr aus. Es war ein verrücktes Ding und im Besitz eines Parteimitglieds auch ein kompromittierendes Ding. Alles Alte, und damit alles Schöne, war immer leicht suspekt. Der alte Mann war, nachdem er die vier Dollar erhalten hatte, merklich aufgeräumter geworden. Winston begriff, dass er sich auch mit zwei oder drei begnügt hätte.

»Oben ist noch ein Raum, in dem Sie sich vielleicht umschauen mögen«, sagte er. »Viel steht nicht drin, nur ein paar Sachen. Wenn wir raufgehen, reicht eine Lampe.«

Er entzündete noch eine Lampe, dann ging er mit gebeugtem Rücken langsam die steilen, ausgetretenen Stufen hinauf und einen schmalen Gang entlang in einen Raum, durch dessen Fenster man nicht auf die Straße sah, sondern auf einen gepflasterten Hof und einen Wald aus Schornsteinen. Winston fiel auf, dass die Möbel so standen, als sei das Zimmer noch bewohnt. Auf dem Boden lag ein schmaler Teppich, an den Wänden hingen ein, zwei Bilder, ein abgewetzter tiefer Sessel war an den Kamin gerückt. Auf dem Kaminsims tickte unter einem Glassturz eine altmodische Uhr mit Ziffernblatt vor sich hin. Unter dem Fenster stand ein riesiges Bett, auf dem noch die Matratzen lagen und das fast ein Viertel des vorhandenen Platzes einnahm.

»Hier haben wir gewohnt, bis meine Frau starb«, sagte der alte Mann halb entschuldigend. »Jetzt verkaufe ich die Möbel nach und nach. Hier, ein schönes Mahagonibett, es könnte jedenfalls schön sein, man müsste nur die Wanzen drin loswerden. Aber ich vermute, dass es Ihnen etwas zu sperrig ist.«

Er hielt die Lampe hoch, um den gesamten Raum zu erhellen, und im warmen, gedämpften Licht wirkte der Ort seltsam einladend. Winston durchfuhr der Gedanke, dass er das Zimmer bestimmt leicht für ein paar Dollar pro Woche mieten konnte, sollte er das Wagnis eingehen wollen. Es war eine tolle, unmögliche Vorstellung, die er, kaum gedacht, schon wieder fallen ließ; und doch hatte das Zimmer eine Art Nostalgie, eine Art Widerhall der Vergangenheit in ihm geweckt. Ihm schien vollkommen klar zu sein, wie es war, in einem solchen Raum im Sessel neben dem offenen Feuer zu sitzen mit den Füßen am Kamingitter und einem aufgesetzten Kessel Wasser; ganz allein, ganz geborgen, ohne observiert zu werden, ohne kommandierende Stimme, ohne jegliches Geräusch außer dem Pfeifen des Kessels und dem freundlichen Ticken der Uhr.

»Ohne Monitor!«, flüsterte er unwillkürlich vor sich hin.

»Ach«, sagte der alte Mann, »hab mir nie so ein Ding zugelegt. Viel zu teuer. Ich fand auch nie, dass ich einen brauche. Ja, und da in der Ecke steht ein hübscher Klapptisch. Müsste allerdings erst mal neue Scharniere bekommen, wenn Sie ihn einklappen wollen.«

In der anderen Ecke stand ein kleines Bücherregal, von dem sich Winston sofort angezogen fühlte. Es stand nur Schund drin. In den Vierteln der Prols hatte man Bücher mit der gleichen Gründlichkeit aufgespürt und vernichtet wie überall sonst. Dass es irgendwo in Ozeanien noch ein Exemplar eines vor 1960 gedruckten Buchs gab, war sehr unwahrscheinlich. Der alte Mann stand mit der Lampe in der Hand vor einem Gemälde mit Palisanderrahmen, das auf der anderen Seite des Kamins hing, gegenüber dem Bett.

»So, und falls Sie sich zufällig für alte Drucke interessieren …«, sagte er vortastend.

Winston trat näher, um das Bild in Augenschein zu nehmen. Es war ein Stahlstich von einem ovalen Gebäude mit rechteckigen Fenstern und einem kleinen Turm vorn. Um den Bau ging ein Geländer, im Hintergrund befand sich offenbar eine Art Statue. Winston betrachtete es eine ganze Weile. Es kam ihm entfernt bekannt vor, wenngleich er sich nicht an die Statue erinnerte.

»Der Rahmen ist an die Wand geschraubt«, sagte der alte Mann, »aber ich montiere ihn natürlich gern für Sie ab.«

»Ich kenne das Gebäude«, sagte Winston schließlich. »Heute ist es eine Ruine. Es steht mitten auf der Straße vor dem Justizpalast.«

»So ist es. Vor dem Großen Gerichtshof. Bomben haben es zerstört, das war – ach, viele Jahre ist das schon her. Damals war es eine Kirche, St Clement Danes hieß sie.« Er lächelte entschuldigend, wie im Bewusstsein, etwas leicht Verrücktes von sich zu geben, und fügte hinzu: »›Oranges and lemons‹, say the bells of St Clement's!«

»Was ist das?«, fragte Winston.

»Nun, ›Oranges and lemons, say the bells of St Clement's‹ – das war ein Kinderreim, den wir als kleine Jungs aufsagten. Wie er weitergeht, fällt mir nicht mehr ein, aber seinen Schluss weiß ich noch: ›Here comes a candle to light you to bed, Here comes a chopper to chop off your head.‹ Dazu gab's eine Art Tanz. Die Kinder bildeten mit den Armen eine Gasse; unter der lief man durch, und an der Stelle ›Here comes a chopper to chop off your head‹ senkten sie ihre Arme und hatten dich gefangen. Das waren alles Kirchennamen. Alle Kirchen Londons kamen drin vor – alle Hauptkirchen jedenfalls.«

Winston fragte sich, aus welchem Jahrhundert die Kirche stammte. Das Alter Londoner Gebäude zu bestimmen, war immer schwierig. Von allem Großen und Imposanten, das einigermaßen neu wirkte, hieß es automatisch, es sei nach der Revolution erbaut worden, während alles offenkundig davor Entstandene einem finsteren Zeitalter namens Mittelalter zugeschrieben wurde. Die Jahrhunderte des Kapitalismus galten als eine Zeit, die schlichtweg nichts von Wert hervorgebracht hatte. Die Architektur gab genauso wenig Geschichtswissen preis wie die Bücher. Statuen, Inschriften, Gedenksteine, Straßennamen – was immer ein Licht auf die Vergangenheit zu werfen vermochte, war systematisch geändert worden.

»Ich wusste gar nicht, dass das mal eine Kirche war«, sagte Winston.

»Es gibt noch ziemlich viele«, sagte der alte Mann, »auch wenn sie inzwischen anders genutzt werden. Wie ging der Vers bloß weiter? Ah, ich hab's.

›Oranges and lemons‹, say the bells of St Clement's,
›You owe me three farthings‹, say the bells of St Martin's …

Immerhin, so weit ist es mir wieder eingefallen. Ein Farthing, das war eine kleine Kupfermünze, die sah etwa wie ein Cent aus.«

»Wo war St Martin's?«, fragte Winston.

»St Martin's? Das gibt es immer noch. Steht am Victory Square, neben der Gemäldegalerie. Ein Bau mit einer Art dreieckigem Giebel mit Säulen vorn und einer großen Treppe.«

Winston kannte den Ort gut. Es war ein Museum für allerhand Propagandaschauen – maßstabgetreue Modelle von Raketenbomben und Schwimmende Festungen wurden dort gezeigt, in Wachs modellierte Tableaus feindlicher Übeltaten und dergleichen.

»St Martin's-in-the-Fields wurde die Kirche damals genannt«, ergänzte der alte Mann, »wenngleich ich mich an keine Felder in der Gegend dort erinnern kann.«

Winston kaufte das Bild nicht. Es wäre als Besitz noch problematischer gewesen als der gläserne Briefbeschwerer, und er hätte es auch gar nicht nach Hause tragen können, es sei denn ohne den Rahmen. Aber er blieb noch ein paar Minuten und unterhielt sich mit dem alten Mann, der, wie er feststellte, gar nicht Weeks hieß, wie nach dem Schriftzug auf dem Ladenschild anzunehmen war, sondern Charrington. Mr Charrington, erfuhr er, war Witwer, 63 Jahre alt und hatte dreißig Jahre lang in diesem Laden gewohnt. Den Namen über dem Schaufenster hatte er immer ändern wollen, war aber nie dazu gekommen. Während ihres Gesprächs ging Winston die ganze Zeit der nur halb erinnerte Reim durch den Kopf. Oranges and lemons, say the bells of St Clement's, You owe me three farthings, say the bells of St Martin's! Seltsam, aber wenn man ihn vor sich hinsagte, bildete man sich ein, wirklich Glocken zu hören, die Glocken eines untergegangenen Londons, das es da und dort noch gab, entstellt und vergessen. Von einem geisterhaften Kirchturm nach dem anderen glaubte er das Geläut zu hören. Dabei hatte er, soweit er sich erinnern konnte, im normalen Leben niemals Kirchenglocken gehört.

Er verabschiedete sich von Mr Charrington und ging die Stufen allein hinunter; er wollte nicht, dass der alte Mann sah, wie er die Straße entlangspähte, bevor er aus der Tür trat. Er war bereits entschlossen, nach einem angemessenen zeitlichen Abstand – ein Monat vielleicht – erneut einen Besuch in dem Laden zu riskieren. Vielleicht war das nicht einmal gefährlicher, als sich vor einem Abend im Gemeinschaftszentrum zu drücken. Die eigentliche Wahnsinnstat war gewesen, nach dem Kauf des Tagebuchs überhaupt noch einmal hierherzukommen, ohne zu wissen, ob dem Inhaber zu trauen war. Nun denn …!

Ja, dachte er noch einmal, er würde wiederkommen. Er würde mehr schönen Krempel kaufen. Er würde den Stich von St Clement Danes kaufen, ihn aus dem Rahmen nehmen und unter seiner Jacke verborgen nach Hause tragen. Er würde Mr Charringtons Gedächtnis den Rest dieses Gedichts entreißen. Sogar der aberwitzige Plan, das Zimmer da oben zu mieten, schoss ihm erneut kurz durch den Sinn. Fünf Sekunden lang vielleicht machte sein Hochgefühl ihn unvorsichtig, und er trat auf die Straße ohne auch nur einen die Lage prüfenden Blick aus dem Fenster. Er hatte sogar zu einer improvisierten Melodie zu summen begonnen –

»Oranges and lemons«, say the bells of St Clement's,
»You owe me three farthings«, say the …

Mit einem Mal erstarrte sein Herz zu Eis und sein Magen kehrte sich um. Eine Gestalt in blauem Overall kam den Gehsteig entlang, keine zehn Meter von ihm entfernt. Es war das Mädchen aus der Roman-Abteilung, das Mädchen mit dem schwarzen Haar. Die Beleuchtung war schlecht, doch sie war mühelos zu erkennen. Sie blickte ihm direkt ins Gesicht und ging dann rasch weiter, als habe sie ihn nicht erkannt.

Einige Sekunden lang war Winston wie gelähmt. Dann bog er nach rechts ab und schritt zügig aus, ohne gleich zu bemerken, dass er in die falsche Richtung lief. Immerhin, eine Frage war nun geklärt. Es gab keinen Zweifel mehr, dass ihm das Mädchen nachspionierte. Sie musste ihn hierher verfolgt haben, denn es war nicht glaubhaft, dass sie rein zufällig am gleichen Abend durch dieselbe entlegene Seitengasse lief, kilometerweit entfernt von den Wohnvierteln der Parteimitglieder. So groß konnte kein Zufall sein. Ob sie wirklich eine Agentin der Gedankenpolizei war oder nur ein von Übereifer getriebener Amateurspitzel, spielte kaum eine Rolle. Es genügte, dass sie ihn beobachtete. Wahrscheinlich hatte sie auch gesehen, wie er den Pub betrat.

Das Gehen war anstrengend. Der Glasklumpen in seiner Tasche schlug bei jedem Schritt gegen seine Hüfte, und er überlegte bereits, ihn herauszuholen und wegzuwerfen. Am Schlimmsten aber waren die Schmerzen in seinem Bauch. Einige Minuten lang hatte er das Gefühl, er müsse sterben, wenn er nicht bald eine Toilette erreichte. Doch in einem Viertel wie diesem würde es wohl kaum öffentliche Toiletten geben.

Schließlich ließen die Krämpfe nach, zurück blieb ein dumpfer Schmerz.

Die Straße war eine Sackgasse. Winston hielt an, überlegte einen kurzen Moment unschlüssig, was er tun sollte, dann machte er kehrt und ging die Strecke zurück. Dabei fiel ihm ein, dass das Mädchen erst drei Minuten zuvor an ihm vorbeigegangen war und dass er sie, wenn er lief, vermutlich einholen würde. Er konnte ihr hinterhergehen bis an eine verlassene Stelle und ihr dann mit einem Pflasterstein den Schädel einschlagen. Das Glasobjekt in seiner Tasche war dazu ebenfalls schwer genug. Er ließ die Idee jedoch sofort wieder fallen, denn der bloße Gedanke an eine körperliche Anstrengung war ihm unerträglich. Loslaufen, zu einem Schlag ausholen, das schaffte er einfach nicht. Abgesehen davon war sie jung und stark und würde sich zu verteidigen wissen. Er dachte auch daran, schnell zum Gemeinschaftszentrum zu laufen und dort zu bleiben, bis man schloss, um sich wenigstens ein teilweises Alibi für den Abend zu verschaffen. Doch auch das war unmöglich. Eine tödliche Müdigkeit hatte sich seiner bemächtigt. Er wollte einfach rasch heim, um sich hinzusetzen und zu beruhigen.

Es war nach 22.00 Uhr, als er seine Wohnung erreichte. Um 23.30 Uhr wurde am Hauptschalter der Strom abgestellt. Er ging in die Küche und stürzte fast eine volle Teetasse Victory-Gin hinunter. Dann ging er zu dem Tisch in der Nische, setzte sich und nahm das Tagebuch aus der Schublade. Aber er schlug es nicht sofort auf. Aus dem Monitor plärrte eine blecherne Frauenstimme ein patriotisches Lied. Er saß da, starrte auf den marmorierten Buchdeckel und versuchte erfolglos die Stimme aus seinem Bewusstsein zu drängen.

Sie kamen in der Nacht, um dich zu holen, immer nachts. Am besten brachtest du dich selbst um, bevor sie dich hatten. Ohne Zweifel taten manche Menschen das. Viele Fälle von Verschwinden waren tatsächlich Selbstmorde. Doch in einer Welt, in der Schusswaffen oder rasch und verlässlich wirkendes Gift nicht zu bekommen waren, brauchte es den Mut der Verzweiflung. Er dachte mit einem gewissen Staunen an die biologische Sinnlosigkeit von Schmerz und Angst, an die Treulosigkeit des menschlichen Körpers, der genau in dem Moment, da eine besondere Anstrengung erforderlich wäre, in Erstarrung verfällt. Er hätte das Mädchen mit dem schwarzen Haar zum Schweigen bringen können, wenn er nur rasch genug gehandelt hätte; doch eben weil er sich in solch extremer Gefahr befunden hatte, war ihm die Kraft zum Handeln geschwunden. Ihm wurde bewusst, dass man in Momenten der Krise niemals gegen einen äußeren Feind kämpfte, sondern stets gegen den eigenen Körper. Sogar jetzt machte trotz des Gins der dumpfe Schmerz in seinem Bauch jedes folgerichtige Denken unmöglich. Und so ist es immer, erkannte er, in jeder scheinbar heroischen oder tragischen Lage. Ob auf dem Schlachtfeld, in der Folterkammer, auf einem sinkenden Schiff – die Sache, für die du kämpfst, ist sofort vergessen, denn der Körper schwillt an, bis er jeglichen Raum ausfüllt, und selbst wenn dich die Angst nicht völlig lähmt oder du nicht vor Schmerz schreien musst, ist das Leben ein unentwegter Kampf gegen Hunger oder Kälte oder Schlafmangel, gegen einen übersäuerten Magen oder einen schmerzenden Zahn.

Er schlug sein Tagebuch auf. Es war wichtig, etwas aufzuschreiben. Die Frau im Monitor hatte ein neues Lied zu singen begonnen. Ihre Stimme schien sein Hirn zu durchdringen wie scharfkantige Glassplitter. Er versuchte an O'Brien zu denken, für den oder an den er das Tagebuch schrieb, doch stattdessen begann er zu überlegen, was mit ihm geschehen mochte, nachdem die Gedankenpolizei ihn abgeholt hatte. Wenn man dich sofort umbrachte, wäre es halb so wild. Du warst schließlich darauf gefasst, dass man dich umbrachte. Aber vor dem Tod (niemand sprach darüber, doch jeder wusste davon) hatte man zunächst das ganze Programm des Schuldbekenntnisses zu durchlaufen: das Sich-Winden auf dem Boden und Um-Gnade-Flehen, das Knacken zerbrechender Knochen, die eingeschlagenen Zähne und das blutdurchsuppte Haar.

Warum musste man das durchleiden, wo das Ende doch immer gleich war? Warum war es nicht möglich, einfach ein paar Tage oder Wochen aus deinem Leben zu entfernen? Niemand blieb je unentdeckt, und niemand widersetzte sich je dem Geständnis. Hattest du ein Gedankenverbrechen begangen, so warst du mit Gewissheit nach einer bestimmten Zeit tot. Wieso musste da dieses Grauen, das nichts änderte, Teil dessen sein, das dir bevorstand?

Mit etwas mehr Erfolg als zuvor versuchte er sich das Bild O'Briens bewusst zu machen. »Dort, wo keine Dunkelheit herrscht, werden wir uns wiederbegegnen«, hatte O'Brien zu ihm gesagt. Er wusste, was das bedeutete, oder glaubte es zu wissen. Der Ort, an dem keine Dunkelheit herrscht, war die erdachte Zukunft, die man nie erleben würde, an der man durch Vorherwissen jedoch sinnbildlich teilhaben konnte. Aber mit der in seinen Ohren dröhnenden Stimme vom Monitor konnte er den Gedankengang nicht weiterverfolgen. Er steckte sich eine Zigarette zwischen die Lippen. Sofort rieselte ihm die Hälfte des Tabaks auf die Zunge, bittere Flusen, die sich schwer wieder ausspucken ließen. Vor seine Gedanken schob sich das

Gesicht des Großen Bruders und verdrängte das von O'Brien. Wie ein paar Tage zuvor fingerte er eine Münze aus der Tasche und betrachtete sie. Das Gesicht blickte zu ihm empor, mächtig, ruhig, beschützend; doch was für ein Lächeln verbarg sich unter dem schwarzen Schnurrbart? Wie ein Grabgeläut erschienen ihm wieder die Worte:

KRIEG IST FRIEDEN
FREIHEIT IST SKLAVEREI
UNKENNTNIS IST STÄRKE

Zweiter Teil

I

Es war mitten am Vormittag, Winston hatte sein Büro verlassen, um zur Toilette zu gehen.

Eine einzelne Gestalt kam ihm vom anderen Ende des langen, hell erleuchteten Flurs entgegen. Es war das Mädchen mit dem schwarzen Haar. Vier Tage waren vergangen seit dem Abend, an dem er ihr vor dem Trödelladen über den Weg gelaufen war. Als er näherkam, sah er, dass sie den rechten Arm in einer Schlinge trug; sie war in derselben Farbe wie ihr Overall, weshalb sie aus der Entfernung erst nicht zu erkennen gewesen war. Wahrscheinlich hatte sie sich im Umgang mit einem der großen Kaleidoskope, mit denen Romanhandlungen grob vorskizziert wurden, die Hand gebrochen. In der Roman-Abteilung passierte das immer wieder.

Es trennten sie vielleicht noch vier Meter, als das Mädchen stolperte und lang hinschlug. Ihr entfuhr ein spitzer Schrei vor Schmerz. Sie musste direkt auf den verletzten Arm gefallen sein. Winston hielt an. Das Mädchen hatte sich auf die Knie hochgerappelt. Ihr Gesicht war käseweiß geworden, dadurch wirkte das Rot ihres Mundes kräftiger denn je. Mit flehender Miene, aus der eher Angst als Schmerz sprach, blickte sie Winston in die Augen.

Ein sonderbares Gefühl erfasste Winstons Herz. Vor ihm befand sich ein Feind, der ihn zu töten versuchte; zugleich befand sich ein menschliches Wesen vor ihm, das Schmerzen hatte und vielleicht einen Knochenbruch. Schon war er ohne nachzudenken herbeigeeilt, um ihr zu helfen. Als er sie auf ihren verbundenen Arm hatte stürzen sehen, war ihm gewesen, als verspüre er den Schmerz am eigenen Leib.

»Haben Sie sich verletzt?«, fragte er.

»Nichts passiert. Nur mein Arm. Es geht gleich wieder.«

Sie sprach wie mit heftig pochendem Herz. Und sie war wirklich sehr bleich geworden.

»Sie haben sich doch wohl nichts gebrochen?«

»Nein, alles in Ordnung. Es hat kurz wehgetan, sonst nichts.«

Sie reichte ihm ihre freie Hand, er half ihr auf. Sie hatte wieder etwas Farbe bekommen und wirkte deutlich besser.

»Nichts passiert«, wiederholte sie kurz. »Ich bin nur leicht aufs Handgelenk gekracht. Danke, Genosse!«

Woraufhin sie ihren Weg munter fortsetzte, als sei tatsächlich nichts gewesen. Der gesamte Vorfall konnte nicht länger als eine halbe Minute gedauert haben. Sich nichts äußerlich anmerken zu lassen, war in den Rang einer Instinkthandlung gerückt; zudem hatten sie während des Geschehens direkt vor einem Monitor gestanden. Dennoch hatte es Mühe gekostet, ein flüchtiges Erstaunen zu überspielen, denn während der zwei, drei Sekunden, in denen er ihr aufhalf, hatte das Mädchen ihm etwas in die Hand gedrückt. Keine Frage, dies war mit voller Absicht geschehen. Es war klein und flach. Als er die Toilette betrat, steckte er es in die Hosentasche und befühlte es mit den Fingerspitzen. Es war ein viereckig gefaltetes Stück Papier.

Während er vor dem Urinal stand, gelang es ihm mit etwas Geschick, ihn auseinanderzufalten. Es musste irgendeine Nachricht darauf stehen. Er war kurz versucht, in eine Kabine zu gehen und ihn sofort zu lesen, aber das wäre reichlich dumm gewesen, wie er wohl wusste. An keinem Ort konnte man so sicher davon ausgehen, permanent von Monitoren überwacht zu werden.

Er ging zurück in sein Büro, setzte sich, warf den Zettel beiläufig zwischen die anderen Papiere auf dem Tisch, setzte die Brille auf und zog den Sprechschreiber an sich heran. »Fünf Minuten«, sagte er sich, »fünf Minuten mindestens!« Sein Herz pochte beängstigend laut in seiner Brust. Zum Glück war der Auftrag, mit dem er gerade beschäftigt war, reine Routine, die Richtigstellung eines langen Zahlenwerks, die keine große Aufmerksamkeit erforderte.

Was immer auf dem Papier geschrieben stand, musste eine politische Bedeutung haben. Soweit er das überblickte, gab es zwei Möglichkeiten. Die eine, weit wahrscheinlichere war, dass das Mädchen, ganz wie er befürchtet hatte, eine Agentin der Gedankenpolizei war. Er wusste nicht, warum die Gedankenpolizei diese Art von Benachrichtigung wählte, aber sie mochte ihre Gründe haben. Was da auf dem Zettel stand, konnte eine Drohung sein, eine Vorladung, die Aufforderung, Selbstmord zu begehen, oder auch eine Falle. Aber es gab noch eine andere, verwegenere Möglichkeit, und die nahm in seinen Gedanken, aus denen er sie vergeblich zu tilgen versuchte, zunehmend Gestalt an. Nämlich, dass die Nachricht gar nicht von der Gedankenpolizei kam, sondern von irgendeiner Art Untergrundbewegung. Vielleicht gab es die Bruderschaft ja doch! Vielleicht gehörte das Mädchen ihr an! Ein ohne Zweifel absurder Gedanke, der ihm aber doch in exakt dem Moment durch den Kopf geschossen war, da er den Zettel in seiner Hand spürte. Die andere, wahrscheinlichere Erklärung war ihm erst einige Minuten später eingefallen. Und obwohl sein Verstand ihm sagte, dass die Nachricht vermutlich seinen Tod bedeutete, wollte er weiterhin nicht daran glauben; die vernunftwidrige Hoffnung bestand fort und sein Herz pochte, und nur mit Mühe vermied er ein Zittern in der Stimme, während er seine Zahlen in den Sprechschreiber murmelte.

Er rollte den erledigten Schwung Aufträge zusammen und schob ihn in die Rohrpost. Acht Minuten waren vergangen. Er schob die Brille auf seiner Nase hoch, seufzte und zog den nächsten Stapel Arbeit an sich heran, auf dem oben der Zettel lag. Er entfaltete ihn. Dort stand in großer, ungeübter Handschrift:

Ich liebe Sie.

Sekundenlang war er zu verblüfft, um den belastenden Zettel in das Gedächtnisloch zu werfen. Als er dies tat, konnte er sich – obwohl er um die Gefahr zu offen gezeigter Teilnahme wusste – nicht verkneifen, ihn noch einmal zu lesen, einfach um sich zu vergewissern, dass die Worte wirklich dastanden.

Den restlichen Vormittag hindurch war das Arbeiten sehr mühsam. Anstrengender noch, als sich auf eine Serie enervierender Aufträge zu konzentrieren, war, vor dem Monitor seine Erregung verbergen zu müssen. Er fühlte sich, als lodere ein Feuer in ihm. Das Mittagessen in der heißen, überfüllten, lauten Kantine war eine Tortur. Er hatte gehofft, in der Pause ein wenig allein sein zu können, aber wie es das Unglück wollte, ließ sich Parsons, der Idiot, auf den Stuhl neben ihm plumpsen – wobei sein strenger Schweißmief beinahe den metallenen Eintopfgeruch überdeckte – und schwafelte lang und breit über die Vorbereitungen zur Hasswoche. Besonders begeisterte ihn eine Pappmaché-Nachbildung vom Kopf des Großen Bruders, zwei Meter im Durchmesser, den die Kundschafter-Schar seiner Tochter zu diesem Anlass angefertigt hatte. Winston ärgerte, dass er in dem Stimmengewirr Parsons kaum verstand und ihn ständig bitten musste, irgendeine Banalität zu wiederholen. Nur einmal schnappte er kurz einen Blick des Mädchens auf, das mit zwei anderen jungen Frauen an einem Tisch am anderen Ende des Raums saß. Sie tat, als hätte sie ihn nicht erkannt, und sah nicht wieder in seine Richtung.

Der Nachmittag war erträglicher. Gleich nach dem Essen traf ein heikler, schwieriger Auftrag ein, der mehrere Stunden in Anspruch nahm und für den alles andere beiseitegelegt werden musste. Er bestand darin, eine Reihe zwei Jahre alter Produktionsberichte so zu verfälschen, dass es den Ruf eines wichtigen Angehörigen der Inneren Partei beschädigte, der auf der Abschussliste stand. Darin war Winston geschickt, und mehr als zwei Stunden hindurch vermochte er das Mädchen aus seinen Gedanken fernzuhalten. Dann kehrte die Erinnerung an ihr Gesicht zurück und mit ihr der schier unerträgliche Wunsch, allein zu sein. Solange er nicht allein war, konnte er unmöglich über diese neue Entwicklung nachdenken. Heute Abend musste er wieder ins Gemeinschaftszentrum. Er schlang in der Kantine eine fade Mahlzeit hinunter, eilte zum Zentrum, nahm an dem albernen Ritual namens »Diskussionsgruppe« teil, spielte zwei Partien Tischtennis, trank etliche Gläser Gin und ließ einen halbstündigen Vortrag zum Thema »Engsoz und seine Parallelen zum Schachspiel« über sich ergehen. Er langweilte sich zu Tode, hatte aber ausnahmsweise einmal nicht den Drang verspürt, sich um den Gemeinschaftsabend zu drücken. Beim Anblick der Worte *Ich liebe Sie* war der Wunsch, am Leben zu bleiben, neu in ihm erwacht, und unnütze Risiken einzugehen, erschien ihm mit einem Mal dumm. Erst um 23.00 Uhr, als er zu Hause und im Bett war – im Dunkeln, wo man selbst vor dem Monitor sicher war, solange man still blieb –, konnte er in Ruhe nachdenken.

Es galt ein praktisches Problem zu lösen: wie er mit dem Mädchen in Kontakt treten und ein Treffen vereinbaren konnte. Die Möglichkeit, dass sie ihm eine Falle stellte, schloss er inzwischen aus. Er folgerte das aus ihrer unverkennbaren Aufregung beim Zustecken der Nachricht. Ganz durch den Wind war sie dabei gewesen, wohl auch kein Wunder. Auch der Gedanke, ihre Initiative zurückzuweisen, kam ihm überhaupt nicht in den Sinn. Es war erst fünf Abende her, da hatte er überlegt, ihr mit einem Pflasterstein den Schädel einzuschlagen; aber das hatte nichts zu bedeuten. Er stellte sich ihren nackten, jugendlichen Körper vor, wie er ihn im Traum gesehen hatte. Er hatte gedacht, sie sei strohdumm wie alle anderen, ihr Kopf vollgestopft mit Lügen und Hass, ihr Körper zu Eis erstarrt. Ihm wurde fiebrig zumute bei der Vorstellung, er könnte sie verlieren, der weiße, jugendliche Körper könnte ihm entgleiten! Wie nichts sonst fürchtete er, dass sie es sich einfach anders überlegte, sollte sich der Kontakt zu ihr nicht rasch ergeben. Doch die praktischen Hürden bis zu einem Treffen waren gewaltig. Es war, als wolle man, bereits schachmatt gesetzt, noch einen Zug machen. Wohin man auch blickte, war man umgeben von Monitoren. Bereits in den ersten fünf Minuten nach Überfliegen des Zettels hatte er alle Möglichkeiten, mit ihr in Verbindung zu treten, bedacht; jetzt, mit genügend Zeit zum Nachdenken, ging er sie eine nach der anderen durch, als reihe er seine Werkzeuge auf dem Tisch auf.

Die Form der Begegnung von heute Morgen ließ sich auf keinen Fall wiederholen. Würde sie in der Archiv-Abteilung arbeiten, wäre es vergleichsweise leicht, aber er hatte nur eine sehr ungenaue Vorstellung davon, wo im Gebäude sich die Roman-Abteilung befand, und er hatte keinen Vorwand, dorthin zu gehen. Wüsste er, wo sie wohnt und bis wann sie arbeitet, ließe sich ein Treffen auf dem Heimweg einfädeln; aber ihr nach Hause zu folgen, war nicht ungefährlich, weil er sie dazu vor dem Ministerium abpassen musste, was sicher auffiel. Und ihr einen Brief per Post zu schicken, kam überhaupt nicht in Frage. Es war kein Geheimnis, dass sämtliche Briefe auf dem Transportweg geöffnet wurden. Abgesehen davon schrieb kaum jemand Briefe. Für gelegentlich notwendige Mitteilungen gab es vorgedruckte Postkarten mit einer langen Auswahl an Sätzen, und die nichtzutreffenden strich man einfach durch. Überhaupt kannte er nicht einmal den Namen des Mädchens, geschweige denn ihre Adresse. Letztlich entschied er, dass der sicherste Ort die Kantine war. Wenn er sie allein an einem Tisch möglichst zentral im Raum nicht zu nahe bei den Monitoren und mitten im lauten Stimmengewirr erwischte – wenn sich all dies für vielleicht nur dreißig Sekunden einrichten ließ, konnte man möglicherweise ein paar Worte miteinander wechseln.

In der folgenden Woche war das Leben wie ein unruhiger Traum. Am nächsten Tag kam sie erst in die Kantine, als er sie gerade verließ, das Signal zum Aufbruch war bereits ertönt. Vermutlich war sie in eine spätere Schicht gewechselt. Sie gingen ohne den kleinsten Seitenblick aneinander vorbei. Am Tag danach war sie zur gewohnten Zeit in der Kantine, aber mit drei anderen Mädchen und direkt unter einem Monitor. Und dann erschien sie drei furchtbare Tage hindurch überhaupt nicht. An Körper und Geist schien Winston von einem unerträglichen Feingefühl geplagt, von einer Verletzlichkeit, die jede Bewegung, jedes Geräusch, jeden Kontakt, jedes Wort, das er sagen oder hören musste, zu einer Qual machte. Selbst im Schlaf entkam er nicht den Gedanken an sie. In diesen Tagen rührte er das Tagebuch nicht an. Etwas Linderung empfand er allenfalls bei der Arbeit, in die er manchmal für zehn Minuten am Stück abtauchen konnte. Er hatte nicht den leisesten Hinweis auf ihre Lage. Er konnte keine Erkundigungen einholen. Sie konnte bereits vaporisiert worden sein, sie konnte Selbstmord begangen haben, sie konnte ans andere Ende Ozeaniens versetzt worden sein; die schlimmste und wahrscheinlichste aller Möglichkeiten war, dass sie sich einfach umentschieden hatte und ihm aus dem Weg ging.

Am nächsten Tag tauchte sie wieder auf. Sie trug ihren Arm nicht mehr in der Schlinge und hatte ein Heftpflaster um ihr Handgelenk. Winston war so erleichtert, sie zu sehen, dass er nicht anders konnte, als sie mehrere Sekunden direkt anzublicken. Tags drauf wäre es ihm beinahe gelungen, mit ihr zu sprechen. Als er die Kantine betrat, saß sie an einem Tisch weit entfernt von der Wand und zudem ganz allein. Es war noch früh und der Raum nicht besonders voll. Die Schlange rückte vor, bis Winston fast an der Ausgabetheke stand, dann stockte sie für zwei Minuten, weil jemand vorn sich darüber beschwerte, sein Stück Süßstoff nicht erhalten zu haben. Das Mädchen war jedoch immer noch allein, als Winston sein Tablett ergriff und auf ihren Tisch zusteuerte. Er ging wie zufällig in ihre Richtung und hielt dabei Ausschau nach einem Tisch hinter ihr. Sie war vielleicht drei Meter von ihm entfernt. Noch zwei Sekunden, dann war es geschafft. Da rief eine Stimme hinter ihm: »Smith!« Er tat, als hätte er nichts gehört. »Smith!«, wiederholte die Stimme, nun lauter. Es half nichts. Er drehte sich um. Ein junger Blondschopf mit einfältiger Miene namens Wilsher, den er kaum kannte, lud ihn lächelnd ein, sich zu ihm an den Tisch zu setzen. Dies auszuschlagen, wäre unklug gewesen. Nach einer solchen Aufforderung konnte er nicht einfach weitergehen und sich zu einem Mädchen ohne Begleitung setzen, das war zu auffällig. Er nahm freundlich lächelnd Platz. Das blonde Dummgesicht strahlte ihn an. Winston stellte sich vor, wie er es mit einer Spitzhacke zertrümmerte. Wenige Minuten später war der Tisch des Mädchens belegt.

Aber sie musste gesehen haben, wie er auf sie zukam, und vielleicht verstand sie den Wink. Am nächsten Tag erschien er frühzeitig. Und wirklich saß sie erneut an etwa der gleichen Stelle, wieder allein. Die Person direkt vor ihm in der Schlange war ein kleiner, unruhiger, käferartiger Mann mit flachem Gesicht und argwöhnisch blickenden Äuglein. Als Winston mit seinem Tablett die Theke verließ, sah er, wie dieser kleine Mann geradewegs auf den Tisch des Mädchens zulief. Wieder sank seine Hoffnung. An einem Tisch weiter hinten war auch noch ein Platz frei, aber der kleine Mann wirkte nicht so, als werde er sich gegen den am wenigsten besetzten und damit bequemsten Tisch entscheiden. Mit frostigem Herzen ging Winston hinter ihm her. Solange er das Mädchen nicht allein sprechen konnte, war es sinnlos. In diesem Moment schepperte es gewaltig. Der kleine Mann lag auf allen Vieren, sein Tablett war ihm entglitten, Suppe und Kaffee floss in zwei Rinnsälen über den Boden. Er rappelte sich auf mit bösem Blick in Richtung Winston, den er augenscheinlich verdächtigte, ihm ein Bein gestellt zu haben.

Aber nichts passierte. Fünf Sekunden später saß Winston mit pochendem Herzen am Tisch des Mädchens.

Er sah sie nicht an. Er stellte sein Tablett ab und begann direkt zu essen. Es war entscheidend, sofort etwas zu sagen, bevor noch jemand zu ihnen stieß, aber eine schreckliche Angst hielt ihn jetzt im Griff. Eine Woche war vergangen, seit sie an ihn herangetreten war. Sie konnte, ja sie musste es sich inzwischen anders überlegt haben! Es war unmöglich, dass diese Sache gut ausging; so etwas gab es einfach nicht im richtigen Leben. Vielleicht hätte er überhaupt kein Wort gesagt, hätte er in diesem Moment nicht gesehen, wie Ampleforth, der Dichter mit den stark behaarten Ohren, auf der Suche nach einem Sitzplatz mit seinem Tablett durch den Raum schlurfte. In seiner unbestimmten Art mochte Ampleforth Winston ganz gern und würde sich, wenn er ihn sähe, gewiss an seinen Tisch setzen. Ihm blieb nicht einmal eine Minute zum Handeln. Beide, Winston und das Mädchen, aßen ruhig weiter. Sie hatten einen dünnen Eintopf vor sich, eher eine Suppe aus weißen Bohnen. Leise murmelnd begann Winston zu sprechen. Keiner der beiden blickte auf; sie futterten weiter ruhig das wässrige Zeug in sich hinein und wechselten zwischen zwei Löffeln mit leiser, ausdrucksloser Stimme die wenigen erforderlichen Worte.

»Wann haben Sie Arbeitsschluss?«

»Achtzehn dreißig.«

»Wo können wir uns treffen?«

»Victory Square, an der Säule.«

»Der ist voller Monitore.«

»Spielt keine Rolle bei dem Gedränge.«

»Irgendein Zeichen?«

»Nein. Kommen Sie erst zu mir her, wenn ich inmitten vieler Leute stecke. Und sehen Sie mich nicht an. Bleiben Sie einfach in meiner Nähe.«

»Wann?«

»Neunzehn Uhr.«

»In Ordnung.«

Ampleforth übersah Winston und setzte sich an einen anderen Tisch. Die beiden sprachen nicht weiter miteinander und blickten sich nicht an, soweit das zwei Leute vermögen, die sich am selben Tisch gegenübersitzen. Das Mädchen beendete die Mahlzeit rasch und ging, während Winston noch blieb, um eine Zigarette zu rauchen.

Winston war vor der vereinbarten Zeit am Victory Square. Er spazierte um den Sockel der riesigen kannelierten Säule; auf deren Spitze blickte der Große Bruder als Standbild himmelwärts nach Süden, wo er in der Schlacht um Landebahn Eins die eurasische Luftwaffe (oder, noch vor ein paar Jahren, die ostasiatische Luftwaffe) siegreich geschlagen hatte. An der Straße davor befand sich das Reiterstandbild eines Mannes, das angeblich Oliver Cromwell darstellte. Fünf Minuten nach der verabredeten Zeit war das Mädchen noch immer nicht erschienen. Wieder befiel Winston die schreckliche Angst. Sie würde nicht kommen, sie hatte es sich anders überlegt! Er ging langsam zur Nordseite des Platzes und empfand eine Art melancholische Freude beim Anblick der St.-Martins-Kirche, deren Glocken, als sie noch Glocken hatte, »You owe me three farthings« geläutet hatten. Da sah er das Mädchen am Sockel des Denkmals stehen; sie las scheinbar oder wirklich ein um die ganze Säule reichendes Plakat. Solange nicht ein paar mehr Menschen um sie herumstanden, konnte man sich ihr nicht gefahrlos nähern. Überall am Platz befanden sich Monitore. In diesem Moment jedoch waren von links Geschrei und das Brummen schwerer Fahrzeuge zu hören. Plötzlich schien alles über den Platz zu strömen. Das Mädchen bog fix um die Löwen am Fuß des Denkmals und rannte mit. Winston folgte ihr. Während er lief, entnahm er Rufen, ein Konvoi mit eurasischen Gefangenen fahre vorüber.

Schon staute sich eine dichte Menschenansammlung an der Südseite des Platzes. Winston, der sich aus jeder Art Gedränge normalerweise möglichst heraushielt, schob, stieß und wand sich seinen Weg hinein ins Zentrum der Menge. Bald war er nur noch eine Armlänge vom Mädchen entfernt, doch ein massiger Prol und eine fast ebenso massige Frau, wohl ein Ehepaar, blockierten den Weg wie eine unüberwindbare Wand aus Fleisch. Winston schob sich seitwärts vor und beförderte mit einem gewaltsamen Stoß seine Schulter zwischen sie. Kurz fühlte es sich an, als würden ihm zwischen zwei muskulösen Steißen die Eingeweide zerquetscht, dann war er leicht schwitzend hindurchgelangt. Er stand neben dem Mädchen, Schulter an Schulter blickten beide starr geradeaus.

Eine lange Lastwagenkolonne fuhr langsam auf der Straße; an allen Ecken der Ladeflächen standen maschinengewehrbewaffnete Wachen mit versteinerten Mienen. Zwischen ihnen hockten eng zusammengepfercht kleine gelbe Männer in abgewetzten grünlichen Uniformen. Ihre traurigen mongolischen Gesichter blickten vollkommen teilnahmslos über die Seitenwände der Lastwagen hinweg. Wenn ein Fahrzeug holperte, war gelegentlich das Klirren von Eisen zu hören: Alle Gefangenen trugen Fußfesseln. Noch viele Wagenladungen trauriger Gesichter fuhren vorüber. Winston war sich dessen bewusst, auch wenn er sie nur mit Unterbrechungen sah. Die Schulter des

Mädchens und ihr Arm bis hinab zum Ellbogen waren an ihn gepresst. Ihre Wange war ihm so nahe, dass er fast ihre Wärme spürte. Sie hatte sofort die Initiative ergriffen, wie in der Kantine. Mit der gleichen ausdruckslosen Stimme, fast ohne die Lippen zu bewegen, begann sie zu sprechen; es war nichts als ein Murmeln, das im Lärm der Stimmen und der rumpelnden Lastwagen unterging.

»Verstehen Sie mich?«

»Ja.«

»Können Sie sich den Sonntagnachmittag freinehmen?«

»Ja.«

»Dann hören Sie gut zu. Merken Sie sich alles genau. Fahren Sie zum Bahnhof Paddington …«

Mit einer geradezu militärischen Präzision, die ihn verblüffte, skizzierte sie den Weg, den er nehmen sollte. Eine halbe Stunde Zugfahrt, vor dem Bahnhof links ab, zwei Kilometer auf der Straße, ein Gatter, dem die oberste Latte fehlt, ein Weg über ein Feld, ein grasbewachsener Pfad, zwischen Büschen hindurch, ein mit Moos bewachsener, toter Baum. Es war, als habe sie eine Landkarte im Kopf. »Können Sie sich das alles merken?«, murmelte sie schließlich.

»Ja.«

»Erst links, dann rechts, dann wieder links. Und dem Gatter fehlt die oberste Latte.«

»Ja. Um welche Zeit?«

»Gegen fünfzehn Uhr. Vielleicht müssen Sie warten. Ich nehme eine andere Strecke. Werden Sie sich das wirklich alles genau merken?«

»Ja.«

»Dann gehen Sie so schnell Sie können weg von mir.«

Das hätte sie ihm nicht sagen müssen. Doch gerade jetzt bot sich ihnen kein Weg aus der Menge. Die Lastwagen fuhren weiter vorbei, die Menschen schauten weiter begierig zu. Anfangs hatte es ein paar Buhrufe und Pfiffe gegeben, allerdings nur von den Parteimitgliedern unter den vielen Leuten, womit sie bald wieder aufhörten. Das vorherrschende Gefühl war einfach Neugierde. Ausländer, gleich ob aus Eurasien oder Ostasien, waren so etwas wie kuriose Tiere. Man sah schlichtweg nie welche außer in Gestalt von Gefangenen, und selbst als Gefangene schnappte man nie mehr als einen flüchtigen Eindruck von ihnen auf. Auch wusste man nicht, was mit ihnen geschah, von den paar abgesehen, die als Kriegsverbrecher hingerichtet wurden; die anderen verschwanden einfach, vermutlich in Arbeitslager. Auf die runden Mongolengesichter folgten Gesichter mehr europäischen Typs, schmutzige, bärtige, erschöpfte. Augen über struppigen Wangen blickten Winston an, teils seltsam eindringlich, und wichen sofort wieder aus. Der Konvoi nahm nun ein Ende. Im letzten Lastwagen sah Winston einen Greis mit einem Dickicht grauen Haars vor dem Gesicht; er stand aufrecht da, die Handgelenke über Kreuz, als sei er es gewohnt, sie in Fesseln zu tragen. Für Winston und das Mädchen war es höchste Zeit, sich zu trennen. Doch im letzten Moment, während sie noch in der Menge eingekeilt waren, griff ihre Hand nach der seinen und drückte sie sacht.

Keine zehn Sekunden konnte das gedauert haben, und doch war es, als hätten sich ihre Hände lange ineinander verschränkt. Er hatte Zeit, ihre Hand genau kennenzulernen. Er erkundete die langen Finger, die wohlgeformten Nägel, die verhärtete Innenfläche mit ihren Schwielen, das weiche Fleisch unter dem Handgelenk. Allein durch Befühlen hätte er sie wiedererkannt.

Zugleich fiel ihm ein, dass er nicht wusste, welche Farbe die Augen des Mädchens hatten. Vermutlich waren sie braun, aber Schwarzhaarige hatten manchmal auch blaue Augen. Den Kopf zu drehen und sie anzuschauen wäre bodenlos dumm gewesen. Sich fest an den Händen haltend, nicht zu erkennen im dichten Gedränge, sahen beide starr nach vorn, und anstelle der Augen des Mädchens blickten durch sein Haargestrüpp die Augen des greisen Gefangenen Winston traurig an.

II

Im Wechsel von Lichtflecken und Schatten ging Winston auf dem Weg voran und trat jedes Mal, wenn sich Äste verzweigten, in Pfützen aus Gold. Unter den Bäumen links von ihm war der Boden übersät mit Blauglöckchen. Die Haut wirkte wie von der Luft geküsst. Es war der 2. Mai. Von irgendwo tiefer im Wald war das Gurren von Ringeltauben zu hören.

Er war etwas zu früh. Die Fahrt war ohne Schwierigkeiten verlaufen, und das Mädchen war offenkundig so gewieft, dass er weniger Angst verspürte, als er normalerweise gehabt hätte. Vermutlich war Verlass darauf, dass sie einen sicheren Ort kannte. Im Allgemeinen durfte man nicht davon ausgehen, auf dem Land sehr viel sicherer zu sein als in London. Dort gab es keine Monitore, gewiss, aber du musstest immer mit verborgenen Mikrofonen rechnen, über die deine Stimme aufgenommen und identifiziert werden konnte; abgesehen davon konnte man nicht so einfach allein eine Fahrt unternehmen, ohne die Aufmerksamkeit auf sich zu lenken. Für Entfernungen unter 100 Kilometern benötigte man keinen Vermerk in seinem Pass, aber manchmal trieben sich Streifen an den Bahnhöfen herum, die die Dokumente aller ihnen dort unterkommenden Parteimitglieder prüften und unangenehme Fragen stellten. Diesmal allerdings waren keine Streifen erschienen, und auf dem Weg vom Bahnhof hatte er vorsichtig nach hinten Ausschau gehalten, um sicher zu sein, dass ihm niemand folgte. Der Zug war voller Prols, die aufgrund des sommerlichen Wetters in Ferienstimmung waren. Das Abteil der Holzklasse, in dem er saß, war mehr als gefüllt mit einer einzigen Großfamilie von der zahnlosen Urgroßmutter bis zum frischgeborenen Baby, die einen Nachmittag bei »Anverwandten« auf dem Land verbringen und, wie sie Winston freimütig erzählten, auch etwas Butter vom Schwarzmarkt organisieren wollten.

Das Sträßchen wurde etwas breiter, eine Minute später hatte er den Feldweg erreicht, den sie ihm genannt hatte, nichts als ein vom Vieh ausgetretener Pfad durch Gebüsch. Er hatte keine Uhr, aber es konnte noch nicht 15.00 Uhr sein. Die Blauglöckchen standen so dicht, dass es sich nicht vermeiden ließ, auf sie zu treten. Er kniete sich hin und begann ein paar zu pflücken, teils zum Zeitvertreib, aber auch aus dem leisen Wunsch heraus, dem Mädchen, wenn sie eintraf, einen Strauß Blumen reichen zu können. Er hatte einen großen Strauß beisammen und sog ihren zarten, aromatischen Duft ein, als ihn ein Geräusch in seinem Rücken erstarren ließ, das untrügliche Knistern, wenn jemand auf Zweige trat. Er pflückte weiter seine Blauglöckchen. Das war das Beste, was er tun konnte. Vielleicht war es das Mädchen, oder er war doch verfolgt worden. Sich umzublicken bedeutete, Schuld einzugestehen. Er pflückte noch eine und noch eine. Eine Hand legte sich leicht auf seine Schulter.

Er blickte auf. Es war das Mädchen. Sie schüttelte den Kopf, erkennbar als Mahnung, still zu sein, dann schob sie die Büsche auseinander und lief rasch den engen Pfad voraus in den Wald. Offenkundig war sie nicht zum ersten Mal hier unterwegs, denn sie wusste die morastigen Stellen geschickt zu umgehen. Winston folgte ihr, den Blumenstrauß in der Hand. Sein erstes Gefühl war Erleichterung, aber während er sah, wie sich der feste, schlanke Körper vor ihm bewegte, mit der orangeroten Leibbinde gerade so festgezogen, dass die Kurven ihrer Hüfte zur Geltung kamen, empfand er sehr stark seine eigene Unterlegenheit. Noch jetzt schien es recht wahrscheinlich, dass sie sich, wenn sie sich umdrehte und ihn ansah, wieder von ihm abwandte. Ihm sank der Mut angesichts der so lieblichen Luft und des so grünen Laubs. Schon auf dem Weg vom Bahnhof hatte er sich im Schein der Maisonne schmutzig und ausgezehrt gefühlt, als Stubenhocker mit Londons feinem Ruß in den Poren seiner Haut. Ihm wurde bewusst, dass sie ihn bislang vermutlich noch nie draußen und im hellen Tageslicht gesehen hatte. Sie kamen an den umgestürzten Baum, von dem sie gesprochen hatte. Das Mädchen sprang über ihn hinweg und schob sich durch das dichte Gesträuch, das ins Nichts zu führen schien. Als Winston ihr nachfolgte, zeigte sich, dass sie eine natürliche Lichtung erreicht hatten, eine kleine, grasbewachsene Kuppe, umgeben von hohen Bäumchen, die sie vollständig einschlossen. Das Mädchen hielt an und drehte sich um.

»Da wären wir«, sagte sie.

Er stand mit mehreren Schritten Abstand vor ihr. Er wagte sich ihr noch nicht weiter zu nähern.

»Auf dem Weg wollte ich kein Wort sagen«, fuhr sie fort, »falls dort ein Mikrofon versteckt wäre. Ich glaube das eher nicht, aber möglich ist es doch. Es kann immer sein, dass so ein Schweinehund deine Stimme identifiziert. Hier sind wir sicher.«

Er hatte noch immer nicht den Mut, auf sie zuzugehen. »Hier sind wir sicher?«, wiederholte er dümmlich.

»Ja. Schau, die Bäume.« Es waren junge Eschen, die man irgendwann gefällt hatte und die neu herangewachsen waren zu einem Wald aus Stangen, keine dicker als ein Handgelenk. »Die sind alle nicht groß genug, um ein Mikrofon drin zu verstecken. Außerdem war ich schon mal hier.«

Sie plauderten nur miteinander. Inzwischen war er näher an sie herangetreten. Sie stand sehr aufrecht vor ihm und lächelte mit leicht ironischem Ausdruck, als frage sie sich, warum er so schwer in Gang kam. Seine Blauglöckchen lagen verstreut auf dem Boden. Sie schienen wie aus eigenem Antrieb hinabgefallen zu sein. Er ergriff ihre Hand.

»Stell dir nur vor«, sagte er, »bis gerade eben wusste ich nicht, welche Farbe deine Augen haben.« Sie waren braun, stellte er fest, ein relativ helles Braun, mit schwarzen Wimpern. »Jetzt, wo du siehst, wie ich wirklich ausschaue, erträgst du da meinen Anblick überhaupt noch?«

»Ja, problemlos.«

»Ich bin 39 Jahre alt. Ich habe eine Frau, die ich nicht loswerde. Ich habe Krampfadern. Ich habe fünf falsche Zähne.«

»Ist mir völlig egal«, sagte das Mädchen.

Im nächsten Augenblick – auf wessen Initiative hin, war schwer zu sagen – hielt er sie in seinen Armen. Anfangs empfand er nichts als schieren Unglauben. Der junge Körper schmiegte sich an seinen, die Fülle schwarzen Haars bedeckte sein Gesicht, und ja! – nun hatte sie ihm ihr Gesicht zugewandt, und er küsste den großen, roten Mund. Sie hatte ihre Arme um seinen Hals geschlungen, sie sagte Engel zu ihm, mein Schatz, Geliebter. Er hatte sie zu Boden gezogen, sie leistete keinerlei Gegenwehr, er konnte mit ihr tun, was er wollte. Aber die Wahrheit war, dass sein Körper nichts empfand außer Zuneigung. Er war nur ungläubig und stolz. Er freute sich, dass dies geschah, aber er verspürte kein körperliches Begehren. Es ging alles zu schnell, ihre

Jugend und Schönheit hatte ihm Angst eingejagt, er war zu sehr an ein Leben ohne Frauen gewöhnt – er konnte den Grund nicht sagen. Das Mädchen richtete sich auf und zupfte ihm ein Blauglöckchen aus dem Haar. Sie lehnte sich an ihn und legte ihren Arm um seine Taille.

»Macht doch nichts, Schatz. Nur nichts überstürzen. Wir haben den ganzen Nachmittag. Ist das nicht ein tolles Versteck? Ich hab's entdeckt, als ich mich einmal bei einer Gruppenwanderung verlief. Wer hierher kommt, den würde man aus hundert Metern Entfernung hören.«

»Wie heißt du?«, fragte Winston.

»Julia. Wie du heißt, weiß ich. Winston – Winston Smith.«

»Wie hast du das herausgefunden?«

»Im Rausfinden bin ich wohl geschickter als du, Schatz. Sag, was hast du über mich gedacht bis zu dem Tag, an dem du meine Nachricht bekamst?«

Er war nicht versucht, ihr Lügen zu erzählen. Es war sogar eine Art Liebesbekenntnis, gleich das Schlimmste loszuwerden.

»Ich fand dich grässlich«, sagte er. »Ich wollte dich vergewaltigen und anschließend ermorden. Vor zwei Wochen überlegte ich ernsthaft, dir mit einem Pflasterstein den Schädel einzuschlagen. Und wenn du's wirklich wissen willst, ich habe dir zugetraut, dass du eine von der Gedankenpolizei bist.«

Das Mädchen lachte herzhaft, sie nahm das offenbar als Kompliment für ihre glänzende Verstellung.

»Von der Gedankenpolizei! Das hast du doch nicht wirklich geglaubt?«

»Na, vielleicht nicht direkt. Aber aufgrund deiner ganzen Erscheinung – weil du eben jung und unverbraucht und gesund bist, verstehst du – dachte ich, du ...«

»Dachtest du, ich sei ein braves Parteimitglied. Untadelig in Wort und Tat. Fahnen, Umzüge, Parolen, Sport, Gruppenwanderungen – die ganze Palette. Und du dachtest, dass ich dich beim kleinsten Anlass als Gedankenverbrecher denunziere, damit man dich umbringt?«

»Ja, in der Art. Viele junge Mädchen sind so, weißt du.«

»Das kommt alles nur von diesem Scheißding«, sagte sie, riss sich die orangerote Leibbinde des Anti-Sex-Jugendbundes ab und warf sie über einen Zweig. Und als habe der Griff an die Hüfte sie an etwas erinnert, langte sie in die Tasche ihres Overalls und zog ein Täfelchen Schokolade hervor. Sie brach es in zwei Hälften und gab Winston ein Stück. Er hielt es noch gar nicht in der Hand, da verriet ihm bereits der Duft, dass es sehr ausgefallene Schokolade war. Sie war dunkel und glänzend und in Alufolie verpackt. Schokolade war gewöhnlich ein blassbraunes, bröckeliges Etwas, dessen Geschmack einen am ehesten an den Qualm vom Müllverbrennen denken ließ. Früher hatte er hier und da Schokolade von der Art probiert, die sie ihm nun gab. Der erste Hauch ihres Duftes hatte eine Erinnerung in ihm geweckt, die er nicht verorten konnte, die aber mächtig und verstörend war.

»Wo hast du die her?«, fragte er.

»Schwarzmarkt«, sagte sie ungerührt. »Im Grunde bin ich von der Sorte Mädchen, bei denen man sich vorsehen muss. Ich bin gut im Sport. Ich war Truppführerin bei den Kundschaftern. Ich bin drei Abende pro Woche ehrenamtlich für den Anti-Sex-Jugendbund aktiv. Endlose Stunden habe ich in ganz London deren blödes Gewäsch plakatiert. Bei Umzügen halte ich immer eine Stange des Transparents. Ich wirke stets fröhlich und drücke mich vor nichts. Immer mit den Wölfen heulen, ist meine Devise. Nur so bleibt man auf der sicheren Seite.«

Das erste Stückchen Schokolade war Winston auf der Zunge zergangen. Es schmeckte köstlich. Aber da rumorte weiter diese Erinnerung an der Schwelle seines Bewusstseins, etwas stark Empfundenes, das dennoch keine klaren Konturen annehmen wollte, wie ein nur aus dem Augenwinkel erfasster Gegenstand. Er drückte es weg; er wusste nur, dass die Erinnerung mit einem Ereignis zu tun hatte, das er gern, doch vergeblich ungeschehen gemacht hätte.

»Du bist sehr jung«, sagte er. »Du bist zehn oder fünfzehn Jahre jünger als ich. Was hat dich bloß zu einem Mann wie mir hinziehen können?«

»Etwas in deinem Gesicht. Ich dachte, ich riskier's. Ich habe einen guten Blick für Leute, die nicht dazugehören. Ich musste dich nur ansehen und wusste sofort, du bist gegen *die*.«

Die, zeigte sich, meinte die Partei, vor allem die Innere Partei, über die sie mit derart offenem Hass ablästerte, dass Winston ganz unwohl wurde, obwohl er wusste, dass sie hier sicher waren, wenn man überhaupt irgendwo sicher sein konnte. Ihn erstaunte, welch derber Sprache sie sich bediente. Parteimitglieder sollten nicht fluchen, und Winston selbst fluchte äußerst selten, nicht laut jedenfalls. Wenn dagegen Julia über die Partei, speziell die Innere Partei sprach, schien das nicht ohne die Art Wörter zu gehen, die man von den beschmierten Wänden in finsteren Gassen kannte. Es stieß ihn nicht ab. Es war nur ein Merkmal ihrer Auflehnung gegen die Partei und ihre Methoden, und es wirkte irgendwie natürlich und gesund, wie wenn ein Pferd schnaubt, weil es faules Heu riecht. Sie hatten die Lichtung verlassen und spazierten wieder durch den gefleckten Schatten, die Arme umeinander gelegt, wann immer genug Platz war, um Seite an Seite zu gehen. Ihm fiel auf, wieviel weicher sich ihre

Hüfte anfühlte jetzt ohne die Leibbinde. Sie sprachen nicht lauter als im Flüsterton. Abseits der Lichtung, sagte Julia, sollte man sich lieber ganz leise verhalten. Bald waren sie an den Rand des Wäldchens gelangt. Sie hielt ihn zurück.

»Geh da nicht hinaus. Jemand könnte uns beobachten. Solange wir im Unterholz bleiben, passiert uns nichts.«

Sie standen im Schatten von Haselsträuchern. Die durch zahllose Blätter gefilterte Sonne war noch warm auf ihren Gesichtern. Winston blickte auf das Feld da draußen, und ihn durchfuhr ein seltsam verhaltener Schreck des Wiedererkennens. Er kannte es vom Sehen. Eine alte, abgemähte Weide mit einem Trampelpfad quer hindurch und Maulwurfshügeln da und dort. Inmitten des wildwuchernden Buschwerks am hinteren Ende der Wiese wiegten sich die Zweige der Ulmen kaum merklich im Wind, ihre Blätter wogten in dichten Büscheln wie Frauenhaar. Es gab doch bestimmt ganz in der Nähe, wenn auch außer Sicht, einen Bach mit seichten Stellen, in denen Haselfische umherschwammen?

»Gibt es nicht einen Bach ganz in der Nähe?«, flüsterte er.

»Das stimmt, da ist ein Bach. Am Rand zur nächsten Wiese. Fische schwimmen drin, so richtig große. An den seichten Stellen kannst du ihnen dabei zusehen, wie sie mit den Flossen wedeln.«

»Es ist das Goldene Land – beinahe«, murmelte er.

»Das Goldene Land?«

»Ach nichts, wirklich. Eine Landschaft, die ich manchmal im Traum gesehen habe.«

»Schau!«, flüsterte Julia.

Eine Drossel war keine fünf Meter vor ihnen auf einem Zweig gelandet, fast auf Augenhöhe. Vielleicht hatte sie sie nicht gesehen. Die Drossel war in der Sonne, die beiden im

Schatten. Sie breitete ihre Flügel aus, legte sie sorgsam wieder zurecht, zog kurz den Kopf ein, wie um der Sonne zu huldigen, und begann darauf stürmisch ihr Lied zu zwitschern. In der Stille des Nachmittags wirkte es verblüffend laut. Winston und Julia hielten sich bezaubert in den Armen. Minutenlang fuhr die Musik fort, erstaunlich abwechslungsreich, ohne sich auch nur einmal zu wiederholen, fast als ginge es dem Vogel darum, mit seiner Kunstfertigkeit zu prahlen. Ab und zu hielt er einige Sekunden lang inne, lockerte seine Flügel und sortierte sie wieder, blähte dann seine gesprenkelte Brust und sang erneut los. Winston verfolgte es mit einer Art heimlicher Ehrfurcht. Für wen und warum sang dieser Vogel? Kein Weibchen, kein Konkurrent schaute zu. Warum nur saß er da am Rand des einsamen Waldes und ließ seine Musik ins Nichts verströmen? Winston überlegte, ob am Ende doch irgendwo in der Nähe ein Mikrofon versteckt war. Er und Julia hatten nur miteinander geflüstert, und was sie gesagt hatten, würde es nicht einfangen können, aber den Gesang der Drossel würde es einfangen. Vielleicht hörte am anderen Ende des Apparats irgendein kleiner, insektenhafter Mann aufmerksam zu – hörte sich *das* hier an. Aber nach und nach vertrieb die Flut der Musik alle Grübeleien aus seinem Kopf. Sie wirkte wie eine flüssige Substanz, die sich über ihn ergoss und sich mit den durchs Laub sickernden Strahlen der Sonne verband. Er hörte auf zu denken und war ganz Empfindung. Die Hüfte des Mädchens in seinem Arm war weich und warm. Er zog Julia an seine Brust; ihr Körper schien mit dem seinen zu verschmelzen. Wo immer seine Hände zufassten, gab er nach wie Wasser. Ihre Lippen hafteten aneinander, in ganz anderer Weise als bei den heftigen Küssen von vorhin. Als sie ihre Gesichter wieder voneinander lösten, seufzten beide tief. Der Vogel erschrak und machte sich flügelschlagend davon.

Winston legte seine Lippen an ihr Ohr. »*Jetzt*«, flüsterte er.

»Nicht hier«, flüsterte sie zurück. »Lass uns zurück ins Versteck gehen. Dort ist es sicherer.«

Hier und da knackten Zweige, als sie sich eilig ihren Weg zurück zur Lichtung bahnten. Im Innern des Baumrunds angelangt, wendete sie sich um und sah ihn an. Beide atmeten schnell, doch das Lächeln um ihre Mundwinkel war zurückgekehrt. Sie stand da und betrachtete ihn einen Moment, dann tastete sie nach dem Reißverschluss ihres Overalls. Und ja! – es war beinahe wie in seinem Traum. Fast so rasch wie dort ausgemalt hatte sie sich ihre Kleidung vom Leib gerissen, und sie warf sie mit eben jener großen Geste beiseite, die eine ganze Zivilisation auflösen zu können schien. Ihr Körper leuchtete weiß in der Sonne. Doch erst einmal betrachtete er nicht ihren Leib; sein Blick haftete auf ihrem Sommersprossengesicht mit dem leicht kecken Lächeln. Er kniete vor ihr nieder und ergriff ihre Hände.

»Hast du das früher schon gemacht?«

»Natürlich. Hundertfach – na, auf jeden Fall immer wieder.«

»Mit Parteimitgliedern?«

»Ja, nur mit Parteimitgliedern.«

»Mit Mitgliedern der Inneren Partei?«

»Mit den Dreckschweinen nicht, nein. Aber viele würden natürlich gern, wenn man sie ranließe. Die sind nicht so heilig, wie sie immer tun.«

Sein Herz schlug höher. Immer wieder hatte sie es getan; von ihm aus durften es hunderte, ja tausende Male sein. Jegliches Anzeichen von Verfall erfüllte ihn stets mit einer zügellosen

Hoffnung. Wer weiß, vielleicht war die Partei unter ihrer Oberfläche verfault, ihr Kult um Rastlosigkeit und Selbstentsagung nichts als ein Schwindel zum Kaschieren ihrer Lasterhaftigkeit. Hätte er nur die Möglichkeit, die ganze Bande mit Lepra oder Syphilis anzustecken, wie gern wollte er es tun! Alles, was sie zersetzte, schwächte, untergrub! Er zog sie zu sich herab, sodass sie auf Knien einander anblickten.

»Hör zu. Je mehr Männer du hattest, desto mehr liebe ich dich. Verstehst du das?«

»Ja, vollkommen.«

»Ich hasse Unschuld, ich hasse Güte. Für mich soll es nirgendwo mehr irgendwelche Tugend geben. Ich will, dass alle abgrundtief verdorben sind.«

»Nun, dann passe ich ja gut zu dir, Schatz. Ich bin abgrundtief verdorben.«

»Tust du es gern? Also nicht nur mit mir – ich meine die Sache an sich?«

»Ich bin verrückt danach.«

Das vor allem war es, was er hören wollte. Nicht einfach die Liebe zu einem bestimmten Menschen, sondern der animalische Trieb, die nackte, undifferenzierte Begierde: Das war die Kraft, die die Partei in Stücke reißen würde. Er zog sie hinab ins Gras zwischen die heruntergefallenen Blauglöckchen. Diesmal hinderte ihn nichts. Dann verlangsamte sich das Auf und Ab ihrer wogenden Leiber wieder in den normalen Rhythmus, und angenehm wehrlos sanken sie auseinander. Die Sonne schien wärmer geworden zu sein. Sie waren beide müde. Er langte nach dem fortgeschleuderten Overall und bedeckte sie mit ihm, so gut es ging. Schon fielen ihnen die Augen zu, und sie lagen rund eine halbe Stunde lang im Schlaf.

Winston erwachte als erster. Er setzte sich auf und betrachtete das Sommersprossengesicht, das noch friedlich schlafend auf ihrer Handfläche ruhte. Von ihrem Mund abgesehen war sie nicht wirklich schön zu nennen. Bei näherem Hinsehen waren da ein, zwei Falten an ihren Augen. Das kurze schwarze Haar war ungewöhnlich dicht und weich. Ihm fiel auf, dass er immer noch nicht ihren Nachnamen kannte und nicht wusste, wo sie wohnte.

Der junge, starke Körper, der im Schlaf so hilflos dalag, löste Mitleid und ein Beschützergefühl in ihm aus. Die unbewusste Zärtlichkeit jedoch, die er unter dem Haselstrauch beim Gesang der Drossel empfunden hatte, war noch nicht im gleichen Maß wieder da. Er schob ihren Overall beiseite und betrachtete ihre weiche, weiße Flanke. Früher einmal, dachte er, sah ein Mann den Körper eines Mädchens, fand ihn begehrenswert, und damit fertig. Heute gab es das nicht mehr, reine Liebe, reines Begehren. Kein Gefühl war rein, weil sich Angst und Hass in alles mischten. Ihre Umarmung war ein Kampf gewesen, der Orgasmus ein Sieg. Es war ein gegen die Partei geführter Schlag. Es war ein politischer Akt.

III

Wir können mal wieder hierherkommen«, sagte Julia. »An sich kann man so ein Versteck gefahrlos ein zweites Mal nutzen. Aber natürlich nicht die nächsten ein, zwei Monate.«

Kaum war sie aufgewacht, legte sie ein anderes Verhalten an den Tag. Sie wurde wachsam und geschäftig, zog sich an, band sich die orangerote Leibbinde um die Hüfte und begann die Details ihrer Heimfahrt zu regeln. Es war nichts dabei, ihr das ganz zu überlassen. Sie verfügte offenkundig über ein praktisches Geschick, das Winston abging, und zudem über eingehende Ortskenntnis in Londons Umland, erworben durch unzählige Gemeinschaftswanderungen. Die Route, die sie ihm ansagte, unterschied sich deutlich von der des Hinwegs und ließ ihn an einen anderen Bahnhof gelangen. »Geh nie denselben Weg zurück, den du hergekommen bist«, sagte sie, als doziere sie über ein elementares Naturgesetz. Sie würde als erste aufbrechen; Winston sollte eine halbe Stunde warten, bevor er selbst ging.

Sie nannte ihm noch einen Ort, an dem sie sich in vier Tagen nach der Arbeit treffen konnten. Es war eine Straße in einem der ärmeren Viertel, in der es ein in der Regel stark frequentiertes und lautes Markttreiben gab. Sie würde sich dort zwischen den Ständen herumtreiben und so tun, als suche sie nach Schnürsenkeln oder Nähgarn. Wenn nach ihrer Einschätzung die Luft rein war, würde sie sich, wenn er kam, die Nase schnäuzen; andernfalls sollte er einfach weitergehen, ohne sie zu beachten. Mit ein bisschen Glück sollte ihnen das Getümmel so viel Schutz bieten, dass sie eine Viertelstunde miteinander reden und sich zu einem nächsten Treffen verabreden konnten.

»Und jetzt muss ich los«, sagte sie, kaum dass er sich ihre Anweisungen eingeprägt hatte. »Um halb acht werde ich erwartet. Ich muss zwei Stunden für den Anti-Sex-Jugendbund aktiv sein, Handzettel verteilen oder so was in der Art. Ein Mist ist das. Strubbel mich bitte mal kräftig ab. Ist da noch Grünzeug in meinem Haar? Bestimmt nicht? Dann mach's gut, Liebster, mach's gut!«

Sie warf sich in seine Arme, küsste ihn fast schon rabiat, bahnte sich daraufhin ihren Weg durch die Bäumchen und verschwand fast lautlos im Wald. Noch immer hatte er weder ihren Nachnamen noch ihre Adresse in Erfahrung gebracht. Aber das spielte keine Rolle, denn dass sie sich jemals zu Hause treffen oder einander schreiben würden, war schlicht undenkbar.

Sie sollten nie wieder zu der Lichtung im Wald zurückkehren. Im Verlauf des Monats Mai konnten sie es nur noch einmal einrichten, miteinander zu schlafen. Das war an einem anderen Versteck von Julia, dem Glockenturm einer Kirchenruine in einem fast menschenleeren Landstrich, auf den dreißig Jahre zuvor eine Atombombe gefallen war. Wenn man erst einmal da war, war es ein gutes Versteck, aber dort hinzugelangen war sehr gefährlich. Ansonsten konnten sie sich nur auf der Straße treffen, jeden Abend an einer anderen Stelle und nie länger als für eine halbe Stunde. Unter Wahrung gewisser Maßnahmen ließ sich auf der Straße meist reden. Während sie über das bevölkerte Pflaster gingen, nicht auf gleicher Höhe und ohne sich je anzuschauen, führten sie eine seltsame, stoßweise Unterhaltung, die wie der Strahl eines Leuchtturms periodisch aufzuckte, sofort verstummte, sobald eine Parteiuniform oder ein Monitor in Sicht kam, Minuten später mitten im Satz fortgesetzt wurde, jäh abbrach, wenn sie an der vereinbarten Stelle auseinandergingen, und am nächsten Tag an derselben Stelle den Faden sofort wieder aufnahmen. Julia schien diese Form des Gesprächs, die sie »reden in Raten« nannte, recht vertraut zu sein. Sie war auch überraschend geschickt im Sprechen, ohne die Lippen zu bewegen. Nur einmal in knapp einem Monat abendlicher Begegnungen brachten sie es zu einem Kuss. Sie gingen eben schweigend durch eine Seitenstraße (abseits der Hauptstraßen sprach Julia kein Wort), da gab es ohrenbetäubenden Lärm, die Erde bebte, der Himmel verfinsterte sich, und Winston lag verletzt und erschrocken neben ihr auf dem Boden. Eine Raketenbombe musste ganz in der Nähe eingeschlagen sein. Mit einem Mal bemerkte er nur wenige Zentimeter von dem seinen entfernt Julias Gesicht, totenbleich, kalkweiß. Selbst ihre Lippen waren weiß. Sie war tot! Er zog sie an sich und stellte fest, dass er ein lebenswarmes Gesicht küsste. Auf ihren Lippen lag nur allerhand pulveriges Zeug. Ihre Gesichter waren beide mit einer dicken Schicht Gipsstaub bedeckt.

An manchen Abenden mussten sie an ihrem Treffpunkt gleich ohne ein Zeichen aneinander vorübergehen, weil gerade eine Streife um die Ecke gebogen war oder ein Helikopter über ihnen kreiste. Selbst wenn alles weniger gefährlich gewesen wäre, mussten sie erst einmal die Zeit für ihre Treffen finden. Winstons Arbeitswoche hatte sechzig Stunden, Julias sogar noch mehr, und ihre freien Tage wechselten je nach Arbeitsbelastung und deckten sich selten. Julia jedenfalls hatte kaum einmal einen Abend ganz für sich. Sie verbrachte erstaunlich viel Zeit bei Vorträgen und auf Demonstrationen, mit dem Verteilen von Broschüren des Anti-Sex-Jugendbundes, dem Anfertigen von Transparenten für die Hasswoche, mit Geldeintreiben für die Sparaktion und dergleichen mehr. Es machte sich bezahlt, sagte sie, es war reine Tarnung. Wer sich an die kleinen Regeln hielt, konnte die großen brechen. Sie überredete Winston sogar dazu, noch einen seiner Abende als Helfer in dem Rüstungswerk zu opfern, das fanatische Parteimitglieder ehrenamtlich nebenher betrieben. So verbrachte Winston denn einen Abend pro Woche in einer zugigen, schlecht beleuchteten Werkstatt, wo sich die Hammerschläge trostlos mit der Musik aus dem Monitor vermischten, vier lähmend öde Stunden mit dem Zusammenschrauben kleiner Metallteile, die wohl in Zündern verbaut wurden.

Als sie sich in dem Kirchturm trafen, füllten sie die Lücken ihrer bruchstückhaften Gespräche auf. Es war ein sengend heißer Nachmittag. In der quadratischen Stube über den Glocken stand die heiße Luft, und es roch durchdringend nach Taubenkot. Stundenlang saßen sie redend auf dem staubigen Boden voller kleiner Zweige; dann und wann stand einer von beiden auf, um sich durch einen Blick aus den Fensterschlitzen zu vergewissern, dass niemand kam.

Julia war 26 Jahre alt. Sie lebte mit dreißig anderen Mädchen in einem Wohnheim (»Ständig im Mief von Frauen!«, sagte sie nebenher, »ich hasse Frauen!«) und arbeitete, wie er vermutet hatte, an den Schreibautomaten in der Roman-Abteilung. Sie mochte ihre Arbeit, die hauptsächlich im Bedienen und Warten eines starken, aber kniffligen Elektromotors bestand. Allzu gescheit war sie nicht, aber geschickt mit ihren Händen und an

Maschinen ganz in ihrem Element. Sie konnte sämtliche Abläufe beim Entstehen eines Romans beschreiben, von den allgemeinen Direktiven aus der Hand des Planungskomitees bis zum letzten Feinschliff durch die Abteilung Endredaktion. Am Produkt fand sie allerdings kein Interesse. Sie würde sich »nicht viel aus Lesen machen«, sagte sie. So ein Buch war einfach ein herzustellender Artikel, wie Marmelade oder Schnürsenkel.

Sie hatte keinerlei Erinnerungen, die hinter die sechziger Jahre zurückreichten, und hatte nur einen einzigen Menschen gekannt, der wiederholt über die Zeit vor der Revolution gesprochen hatte, ihren Großvater, der verschwand, als sie acht war. In der Schule hatte sie die Hockeymannschaft angeführt und zwei Jahre in Folge den Pokal im Turnwettbewerb gewonnen. Sie war Truppführerin bei den Kundschaftern gewesen und Unter-Schriftführerin beim Jugendbund, bevor sie dem Anti-Sex-Jugendbund beitrat. Charakterlich hatte sie sich stets besonders hervorgetan. Man hatte sie sogar (ein untrügliches Zeichen für hohes Ansehen) zur Arbeit für Pornorg bestimmt, das Unterressort der Roman-Abteilung, das billige Pornos für die Prols auf den Markt warf. Schmuddelbude hieß die Abteilung bei den dort tätigen Leuten, wie sie anmerkte. Dort war sie ein Jahr geblieben und hatte an Publikationen mit Titeln wie »Der Rammel-Reigen« oder »Eine Nacht im Mädcheninternat« mitgewirkt; diese gingen diskret verpackt an junge Burschen aus dem Proletariat, die mit ihnen etwas Verbotenes zu kaufen glaubten.

»Was sind das für Bücher?«, fragte Winston neugierig.

»Ach, grässlicher Schund. Und total langweilig. Es gibt nicht mehr als sechs Handlungselemente, die man immer ein bisschen anders anordnet. Ich war natürlich nur am Kaleidoskop im Einsatz, nie in der Endredaktion. Ich verstehe nichts von Literatur, Schatz – zu wenig selbst dafür.«

Mit Staunen vernahm er, dass bei Pornorg bis auf die Abteilungsleiter alle Mitarbeiter junge Frauen waren. Die Annahme war, dass Männer ihren Sexualtrieb weniger im Griff hatten als Frauen und daher stärker Gefahr liefen, von dem Schmutz, mit dem sie es zu tun hatten, selbst verdorben zu werden.

»Nicht einmal verheiratete Frauen wollten sie dort haben«, fügte Julia hinzu. »Mädchen denkt man sich immer keusch. Na, da kenn ich ein Gegenbeispiel.«

Als Sechzehnjährige hatte sie ihre erste Liebesaffäre mit einem sechzig Jahre alten Mann von der Partei, der sich später das Leben nahm, um dem Gefängnis zu entgehen. »Ein gutes Werk«, sagte Julia, »sonst hätten sie bei seinem Geständnis auch meinen Namen von ihm erfahren.« Seither hatte es viele weitere gegeben. Ihre Sicht auf das Leben war recht einfach. Du wolltest Spaß haben; »sie«, heißt: die Partei, wollte ihn dir nicht gönnen; also warst du so frei, die Regeln zu übertreten. Dass »sie« dich um dein Vergnügen bringen wollte, schien für Julia genauso normal zu sein wie dass du dich vorsahst, nicht dabei erwischt zu werden. Sie hasste die Partei und äußerte dies in höchst unfeinen Worten, ließ aber keine allgemeine Kritik daraus erwachsen. Solange ihr eigenes Leben nicht davon betroffen war, hatte sie keinerlei Interesse an der Parteilehre. Winston fiel auf, dass sie niemals Neusprechwörter verwendete außer jenen, die in die Alltagssprache eingeflossen waren. Von der Bruderschaft hatte sie noch nie gehört, und sie weigerte sich, an deren Existenz zu glauben. Jede Art von organisierter Auflehnung gegen die Partei, die ja zum Scheitern verurteilt war, kam ihr dumm vor. Schlau war, die Regeln zu übertreten und dabei am Leben zu bleiben. Er fragte sich unbestimmt, wie viele andere von ihrer Sorte es in der jüngeren Generation geben mochte, die in der Welt der Revolution aufgewachsen war und nichts anderes kannte, die die Partei als unveränderlich hinnahm wie den Himmel und nicht gegen ihre Herrschaft aufbegehrte, sondern ihr einfach aus dem Weg ging, so wie Kaninchen einen Bogen um Hunde machen.

Über die Möglichkeit zu heiraten sprachen sie nicht. Es lohnte sich nicht, dafür war es zu abwegig. Niemals würde eine Kommission ihre Verbindung bewilligen, selbst wenn sich Winston seine Frau Katharine irgendwie vom Hals zu schaffen wusste. Es brachte nichts, davon auch nur zu träumen.

»Wie war sie denn so, deine Frau?«, fragte Julia.

»Sie war – kennst du das Neusprechwort *gutdenkvoll*: von Natur aus orthodox, unfähig zu jedem schlechten Gedanken?«

»Nein, das kannte ich nicht, aber diese Art Mensch kenne ich nur zu gut.«

Er begann ihr die Geschichte seiner Ehejahre zu erzählen, doch das Wesentliche davon schien ihr seltsamerweise bereits bekannt. Fast als habe sie es selbst gesehen oder mitempfunden, beschrieb sie ihm, wie Katharines Körper steif wurde, kaum dass er sie berührte, die Art, in der sie ihn mit aller Kraft von sich zu stoßen schien, selbst wenn ihre Arme ihn fest umklammerten. Mit Julia über dergleichen zu reden, war für ihn unproblematisch: Die Erinnerung an Katharine war ja längst nicht mehr schmerzhaft, sondern nur noch leidig.

»Das hätte ich alles noch ertragen, wäre da nicht eins gewesen«, sagte er. Er erzählte ihr von der stumpfen abendlichen Verrichtung, zu der ihn Katharine am stets gleichen Wochentag gezwungen hatte. »Sie verabscheute es, aber nichts konnte sie davon abbringen. Sie nannte es immer – aber da kommst du nie drauf.«

»Unsere Pflicht gegenüber der Partei«, sagte Julia prompt.

»Woher wusstest du das?«

»Ich war schließlich auch in der Schule, Schatz. Sexualkunde einmal im Monat für alle über sechzehn. Und dann in der Jugendbewegung. Du kriegst es jahrelang eingebimst. Und in vielen Fällen offenkundig mit Erfolg. Aber genau weiß man das nie; die Menschen sind so scheinheilig.«

Sie begann das Thema zu vertiefen. Bei Julia drehte sich alles um ihre Sexualität. Sobald es in irgendeiner Form darum ging, konnte sie sehr scharfsinnig werden. Im Gegensatz zu Winston hatte sich ihr der tiefere Sinn hinter dem sexuellen Puritanismus der Partei erschlossen. Es ging nicht nur darum, dass der Sexualtrieb eine eigene Welt erschuf, die sich der Kontrolle durch die Partei entzog und daher möglichst beseitigt werden musste. Noch wichtiger war, dass mangelhaft ausgelebte Sexualität zu Hysterie führte, was erwünscht war, weil sich diese in Kriegsbegeisterung und Führerkult umwandeln ließ. In Julias Worten:

»Wenn man miteinander schläft, verbraucht man Energie, und hinterher fühlst du dich gut, alles andere ist dir egal. Das ist denen zuwider. Sie wollen, dass du die ganze Zeit vor Energie platzt. Dieses ganze Auf- und Abmarschieren, Jubeln und Fahnenschwenken ist ganz einfach abgewürgter Sex. Wenn du mit dir selbst zufrieden bist, was interessieren dich da noch der Große Bruder und die Dreijahrespläne und die Zwei Minuten Hass und der ganze andere Mist?«

Völlig richtig, dachte Winston. Es bestand eine direkte, enge Verbindung zwischen Züchtigkeit und politischer Orthodoxie. Denn wie sonst ließen sich die Angst, der Hass und die debile Gutgläubigkeit folgsamer Parteimitglieder richtig dosieren, wenn nicht durch das Abzapfen starker Triebe zum Zweck ihrer Verwendung als Wirkstoff? Der Sexualtrieb war eine Gefahr für die Partei, und die Partei hatte ihn sich zunutze gemacht. Mit dem Elterninstinkt war sie ähnlich verfahren. Die Familie konnte nicht abgeschafft werden, und die Menschen wurden durchaus darin bestärkt, ihre Kinder liebzuhaben, fast in althergebrachter Weise. Andererseits wurden die Kinder systematisch gegen ihre Eltern aufgehetzt und darin geschult, sie auszuspionieren und ihre Vergehen zu melden. So war die Familie letztlich zu einem Außenposten der Gedankenpolizei geworden. Sie war eine Einrichtung, durch die alle Menschen Tag und Nacht von Informanten umgeben waren, die sie genauestens kannten.

Unvermittelt dachte er wieder an Katharine. Sie hätte ihn fraglos an die Gedankenpolizei verraten, wäre sie nicht zu beschränkt gewesen, um das Abweichlerische in seinen Ansichten wahrzunehmen. Doch vor allem die drückende Nachmittagshitze, die seine Stirn in Schweiß getaucht hatte, ließ ihn in diesem Augenblick an Katharine denken. Er begann Julia von etwas zu erzählen, das sich elf Jahre zuvor an einem ähnlich schwülen Sommernachmittag zugetragen oder eben nicht zugetragen hatte.

Es war drei, vier Monate nach ihrer Heirat. Bei einer Gemeinschaftswanderung irgendwo in Kent waren sie vom Weg abgekommen. Sie waren nur ein paar Minuten hinter den anderen hergelaufen, hatten jedoch eine falsche Abzweigung genommen und standen plötzlich am Rand einer alten Kalkgrube. Vor ihnen ging es steil zehn, zwanzig Meter abwärts, unten lag Geröll. Es war niemand da, den sie nach dem Weg hätten fragen können. Als Katharine begriff, dass sie sich verlaufen hatten, wurde sie sofort sehr unruhig. Auch nur für einen kurzen Moment nicht bei der lärmenden Wandertruppe zu sein, empfand sie als Fehlverhalten. Sie wollte auf dem Weg, den sie hergekommen waren, zurückeilen und in der anderen Richtung neu Ausschau halten. In diesem Augenblick entdeckte Winston aus den Gesteinsritzen unter ihnen hervorwachsenden Weiderich. Eine Pflanze hatte Blüten in zwei Farben, violett und ziegelrot, die offenkundig aus derselben Wurzel sprossen. So etwas hatte er nie zuvor gesehen, und er rief Katharine zu, sie solle herkommen und sich das ansehen.

»Schau mal, Katharine, diese Blüten! Das Büschel da fast ganz unten. Es hat zwei verschiedene Farben, kannst du's sehen?«

Sie hatte sich bereits abgewendet, kam aber, eher mürrisch, erneut kurz zurück. Sie beugte sich sogar über den Rand der Grube, um zu erkennen, worauf er wies. Er stand knapp hinter ihr und umfasste haltgebend ihre Taille. In diesem Moment wurde ihm plötzlich bewusst, wie vollkommen allein sie waren. Es gab kein menschliches Wesen weit und breit, kein Blatt regte sich, kein einziger Vogel war zu sehen. An einem Ort wie diesem war kaum mit versteckten Mikrofonen zu rechnen, und ein doch vorhandenes Mikrofon hätte allenfalls Geräusche übertragen. Es war die heißeste und trägste Stunde des Nachmittags. Die Sonne brannte auf sie herunter, Schweiß kitzelte sein Gesicht. Und da kam ihm der Gedanke …

»Warum hast du ihr nicht einen ordentlichen Schubs gegeben?«, sagte Julia. »Ich hätt's getan.«

»Ja, Liebste, das hättest du. Ich hätte es auch, wäre ich damals schon der Mensch von heute gewesen. Oder vielleicht hätte ich auch – ich bin mir nicht sicher.«

»Bedauerst du, es nicht getan zu haben?«

»Unterm Strich, ja.«

Sie saßen nebeneinander auf dem staubigen Boden. Er zog sie an sich. Ihr Kopf lag auf seiner Schulter, der angenehme Duft ihres Haars überdeckte den Gestank des Taubenkots. Sie war sehr jung, dachte er, sie erwartete noch etwas vom Leben, sie begriff nicht, dass nichts gelöst war, wenn man einen lästigen Menschen eine Grube hinabstieß.

»Es hätte aber nichts geändert«, sagte er.

»Warum bedauerst du es dann trotzdem?«

»Nur weil mir Handeln lieber ist als Unterlassen. Bei dem Spiel, das wir spielen, können wir nicht gewinnen. Manche Formen des Scheiterns sind besser als andere, das ist alles.«

Im Zucken ihrer Schulter verspürte er Protest. Wenn er derlei Dinge sagte, musste sie ihm immer widersprechen. Sie wollte nicht als Naturgesetz hinnehmen, dass der Einzelne stets unterliegt. Einerseits war ihr bewusst, dass sie selbst dem Untergang geweiht war, dass die Gedankenpolizei sie früher oder später erwischen und umbringen werde, doch mit einer anderen Re gion ihres Verstandes hielt sie es irgendwie für möglich, eine geheime Welt zu errichten, in der jeder leben konnte, wie er wollte. Dazu brauchtest du nichts als Glück, Geschick und Mut. Sie verstand nicht, dass es so etwas wie Glück nicht gab, dass der einzige Sieg in ferner Zukunft lag, lange nach deinem Tod, dass du ab dem Moment, in dem du der Partei den Krieg erklärtest, gut daran tatst, dich selbst als Leiche zu betrachten.

»Wir sind die Toten«, sagte er.

»Noch sind wir nicht tot«, sagte Julia trocken.

»Äußerlich nicht. Uns bleiben noch sechs Monate, ein Jahr – fünf Jahre möglicherweise. Ich habe Angst vor dem Tod. Du bist jung, deshalb fürchtest du ihn vielleicht sogar mehr als ich.

Wir werden ihn gewiss so lange wie möglich hinausschieben. Aber das macht kaum einen Unterschied. Solange die Menschen Menschen sind, sind Tod und Leben ein und dasselbe.«

»Ach, Blödsinn! Mit wem würdest du eher schlafen, mit mir oder einem Gerippe? Freut es dich nicht, am Leben zu sein? Magst du es nicht, zu spüren: Das bin ich, das ist meine Hand, dies mein Bein, ich bin echt, ich bin da, ich lebe! Solltest du *das* nicht mögen?«

Sie warf sich herum und presste ihren Busen an ihn. Er spürte ihre reifen, festen Brüste durch den Overall. Es schien, als ströme etwas von der Jugend und Energie ihres Körpers in den seinen.

»Ja, das mag ich«, sagte er.

»Dann hör auf, vom Sterben zu reden. Und jetzt pass auf, Schatz, wir müssen unser nächstes Treffen organisieren. Wir könnten wieder zu der Stelle im Wald, die haben wir jetzt lange genug gemieden. Diesmal musst du aber einen anderen Weg dorthin nehmen. Ich habe alles ausgearbeitet. Du nimmst den Zug von – aber schau, ich mal's dir auf.«

In ihrer praktischen Art scharrte sie ein kleines Quadrat Staub zusammen und begann mit dem Zweig eines Taubennests einen Plan auf den Boden zu zeichnen.

IV

In dem schäbigen kleinen Zimmer über Mr Charringtons Laden blickte Winston sich um. Das riesige Bett neben dem Fenster war mit zerrissenen Decken und einer Nackenrolle ohne Bezug hergerichtet. Die altmodische Uhr mit dem Zwölfer-Zifferblatt tickte auf dem Kaminsims vor sich hin. Auf dem Klapptisch in der Ecke glänzte der gläserne Briefbeschwerer, den er bei seinem letzten Besuch gekauft hatte, sanft im Halbdunkel.

Auf dem Kamingitter standen ein ramponierter Ölbrenner aus Blech, ein Topf und zwei Tassen, die Mr Charrington beschafft hatte. Winston zündete den Brenner an und setzte einen Topf Wasser auf. Er hatte einen Briefumschlag voll Victory-Kaffee und ein paar Stücke Süßstoff mitgebracht. Die Zeiger der Uhr standen auf zwanzig nach sieben, also 19.20 Uhr. Sie sollte um 19.30 Uhr kommen.

Irrsinn, Irrsinn, sagte ihm sein Herz unausgesetzt: ein bewusster, vermeidbarer, selbstmörderischer Irrsinn. Von allen Verbrechen, die ein Parteimitglied begehen konnte, ließ sich dieses besonders schlecht verbergen. Der Gedanke war ihm erstmals durch den Kopf gegangen, als er wahrnahm, wie sich der Briefbeschwerer auf der Fläche des Klapptisches spiegelte. Mr Charrington hatte ihm wie erwartet keine Schwierigkeiten beim Vermieten des Zimmers gemacht. Er war offenkundig froh über die paar Dollar, die ihm das eintrug. Er schien auch nicht entsetzt oder tat nicht allzu vertraulich, als klar wurde, dass Winston das Zimmer für ein Techtelmechtel brauchte. Stattdessen schaute er unbestimmt vor sich hin und sprach ganz allgemein und derart zurückhaltend, wie um den Eindruck zu erwecken, bereits halb unsichtbar zu sein. Privatsphäre, sagte er, sei etwas sehr Kostbares. Jedermann brauche gelegentlich einen Rückzugsort, an dem man allein sein könne. Und habe man einen solchen Ort gefunden, so sei es ein Zeichen allgemeiner Höflichkeit aller Mitwissenden, diese Kenntnis für sich zu behalten. Er fügte sogar hinzu (wobei er sich vollends in nichts aufzulösen schien), dass das Haus zwei Eingänge habe, von denen einer durch den Hinterhof auf eine Gasse führe.

Unterhalb des Fensters sang jemand. Durch die Musselingardine geschützt, spähte Winston hinaus. Die Junisonne stand noch hoch am Himmel, und unten im sonnendurchströmten Hof stapfte eine riesige Frau, massiv wie eine romanische Säule mit stämmigen roten Unterarmen, eine Leinenschürze umgebunden, zwischen Zuber und Wäscheleine hin und her, an die sie eine Reihe rechteckiger weißer Sachen hängte; Winston erkannte sie als Babywindeln. Wenn ihr nicht gerade Klammern im Mund steckten, sang sie mit mächtiger Altstimme:

Ach, ein Blendwerk war er nur,
Dieser Tag der Seligkeit.
Doch ein Wort und ein Blick ließen Träume zurück
Und ein Herz voller Liebe und Leid!

In den letzten Wochen hatte diese Melodie ganz London verhext. Es war eins von tausend ähnlichen Liedern, mit denen ein Unterressort der Musik-Abteilung die Prols versorgte. Die Texte dieser Lieder produzierte ein Gerät namens Versifikator ganz ohne menschliches Zutun. Doch so melodiös, wie die Frau sang, verwandelte sie den furchtbaren Stuss in eine ansprechende Weise. Winston hörte den Gesang der Frau und das Scharren ihrer Schuhe auf den Steinplatten und die Schreie der Kinder auf der Straße und irgendwo weit entfernt leisen Verkehrslärm, und doch wirkte das Zimmer seltsam still, denn es hatte keinen Monitor.

Irrsinn, Irrsinn, Irrsinn!, dachte er von Neuem. Es war undenkbar, dass sie diesen Ort länger als ein paar Wochen aufsuchen konnten, ohne erwischt zu werden. Doch über einen Schlupfwinkel zu verfügen, der ihnen allein gehörte, drinnen lag und leicht erreichbar war, hatte sie beide einfach zu sehr verlockt. Nach ihrem Tag im Kirchturm hatten sie für längere Zeit kein Treffen mehr zustande bringen können. Im Vorfeld der Hasswoche war die Arbeitszeit drastisch heraufgesetzt worden. Bis dahin war es noch über einen Monat hin, aber die aufwendigen und schwierigen Vorbereitungen, die damit einhergingen, bedeuteten Mehraufwand für jedermann. Endlich gelang es beiden, am selben Tag einen freien Nachmittag zu erhalten. Sie waren übereingekommen, wieder zu der Lichtung im Wald zu gehen. Am Vorabend trafen sie sich kurz auf der Straße. Winston sah Julia wie gewohnt kaum an, während sie im Getümmel aufeinander zuliefen, doch ein rascher Blick auf sie vermittelte ihm den Eindruck, dass sie bleicher war als sonst.

»Es klappt nicht«, murmelte sie, als sie gefahrlos sprechen zu können glaubte. »Morgen, meine ich.«

»Was?«

»Morgen Nachmittag. Ich kann nicht kommen.«

»Wieso nicht?«

»Ach, das Übliche. Es ging früh los diesmal.«

Kurz packte ihn eine heftige Wut. In dem Monat, seit er sie kannte, hatte sein Begehren nach ihr einen Wandel erfahren. Echte Sinnenlust hatte anfangs kaum eine Rolle gespielt. Ihr erster Sex war nichts als ein Akt des Willens gewesen. Doch nach dem zweiten Mal war es anders. Der Duft ihres Haars, der Geschmack ihres Mundes, die Empfindung ihrer Haut schienen ihn oder die ihn umgebende Luft ganz durchdrungen zu haben. Sie war ein körperliches Bedürfnis geworden, etwas, das er nicht nur brauchte, sondern auf das er ein Anrecht zu haben meinte. Als sie sagte, sie könne nicht kommen, hatte er das Gefühl, sie spiele falsch mit ihm. Doch in eben diesem Moment drängte die Menge sie aneinander, und wie zufällig begegneten sich ihre Hände. Sie versetzte seinen Fingerspitzen einen raschen Druck, der nicht Begierde heraufbeschwor, sondern Liebe. Ihm wurde bewusst, dass solches Enttäuschtwerden eine normale, immer wiederkehrende Sache war, wenn man mit einer Frau zusammenlebte; und mit einem Mal ergriff ihn eine tiefe Zärtlichkeit, wie er sie nie zuvor empfunden hatte. Er wünschte, sie wären ein gestandenes Ehepaar, seit zehn Jahren verheiratet. Er wünschte, er ginge mit ihr die Straßen entlang genau wie jetzt, nur frei und ohne Angst, während sie über Alltägliches sprachen und allerhand Zeug für den Haushalt kauften. Über allem wünschte er, sie hätten einen Ort, an dem sie zusammen allein sein konnten, ohne den Druck zu empfinden, jedes Mal miteinander schlafen zu müssen. Nicht in diesem Augenblick, aber irgendwann tags drauf war ihm die Idee gekommen, Mr Charringtons Zimmer zu mieten. Als er Julia diesen Vorschlag machte, hatte sie unerwartet bereitwillig zugestimmt. Sie wussten beide, dass es Wahnsinn war. Es war, als träten sie mit Absicht näher an ihre Gräber heran. Während er wartend auf dem Bettrand saß, dachte er von Neuem an die Keller im Ministerium für Liebe. Seltsam, wie dieses vorherbestimmte Grauen im Bewusstsein präsent und dann wieder ausgeblendet war. Da lauerte es, ein künftiges Los, es ging dem Tod so sicher voraus wie die 99 der 100. Man konnte ihm nicht entgehen, es ließ sich allenfalls hinauszögern; und doch entschied man sich immer wieder durch absichtsvolles Handeln, die bis dahin bleibende Frist zu verkürzen.

In diesem Augenblick waren eilige Schritte auf der Treppe zu hören. Julia platzte ins Zimmer. Sie trug eine Werkzeugtasche aus derbem, braunem Tuch, mit der er sie manchmal im Ministerium hatte umherlaufen sehen. Er sprang auf, um sie zu umarmen, aber sie befreite sich eilig, auch weil sie immer noch die Werkzeugtasche in der Hand hielt.

»Ganz kleinen Moment«, sagte sie. »Ich will dir eben zeigen, was ich dabeihabe. Hast du was von diesem scheußlichen Victory-Kaffee mitgebracht? Dachte ich mir. Schmeiß ihn weg, den brauchen wir nicht. Schau, hier.«

Sie kniete sich hin, klappte die Tasche auf und ließ ein paar Schraubenschlüssel und einen Schraubenzieher herauspurzeln, die obenauf lagen. Darunter befanden sich etliche hübsche Papierverpackungen. Das erste Tütchen, das sie Winston reichte, fühlte sich komisch und doch irgendwie vertraut an. Es enthielt eine schwere, sandige Masse, die sofort nachgab, wenn man gegen sie drückte.

»Ist das etwa Zucker?«, fragte er.

»Echter Zucker. Kein Süßstoff, Zucker. Und hier ist ein Brot – schönes Weißbrot, nicht unser Mistzeug – und ein Töpfchen Marmelade. Und hier ist eine Dose Milch – aber jetzt schau! Auf den hier bin ich besonders stolz. Ich musste ihn gut einwickeln, weil …«

Aber warum sie das gemusst hatte, brauchte sie nicht zu erklären. Der Duft erfüllte bereits das Zimmer, ein satter, scharfer Duft, der ihm wie ein Gruß aus seiner frühen Kindheit erschien, der einem auch heute noch gelegentlich unterkam, wenn er durch einen Korridor strömte, bis eine Tür zuschlug, oder geheimnisvoll über regem Straßentreiben hing, kurz wahrnehmbar und schon wieder vergangen.

»Das ist Kaffee«, murmelte er, »echter Kaffee.«

»Kaffee für die Innere Partei. Ich habe ein ganzes Kilo davon«, sagte sie.

»Wie bist du an diese Sachen rangekommen?«

»Das ist alles Zeug für die Innere Partei. Es gibt nichts, was diese Dreckschweine nicht haben, nichts. Aber natürlich lassen Kellner, Diener und so Leute mal etwas mitgehen, und – sieh an, da habe ich auch noch ein Päckchen Tee.«

Winston hatte sich neben sie hingehockt. Er riss eine Ecke der Packung auf.

»Echter Tee ist das. Keine Brombeerblätter.«

»In letzter Zeit gab's sehr viel Tee. Die haben Indien erobert oder so was«, sagte sie zerstreut. »Aber hör mal, Schatz. Ich will, dass du mir den Rücken zukehrst, für drei Minuten. Geh und setz dich an die andere Seite vom Bett. Tritt nicht zu nah ans Fenster. Und dreh dich erst um, wenn ich es dir sage.«

Winston blickte gedankenverloren durch die Musselingardinen. Unten im Hof stapfte die Frau mit den roten Armen noch immer zwischen Zuber und Wäscheleine hin und her. Sie nahm gerade zwei Klammern aus ihrem Mund und sang voller Gefühl:

All dein Kummer, er vergeht,
Heißt es. Wunden heilt die Zeit.
Doch das einstige Glück und mein Missgeschick –
Wie quäl'n sie mich in der Einsamkeit.

Sie kannte offenbar das ganze einfältige Lied auswendig. Ihre Stimme schwebte mit der lauen Sommerluft empor; sie war sehr klangvoll, erfüllt von einer Art fröhlicher Melancholie. Man musste denken, dass für ihr Glück der Juniabend und der Nachschub an Wäsche niemals ein Ende zu nehmen brauchten, damit sie noch tausend Jahre dort bleiben, Windeln aufhängen und Schnulzen singen konnte. Winston fiel mit einem Mal der seltsame Umstand auf, dass er nie ein Mitglied der Partei allein und spontan hatte singen hören. Es hätte allemal leicht unorthodox gewirkt, als gefährlicher Spleen, wie Selbstgespräche führen. Vielleicht mussten die Menschen erst kurz vorm Verhungern sein, um einen Anlass zum Singen zu haben.

»Jetzt kannst du dich umdrehen«, sagte Julia.

Er drehte sich um und hätte sie eine Sekunde lang fast nicht erkannt. Er hatte erwartet, dass sie nackt war. Aber sie war nicht nackt. Eine viel erstaunlichere Verwandlung hatte stattgefunden. Sie war geschminkt.

Sie musste in den Laden eines Proletarierviertels geschlichen sein, um ein komplettes Schminkset zu kaufen. Ihre Lippen waren sattrot, ihre Wangen geschminkt, ihre Nase gepudert; selbst unter ihren Augen war etwas aufgetragen, das sie strahlender wirken ließ. Es war nicht sehr fachkundig gemacht, aber Winston kannte in dieser Hinsicht kaum Vorbilder. Er hatte nie zuvor eine Frau von der Partei mit Kosmetik im Gesicht gesehen oder sich dies vorgestellt. Die verschönernde Wirkung war verblüffend. Durch wenige Farbakzente an den richtigen Stellen war sie nicht nur deutlich hübscher, sondern vor allem sehr viel weiblicher geworden. Ihr kurzes Haar und der burschikose Overall erhöhten diese Wirkung nur. Als er sie in die Arme nahm, stieg ihm eine Welle künstlichen Veilchendufts in die Nase. Er musste an das Halbdunkel einer Küche im Untergeschoss denken und an den eingefallenen Mund einer Frau. Sie hatte genau den gleichen Duft aufgelegt; aber das schien gerade nicht von Belang zu sein.

»Parfüm auch noch!«, sagte er.

»Ja, Schatz, Parfüm auch noch. Und weißt du, was ich als nächstes tu? Ich werde mir irgendwo ein anständiges Kleid besorgen und es statt dieser blöden Hose anziehen. Ich werde Seidenstrümpfe tragen und Stöckelschuhe! In diesem Zimmer will ich eine Frau sein, keine Parteigenossin.«

Sie streiften ihre Kleidung ab und stiegen in das riesige Mahagonibett. Zum ersten Mal zog er sich in ihrer Gegenwart ganz aus. Zu sehr geschämt hatte er sich bislang für seinen mageren weißen Körper mit den Krampfadern an den Waden und der Hautverfärbung über der Fessel. Es gab kein Bettlaken, dafür war die Decke, auf der sie lagen, fadenscheinig und weich, und beide staunten, wie groß und gut gefedert das Bett war. »Es ist bestimmt voller Wanzen, aber wen stört das schon?«, sagte Julia. Doppelbetten sah man heutzutage nirgendwo mehr außer in den Wohnungen der Prols. In seiner Kindheit hatte Winston gelegentlich in einem geschlafen; Julia hatte ihrer Erinnerung nach noch nie in einem gelegen.

Nach kurzer Zeit nickten sie für eine Weile ein. Als Winston aufwachte, waren die Zeiger der Uhr bis fast auf neun gewandert. Er rührte sich nicht, denn Julia schlief noch, ihren Kopf in seine Armbeuge gebettet. Ihre Schminke befand sich jetzt überwiegend auf seinem eigenen Gesicht oder auf der Nackenrolle, doch ein zarter Fleck Rouge betonte noch immer die Schönheit ihrer Wange. Ein gelber Strahl der untergehenden Sonne glitt über das Fußende des Bettes und warf Licht auf den Kocher, auf dem das Wasser im Topf sprudelnd kochte. Unten im Hof hatte die Frau aufgehört zu singen, aber von der Straße drangen noch schwach die Rufe der Kinder herauf. Er fragte sich unbestimmt, ob es in der ausgetilgten Vergangenheit wohl ganz normal gewesen war, an einem lauen Sommerabend so im Bett zu liegen, ein Mann und eine Frau, unbekleidet, die miteinander schliefen, wenn sie Lust darauf hatten, sich ganz nach Laune unterhielten, die keinerlei Drang zum Aufstehen verspürten, einfach nur dalagen und den friedlichen Geräuschen draußen lauschten. Sollte es tatsächlich eine Zeit gegeben haben, in der das nichts Besonderes war? Julia wachte auf, rieb sich die Augen und stützte sich auf den Ellbogen, um nach dem Kocher zu sehen.

»Das Wasser ist halb weggekocht«, sagte sie. »Ich stehe auf und mache sofort Kaffee. Wir haben noch eine Stunde. Wann wird in euren Wohnungen das Licht abgestellt?«

»Um halb zwölf.«

»Im Wohnheim um elf. Aber man muss schon vorher zurück sein, weil – huch! Hau bloß ab, du Drecksbiest!«

Sie beugte sich jäh aus dem Bett, ergriff einen Schuh vom Boden und schleuderte ihn mit einer burschikosen Armbewegung in die Ecke, in der gleichen Art, in der er sie das Wörterbuch nach Goldstein hatte werfen sehen an jenem Vormittag während der Zwei Minuten Hass.

»Was war denn da?«, fragte er überrascht.

»Eine Ratte. Hat ihre eklige Schnauze zwischen der Wandvertäfelung rausgestreckt. Da hinten ist ein Loch. Ich hab' ihr einen ordentlichen Schreck verpasst.«

»Ratten!«, murmelte Winston. »In diesem Zimmer!«

»Die stecken überall«, sagte Julia gleichgültig, während sie sich wieder hinlegte. »Im Wohnheim haben wir sogar welche in der Küche. In manchen Ecken Londons wimmelt es vor ihnen. Hast du gewusst, dass sie über kleine Kinder herfallen? Oh ja. In einigen Straßen dort wagt es keine Frau, ihr Baby auch nur für zwei Minuten allein zu lassen. Die großen Braunen tun das. Und das Widerlichste ist, dass die Viecher immer …«

»*Sei endlich still!*«, sagte Winston, die Augen fest zugedrückt.

»Liebster! Du bist ja ganz blass. Was ist denn los? Wird dir schlecht von ihnen?«

»Ratten – das Grauen schlechthin.«

Sie presste sich eng an ihn und umschlang ihn mit Armen und Beinen, wie um ihn durch die Wärme ihres Körpers zu beruhigen. Er öffnete die Augen nicht sofort. Einige Momente lang hatte er das Gefühl gehabt, in einem Alptraum zu stecken, der ihn im Leben immer wieder heimsuchte. Der Verlauf war stets sehr ähnlich. Er stand vor einer Mauer aus Dunkelheit, und hinter ihr war etwas Unerträgliches, etwas, dem zu begegnen einfach zu schrecklich war. Im Traum war seine stärkste Empfindung immer, dass er sich etwas vormachte, da er im Grunde wusste, was sich hinter der Mauer aus Dunkelheit befand. Mit einer extremen Kraftanstrengung, als risse man sich ein Stück aus dem eigenen Gehirn, hätte er das Ding sogar hervorzerren können. Er wachte immer auf, ohne zu erfahren, was es war; aber irgendwie hing es mit dem zusammen, wovon Julia gesprochen hatte, bevor er ihr ins Wort fiel.

»Tut mir leid«, sagte er, »es ist nichts. Ich kann nur Ratten nicht ausstehen.«

»Keine Sorge, Schatz, wir werden die Drecksbiester nicht hier reinlassen. Ich verstopfe das Loch mit einem Stück Stoff, bevor wir gehen. Und wenn wir das nächste Mal herkommen, bringe ich Gips mit und spachtele es ordentlich zu.«

Schon war der schwarze Moment der Panik halb vergessen. Etwas beschämt über sich selbst, lehnte er sich aufrecht gegen das Kopfteil des Bettes. Julia stand auf, zog ihren Overall an und machte den Kaffee. Der aus dem Topf aufsteigende Duft war so stark und präsent, dass sie das Fenster schlossen, damit ihn draußen niemand bemerken und neugierig werden würde. Fast noch besser als der Geschmack des Kaffees war seine seidige Konsistenz durch Beigabe des Zuckers, eine Eigenschaft, die Winston nach Jahren des Süßstoffs fast vergessen hatte. Mit einer Hand in der Hosentasche, ein Marmeladenbrot in der anderen, ging Julia im Zimmer umher, blickte teilnahmslos ins Bücherregal, gab gute Ratschläge zum Reparieren des Klapptisches, ließ sich in den abgewetzten Sessel plumpsen, um zu sehen, ob er bequem war, und untersuchte milde lächelnd die komische Uhr mit dem Zwölfer-Zifferblatt. Sie brachte den Briefbeschwerer mit zum Bett, um ihn in besserem Licht zu betrachten. Er nahm ihn ihr aus der Hand, fasziniert wie jedes Mal von der weichen, regenwasserartigen Beschaffenheit des Glases.

»Was, glaubst du, ist das?«, sagte Julia.

»Ich glaube nicht, dass das etwas ist – ich meine, ich glaube nicht, dass es je einem bestimmten Zweck gedient hat. Genau das mag ich daran. Es ist ein kleines Stück Geschichte, das sie zu ändern vergessen haben. Es ist eine Botschaft aus der Zeit vor hundert Jahren, die man nur lesen können muss.«

»Und das Bild da drüben« – sie wies mit dem Kopf zum Stich an der Wand gegenüber – »ist das auch hundert Jahre alt?«

»Mehr. Zweihundert, würde ich sagen. Man weiß es nicht. Heutzutage lässt sich nichts mehr richtig datieren.«

Sie ging hin, um es zu betrachten. »Genau hier hat das Biest seine Schnauze rausgestreckt«, sagte sie und trat gegen die Wandvertäfelung direkt unterhalb des Bildes. »Was zeigt es? Ich kenne die Stelle irgendwoher.«

»Eine Kirche, jedenfalls war es mal eine. Sie hieß St Clement Danes.« Die Zeile, die ihm Mr Charrington beigebracht hatte, kam ihm wieder in den Sinn, und halb wehmütig fügte er hinzu: »›Oranges and lemons‹, say the bells of St Clement's!«

Zu seinem Erstaunen sagte sie die nächsten Verse auf:

»You owe me three farthings«, say the bells of St Martin's,
»When will you pay me?« say the bells of Old Bailey …

»Wie es danach weitergeht, weiß ich nicht mehr. Aber das Ende habe ich noch parat: ›Here comes a candle to light you to bed, here comes a chopper to chop off your head!‹«

Es erschien ihm wie zwei Elemente einer verschlüsselten Botschaft. Aber nach »the bells of Old Bailey« musste noch ein weiterer Vers kommen. Vielleicht ließ er sich in einem günstigen Moment aus Mr Charringtons Gedächtnis befördern.

»Wer hat dir das beigebracht?«, fragte Winston.

»Mein Großvater. Er hat es mir immer aufgesagt, als ich ein kleines Mädchen war. Als ich acht war, wurde er vaporisiert – jedenfalls ist er seither verschwunden. Ich frag mich, was Zitronen sind«, sagte sie übergangslos. »Orangen habe ich schon gesehen. Das sind so runde gelbe Früchte mit dicker Schale.«

»Ich kenne Zitronen noch«, sagte Winston. »In den Fünfzigern waren sie ganz verbreitet. Die waren so sauer, dass sich dir der Mund zusammenzog, wenn du nur daran gerochen hast.«

»Ich wette, hinter dem Bild da sind Wanzen«, sagte Julia. »Eines Tages werde ich es abhängen und ordentlich säubern. Ich schätze, es wird jetzt bald Zeit für uns. Ich muss langsam diese Schminke abwaschen. Ein Jammer! Danach wische ich dir den Lippenstift vom Gesicht.«

Winston blieb noch ein paar Minuten liegen. Im Zimmer wurde es immer dunkler. Er drehte sich zum Licht und betrachtete den Briefbeschwerer. Nicht das Stück Koralle darin machte ihn unerschöpflich interessant, sondern das Innere des Glases selbst. Es war unerhört tief und dabei doch fast durchsichtig, wie Luft. Es war, als bilde die Oberfläche des Glases das Himmelsgewölbe, das mit seiner Atmosphäre eine winzige Welt vollständig einhüllte. Er hatte das Gefühl, dass er in sie eintreten konnte, sich tatsächlich in ihr befand, zusammen mit dem Mahagonibett und dem Klapptisch, der Uhr, dem Stahlstich und auch dem Briefbeschwerer selbst. Der Briefbeschwerer war das Zimmer, in dem er sich befand, und die Koralle war Julias und sein Leben, im Herzen des Kristalls in einer Art Ewigkeit verankert.

V

Syme war verschwunden. Eines Morgens fehlte er bei der Arbeit; ein paar Kollegen sprachen unbedacht über sein Ausbleiben. Am nächsten Tag erwähnte ihn niemand mehr. Am dritten Tag ging Winston in die Vorhalle der Archiv-Abteilung, um auf das Schwarze Brett zu schauen. Zu den Aushängen gehörte eine gedruckte Liste der Mitglieder der Schachgruppe, der Syme angehört hatte. Sie sah fast genauso aus wie zuvor – nichts war durchgestrichen worden –, aber sie war um einen Namen kürzer. Das genügte. Syme hatte aufgehört zu existieren; er hatte nie existiert.

Es herrschte glühende Hitze. Im Labyrinth des Ministeriums hielten die fensterlosen, klimatisierten Räume ihre normale Temperatur, aber draußen versengte einem das Pflaster die Füße, und der Gestank in der U-Bahn war zu Stoßzeiten ein Graus. Die Vorbereitungen für die Hasswoche liefen auf Hochtouren, und die Belegschaften sämtlicher Ministerien machten Überstunden. Aufmärsche, Versammlungen, Militärparaden, Vorträge, Wachsfiguren, Präsentationen, Filmvorführungen, Monitor-Sendungen, all das musste organisiert werden; es waren Tribünen aufzubauen, Bildnisse herzustellen, Parolen zu prägen, Lieder zu schreiben, Gerüchte zu streuen, Fotografien zu fälschen. Julias Ressort in der Roman-Abteilung war aus der Produktion von Romanen abgezogen worden und fabrizierte eine ganze Serie Gräuelbroschüren. Winston verbrachte neben seiner üblichen Arbeit täglich viel Zeit damit, archivierte *Times*-Ausgaben zu durchstöbern und Angaben zu ändern und aufzuhübschen, die in Reden zitiert werden sollten. Wenn spätabends Massen raubeiniger Prols die Straßen bevölkerten, wirkte die Stadt ganz seltsam, wie im Fieberwahn. Häufiger denn je gingen Raketenbomben nieder, und manchmal gab es in weiter Ferne gewaltige Explosionen, die niemand zu erklären wusste und über die wilde Gerüchte kursierten.

Bereits komponiert war die neue Erkennungsmelodie der Hasswoche (mit dem Titel *Hasslied*), das Stück strömte unablässig aus den Monitoren. Es hatte einen wilden, enervierenden Rhythmus, der nicht wirklich Musik zu nennen war, eher aus lauter Trommelschlägen bestand. Von Hunderten Stimmen zum Schritt marschierender Füße gesungen, war es furchteinflößend. Die Prols hatten Geschmack an ihm gefunden, sodass es zur Mitternacht auf den Straßen mit dem noch immer beliebten *Dieser Tag der Seligkeit* konkurrierte. Die Parsons-Kinder spielten ihn zu allen Tages- und Nachtzeiten unsäglich auf einem Kamm mit einem Blatt Klopapier. Winstons Abende waren ausgefüllter denn je. Von Parsons organisierte Freiwilligentrupps staffierten die Straße für die Hasswoche aus, nähten Spruchbänder, malten Plakate, befestigten Fahnenstangen auf den Dächern und spannten halsbrecherisch Drähte zum Befestigen von Wimpeln über die Straße. Parsons tönte, allein vom Victory-Wohnblock würden vierhundert Meter Fahnentuch herabhängen. Er war ganz in seinem Element und quietschvergnügt. Die Hitze und die körperliche Arbeit hatten ihm einen Vorwand geliefert, abends wieder kurze Hosen und ein offenes Hemd tragen zu können. Er war überall gleichzeitig, schob, zog, sägte, hämmerte, löste

Probleme, hatte für jedermann aufmunternde Sprüche oder kameradschaftliche Ermahnungen parat und verströmte aus jeder Ritze seines Körpers den beißenden Schweißgeruch aus scheinbar nie versiegender Quelle.

Ein neues Plakat hing mit einem Mal in ganz London. Es hatte keinen Text und zeigte nichts als drei, vier Meter hoch die monströse Gestalt eines eurasischen Soldaten, der in riesigen Stiefeln und mit ausdruckslosem Mongolengesicht voranmarschiert, eine Maschinenpistole in Hüfthöhe. Gleich von welchem Standpunkt aus man das Plakat betrachtete, glaubte man die durch die Verkürzung noch größer wirkende Mündung der Pistole immer direkt auf sich gerichtet. Das Ding klebte an jeder freien Stelle jeder Mauer, in noch größerer Zahl als die Porträts des Großen Bruders. Die Prols, denen der Krieg für gewöhnlich egal war, wurden durch sie in einen Anfall von Patriotismuswahn versetzt, wie er sie regelmäßig überkam. Wie um der allgemeinen Stimmungslage zu entsprechen, hatten die Raketenbomben mehr Menschen als gewöhnlich getötet. Eine schlug in ein vollbesetztes Kino in Stepney ein, die Trümmer begruben mehrere hundert Opfer unter sich. Die gesamte Bevölkerung des Viertels erschien zu einem langen, sich dahinschlängelnden Geleitzug, der Stunden dauerte und letztlich eine Protestkundgebung war. Eine weitere Bombe fiel auf eine Brachfläche, die als Spielplatz genutzt wurde, sodass mehrere Dutzend Kinder zerfetzt wurden. Es gab noch mehr wütende Proteste; Goldstein wurde symbolisch verbrannt, das Plakat mit dem eurasischen Soldaten wurde hundertfach abgerissen und mit in die Flammen geworfen, etliche Geschäfte wurden während der Unruhen geplündert. Dann machte das Gerücht die Runde, Spione würden die Raketenbomben mittels Funkstrahlen lenken; einem der ausländischen Herkunft verdächtigten alten Ehepaar wurde daraufhin das Haus in Brand gesetzt, die beiden erstickten darin.

Wenn es Julia und Winston gelang, sich dort zu verabreden, lagen sie im Zimmer über Mr Charringtons Laden nebeneinander auf der blanken Matratze unter dem offenen Fenster, nackt wegen der Abkühlung. Die Ratte war nicht wiederaufgetaucht, aber die Wanzen hatten sich aufgrund der Wärme unangenehm vermehrt. Es spielte offenbar keine Rolle. Verdreckt oder sauber, ihr Zimmer war das Paradies. Wenn sie hineintraten, bestreuten sie zunächst alles mit Pfeffer vom Schwarzmarkt, zogen sich dann aus und hatten schweißtreibenden Sex, schliefen danach ein und entdeckten beim Aufwachen, dass sich die Wanzen zusammengetan hatten und zum Gegenangriff übergingen.

Vier, fünf, sechs – sieben Mal trafen sie sich im Verlauf des Monats Juni. Winston hatte sich abgewöhnt, den ganzen Tag hindurch Gin zu trinken. Er schien das Verlangen danach verloren zu haben. Er war fülliger geworden, sein Geschwür war abgeklungen und hatte nur einen braunen Fleck über dem Knöchel hinterlassen, seine morgendlichen Hustenanfälle hatten aufgehört. Das Leben gestaltete sich nicht mehr als unerträglich, er empfand inzwischen keinerlei Drang, dem Monitor Fratzen zu schneiden oder lautstark zu fluchen. Nun, da sie ein sicheres Versteck, fast ein Zuhause hatten, schienen sie nicht einmal mehr darunter zu leiden, dass sie nur unregelmäßig und jedes Mal nur für ein paar Stunden beisammen sein konnten. Nur dass es das Zimmer über dem Trödellädchen überhaupt gab, war von Bedeutung. Zu wissen, dass es unversehrt existierte, war fast so gut wie sich darin zu befinden. Das Zimmer war eine Welt, ein Refugium der Vergangenheit mit Bewegungsraum für ausgestorbene Tiere. Mr Charrington war auch so ein ausgestorbenes Tier, dachte Winston. Auf dem Weg die Treppe hinauf unterhielt er sich meist ein paar Minuten lang mit Mr Charrington. Der alte Mann schien selten oder nie aus dem Haus zu gehen und hatte so gut wie keine Kundschaft. Er führte ein phantomartiges Leben zwischen dem winzigen dunklen Laden und der noch winzigeren Küche zum Hof, wo er sich seine Mahlzeiten zubereitete und in der unter anderem ein unfassbar altes Grammophon mit riesigem Schalltrichter stand. Die Gelegenheit zum Gespräch schien er gern zu nutzen. Wenn er mit langer Nase, dicker Brille und gebeugten Schultern im Samtjackett zwischen seiner Ramschware umherlief, wirkte er immer eher wie ein Sammler denn wie ein Händler. Mit einer gleichsam in die Jahre gekommenen Begeisterung betastete er dieses oder jenes Stück Krempel – einen Flaschenstopfen aus Porzellan, den bemalten Deckel einer beschädigten Schnupftabaksdose, ein Messingmedaillon mit der Strähne eines längst gestorbenen Kindes darin –, wobei er Winston nie zum Kaufen animierte, nur zum Bewundern. Wenn man sich mit ihm unterhielt, war es, als lausche man dem Klimpern einer abgenutzten Spieldose. Aus der hintersten Ecke seines Gedächtnisses hatte er weitere Bruchstücke vergessener Gedichte hervorgekramt. In einem ging es um vierundzwanzig Amseln, in einem anderen um eine Kuh mit verbogenem Horn, in einem dritten um die Ermordung des armen Cock Robin. »Ich dachte, das interessiert Sie vielleicht«, sagte er jedes Mal, wenn er ein neues Fragment aufgesagt hatte, und dazu lachte er selbstironisch. Doch nie fielen ihm mehr als ein paar Zeilen eines Gedichts ein.

Es war Julia und Winston bewusst – und sie blendeten dies im Grunde auch nie aus –, dass nicht lange währen konnte, was hier geschah. So manches Mal wirkte ihr sicher bevorstehender Tod greifbar wie das Bett, in dem sie lagen, dann hielten sie einander mit verzweifelter Sinnenlust fest, so wie eine verdammte Seele fünf Minuten vor Ablauf ihrer Frist noch schnell das letzte Stückchen Freude auskostet. Aber manchmal lebten sie auch in der Einbildung, es sei alles gefahrlos und sogar von Dauer. Solange sie in diesem Zimmer waren, empfanden sie, konnte ihnen kein Leid geschehen. Dorthin zu kommen war schwierig und gefährlich, aber das Zimmer selbst war ein Schutzraum. Es war, als habe Winston in das Herz des Briefbeschwerers geblickt mit dem Gefühl, es sei möglich, diese gläserne Welt zu betreten, und dass die Zeit angehalten werden könne, wäre man erst einmal darin. Oft gaben sie sich Tagträumen hin, in denen sie davonkamen. Ihr Glück würde ewig anhalten und sie könnten für den Rest des ihnen beigemessenen Lebens ein Liebespaar bleiben. Oder Katharine würde sterben, und durch geschicktes Taktieren gelänge es Winston und Julia, zu heiraten. Oder sie würden gemeinsam Selbstmord begehen. Oder sie würden abtauchen, sich äußerlich bis zur Unkenntlichkeit verändern, im Tonfall der Proletarier sprechen lernen, in einer Fabrik arbeiten und ihr Leben unerkannt irgendwo weitab vom Schuss zu Ende leben. Es war alles Unsinn, das war beiden klar. In der Wirklichkeit gab es kein Entkommen. Selbst den einen realisierbaren Plan, Selbstmord, wollten sie keineswegs in die Tat umsetzen. Von Tag zu Tag und Woche für Woche weiterzumachen, eine Gegenwart zu verlängern, die keine Zukunft hatte, schien ein unbezwingbarer Instinkt zu sein, so wie sich die Lungen immer weiter mit Luft versorgen, solange Luft zum Atmen da ist.

Manchmal sprachen sie auch davon, sich aktiv am Kampf gegen die Partei zu beteiligen, aber ihnen fehlte eine Idee, wie man den ersten Schritt dazu tat. Falls es die von Mythen umrankte Bruderschaft tatsächlich gab, blieb die Schwierigkeit, Zugang zu ihr zu finden. Er erzählte ihr von dem speziellen Einverständnis, das zwischen ihm und O'Brien herrschte oder zu herrschen schien, und davon, dass er manchmal den Impuls verspürte, vor O'Brien hinzutreten, ihm zu offenbaren, dass er ein Feind der Partei war, und ihn um Hilfe zu bitten. Julia sah darin seltsamerweise durchaus keinen unbesonnenen Schritt. Sie beurteilte Menschen selbst aufgrund ihrer Gesichter und fand nichts dabei, dass Winston aufgrund eines einzigen raschen Blickwechsels O'Brien für vertrauenswürdig hielt. Sie ging ohnehin davon aus, dass jeder oder fast jeder die Partei insgeheim hasste und gegen die Gesetze verstieß, sobald dies gefahrlos möglich zu sein schien. Aber sie glaubte nicht daran, dass es eine umfassende organisierte Gegenbewegung gab oder geben konnte. Die Geschichten von Goldstein und seiner Untergrundarmee, sagte sie, seien völliger Blödsinn, erfunden von der Partei für ihre eigenen Zwecke, an die zu glauben man nur vorgab. Unzählige Male hatte sie auf Parteiveranstaltungen und spontanen Kundgebungen so laut sie nur konnte die Hinrichtung von Personen gefordert, deren Namen ihr unbekannt waren und an deren vermeintliche Verbrechen sie nicht im Entferntesten glaubte. Wenn Schauprozesse stattfanden, hatte sie sich in die Abteilungen des Jugendbundes eingereiht, die das Gerichtsgebäude vom Morgen bis in den Abend hinein belagerten, und immer wieder »Tod den Verrätern!« skandiert. Während der Zwei Minuten Hass übertraf sie alle anderen darin, Goldstein mit Schimpfworten einzudecken. Und doch hatte sie kaum eine Ahnung davon, wer Goldstein eigentlich war und für welche Positionen er stehen sollte. Sie war in der Zeit nach der

Revolution aufgewachsen und damit zu jung, um Erinnerungen an die ideologischen Kämpfe der fünfziger und sechziger Jahre haben zu können. So etwas wie eine unabhängige politische Bewegung war jenseits ihrer Vorstellungskraft; und ohnehin war die Partei unbesiegbar. Sie würde immer existieren und sich niemals ändern. Gegen sie aufbegehren ließ sich nur durch heimlichen Ungehorsam oder allenfalls durch vereinzelte Gewaltakte wie Morde oder Sprengstoffattentate.

In mancher Hinsicht war sie viel scharfsinniger als Winston und weit weniger anfällig für Parteipropaganda. Als er einmal in irgendeinem Kontext auf den Krieg gegen Eurasien zu sprechen kam, irritierte sie ihn mit der beiläufigen Bemerkung, ihrer Ansicht nach gebe es gar keinen Krieg. Die jeden Tag in London einschlagenden Raketenbomben würde die Regierung von Ozeanien vermutlich selbst abfeuern lassen, »einfach um die Menschen in Angst zu halten«. Das war ein Gedanke, der ihm schlechterdings noch nie in den Sinn gekommen war. Und ihre Bemerkung, während der Zwei Minuten Hass habe sie alle Mühe, nicht prustend loszulachen, löste so etwas wie Neid in ihm aus. Doch die Lehren der Partei hinterfragte sie nur dann, wenn sie irgendwie ihr eigenes Leben berührten. Oft genug glaubte sie bereitwillig den Ammenmärchen der Regierung, einfach weil sie den Unterschied zwischen Wahrheit und Lüge für zu unbedeutend hielt. Sie glaubte zum Beispiel, wie in der Schule gelernt, dass die Partei das Flugzeug erfunden habe. (Während seiner eigenen Schulzeit in den späten Fünfzigern, erinnerte sich Winston, hatte die Partei nur die Erfindung des Helikopters für sich reklamiert; zwölf Jahre später, als Julia zur Schule ging, war es bereits das Flugzeug; eine weitere Generation später sollte sie die Dampfmaschine für sich in Anspruch nehmen.) Und als er ihr erzählte, dass es Flugzeuge bereits in der Zeit vor seiner Geburt und lange vor der Revolution gegeben habe, hielt sie dieses Faktum für vollkommen belanglos. Was spielte es für eine Rolle, wer das Flugzeug erfunden hatte? Fast noch stärker traf ihn, was er anlässlich einer zufälligen Bemerkung feststellte: Sie wusste nicht mehr, dass Ozeanien vor vier Jahren Krieg gegen Ostasien geführt und mit Eurasien Frieden geherrscht hatte. Sie betrachtete zwar den Krieg insgesamt als Schwindel, hatte aber offenbar überhaupt nicht mitbekommen, dass sich der Name des Feindes geändert hatte. »Ich dachte, wir wären schon immer mit Eurasien im Krieg«, sagte sie leichthin. Das versetzte ihm einen leichten Schreck. Das Flugzeug war lange vor ihrer Geburt erfunden worden, aber der Wechsel des Kriegsgegners lag gerade vier Jahre zurück, da war sie längst erwachsen gewesen. Bestimmt eine Viertelstunde lang setzte er ihr das auseinander. Er bearbeitete ihr Gedächtnis so lange, bis sie sich schließlich vage erinnerte, dass einmal Ostasien und nicht Eurasien der Feind gewesen war. Aber unwichtig fand sie die ganze Sache noch immer. »Ist doch egal«, sagte sie genervt. »Ein Scheißkrieg folgt dem nächsten, und was man darüber erfährt, ist sowieso alles erlogen.«

Manchmal sprach er mit ihr über die Archiv-Abteilung und die schamlosen Fälschungen, die er dort vornahm. Solche Dinge schienen sie nicht zu entsetzen. Angesichts der Vorstellung, dass Lügen zu Wahrheit wurden, hatte sie nicht das Gefühl, dass sich ein Abgrund neben ihr auftat. Er erzählte ihr von Jones, Aaronson und Rutherford und dem bedeutsamen Stück Papier, das er damals in Händen gehalten hatte. Diese Geschichte machte keinen großen Eindruck auf sie. Sie erfasste zunächst gar nicht ihren Kern.

»Waren das Freunde von dir?«, fragte sie.

»Nein, ich habe sie nie gekannt. Sie waren Mitglieder der Inneren Partei. Und übrigens viel älter als ich. Sie entstammten der alten Zeit vor der Revolution. Ich kannte sie nur vom Sehen.«

»Wieso beschäftigt dich das dann? Es werden doch ständig Leute umgebracht.«

Er versuchte, es ihr begreiflich zu machen. »Das war ein besonderer Fall. In dem es nicht nur darum ging, dass irgendwer umgebracht wird. Ist dir bewusst, dass die Vergangenheit, angefangen mit dem gestrigen Tag, regelrecht abgeschafft wurde? Wenn sie noch irgendwo fortlebt, dann in ein paar greifbaren Objekten ohne etwas Lesbares darauf wie diesem Glasklumpen da. Wir haben bereits überhaupt kein Wissen mehr über die Revolution und die Zeit vor der Revolution. Jegliches Dokument wurde vernichtet oder gefälscht, jedes Buch umgeschrieben, jedes Bild übermalt, jedes Standbild und Gebäude, jede Straße umbenannt, jedes Datum geändert. Und dieser Prozess geht Tag für Tag und in jeder Minute so weiter. Geschichte ist an ihr Ende gelangt. Es existiert nichts als eine ewige Gegenwart, in der die Partei immer recht hat. Natürlich weiß ich auch, dass die Vergangenheit gefälscht ist, aber ich wäre niemals in der Lage, das zu beweisen, selbst wenn ich die Fälschung selbst vorgenommen hätte. Wenn der Job getan ist, werden Belege restlos beseitigt. Die einzigen Belege stecken in meinem Kopf, und ich kann überhaupt nicht abschätzen, ob auch nur ein einziges Menschenwesen meine Erinnerung teilt. Nur in dieser speziellen Sache lag mir das einzige Mal in meinem Leben – Jahre später – ein handfester Beleg *nach* dem Ereignis vor.«

»Und wozu war das gut?«

»Zu nichts, weil ich ihn schon wenige Minuten später fortwarf. Aber wenn mir das Gleiche heute wieder passieren sollte, würde ich ihn aufheben.«

»Also, ich nicht!«, sagte Julia. »Ich bin bereit, Risiken auf mich zu nehmen, aber nur für etwas, das es wert ist, nicht für Zeitungsschnipsel. Was hättest du denn damit anfangen können, wenn du ihn behalten hättest?«

»Nicht viel, wahrscheinlich. Aber es war ein Beweisdokument. Es hätte da und dort manchen Zweifel wecken können, falls ich es jemandem zu zeigen gewagt hätte. Ich sehe nicht, dass wir noch zu unseren Lebzeiten irgendetwas verändern werden. Aber es ist doch vorstellbar, dass hier und da kleine Widerstandsnester entstehen – kleine Gruppen aus Zusammenschlüssen, die mit der Zeit größer werden und sogar ein paar Aufzeichnungen hinterlassen, sodass spätere Generationen etwas haben, woran sie anknüpfen können.«

»Spätere Generationen interessieren mich nicht, Schatz. Ich interessiere mich für *uns*.«

»Du lehnst dich nur mit dem Unterleib auf«, sagte er.

Das fand sie unheimlich witzig, und vor Freude umschlang sie ihn mit den Armen.

An tieferen Einblicken in die Parteilehre hatte sie nicht das geringste Interesse. Wann immer er über die Grundsätze von Engsoz zu sprechen begann, über Doppeldenk, die Veränderbarkeit der Vergangenheit und das Leugnen objektiver Wirklichkeit und dabei Neusprechwörter einfließen ließ, wurde sie gelangweilt und verwirrt und sagte, mit solchen Dingen hätte sie sich nie auch nur ansatzweise beschäftigt. Es sei bekanntlich alles Quatsch, warum also sollte man sich einen Kopf darüber machen? Sie wusste, wann Jubelschreie anstanden und wann

Buhrufe, mehr war nicht vonnöten. Wenn er unbedingt weiter über derlei Themen reden wollte, hatte sie die befremdliche Angewohnheit, einfach einzuschlafen. Sie gehörte zu den Menschen, die zu jeder Tag- und Nachtzeit und in jeder Situation einschlafen konnten. Durch seine Unterhaltungen mit ihr begriff er, wie leicht es war, sich orthodox zu verhalten, ohne den leisesten Schimmer davon zu haben, was Orthodoxie bedeutete. So gesehen wurde die Weltanschauung der Partei am erfolgreichsten von jenen verinnerlicht, die sie nicht zu begreifen imstande waren. Diese Menschen nahmen selbst die schlimmsten Eingriffe in die Wirklichkeit einfach hin, denn sie hatten keinen klaren Begriff vom Ausmaß der ihnen auferlegten Zumutungen und interessierten sich zu wenig für politische Themen, um die Lage zu erkennen. Aus Mangel an Einsicht blieben sie gesund. Sie schluckten einfach alles, und was sie schluckten, bereitete ihnen keine Probleme, weil nichts hängenblieb, so wie ein Weizenkorn unverdaut durch einen Vogelleib wandert.

VI

Nun war es endlich soweit. Die erwartete Nachricht war eingetroffen. Sein ganzes Leben lang, so schien ihm, hatte er darauf gewartet.

Er ging den langen Flur im Ministerium hinunter und befand sich kurz vor der Stelle, an der Julia ihm den Zettel zugesteckt hatte, als er bemerkte, dass jemand von höherem Wuchs als er selbst direkt hinter ihm herlief. Die Person, wer immer das war, hüstelte kurz, offenkundig als Auftakt, bevor sie ihn ansprach. Winston blieb abrupt stehen und drehte sich um. Es war O'Brien.

Endlich begegneten sie einander persönlich, und Winston verspürte nichts als den Drang wegzulaufen. Sein Herz pochte heftig. Er hätte kein Wort herausbringen können. O'Brien jedoch war inzwischen an ihn herangetreten – er legte kurz eine Hand freundlich auf Winstons Arm –, sodass die beiden jetzt nebeneinander hergingen. Er begann mit der auffällig ernsten Höflichkeit zu sprechen, durch die er sich von den meisten anderen Mitgliedern der Inneren Partei unterschied.

»Endlich habe ich einmal die Gelegenheit, mit Ihnen zu reden«, sagte er. »Neulich las ich einen Ihrer Neusprechartikel in der *Times.* Sie befassen sich wissenschaftlich mit Neusprech, habe ich recht?«

Winston hatte sich wieder halbwegs in der Gewalt. »Wissenschaftlich nicht gerade«, sagte er. »Ich tue das nur aus Neigung. Ich bin nicht vom Fach. Mit der konkreten Entwicklung der Sprache hatte ich nie etwas zu tun.«

»Aber Ihr Stil ist sehr elegant«, sagte O'Brien. »Und mit dieser Ansicht bin ich nicht allein. Ich sprach neulich mit einem Freund von Ihnen, der zweifellos ein Experte ist. Sein Name ist mir momentan entfallen.«

Wieder pulsierte Winstons Herz unangenehm. Es war unmöglich, das nicht als Anspielung auf Syme zu verstehen. Aber Syme war nicht nur tot, er war getilgt, eine *Unperson*. Jeder erkennbare Verweis auf ihn wäre lebensgefährlich gewesen. O'Briens Bemerkung musste offenkundig als Zeichen gemeint sein, als Erkennungswort. Indem er ihn an einem kleinen Gedankenverbrechen teilhaben ließ, hatte er sie beide zu Komplizen gemacht. Sie waren weiter langsam den Gang hinabgeschlendert, doch jetzt blieb O'Brien stehen. Mit dem eigenartigen, entwaffnenden Wohlwollen, das er in diese Geste zu legen verstand, rückte er sich die Brille auf der Nase zurecht. Dann sprach er weiter:

»Eigentlich wollte ich Folgendes sagen: Mir fiel auf, dass Sie in Ihrem Artikel zwei Wörter verwendet haben, die außer Gebrauch sind. Wenn auch erst seit jüngster Zeit. Haben Sie in die zehnte Auflage des Neusprech-Wörterbuchs geschaut?«

»Nein«, sagte Winston. »Ich dachte, die sei noch gar nicht erschienen. In der Archiv-Abteilung verwenden wir noch die neunte.«

»Soweit mir bekannt, soll die zehnte Auflage auch erst in ein paar Monaten da sein. Aber es sind Vorab-Exemplare in Umlauf. Ich besitze eins. Vielleicht mögen Sie einmal hineinschauen?«

»Sehr gern«, sagte Winston, dem sofort klar war, worauf das hinauswollte.

»Manche Weiterentwicklungen sind höchst genial. Die Anzahl an Verben wurde reduziert – ein für Sie sicher reizvoller Punkt. Wissen Sie was, ich schicke Ihnen das Wörterbuch per Kurier. Aber ich vergesse jedes Mal gleich wieder, so etwas zu tun. Vielleicht wollen Sie es sich bei mir zu Hause abholen, wann immer es Ihnen passt. Moment, ich gebe Ihnen meine Adresse.«

Sie standen vor einem Monitor. Leicht zerstreut betastete O'Brien zwei seiner Taschen und zog dann ein kleines Notizbuch mit Ledereinband und eine goldene Füllfeder hervor. Direkt unter dem Monitor, sodass am anderen Ende der Apparatur jedermann lesen konnte, was er aufschrieb, notierte er seine Adresse, riss die Seite aus und reichte sie Winston.

»Abends bin ich in der Regel zu Hause«, sagte er. »Andernfalls gibt Ihnen mein Diener das Wörterbuch.«

Dann war er fort, und Winston stand da mit dem Zettel in der Hand, den er diesmal nicht zu verstecken brauchte. Dennoch lernte er sorgsam auswendig, was auf ihm geschrieben stand, und warf ihn ein paar Stunden später mit viel anderem Papier in ein Gedächtnisloch.

Sie hatten höchstens ein paar Minuten lang miteinander gesprochen. Die Begegnung konnte schlechterdings nur einen Sinn gehabt haben. Sie war eingefädelt worden, um Winston die Adresse von O'Brien zukommen zu lassen. Nur so ging es, über den direkten Weg; anders war unmöglich herauszubekommen, wo jemand wohnte. Es gab keinerlei Adressverzeichnisse. »Hier bin ich zu finden für den Fall, dass Sie zu mir wollen«, hatte O'Brien noch zu ihm gesagt. Vielleicht war im Wörterbuch irgendwo gar eine Mitteilung verborgen. Wie auch immer, eines war gewiss: Die Verschwörung, von der er geträumt hatte, existierte, und er hatte ihren äußeren Rand erreicht.

Er wusste, dass er früher oder später O'Briens Aufforderung nachkommen musste. Vielleicht morgen, vielleicht nach längerem Abwarten – er war sich unsicher. Was hier geschah, war nur das Voranschreiten eines Prozesses, der Jahre zuvor eingesetzt hatte. Der erste Schritt war ein geheimer, unwillkürlicher Gedanke gewesen, der zweite der Beginn des Tagebuchs. Von Gedanken war er zu Worten gelangt und jetzt von Worten zu Taten. Der letzte Schritt war etwas, das im Ministerium für Liebe geschehen würde. Er hatte es in Kauf genommen. Das Ende lag bereits im Anfang begründet. Aber es war furchteinflößend, oder, genauer, es war wie ein Vorgeschmack auf den Tod, wie als wäre man bereits ein bisschen weniger am Leben. Selbst während er mit O'Brien sprach, hatte, als er sich der Bedeutung der Worte bewusst wurde, ein schauderndes Frösteln seinen Körper durchfahren. Er hatte das Gefühl, in ein feuchtes Grab hinabzusteigen, und dabei half ihm nicht viel, dass er immer gewusst hatte, dass dieses Grab da war und auf ihn wartete.

VII

Winston wachte auf, die Augen voller Tränen. Julia kuschelte sich schläfrig an ihn und murmelte etwas, das so klang wie »Was ist denn los?«.

»Ich habe geträumt ...«, begann er und sprach nicht weiter. Es war zu kompliziert, um es in Worte zu fassen. Da war der Traum selbst, und mit ihm war eine Erinnerung verknüpft, die ihm in den wenigen Sekunden, seit er erwacht war, durch den Kopf geisterte.

Mit geschlossenen Augen legte er sich zurück, noch immer ganz durchdrungen von der Atmosphäre des Traums. Es war ein gewaltiger, leuchtender Traum, als hätte sich darin sein ganzes Leben vor ihm ausgebreitet wie eine Landschaft an einem Sommerabend nach dem Regen. Alles hatte sich im Briefbeschwerer abgespielt, doch die Oberfläche des Glases war die Himmelskuppel, und im Innern dieser Kuppel war alles von einem klaren, sanften Licht durchflutet, in dem man in endlose Fernen blicken konnte. Der Traum hatte noch etwas enthalten, in gewisser Weise daraus bestanden: die schützenden Arme seiner Mutter wie auch die der jüdischen Frau dreißig Jahre später in dem Film, wo sie den Jungen vor den Kugeln zu bewahren versucht, bis der Helikopter beide zerfetzt.

»Weißt du was?«, sagte er. »Bis gerade eben dachte ich, dass ich meine Mutter ermordet habe.«

»Warum hast du sie ermordet?«, fragte Julia im Halbschlaf.

»Ich habe sie nicht ermordet. Nicht wirklich.«

In dem Traum war das letzte von ihm eingefangene Bild seiner Mutter zurückgekehrt, und während der kurzen Zeit des Erwachens war ihm die ganze Fülle damit verbundener kleiner Ereignisse wieder präsent geworden. Es war eine Erinnerung, die er über viele Jahre gezielt aus seinem Bewusstsein verdrängt haben musste. Beim Datum war er sich nicht sicher, aber er dürfte damals bereits zehn, vielleicht zwölf Jahre alt gewesen sein.

Einige Zeit zuvor war sein Vater verschwunden; wie lange er da schon fort war, daran konnte er sich nicht erinnern. Besser erinnerte er sich der schwierigen, unsteten Zeitumstände: an den regelmäßigen Tumult bei Luftangriffen und die Suche nach Schutz in U-Bahn-Stationen, die Schutthaufen überall, die unverständlichen Bekanntmachungen, die an Straßenecken plakatiert waren, an die Trupps junger Leute in stets gleichfarbigen Hemden, die langen Schlangen vor den Bäckerläden, das zeitweilige Knattern von Maschinengewehren in der Ferne – vor allem aber daran, dass es nie genug zu essen gab. Er erinnerte sich, wie er mit anderen Jungen ganze Nachmittage lang Mülleimer und Abfallhaufen durchwühlte auf der Suche nach Kohlstrünken und Kartoffelschalen und manchmal sogar harten Brotkanten, von denen sie behutsam die Asche abkratzten; und auch, wie sie auf das Vorbeifahren von Lastwagen warteten, die eine bestimmte Route nahmen und, wie man wusste, Viehfutter transportierten, von denen an besonders holprigen Stellen der Straße manchmal ein paar Brocken Presskuchen herabfielen.

Als sein Vater verschwunden war, ließ sich seine Mutter keinerlei Verwunderung oder Gram anmerken, doch es ging eine plötzliche Veränderung mit ihr vor. Es war, als sei jegliche Kraft aus ihr gewichen. Selbst für Winston war offensichtlich, dass sie auf etwas wartete, das mit Gewissheit eintreten musste. Sie tat alles, was zu tun war – kochte, wusch, flickte, machte das Bett, fegte den Boden, wischte über den Kaminsims –, immer sehr langsam und mit auffällig sparsamen Bewegungen, wie eine zum Leben erwachte Marionette. Ihr großer, wohlgeformter Körper schien in eine natürliche Starre zu sinken. Sie saß stundenlang fast regungslos auf dem Bett und streichelte seine jüngere Schwester, ein winziges, kränkliches, sehr stilles Kind, zwei, drei Jahre alt, mit einem vor Auszehrung affenartigen Gesicht. Nur ganz gelegentlich nahm sie Winston in die Arme und drückte ihn lange an sich, ohne ein Wort zu sagen. Obwohl er noch so jung und egoistisch war, wusste er, dass dies irgendwie mit der nie ausgesprochenen Sache zusammenhing, die ihr bevorstand.

Er erinnerte sich an das Zimmer, in dem sie wohnten, ein dunkler, muffiger Raum, der von dem Bett mit der weißen Tagesdecke bereits halb ausgefüllt wirkte. Es gab einen Gaskocher im Kamin und ein Brett für Vorräte, und draußen am Treppenabsatz befand sich ein braunes Spülbecken aus Steingut zur gemeinsamen Nutzung. Er sah noch vor sich, wie seine Mutter ihren statuenhaften Leib über den Gaskocher beugte und den Topfinhalt umrührte. Vor allem erinnerte er sich an seinen beständigen Hunger und das erbitterte, unwürdige Gezerre bei den Mahlzeiten. Da löcherte er seine Mutter wieder und wieder mit der Frage, warum es nicht mehr zu essen gab, da bedrängte er sie keifend (er erinnerte sich sogar noch, wie seine Stimme klang, die sich aufgrund des einsetzenden Stimmbruchs manchmal sonderbar überschlug), oder er versuchte seine Portion durch wehleidiges Gejammer zu vergrößern. Seine Mutter war willens, ihm mehr als seinen Anteil zu geben. Für sie war es selbstverständlich, dass er, »der Junge«, die größte Portion erhielt; doch soviel sie ihm auch gab, er verlangte immer mehr. Bei jeder Mahlzeit flehte sie ihn an, nicht so egoistisch zu sein und daran zu denken, dass seine kleine Schwester krank war und auch etwas zu essen brauchte, aber es half nichts. Er schrie auf vor Zorn, wenn sie ihm nichts mehr auftat, versuchte ihr Topf und Löffel zu entreißen und schnappte sich Bissen vom Teller der Schwester. Er wusste, dass er die beiden dem Verhungern preisgab, aber er konnte nicht anders; er fand sogar, dass er ein Recht dazu habe. Der nagende Hunger in seinem Magen schien ihm Rechtfertigung genug. Wenn seine Mutter nicht aufpasste, stibitzte er zwischendurch dauernd von den kümmerlichen Vorräten auf dem Brett.

Eines Tages gab es eine Schokoladezuteilung. Es hatte seit Wochen oder Monaten keine solche Zuteilung mehr gegeben. Er konnte sich noch sehr gut an das kostbare Stück Schokolade erinnern. Es war ein Drei-Unzen-Täfelchen (damals rechnete man noch in Unzen) für alle drei. Es war klar, dass es drei gleich große Anteile ergeben sollte. Plötzlich, als sei da die Stimme eines Fremden, hörte sich Winston mit laut dröhnender Stimme fordern, er solle das ganze Stück bekommen. Seine Mutter ermahnte ihn, nicht so gierig zu sein. Es kam zu einem heftigen, nicht enden wollenden Wortgefecht mit Geschrei, Lamento, Tränen, Vorhaltungen, Gefeilsche. Seine winzige Schwester, die sich ganz wie ein Babyäffchen mit beiden Händen an ihre Mutter klammerte, blickte ihn über deren Schulter hinweg aus großen, traurigen Augen an. Schließlich brach seine Mutter drei Viertel von der Schokolade ab und reichte sie Winston, das verbleibende Viertel seiner Schwester. Die Kleine nahm das Stück und sah es apathisch an, vielleicht weil sie nicht wusste, was es war. Winston schaute dem einen Augenblick zu. Dann sprang er plötzlich flink auf, riss seiner Schwester das Stück Schokolade aus der Hand und rannte in Richtung Tür.

»Winston, Winston!«, rief seine Mutter ihm nach. »Komm her! Gib deiner Schwester die Schokolade zurück!«

Er hielt an, kam aber nicht zurück. Der ängstliche Blick seiner Mutter ruhte auf seinem Gesicht. Noch in diesem Moment dachte er an die ihm unbekannte Sache, die bald eintreten musste. Nachdem seiner Schwester der Diebstahl bewusst geworden war, hatte sie zu wimmern begonnen. Seine Mutter legte ihren Arm um das Kind und drückte sein Gesicht gegen ihre Brust. Etwas an dieser Geste sagte ihm, dass seine Schwester bald sterben würde. Er drehte sich um und rannte die Treppe hinunter, mit der schmelzenden Schokolade in der Hand.

Er sah seine Mutter nie wieder. Nachdem er die Schokolade vertilgt hatte, schämte er sich ein wenig vor sich selbst und verbummelte etliche Stunden in den Straßen, bis ihn der Hunger heimtrieb. Als er eintraf, war seine Mutter verschwunden. Dergleichen war zu jener Zeit bereits ganz normal. Außer seiner Mutter und seiner Schwester war in dem Zimmer noch alles am Platz. Sie hatten überhaupt keine Kleidung mitgenommen, nicht einmal den Mantel seiner Mutter. Bis zum heutigen Tag war ihm nicht mit Gewissheit bekannt, dass seine Mutter tot war. Es war ohne Weiteres möglich, dass sie nur in ein Zwangsarbeitslager verbracht worden war. Und seine Schwester, die konnte auch, wie Winston selbst, in ein Heim für elternlose Kinder (sogenannte Bekehrungsanstalten) gesteckt worden sein, die im Gefolge des Bürgerkriegs entstanden waren; vielleicht war sie auch gemeinsam mit ihrer Mutter in das Arbeitslager geschickt oder einfach irgendwo dem Tod überlassen worden.

Der Traum stand ihm noch immer klar vor Augen, besonders die Geste des schützend umfassenden Arms, in der dessen Bedeutung auf den Punkt gebracht schien. Ihm kam ein anderer Traum in den Sinn, den er vor zwei Monaten gehabt hatte. Genauso, wie seine Mutter auf dem schmutzig-weißen Bettbezug gesessen hatte, das Kind an sie geklammert, hatte sie im sinkenden Schiff weit unter ihm gesessen, in dem sie permanent tiefer sank, während sie doch weiter durch das sich eintrübende Wasser zu ihm hochsah.

Er erzählte Julia die Geschichte vom Verschwinden seiner Mutter. Ohne die Augen zu öffnen, brachte sie ihren Körper in eine bequemere Position.

»Du warst damals ein böses kleines Biest«, sagte sie undeutlich. »Alle Kinder sind Biester.«

»Ja. Aber der Kern der Geschichte …«

Ihr Atem ließ erkennen, dass sie schon wieder einschlief. Er hätte gern weiter von seiner Mutter erzählt. Nach allem, was er von ihr in Erinnerung hatte, war sie keine ungewöhnliche, geschweige denn besonders intelligente Frau gewesen; und doch hatte sie Würde und Aufrichtigkeit ausgestrahlt, einfach weil sie ihren eigenen Maßstäben treu geblieben war. Ihre Gefühle waren unverstellt, von außen ließ sich nicht auf sie einwirken. Nie wäre ihr eingefallen, eine Handlung sei sinnlos, nur weil die Wirkung ausblieb. Wenn du jemanden liebtest, dann liebtest du ihn eben, und wenn du auch sonst nichts zu geben hattest, so gabst du ihm doch deine Liebe. Als das letzte Stück Schokolade fort war, hatte seine Mutter das Kind in ihre Arme geschlossen. Das war ganz zwecklos, es änderte nichts, verschaffte keine neue Schokolade, es wendete nicht den Tod des Kindes ab oder ihren eigenen; aber es lag in ihrer Natur, so zu handeln. Auch die Flüchtlingsfrau in dem Boot hatte ihren kleinen Jungen mit den Armen umfasst, was vor den Kugeln nicht besser zu schützen vermochte als ein Blatt Papier. Die Partei aber war so grausam, dir einreden zu wollen, dass bloße Regungen, bloße Gefühle nichts galten, während sie dir zugleich jeglichen Zugriff auf die materielle Welt entzog. Hatte die Partei dich erst einmal in ihren Fängen, spielte buchstäblich keine Rolle mehr, was du fühltest oder nicht fühltest, was du machtest oder sein ließest. Gleich was geschah, du verschwandest, und man hörte nie wieder etwas von dir oder deinem Tun. Du wurdest einfach rückstandslos aus der Geschichte getilgt. Noch zwei Generationen zuvor wäre dies den Menschen als nicht so sehr wichtig erschienen, da sie die Geschichte nicht zu ändern versuchten. Sie waren von persönlichen Maximen geleitet, die sie nicht infrage stellten. Es war ihnen um persönliche Beziehungen gegangen, und eine nette Geste ohne tieferen Nutzen, eine Umarmung, eine Träne, das an einen Sterbenden gerichtete Wort konnte einen Wert in sich tragen. Die Prols, so wurde Winston plötzlich bewusst, lebten noch unter dieser Maßgabe. Ihre Treue galt nicht einer Partei, einem Land oder einer Idee, sie hielten sich untereinander die Treue. Zum ersten Mal in seinem Leben verachtete er die Prols nicht, hielt sie nicht mehr allein für eine apathische Masse, die eines Tages zum Leben erwachen und die Welt neu gestalten würde. Die Prols waren menschlich geblieben. Sie waren nicht innerlich verhärtet. Sie hatten sich die ursprünglichen Gefühle bewahrt, die er sich mittels Verstandeskraft erst wieder aneignen musste. Und während er dies dachte, fiel ihm ohne ersichtlichen Bezug ein, dass er einige Wochen zuvor eine abgerissene Hand auf dem Pflaster hatte liegen sehen und sie wie einen Salatstrunk in den Rinnstein gekickt hatte.

»Die Prols sind menschliche Wesen«, sagte er laut. »Wir selbst sind keine Menschen.«

»Wieso nicht?«, fragte Julia, die wieder aufgewacht war.

Er überlegte einen Moment. »Ist dir je durch den Kopf gegangen«, sagte er, »wie schlau es für uns beide wäre, einfach hier rauszuspazieren, bevor es zu spät ist, und uns nie wiederzusehen?«

»Ja, Schatz, allerdings, ziemlich oft sogar. Aber ich werde es trotzdem nicht tun.«

»Wir hatten Glück bislang«, sagte er, »aber es wird nicht mehr lange anhalten. Du bist jung. Du wirkst mustergültig und unschuldig. Wenn du dich von Leuten wie mir fernhältst, kannst du noch fünfzig Jahre am Leben bleiben.«

»Nein. Ich habe mir das alles überlegt. Was du tust, das werde ich auch tun. Und sei nicht so mutlos. Am Leben bleiben, darin bin ich ziemlich gut.«

»Uns bleiben vielleicht noch sechs gemeinsame Monate – ein Jahr – man kann es nicht wissen. Das Ende ist gewiss, man wird uns trennen. Machst du dir klar, wie vollkommen allein wir dann sein werden? Wenn sie uns erst einmal eingelocht haben, werden wir nichts, rein gar nichts mehr füreinander tun können. Wenn ich ein Geständnis ablege, wird man dich erschießen, und wenn ich mich weigere, zu gestehen, wird man dich genauso erschießen. Was immer ich tue oder sage oder eben nicht sage, es wird deinen Tod nicht auch nur um fünf Minuten hinauszögern. Wir werden nicht einmal voneinander wissen, ob der jeweils andere tot ist oder lebt. Wir werden in jeder Hinsicht völlig machtlos sein. Von Bedeutung ist allein, dass wir einander die Treue halten, wenngleich selbst das nicht den geringsten Unterschied macht.«

»Falls du damit das Geständnis meinst«, sagte sie, »das wird nicht lange auf sich warten lassen. Alle gestehen, immer. Du kannst nichts dagegen machen. Sie foltern dich.«

»Mir geht es nicht ums Geständnis. Gestehen ist kein Treuebruch. Es spielt keine Rolle, was man sagt oder tut, nur die Empfindungen sind von Belang. Wenn sie mich dahin brächten, dich nicht mehr zu lieben – das wäre wirklicher Treuebruch.«

Sie überlegte. »Das schaffen sie nie«, sagte sie schließlich. »Das ist das einzige, was ihnen nie gelingen wird. Sie können dich zu jeder Aussage bringen – *jeder* –, aber nie dahin, dass du selbst sie glaubst. Sie haben keinen Zugang in dein Inneres.«

»Nein«, sagte er ein bisschen hoffungsvoller, »nein, das stimmt wohl. Sie haben keinen Zugang in dein Inneres. Wenn du *fühlst*, dass es sich lohnt, ein Mensch zu bleiben, selbst wenn damit überhaupt nichts gewonnen ist, dann hast du über sie gesiegt.«

Er dachte an den Monitor mit seinem niemals ruhenden Ohr. Sie konnten dich Tag und Nacht ausspionieren, aber mit kühlem Kopf konntest du sie doch austricksen. Mit all ihrer Klugheit hatten sie doch nie eine Lösung dafür finden können, wie man herausbekam, was andere dachten. Vielleicht stimmte das so nicht mehr, wenn man tatsächlich in ihren Fängen war. Man wusste nicht, was im Innern des Ministeriums für Liebe alles Anwendung fand, konnte es sich aber denken: Folterungen, Medikamente, empfindliche Apparate zum Messen von Nervenreizen, langsames Zermürben durch Schlafentzug, Isolation und Dauerverhöre. Tatsachen ließen sich jedenfalls nicht geheim halten. Sie konnten durch Nachforschungen ermittelt, durch Folter herausgepresst werden. Aber was machte das schon aus, wenn es nicht darum ging, am Leben zu bleiben, sondern darum, Mensch zu bleiben? Sie konnten deine Gefühle nicht ändern; du konntest sie ja nicht einmal selbst ändern, auch nicht mit festem Willen. Sie konnten bis ins letzte Detail hervorholen, was du getan, gesagt oder gedacht hattest; doch was in deinem tiefsten Innern vor sich ging und sogar dir selbst ein Geheimnis war, das blieb uneinnehmbar.

VIII

Sie hatten es getan, endlich hatten sie es getan!

Das Zimmer, in dem sie standen, war länglich und matt beleuchtet. Aus dem Monitor drang nur leises Murmeln, der dunkelblaue Teppich war so flauschig, dass man das Gefühl hatte, über Samt zu laufen. Am Ende des Raums saß O'Brien an einem Tisch unter einer grünen Lampe, Papierstöße zu beiden Seiten. Er hatte nicht einmal aufgeblickt, als der Diener Julia und Winston hereinführte.

Winstons Herz pochte so heftig, dass er Zweifel hatte, ob er würde sprechen können. Sie hatten es getan, endlich hatten sie es getan, war alles, was er denken konnte. Es war schon unbesonnen gewesen, überhaupt herzukommen, und der reine Irrsinn, gemeinsam zu erscheinen; wenngleich sie immerhin zwei verschiedene Wege genommen und sich erst vor O'Briens Tür getroffen hatten. Doch einen solchen Ort überhaupt zu betreten, erforderte schon starke Nerven. Höchst selten bot sich die Gelegenheit, Wohnungen der Inneren Partei von innen zu sehen oder auch nur bis in die Viertel vorzudringen, in denen ihre Mitglieder lebten. Die ganze Atmosphäre der riesigen Wohnblöcke, der Pracht und Weitläufigkeit überall, der unvertrauten Gerüche nach gutem Essen und gutem Tabak, der leise und unglaublich schnell hinauf und hinab gleitenden Fahrstühle, der umherwieselnden Diener in weißen Jacketts – all das war einschüchternd. Obwohl er einen guten Vorwand für sein Kommen hatte, verfolgte ihn bei jedem Schritt die Furcht, dass gleich ein Wachmann in schwarzer Uniform um die Ecke bog, seinen Ausweis verlangte und ihn hinauswies. O'Briens Diener jedoch hatte die beiden ohne Zögern eingelassen. Er war ein kleiner, schwarzhaariger Mann in weißem Jackett mit einem rautenförmigen, völlig ausdruckslosen Gesicht, das einem Chinesen hätte gehören können. Der Flur, durch den er sie über weiche Teppiche führte, war cremefarben tapeziert und weiß vertäfelt, alles makellos sauber. Auch das war einschüchternd. Winston konnte sich nicht erinnern, je einen Gang gesehen zu haben, dessen Wände nicht aufgrund menschlicher Berührungen ganz schmutzig waren.

O'Brien hielt einen Zettel in Händen und schien ihn aufmerksam zu lesen. Sein massiges Gesicht, gesenkt, sodass seine Nasenlinie zu sehen war, wirkte furchteinflößend und klug zugleich. Vielleicht zwanzig Sekunden saß er reglos da. Dann zog er den Sprechschreiber zu sich heran und formulierte in der hybriden Terminologie der Ministerien eine Anweisung:

»Punkte eins Komma fünf Komma sieben zuvollst stattgegeben Stopp Empfehlung Punkt sechs doppelplus abwegig betreffs Gedankenverbrechen annulliert Stopp Bauprojektiv Unfortsatz vorpräsent plusvoll Kalkulation Maschinerie Stopp Nachricht Ende.«

Er erhob sich bedächtig von seinem Stuhl und trat über den Teppich lautlos auf sie zu. Mit den Neusprechwörtern schien er auch etwas von dem Amtsträgerhaften abgestreift zu haben, doch seine Miene war ernster als gewöhnlich, als missfalle ihm, dass er gestört worden war. In die Furcht, die Winston bereits empfand, mischte sich mit einem Mal eine Spur glatter Verlegenheit. Ihm schien durchaus möglich, dass er schlicht einen dummen Fehler begangen hatte. Denn welche konkreten Hinweise hatte er schon dafür, dass O'Brien ein politischer Verschwörer war? Nichts als einen kurzen Blickwechsel und eine einzige zweideutige Bemerkung; darüber hinaus nur seine geheimen, auf einen Traum gegründeten Vorstellungen. Er konnte nicht einmal Zuflucht darin suchen, dass er nur gekommen sei, um sich das Wörterbuch auszuleihen, da sich in diesem Fall nicht die Anwesenheit Julias erklären ließ. Als O'Brien am Monitor vorbeiging, schien ihm etwas einzufallen. Er blieb stehen, drehte sich zur Wand und betätigte einen Schalter. Ein kurzes Klicken war zu hören. Die Stimme war verstummt.

Julia gab einen zierlichen Laut von sich, ein überraschtes Kieksen. Bei all seiner Furcht war Winston zu verblüfft, um an sich halten zu können.

»Sie können ihn abstellen!«, sagte er.

»Ja«, sagte O'Brien, »wir können ihn abstellen. Dieses Sonderrecht haben wir.«

Er stand jetzt vor ihnen. Seine massige Gestalt überragte das Paar, und seine Miene war weiterhin nicht zu deuten. Einigermaßen ernst wartete er darauf, dass Winston zu reden begann, aber worüber? Auch jetzt noch war denkbar, dass er einfach ein vielbeschäftigter Mann war, der sich gereizt fragte, warum man ihn gestört hatte. Niemand sagte etwas. Nach dem Abschalten des Monitors war es totenstill im Zimmer. Die Sekunden verstrichen, unregelmäßig. Mit Mühe hielt Winstons Blick weiter dem Blick von O'Brien stand. Da plötzlich verzog sich das strenge Gesicht zu etwas, das den Anflug eines Lächelns darstellen mochte. Mit der ihm eigenen Geste schob sich O'Brien die Brille auf der Nase zurecht.

»Soll ich es sagen, oder tun Sie es?«, fragte er.

»Ich sage es«, sagte Winston sofort. »Und das Ding ist wirklich abgeschaltet?«

»Ja, es ist alles abgeschaltet. Wir sind unter uns.«

»Wir sind hergekommen, weil …«

Er hielt inne, da ihm zum ersten Mal klar wurde, wie unkonkret seine Motive waren. Da er nicht wirklich wusste, welche Art Hilfe er von O'Brien erwartete, war es nicht leicht zu sagen, warum er hergekommen war. Er sprach weiter, in dem Wissen, dass das Gesagte schwach und anmaßend zugleich klingen musste:

»Wir glauben, dass es eine Art Verschwörung gibt, eine Art Geheimorganisation, die gegen die Partei agiert, und dass Sie darin aktiv sind. Wir möchten ihr beitreten und für sie tätig werden. Wir sind Feinde der Partei. Wir glauben nicht an die Grundsätze von Engsoz. Wir sind Gedankenverbrecher. Und Ehebrecher sind wir auch. Ich sage Ihnen das, weil wir uns Ihnen vollständig preisgeben möchten. Wenn Sie erwarten, dass wir uns noch in weiterer Hinsicht belasten, sind wir auch dazu bereit.«

Winston sprach nicht weiter und warf einen Blick über die Schulter, denn ihm war, als sei die Tür geöffnet worden. Tatsächlich, der kleine Diener mit dem gelben Gesicht war ohne anzuklopfen eingetreten. Winston sah, dass er ein Tablett mit einer Karaffe und Gläsern trug.

»Martin ist einer von uns«, sagte O'Brien gelassen. »Bringen Sie die Gläser hierher, Martin. Stellen Sie sie auf den runden Tisch. Sind genug Stühle da? Wir können uns doch genauso gut setzen und entspannt reden. Holen Sie sich auch einen Stuhl, Martin. Es geht um die Sache. In den nächsten zehn Minuten brauchen Sie kein Diener zu sein.«

Der kleine Mann nahm Platz, saß ganz bequem da und doch auch domestikenhaft, wie ein Diener, der eine Ehre zu schätzen weiß. Winston betrachtete ihn aus dem Augenwinkel. Er machte sich bewusst, dass dieser Mann sein gesamtes Leben hindurch eine Rolle verkörperte und es ihm wohl zu gefährlich erschien, auch nur für einen kurzen Moment aus ihr herauszufallen. O'Brien ergriff den Hals der Karaffe und füllte die Gläser mit einer dunkelroten Flüssigkeit. Sie weckte in Winston vage Erinnerungen an etwas, das er vor sehr langer Zeit an einer Wand oder einem Bretterzaun gesehen hatte – eine riesige, aus Lichtern gebildete Flasche, die sich hob und senkte und dabei ihren Inhalt in ein Glas zu gießen schien. Von oben gesehen sah das Getränk fast schwarz aus, in der Karaffe jedoch schimmerte es rubinrot. Es roch süßsäuerlich. Winston sah, wie Julia ihr Glas nahm und ehrlich interessiert daran schnupperte.

»Es heißt Wein«, sagte O'Brien sanft lächelnd. »Bestimmt haben Sie in Büchern schon davon gelesen. In der Äußeren Partei begegnet man ihm eher selten, fürchte ich.« Seine Miene wurde wieder ernst, und er erhob sein Glas: »Es scheint mir angebracht, dass wir zunächst miteinander anstoßen. Auf unseren Führer: auf Emmanuel Goldstein.«

Winston hob sein Glas mit einer gewissen Ungeduld. Von Wein hatte er schon gelesen und auch geträumt. Wie der gläserne Briefbeschwerer oder Mr Charringtons halb erinnerte Verse war er Teil der verflossenen romantischen Vergangenheit, dem Damals, wie er diese Zeit für sich nannte. Aus irgendeinem Grund hatte er immer geglaubt, Wein müsse intensiv süß schmecken wie etwa Brombeermarmelade und eine unmittelbar berauschende Wirkung haben. Nachdem er einen Schluck genommen hatte, war er allerdings enttäuscht von dem Zeug.

In Wahrheit hatte er nach jahrelangem Gin-Konsum kaum eine Geschmacksempfindung. Er stellte sein leeres Glas hin.

»Dann gibt es also einen Menschen namens Goldstein?«

»Ja, diesen Menschen gibt es, und er lebt. Wo, das weiß ich nicht.«

»Und die Verschwörung – die Organisation? Besteht sie? Und ist nicht nur eine Erfindung der Gedankenpolizei?«

»Nein, die besteht. Die Bruderschaft, wie wir sie nennen. Sie werden nie sehr viel mehr über die Bruderschaft erfahren, als dass sie besteht und dass Sie ihr angehören. Ich komme gleich noch einmal darauf zurück.« Er sah auf seine Armbanduhr. »Selbst für Mitglieder der Inneren Partei ist es unklug, den Monitor länger als eine halbe Stunde ausgeschaltet zu lassen. Sie hätten nicht gemeinsam herkommen sollen, und Sie müssen getrennt wieder fortgehen. Sie, Genossin« – er nickte Julia zu – »zuerst. Wir haben etwa zwanzig Minuten zur Verfügung. Sie werden verstehen, dass ich Ihnen zunächst gewisse Fragen stellen muss. Ganz allgemein: Zu welchen Handlungen sind Sie bereit?«

»Zu allen, die uns möglich sind«, sagte Winston.

O'Brien hatte sich in seinem Stuhl leicht gedreht, sodass er jetzt Winston anblickte. Julia ließ er fast unbeachtet, er hielt es offenbar für selbstverständlich, dass Winston auch in ihrem Namen sprach. Kurz senkten sich die Lider über seine Augen. Er begann seine Fragen zu stellen, mit tiefer, ausdrucksloser Stimme, als sei dies eine Routinesache, ein Herunterbeten von Punkten, deren Antworten er überwiegend schon kannte.

»Sind Sie bereit, Ihr Leben zu opfern?«

»Ja.«

»Sind Sie bereit, Menschen zu töten?«

»Ja.«

»Sabotageakte zu begehen, die den Tod Hunderter Unschuldiger zur Folge haben könnten?«

»Ja.«

»Ihr Land an ausländische Mächte zu verraten?«

»Ja.«

»Sind Sie bereit, zu betrügen, zu fälschen, zu erpressen, Kindern verderbliche Gedanken einzupflanzen, abhängig machende Drogen unter das Volk zu bringen, Prostitution zu fördern, Geschlechtskrankheiten zu verbreiten – zu allem, was den Verfall der Sitten befördert und dazu angetan ist, die Macht der Partei zu schwächen?«

»Ja.«

»Wenn es, zum Beispiel, unseren Interessen nützen würde, einem Kind Schwefelsäure ins Gesicht zu schütten – sind Sie dazu bereit?«

»Ja.«

»Sind Sie bereit, Ihre Identität aufzugeben und den Rest Ihres Lebens als Kellner oder Hafenarbeiter zu verbringen?«

»Ja.«

»Sind Sie bereit, Selbstmord zu begehen, wenn und sobald wir Ihnen den Befehl dazu geben?«

»Ja.«

»Sind Sie beide bereit, sich zu trennen und einander niemals wiederzusehen?«

»Nein!«, fuhr Julia dazwischen.

Winston hatte das Gefühl, dass viel Zeit bis zu seiner Antwort verstrich. Einen Moment lang war ihm gar, als sei er seiner Stimme beraubt. Seine Zunge brachte keinen Laut hervor, formte die Silbe erst des einen Wortes, dann des anderen, wieder und wieder. Welches Wort er zur Antwort geben würde, wusste er erst in dem Moment, da er es aussprach. »Nein«, sagte er schließlich.

»Sie taten gut daran, mir das zu sagen«, erwiderte O'Brien. »Es ist unerlässlich für uns, alles zu wissen.«

Er wendete sich Julia zu und fügte mit etwas mehr Ausdruck in der Stimme hinzu:

»Ist Ihnen klar, dass er sein Leben möglicherweise als ein ganz anderer Mensch fortsetzen wird? Wir könnten gezwungen sein, ihm eine neue Identität zu geben. Sein Gesicht, seine Art, sich zu bewegen, die Form seiner Hände, die Farbe seines Haars – selbst seine Stimme wären dann anders. Und auch Sie selbst könnten ein anderer Mensch geworden sein. Unsere Chirurgen wissen Leute so zu verändern, dass man sie nicht wiedererkennt. Manchmal ist das erforderlich. Manchmal wird sogar ein Glied amputiert.«

Winston kam nicht umhin, erneut einen Seitenblick auf Martins mongolisches Gesicht zu werfen. Es waren keine Narben zu erkennen. Julia war etwas blasser geworden, sodass ihre Sommersprossen hervortraten, aber sie sah O'Brien mutig an. Sie murmelte etwas, das nach Zustimmung klang.

»Gut. Dann wäre das erledigt.«

Auf dem Tisch stand eine silberne Zigarettendose. Mit zerstreuter Miene schob O'Brien sie den anderen hin, nahm selbst eine Zigarette, stand auf und begann langsam hin und her zu gehen, als lasse sich im Stehen besser denken. Es waren sehr gute Zigaretten, dick und kompakt, mit ungewohnt seidigem Papier. O'Brien sah wieder auf seine Armbanduhr.

»Gehen Sie jetzt besser zurück an Ihre Arbeit, Martin«, sagte er. »In einer Viertelstunde schalte ich wieder ein. Schauen Sie sich die Gesichter dieser Genossen gut an, bevor Sie gehen. Sie werden sie wiedersehen. Ich vielleicht nicht.«

In genau der Weise wie zuvor an der Eingangstür strichen die dunklen Augen des Mannes über ihre Gesichter. Es lag nicht die Spur von Freundlichkeit darin. Er prägte sich ihr Aussehen ein, empfand aber keinerlei Interesse an ihnen oder gab sich den Anschein, keines zu empfinden. Winston kam der Gedanke, dass ein künstliches Gesicht seinen Ausdruck vielleicht nicht verändern konnte. Schweigend und grußlos ging Martin hinaus und schloss die Tür leise hinter sich. O'Brien wandelte auf und ab, eine Hand in der Tasche seines schwarzen Overalls, die Zigarette in der anderen.

»Ihnen ist bewusst«, sagte er, »dass Sie im Dunkeln kämpfen werden. Sie werden immer im Dunkeln sein. Sie werden Befehle erhalten und sie befolgen, ohne ihren Anlass zu kennen. Später werde ich Ihnen ein Buch schicken; es setzt Sie ins Bild über das wahre Wesen der Gesellschaft, in der wir leben, und über unsere Strategien zu ihrer Zerstörung. Wenn Sie das Buch gelesen haben, werden Sie vollgültige Mitglieder der Bruderschaft sein. Doch jenseits der allgemeinen Ziele, für die wir kämpfen, und der konkret anstehenden Aufgaben werden Sie niemals etwas wissen. Ich sage Ihnen, dass die Bruderschaft existiert, aber ich kann Ihnen nicht sagen, ob sie hundert Mitglieder hat oder zehn Millionen. Aus Ihrer persönlichen Kenntnis werden Sie nie sagen können, ob die Zahl ihrer Mitglieder auch nur über ein Dutzend hinausgeht. Sie werden drei oder vier Kontaktpersonen haben, die je nachdem, wie sie verschwinden, von Zeit zu Zeit ersetzt werden. Da dies hier Ihr erster Kontakt war, bleibt es dabei. Wenn Sie Befehle erhalten, kommen sie von mir. Wenn wir es für erforderlich halten, uns mit Ihnen in Verbindung zu setzen, wird dies durch Martin geschehen. Wenn man Sie eines Tages geschnappt hat, werden Sie gestehen. Das ist unvermeidlich. Doch Sie werden abseits Ihrer eigenen Handlungen sehr wenig zu gestehen haben. Es wird Ihnen nicht möglich sein, mehr als ein paar unwichtige Leute zu verraten. Vermutlich werden Sie nicht einmal mich verraten. Wenn es soweit ist, bin ich womöglich schon tot oder ein anderer Mensch mit einem anderen Gesicht.«

Er ging weiter auf dem weichen Teppich hin und her. Der Bulligkeit seines Körpers zum Trotz lag eine auffallende Anmut in seinen Bewegungen. Sie zeigte sich selbst darin, wie er die Hand in die Tasche schob oder eine Zigarette hielt. Er erweckte den Eindruck von Stärke, aber mehr noch den von Selbstvertrauen und leicht ironisch gefärbter Verstandeskraft. So ernst er auch wirken mochte, hatte er doch nichts von der Verbissenheit eines Fanatikers an sich. Wenn er vom Töten sprach, von Selbstmord, Geschlechtskrankheiten, amputierten Gliedern und umoperierten Gesichtern, schwang immer ein leicht spöttischer Unterton mit. »Dies ist unumgänglich«, schien seine Stimme zu sagen; »wir müssen all dies tun, unbeirrbar. Aber wenn das Leben einmal wieder lebenswert sein wird, fahren wir nicht weiter damit fort.« Eine Woge der Bewunderung, fast der Anbetung wallte in Winston für O'Brien auf. Für den Moment hatte er die nebulöse Gestalt Goldsteins vergessen. Wenn man O'Briens mächtige Schultern und seine derben, so hässlichen und doch kultivierten Gesichtszüge betrachtete, schien undenkbar, dass er sich bezwingen ließ. Es gab keine Kriegslist, der er nicht gewachsen war, keine Gefahr, die er nicht vorhersah. Selbst Julia schien beeindruckt. Sie hatte ihre Zigarette ausgehen lassen und hörte aufmerksam zu. O'Brien fuhr fort:

»Sie werden Gerüchte vom Existieren der Bruderschaft gehört haben. Gewiss haben Sie sich Ihr eigenes Bild von ihr gemacht. Sie haben sich vermutlich ein gewaltiges Schattenreich von Verschwörern vorgestellt, die sich heimlich in Kellern treffen, Botschaften an Wände schreiben, einander über Codewörter oder bestimmte Gesten erkennen. Es gibt nichts dergleichen. Die Mitglieder der Bruderschaft haben kein Mittel, einander zu erkennen, und es ist ausgeschlossen, dass ein Mitglied die Identität von mehr als ein paar anderen kennt. Selbst Goldstein könnte der Gedankenpolizei, wenn er ihr in die Hände fiele, keine vollständige Mitgliederliste geben oder sonst einen Hinweis, der sie auf die Spur zu einer vollständigen Liste bringt. Eine solche Liste gibt es nicht. Die Bruderschaft kann nicht ausgemerzt werden, denn sie ist keine Organisation im herkömmlichen Sinn. Sie hält nichts zusammen als eine Idee, und die ist unzerstörbar. Es wird Sie nie etwas anderes stützen als diese Idee. Sie werden keine Kameradschaft erfahren und keinen Zuspruch. Wenn Sie am Ende geschnappt werden, wird es keine Hilfe geben. Wir helfen unseren Mitgliedern nie. Allenfalls, wenn es ganz unabdingbar ist, dass jemand zum Schweigen gebracht wird, können wir ab und zu eine Rasierklinge in eine Gefängniszelle einschleusen. Sie werden sich daran gewöhnen, ohne Erfolge und ohne Hoffnung zu leben. Sie werden eine Weile aktiv sein, man wird Sie schnappen, Sie werden gestehen, und dann werden Sie sterben. Dies sind die einzigen je für Sie greifbaren Folgen. Es besteht keine Aussicht, dass sich zu unseren Lebzeiten etwas spürbar ändert. Wir sind die Toten. Unser einziges wahres Leben liegt in der Zukunft. Wir werden daran teilhaben als ein Häufchen Staub und Knochensplitter. Doch wie weit es noch hin ist bis zu dieser Zukunft, kann niemand wissen. Es kann in tausend Jahren sein. Aktuell ist nichts anderes möglich, als das Feld der Vernunft Schritt für Schritt zu erweitern. Wir können nicht gemeinschaftlich handeln. Wir können nur unser Wissen weitergeben, von Mensch zu Mensch und von Generation zu Generation. Angesichts der Gedankenpolizei gibt es keinen anderen Weg.«

Er hielt inne und sah zum dritten Mal auf seine Armbanduhr.

»Sie müssen gleich los, Genossin«, sagte er zu Julia. »Moment, die Karaffe ist ja noch halbvoll.«

Er füllte die Gläser und hob seines, das er am Stiel ergriffen hatte.

»Worauf diesmal?«, fragte er, wieder mit leicht ironischem Einschlag. »Auf den Untergang der Gedankenpolizei? Auf den Tod des Großen Bruders? Auf die Menschheit? Die Zukunft?«

»Auf die Vergangenheit«, sagte Winston.

»Die Vergangenheit ist wichtiger«, stimmte O'Brien ernst zu.

Sie leerten ihre Gläser, kurz darauf erhob sich Julia zum Gehen. O'Brien nahm eine kleine Schachtel von einem Schränkchen und reichte ihr eine flache weiße Tablette, die sie sich auf die Zunge legen sollte. Man dürfe nicht nach Wein riechen, wenn man hinausging, sagte er, den Fahrstuhlführern würde das sofort auffallen. Kaum hatte sich die Tür hinter ihr geschlossen, schien er schon vergessen zu haben, dass es sie gab. Er schritt noch ein, zwei Mal auf und ab, dann blieb er stehen.

»Es gibt noch Details zu klären«, sagte er. »Ich nehme an, dass Sie irgendein Versteck haben?«

Winston berichtete von dem Zimmer über Mr Charringtons Laden.

»Für den Moment ist das in Ordnung. Später beschaffen wir Ihnen etwas anderes. Es ist wichtig, dass man sein Versteck häufig wechselt. Ich schicke Ihnen jetzt erst einmal *das Buch*« – Winston fiel auf, dass selbst O'Brien diese Wörter aussprach, als wären sie durch Kursivschrift hervorgehoben – »Goldsteins Buch, nicht wahr, sobald wie möglich. Es kann ein paar Tage dauern, bis ich eins aufgetrieben habe. Es gibt nicht viele Exemplare, wie Ihnen sicher einleuchtet. Die Gedankenpolizei macht Jagd auf sie und vernichtet sie fast so rasch, wie wir sie produzieren können. Das hat aber kaum Auswirkungen. Das Buch ist unzerstörbar. Selbst wenn das letzte Exemplar beseitigt wäre, könnten wir es fast Wort für Wort wiederherstellen. Gehen Sie mit Aktentasche zur Arbeit?«, fügte er hinzu.

»In der Regel ja.«

»Wie sieht sie aus?«

»Schwarz, sehr abgewetzt. Mit zwei Riemen.«

»Schwarz, zwei Riemen, sehr abgewetzt – gut. Irgendwann in der nächsten Zeit – ich kann kein Datum nennen – wird eine Meldung zu Ihren Aufträgen für den Vormittag ein falschgedrucktes Wort enthalten, und Sie werden um Richtigstellung bitten. Am nächsten Tag erscheinen Sie ohne Ihre Aktentasche zur Arbeit. Im Verlauf des Tages wird auf der Straße ein Mann Ihren Arm berühren und sagen: ›Sie haben da wohl Ihre Tasche fallen lassen‹. Und dann reicht er Ihnen eine Tasche, die ein Exemplar von Goldsteins Buch enthält. Innerhalb von vierzehn Tagen geben Sie es zurück.«

Sie schwiegen einen Augenblick.

»Noch ein paar Minuten, dann müssen Sie gehen«, sagte O'Brien. »Wir sehen uns wieder – falls wir uns wiedersehen ...«

Winston blickte zu ihm hoch. »An dem Ort, wo keine Dunkelheit herrscht?«, sagte er zögerlich.

O'Brien nickte, ohne sich verwundert zu zeigen. »An dem

Ort, wo keine Dunkelheit herrscht«, sagte er, als habe er die Anspielung verstanden. »Und möchten Sie einstweilen noch etwas loswerden, bevor Sie gehen? Eine Botschaft? Eine Frage?«

Winston überlegte. Es gab offenbar keine Frage mehr, die er hätte stellen wollen; erst recht verspürte er keinen Drang, erbauliche Binsenweisheiten von sich zu geben. Ihm ging nichts durch den Kopf, das direkt mit O'Brien oder der Bruderschaft zu tun hatte, dafür eine Art Mischbild aus dem dunklen Schlafzimmer, in dem seine Mutter ihre letzten Tage verbracht hatte, dem kleinen Zimmer über Mr Charringtons Laden, dem gläsernen Briefbeschwerer und dem Stahlstich in seinem Palisanderrahmen. Wie ins Blaue hinein sagte er:

»Ist Ihnen zufällig ein alter Reim zu Ohren gekommen, der so anfängt: ›Oranges and lemons, say the bells of St Clement's‹?«

Wieder nickte O'Brien. Mit feierlichem Wohlwollen brachte er die Strophe zu Ende:

»Oranges and lemons«, say the bells of St Clement's,
»You owe me three farthings«, say the bells of St Martin's,
»When will you pay me?« say the bells of Old Bailey,
»When I grow rich«, say the bells of Shoreditch.

»Sie kennen den letzten Vers!«, sagte Winston.

»Ja, ich kenne den letzten Vers. Und jetzt ist es leider Zeit für Sie zu gehen. Aber Moment, ich gebe Ihnen lieber auch eine dieser Tabletten.«

Als Winston sich erhob, reichte ihm O'Brien die Hand. Sein Griff war so fest, dass er Winston die Knochen quetschte. An der Tür blickte sich Winston noch einmal um, doch O'Brien schien bereits dabei, ihn aus seinem Gedächtnis zu streichen.

Er wartete mit seiner Hand am Schalter des Monitors. Hinter ihm sah Winston den Schreibtisch mit der grünen Lampe, dem Sprechschreiber und den mit Dokumenten vollgestapelten Drahtkörben. Die Störung war vorbei. Keine dreißig Sekunden, dachte er, dann wäre O'Brien wieder zurück an seiner unterbrochenen und so wichtigen Arbeit im Auftrag der Partei.

IX

Winston war glibberig vor Müdigkeit. Glibberig, das war das richtige Wort. Es war ihm ganz von selbst in den Sinn gekommen. Sein Körper schien nicht nur die Konsistenz von Gelee zu haben, sondern auch so durchscheinend zu sein. Hielte er seine Hand hoch, so war ihm, würde er das Licht durchscheinen sehen können. Durch den Arbeitsexzess war alles Blut aus ihm gepresst worden, geblieben war ein schwaches Gebilde aus Nerven, Haut und Knochen. Alle Sinneseindrücke wirkten verstärkt. Sein Overall scheuerte auf den Schultern, der Straßenbelag drückte sich durch seine Sohlen, sogar das Öffnen und Schließen einer Hand stellte einen Kraftakt dar, bei dem die Gelenke knackten.

In den letzten fünf Tagen hatte er mehr als neunzig Stunden gearbeitet. Wie alle anderen im Ministerium auch. Jetzt war das überstanden, und er hatte bis zum nächsten Morgen buchstäblich nichts mehr zu tun, nicht den kleinsten Dienst für die Partei. Er konnte sechs Stunden in seinem Schlupfwinkel verbringen und noch einmal neun in seinem Bett. Im sanften Schein der nachmittäglichen Sonne ging er langsam eine schmutzige Straße entlang in Richtung von Mr Charringtons Laden; er hatte ein wachsames Auge für mögliche Streifen, glaubte sich an diesem Nachmittag jedoch auf irrationale Weise sicher vor der Gefahr, dass ihm jemand in die Quere kam. Die schwere Aktentasche in seiner Hand stieß ihn bei jedem Schritt ans Knie, wovon ihm ein kribbelnder Schauer über das Bein fuhr. In ihr befand sich *das Buch*, das jetzt seit sechs Tagen in seinem Besitz war und das er noch nicht aufgeschlagen oder auch nur angesehen hatte.

Am sechsten Tag der Hasswoche, nach den Umzügen, den Reden, dem Jubeln und Singen, den Transparenten und Plakaten, den Filmen, den Wachsfiguren, nach Trommelschlagen und Trompetenschall, dem Stapfen marschierender Füße, dem Mahlen der Panzerketten, dem Dröhnen von Fliegerstaffeln, dem Donnern von Gewehren – nach sechs damit angefüllten Tagen, als die große Erregung an ihrem Höhepunkt angelangt war und sich der allseitige Hass auf Eurasien in einen solchen Wahn hineingesteigert hatte, dass die Menge die zweitausend eurasischen Kriegsverbrecher, die am letzten Tag der Feierlichkeiten hingerichtet werden sollten, zweifellos in Stücke gerissen hätte, wäre sie ihrer habhaft geworden – in eben diesem Moment war bekanntgegeben worden, dass sich Ozeanien keineswegs im Krieg mit Eurasien befinde. Ozeanien führe Krieg gegen Ostasien. Eurasien war ein Verbündeter.

Natürlich wurde nicht eingeräumt, dass sich etwas verändert hatte. Man ließ nur ganz plötzlich und überall gleichzeitig verlautbaren, dass Ostasien der Feind war und nicht Eurasien. Als dies geschah, befand sich Winston gerade bei einer Kundgebung auf einem der zentralen Plätze Londons. Es war Abend, grelles Flutlicht beschien die weißen Gesichter und roten Transparente. Auf dem Platz drängten sich mehrere tausend Menschen, unter ihnen ein Block von rund eintausend Schulkindern in der Uniform der Kundschafter. Von einem rotdrapierten Podium herab drosch ein Redner der Inneren Partei, ein kleiner, dünner Mann mit überproportional langen Armen und großem, bis auf die wenigen darübergelegten Haarsträhnen kahlem Schädel auf die Menge ein. Die von Hass verzerrte Rumpelstilzchen-Gestalt hielt mit der einen Hand das Mikrofon, während die andere, ein Riesending am Ende eines knochendürren Arms, bedrohlich die Luft über ihrem Kopf durchschnitt. Mit metallisch dröhnender Stimme aus den Lautsprechern präsentierte der Redner eine endlose Liste an Gewalttaten, Massakern, Deportationen, Plünderungen, Vergewaltigungen, Folterungen Gefangener, Bombardierungen von Zivilisten, Lügenpropaganda, unrechtmäßigen Angriffen, gebrochenen Verträgen. So wie er sprach, musste man fast zwangsläufig erst überzeugt und dann rasend empört sein. Immer wieder kochte der Zorn der Menge hoch, dann versank die Stimme des Redners in einem wilden, tierischen Gebrüll, das sich ungestüm aus Tausenden Kehlen erhob. Das heftigste Geschrei kam von den Schulkindern. Die Rede war seit etwa zwanzig Minuten im Gang, als ein Bote zum Podium eilte und der Redner einen Zettel ausgehändigt bekam. Er entfaltete und las ihn, ohne seine Rede zu unterbrechen. Nichts änderte sich an seiner Art oder Stimme oder am Inhalt dessen, was er sagte, aber mit einem Mal lauteten die Namen anders. Ohne dass etwas gesprochen wurde, ging eine Welle des Begreifens durch die Menge. Ozeanien befand sich im Krieg mit Ostasien! Im nächsten Moment kam große Unruhe auf. Die Transparente und Plakate, die den Platz zierten, waren allesamt falsch! Sicher die Hälfte von ihnen zeigten falsche Gesichter. Sabotage! Goldsteins Agenten waren am Werk gewesen! In einem tumultuarischen Intermezzo wurden Plakate von den Wänden gerissen, Transparente zerfetzt und zertrampelt. Die Kundschafter taten sich besonders hervor, indem sie auf Dächer kletterten und die von den Schornsteinen flatternden Wimpelreihen abschnitten. Doch zwei, drei Minuten später war schon alles wieder vorbei. Der Redner hatte – das Mikrofon umfasst, die Schultern vorgebeugt, mit der freien Hand die Luft durchschneidend – einfach weitergesprochen. Und noch eine Minute darauf brach das wilde Wutgeschrei erneut aus der Menge hervor. Die Hasskundgebung ging genauso weiter wie zuvor, nur dass sich das Zielobjekt geändert hatte.

Hinterher zeigte sich Winston beeindruckt davon, dass der Redner mitten im Satz nicht nur ohne innezuhalten, sondern auch ganz ohne Auswirkungen auf den Satzbau umgeschwenkt war. Doch in der aktuellen Situation hatten ihn andere Dinge beschäftigt. Mitten im Chaos, während die Plakate heruntergerissen wurden, hatte ihm ein Mann mit nicht zu erkennendem Gesicht auf die Schulter geklopft und gesagt: »Entschuldigung, Sie haben da wohl Ihre Tasche fallen lassen.« Abwesend und ohne etwas zu erwidern griff er nach der Aktentasche. Er wusste, es würde Tage dauern, bis sich ihm die Gelegenheit bot, hineinzuschauen. Gleich nach dem Ende der Kundgebung ging er direkt in das Ministerium für Wahrheit, obwohl es schon fast 23.00 Uhr war. Die gesamte Belegschaft des Ministeriums hatte dasselbe getan. Es bedurfte kaum der Aufforderung zur Rückkehr an den Arbeitsplatz, die aus den Monitoren drang.

Ozeanien befand sich im Krieg mit Ostasien: Ozeanien hatte sich schon immer im Krieg mit Ostasien befunden. Die in den letzten fünf Jahren entstandenen Schriften zur Politik waren somit größtenteils komplett überholt. Berichte und Protokolle jeglicher Art, Zeitungen, Bücher, Broschüren, Filme, Tonaufnahmen, Fotografien – alles musste in Windeseile berichtigt werden. Zwar ergingen niemals entsprechende Direktiven, doch man wusste, dass es nach dem Willen der Abteilungsleiter binnen einer Woche nirgendwo mehr den leisesten Hinweis auf den Krieg mit Eurasien oder das Bündnis mit Ostasien geben sollte. Das war gigantisch viel Arbeit, zumal die damit einhergehenden Abläufe nicht bei ihrem wahren Namen genannt werden durften. Von den vierundzwanzig Stunden des Tages verbrachten alle in der Archiv-Abteilung achtzehn mit Arbeiten, dazwischen durfte man sich zwei Mal für drei Stunden hinlegen. Schlafmatten wurden aus den Kellern geholt und überall in den Gängen ausgebreitet; die Mahlzeiten bestanden aus belegten Broten und Victory-Kaffee, die Angestellte aus der Kantine auf Rollwagen verteilten. Bevor Winston eine Schlafpause einlegte, arbeitete er jedes Mal alle Aufträge auf seinem Tisch ab, und wenn er dann mit verquollenen Augen und schmerzendem Rücken zurückschlurfte, war der Tisch jedes Mal wie nach einem Schneetreiben von Papierrollen bedeckt, die den Sprechschreiber halb unter sich begruben und schon den Boden überfluteten, sodass seine erste Aufgabe darin bestand, sie in eine Ordnung zu bringen, damit er wieder Platz zum Arbeiten hatte. Am Schlimmsten von allem war, dass sich die Arbeit nicht rein mechanisch erledigen ließ. Oft musste einfach nur ein Name durch einen anderen ersetzt werden, aber jeder ausführliche Tatsachenbericht erforderte Sorgfalt und Einfallsreichtum. Beim Verlegen des Kriegs aus einem Teil der Welt in einen anderen brauchte man auch gründliche Kenntnisse in Geografie.

Am dritten Tag taten ihm seine Augen unerträglich weh, er musste alle paar Minuten seine Brille abwischen. Es war, als stellte man sich einer alle Kräfte aufzehrenden Aufgabe, die man krankhaft ängstlich zu vollbringen bemüht war, obwohl man das Recht gehabt hätte, sie abzulehnen. Sofern er überhaupt

Zeit fand, darüber nachzudenken, belastete es ihn nicht weiter, dass jedes in den Sprechschreiber gemurmelte Wort, jeder Strich seiner Füllfeder eine vorsätzliche Lüge war. Wie alle in der Abteilung war er darauf bedacht, die Fälschung einwandfrei umzusetzen. Am Morgen des sechsten Tages ließ das Einprasseln der Papierrollen nach. Eine halbe Stunde lang kam sogar gar nichts mehr aus der Rohrpost; dann noch ein Auftrag, dann war Schluss. Die Lage entspannte sich überall etwa gleichzeitig. Ein tiefer und, wie die Dinge lagen, heimlicher Seufzer ging durch die Abteilung. Eine Großtat, die niemals Erwähnung finden durfte, war vollbracht. Es war jetzt niemandem mehr möglich, anhand von Dokumenten zu belegen, dass der Krieg mit Eurasien je stattgefunden hatte. Um Punkt 12.00 Uhr wurde unerwartet bekanntgegeben, alle Mitarbeiter des Ministeriums bekämen bis zum nächsten Morgen frei. Winston, der noch immer die Aktentasche mit *dem Buch* hatte, die sich beim Arbeiten zwischen seinen Beinen befand und beim Schlafen unter seinem Körper, ging nach Hause, rasierte sich und schlief in seiner Badewanne fast ein, obwohl das Wasser kaum mehr als lauwarm war.

Mit begehrlich knackenden Gelenken stieg er die Treppe zum Zimmer über Mr Charringtons Laden hoch. Er war müde, aber nicht mehr schläfrig. Er öffnete das Fenster, entzündete den verschmutzten kleinen Ölbrenner und setzte einen Topf Wasser für Kaffee auf. Julia würde bald eintreffen, bis dahin gab es *das Buch.* Er setzte sich in den zerschlissenen Sessel und löste die Riemen der Tasche.

Ein schwerer, schwarzer Band, unfachmännisch eingebunden, ohne Name oder Titel auf dem Deckel. Auch das Druckbild wirkte leicht ungleichmäßig. Die Seiten waren außen abgegriffen und fielen leicht auseinander; das Buch musste bereits durch viele Hände gegangen sein.

Auf der Titelseite stand:

Emmanuel Goldstein
THEORIE UND PRAXIS DES
OLIGARCHISCHEN KOLLEKTIVISMUS

Winston begann zu lesen:

Kapitel eins
UNKENNTNIS IST STÄRKE

Seit Beginn der geschichtlichen Überlieferung und vermutlich seit dem Ende der Jungsteinzeit gab es drei Menschenklassen auf der Welt: die Ober-, die Mittel- und die Unterschicht. Sie waren vielfältig untergliedert, wurden ganz verschieden bezeichnet, und sowohl ihre relative Zahl wie auch ihre Stellung zueinander veränderte sich von Epoche zu Epoche. Doch an ihrer Struktur hat sich im Kern nie etwas geändert. Selbst nach schweren Umwälzungen und scheinbar unumkehrbaren Entwicklungen hat sich immer wieder das gleiche Muster durchgesetzt, ganz so wie sich ein drehendes Gyroskop stets wieder ausrichtet, gleich in welcher Weise auf es eingewirkt worden sein mochte.

Die Zielsetzungen dieser drei Gruppen sind völlig unvereinbar miteinander …

Winston unterbrach die Lektüre, in erster Linie um sich der Tatsache zu erfreuen, dass er las, bequem und geborgen. Er war allein: kein Monitor, kein Ohr am Schlüsselloch, kein nervöser Drang, hinter sich zu blicken oder die Seite mit der Hand zu beschirmen. Die linde Sommerluft umspielte seine Wange. Von irgendwo entfernt drangen Rufe von Kindern herüber; im Zimmer selbst gab es bis auf das Zirpen der Uhr kein Geräusch. Er schmiegte sich tiefer in den Sessel und legte die Füße aufs Kamingitter. Es war Glückseligkeit, die Zeit war aufgehoben. Wie man es manchmal tut, wenn klar ist, dass man ohnehin jedes Wort lesen und wieder lesen wird, schlug er das Buch mit einem Mal an einer anderen Stelle auf und hatte das dritte Kapitel vor sich. Er fuhr fort zu lesen:

Kapitel drei
KRIEG IST FRIEDEN

Die Aufteilung der Welt in drei große Superstaaten war ein Ereignis, das bereits vor der Mitte des 20. Jahrhunderts vorauszusehen war und auch vorausgesehen wurde. Mit der Einverleibung Europas durch Russland und des Britischen Empires durch die USA waren zwei der drei Mächte von heute, Eurasien und Ozeanien, bereits Wirklichkeit geworden. Die dritte Macht, Ostasien, konstituierte sich erst nach einem weiteren Jahrzehnt verworrener Kämpfe als selbstständige Einheit. Der Grenzverlauf zwischen den drei Superstaaten ist an manchen Stellen willkürlich, an anderen verändert er sich je nach Kriegsglück, im Wesentlichen folgt er jedoch geografischen Gegebenheiten. Eurasien umfasst den gesamten Teil der Landmasse

Europas und Asiens von Portugal bis zur Beringstraße. Ozeanien umfasst Nord- und Südamerika, die Inseln im Atlantik einschließlich der Britischen Inseln, Australien und den südlichen Teil Afrikas. Ostasien, das kleiner ist als die anderen Staaten und keine ganz klar definierte Westgrenze hat, umfasst China und die Länder südlich davon, die Japanischen Inseln sowie große, doch variable Teile der Mandschurei, der Mongolei und Tibets.

In der einen oder anderen Konstellation befinden sich diese drei Superstaaten ständig im Krieg, und das seit 25 Jahren. Wobei Krieg nicht länger der erbarmungslose Vernichtungskampf ist wie in den ersten Jahrzehnten des 20. Jahrhunderts. Er besteht aus gezielten Attacken unter Gegnern, die einander nicht zu vernichten imstande sind, keine sachlichen Gründe für ihren Kampf haben und sich in ihrer Ideologie nicht nennenswert unterscheiden. Damit ist keineswegs gesagt, dass die Kriegführung oder die vorherrschende Haltung ihr gegenüber heute weniger blutrünstig oder edler gesinnt wäre. Ganz im Gegenteil herrscht in allen Ländern eine unausgesetzte Kriegshysterie, und Dinge wie Vergewaltigungen, Plünderungen, das Hinmetzeln von Kindern, das Verschleppen ganzer Bevölkerungsteile in die Sklaverei sowie Vergeltungsakte gegen Gefangene, die man gar bei lebendigem Leib siedet oder vergräbt, gelten als ganz normal und – so sie nicht der Feind begeht, sondern man selbst – verdienstvoll. Und doch sind nur sehr wenige Menschen am Krieg aktiv beteiligt, überwiegend hochgeschulte Spezialisten, und die Verluste sind vergleichsweise gering. Wenn es zu Kampfhandlungen kommt, finden sie an den entfernten Grenzen statt, über deren Lage Normalsterbliche nur mutmaßen können, oder rund um die Schwimmenden Festungen zum Schutz strategisch wichtiger Punkte an den Seestraßen. In den stark besiedelten

Regionen bedeutet Krieg kaum mehr, als dass ein ständiger Mangel an Konsumgütern herrscht und gelegentlich eine Raketenbombe einschlägt, mit etlichen Todesopfern im Gefolge. Der Krieg hat sein Wesen geändert. Oder richtiger: Geändert hat sich die Haltung dazu, aus welchen Gründen man Krieg für das Mittel der Wahl hält. Beweggründe, die in den großen Kriegen des frühen 20. Jahrhunderts nur eine geringfügige Rolle spielten, sind inzwischen dominierend geworden; sie werden bewusst anerkannt und gelten als handlungsleitend.

Will man das Wesen des gegenwärtigen Krieges verstehen – denn obwohl er alle paar Jahre neu ausgerichtet wird, ist es immer derselbe Krieg –, muss man sich zunächst vor Augen führen, dass er unmöglich entschieden werden kann. Keiner der drei Superstaaten ließe sich final besiegen, selbst nicht durch die beiden anderen gemeinsam. Dafür sind ihre Kräfteverhältnisse zu ausgeglichen und ihre natürlichen Verteidigungsmittel zu groß. Eurasien ist durch seine gewaltige Landmasse geschützt, Ozeanien durch die Weiten von Atlantik und Pazifik, Ostasien durch die Fruchtbarkeit und den Fleiß seiner Bewohner. Zweitens gibt es in materieller Hinsicht nichts mehr, um das man Krieg führen müsste. Durch die Schaffung autarker Wirtschaftsräume, in denen Produktion und Konsum aufeinander abgestimmt sind, ist der Kampf um Absatzmärkte, eine Hauptursache für frühere Kriege, an ein Ende gelangt, und auch die Versorgung mit Rohstoffen ist keine Frage von Leben oder Tod mehr. Jedenfalls ist jeder der drei Superstaaten so enorm groß, dass er nahezu alle erforderlichen Bedarfsstoffe innerhalb der eigenen Grenzen gewinnen kann. Einen unmittelbaren wirtschaftlichen Zweck hat der Krieg insoweit, als er ein Krieg um Arbeitskräfte ist. Zwischen den Grenzen der Superstaaten liegt ein annähernd viereckiges Gebiet, das keiner dieser Staaten dauerhaft beherrscht und dessen Eckpunkte Tanger, Brazzaville, Darwin und Hongkong bilden; rund ein Fünftel der Weltbevölkerung lebt dort. Dem Besitz dieser dichtbesiedelten Region (sowie der Arktis) gilt der unausgesetzte Kampf der drei Mächte. In der Praxis beherrscht keine Macht je das gesamte strittige Gebiet. Fortwährend gehen Teile davon in andere Hände über; und aus der Gelegenheit, durch heimtückische Überraschungsschläge dieses oder jenes Teilstück an sich zu reißen, ergeben sich die endlosen Verschiebungen im Grenzverlauf.

Alle strittigen Territorien verfügen über wertvolle Bodenschätze, und manche erzeugen wichtige pflanzliche Produkte wie Gummi, der in kühleren Regionen durch vergleichsweise teure Verfahren künstlich hergestellt werden muss. Insbesondere aber verfügen sie über ein unerschöpfliches Heer an billigen Arbeitskräften. Die Macht, die über den afrikanischen Äquatorraum oder die Länder im Nahen Osten herrscht, über das südliche Indien oder den Archipel Indonesiens, hat auch Hunderte Millionen schwer arbeitender und schlecht bezahlter Tagelöhner zu ihrer Verfügung. Die mehr oder weniger offen zu Sklaven herabgewürdigten Bewohner dieser Regionen unterstehen immer wieder neuen Herren und werden gleichsam wie Kohle oder Öl verheizt zu dem Zweck, dass weiter aufgerüstet wird, damit mehr Terrain erobert wird, damit mehr Arbeitskraft zur Verfügung steht, damit weiter aufgerüstet wird, damit mehr Terrain erobert wird und so weiter bis in alle Ewigkeit. Dabei ist zu beachten, dass die Kampfhandlungen nie wirklich über die Ränder der entsprechenden Gebiete hinausgehen. Die Grenzen Eurasiens verlaufen schwankend zwischen dem Kongobecken und der Nordküste des Mittelmeers; die Inseln im Indischen

Ozean und im Pazifik gehen ständig zwischen Ozeanien und Ostasien hin und her; in der Mongolei ist die Grenze zwischen Eurasien und Ostasien niemals stabil; rund um den Nordpol beanspruchen alle drei Mächte riesige Territorien für sich, dabei sind diese weitgehend unbewohnt und unerforscht. Doch das Gleichgewicht der Kräfte ist immer weitgehend konstant, und das Kernland eines jeden Superstaates bleibt immer unbehelligt. Dabei wird die Arbeitskraft der ausgebeuteten Völker rund um den Äquator für die Weltwirtschaft nicht wirklich gebraucht. Sie tragen nichts bei zum Wohlstand auf der Welt, da ihre gesamte Produktion allein Kriegszwecken dient, und ein Krieg wird immer mit dem Ziel geführt, in eine bessere Ausgangslage zum Führen eines neuen Krieges zu kommen. Durch ihre Arbeit ermöglichen die Sklavenvölker, dass sich die Spirale des Krieges immer schneller dreht. Würde es sie nicht geben, hätte das keine wesentlichen Folgen für die Gliederung der Weltordnung und ihre Prozesse der Selbsterhaltung.

Das Hauptziel der modernen Kriegführung (ein Ziel, das die führenden Köpfe der Inneren Partei im Einklang mit den Grundsätzen von *Doppeldenk* gleichzeitig zugeben und nicht zugeben) besteht darin, maschinell erzeugte Produkte aufzubrauchen, ohne den allgemeinen Lebensstandard zu heben. Seit dem Ende des 19. Jahrhunderts stand in den Industriegesellschaften das Problem im Raum, was mit dem Überschuss an Verbrauchsgütern geschehen solle. Derzeit, da nur wenige Menschen überhaupt genug zu essen haben, ist dieses Problem offenkundig nicht virulent und wäre es womöglich auch nicht geworden, wenn auf den Einsatz künstlicher Vernichtungsprozesse verzichtet worden wäre. Die Welt von heute ist ein karger, hungerleidender, verwahrloster Ort im Vergleich zu der Welt, wie sie vor 1914 war, und erst recht im Vergleich zu der imaginären Zukunft, der die Menschen dieser Epoche entgegensahen. Zu Beginn des 20. Jahrhunderts gehörte die Idee einer künftig ungemein wohlhabenden, freien, geordneten und leistungsfähigen Gesellschaft – einer sterilen Glitzerwelt aus Glas, Stahl und schneeweißem Beton – zur Denkungsart nahezu jedes gebildeten Menschen. Wissenschaft und Technik entwickelten sich wundersam rasch, und man durfte annehmen, dass diese Entwicklung weiter anhielt. Dazu kam es jedoch nicht, teils infolge der durch eine lange Abfolge von Kriegen und Revolutionen verursachten Verarmung, teils weil wissenschaftlicher und technischer Fortschritt von einem empirisch grundierten Denken abhingen, das in einer streng reglementierten Gesellschaftsordnung nicht überdauern konnte. In ihrer Gesamtheit ist die Welt heute rückständiger, als sie es vor fünfzig Jahren war. Manche schwach entwickelten Gebiete machten Fortschritte, und es wurden – stets im Kontext militärischer und überwachungsstaatlicher Nutzung – diverse Apparaturen entwickelt, doch das Experimentieren und Erfinden ist weithin zum Erliegen gekommen, und die Verheerungen durch den Atomkrieg in den 1950er-Jahren wurden nie ganz behoben. Gleichwohl sind die mit der Maschine verbundenen Gefahren noch immer präsent. Von dem Moment an, da die Maschine erstmals auf der Bildfläche erschien, war allen denkenden Leuten klar, dass die Menschen sich nicht länger abschuften mussten und damit zugleich ein wesentlicher Grund für ihre Ungleichheit entfiel. Wenn man die Maschine wohlüberlegt für diese Ziele einsetzte, konnten sich Hunger, Ausbeutung, Verschmutzung, Bildungsmangel und Krankheit innerhalb weniger Generationen aus der Welt schaffen lassen. Und ohne einem dieser Ziele wirklich zu dienen, durch eine Art automatischen Prozess – indem sie einen Überfluss hervorbrachte, den zu verteilen sich manchmal nicht vermeiden ließ – hob die Maschine rund fünfzig Jahre hindurch am Übergang vom 19. zum 20. Jahrhundert den Lebensstandard der Durchschnittsmenschen in der Tat ganz erheblich.

Klar war jedoch auch, dass allseits wachsender Wohlstand den Fortbestand einer hierarchischen Gesellschaftsordnung bedrohte, ja sie im Grunde zerstörte. In einer Welt, in der jeder nur wenige Stunden zu arbeiten brauchte, genug zu essen hatte, in einem Haus mit Bad und Kühlschrank lebte und ein Auto besaß oder sogar ein Flugzeug, wäre die augenfälligste und vielleicht wichtigste Ausprägung von Ungleichheit bereits verschwunden. Wenn künftig alle im Wohlstand lebten, wäre er kein Merkmal der Unterscheidung mehr. Man konnte sich zweifellos eine Gesellschaft denken, in der *Wohlstand* im Sinne von persönlichem Besitz und Überfluss gleichmäßig verteilt war, während die *Macht* in den Händen einer kleinen privilegierten Kaste blieb. In der Praxis jedoch würde eine solche Gesellschaftsordnung nicht lange Bestand haben. Denn sobald alle in gleicher Weise ihre Freizeit und Sicherheit genossen, würde die große Masse der Menschen, die gemeinhin armutsbedingt in Dummheit verharrte, sich bilden und selbst zu denken lernen; und hatten sie dies erst einmal getan, würden sie früher oder später erkennen, dass die privilegierte Minderheit keine Funktion hatte, und sie daraufhin fortjagen. Auf lange Sicht war eine hierarchische Gesellschaft nur auf der Grundlage von Armut und Unwissenheit möglich. Eine Rückkehr zur bäuerlichen Gesellschaft von früher, von der manche Denker zu Beginn des 20. Jahrhunderts träumten, war keine praktikable Lösung. Sie stand im Widerspruch zum Trend immer weiter zunehmender Automatisierung, der gleichsam wie ein Naturtrieb fast den gesamten Erdball erfasst hatte, zudem war jedes industriell hinterherhinkende Land in militärischer Hinsicht schutzlos und dazu verdammt, direkt oder indirekt von seinen höher entwickelten Rivalen beherrscht zu werden.

Es war auch keine befriedigende Lösung, die Massen durch eine Begrenzung der Warenproduktion in Armut zu halten. Dies geschah in umfassender Weise während der letzten Phase des Kapitalismus, etwa zwischen 1920 und 1940. In vielen Ländern ließ man die Wirtschaft stillstehen, Ackerflächen fielen brach, Produktionsmittel wurden nicht erneuert, weite Teile der Bevölkerung wurden vom Arbeitsmarkt abgeschnitten und durch die staatliche Wohlfahrt mehr schlecht als recht am Leben erhalten. Aber auch dies ging mit militärischer Schwäche einher, und weil die damit verbundenen Entbehrungen offenkundig unnötig war, erhob sich unweigerlich Widerstand. Die Frage war, wie man die Räder der Industrie am Laufen hielt, ohne den Wohlstand der Welt tatsächlich zu mehren. Waren mussten produziert werden, aber sie durften bei niemandem ankommen. In der Praxis ließ sich dies allein durch unaufhörliches Kriegführen erreichen.

Die Hauptwirkung des Krieges ist Zerstörung, nicht zwangsläufig von Menschenleben, sondern von Erzeugnissen menschlicher Arbeit. Krieg ist ein Mittel, um zu zertrümmern, in die Luft zu jagen oder im Meer zu versenken, was dazu hätte dienen können, es den Massen allzu behaglich zu machen und sie damit auf lange Sicht zu vernunftbegabt. Selbst wenn das Kriegsgerät nicht konkret zerstört wird, ist seine Fabrikation eine praktische Methode, Arbeitskraft zu verbrauchen, ohne dass durch sie ein Konsumprodukt entsteht. In einer Schwimmenden Festung zum Beispiel steckt ein Arbeitsaufwand, mit dem man auch mehrere hundert Frachtschiffe bauen könnte. Sie wird letztlich, weil überholt, abgewrackt, ohne je irgendwem irgendwie von Nutzen gewesen zu sein, und dann wird wiederum mit enormem Kraftaufwand eine neue Schwimmende Festung gebaut. Im Grundsatz werden die Kriegsaktivitäten stets so geplant, dass sie jeden Überschuss aufzehren, der nach der elementarsten Grundversorgung der Bevölkerung noch vorhanden sein könnte. In der Praxis wird die Grundversorgung der Bevölkerung stets zu gering kalkuliert, mit der Folge chronischen Mangels an der Hälfte aller Güter des täglichen Bedarfs; das wird jedoch als Vorzug angesehen. Es ist bewusste Politik, selbst die begünstigten Gruppen nahe am Rand der Not zu halten, denn ein allgemeiner Mangelzustand macht die Bedeutung kleiner Privilegien kenntlich und vergrößert auf diese Weise den Unterschied zwischen einer Gruppe und einer anderen. Gemessen am Niveau zu Beginn des 20. Jahrhunderts führt auch ein Mitglied der Inneren Partei ein karges, anstrengendes Leben. Und doch sorgen die paar Bequemlichkeiten, deren es sich erfreut – die große, gut ausgestattete Wohnung, der bessere Stoff seiner Kleidung, die höhere Qualität seiner Nahrung, Getränke und Rauchwaren, die zwei, drei Diener, der eigene Wagen oder Helikopter –, dafür, dass seine Welt sich von der eines Mitglieds der Äußeren Partei grundlegend unterscheidet, und die Mitglieder der Äußeren Partei genießen vergleichbare Vorteile in Relation zu den unterdrückten Massen, die wir »Prols« nennen. Die Stimmung in der Gesellschaft gleicht der in einer belagerten Stadt, in der der Besitz eines Batzens Pferdefleisch den Unterschied zwischen Reichtum und Armut ausmacht. Und zugleich lässt das Wissen darum, im Krieg zu sein und deshalb in Gefahr, es als natürliche, alternativlose Voraussetzung für das Überleben erscheinen, dass die gesamte Macht in die Hände einer kleinen Kaste gelegt wird.

Krieg, wie man sehen wird, leistet nicht nur die erforderliche Zerstörungsarbeit, er leistet sie zudem in psychologisch geeigneter Weise. Im Grundsatz wäre es ganz einfach, die überschüssige Arbeitskraft der Welt durch den Bau von Tempeln und Pyramiden zu verschleudern, indem man Löcher gräbt und wieder auffüllt oder sogar durch die Erzeugung großer Warenmengen, die hinterher verbrannt werden. Damit wäre aber nur die ökonomische, nicht aber die emotionale Basis einer hierarchischen Gesellschaft geschaffen. Hierbei geht es nicht um die Moral der Massen, deren Einstellung unwichtig ist, solange sie beständig mit Arbeit versorgt sind, sondern um die Moral der Partei selbst. Noch vom geringsten Parteimitglied wird erwartet, dass er fähig und fleißig ist und innerhalb enger Grenzen sogar verständig, doch es ist auch unerlässlich, dass er ein gutgläubiger und beschränkter Fanatiker ist, dessen wesentliche Gemütslagen Angst, Hass, Kriecherei und ungezügelte Siegesfreude sind. Anders gesagt, es ist unerlässlich, dass er über eine dem Kriegszustand gemäße Geisteshaltung verfügt. Es spielt keine Rolle, ob der Krieg wirklich stattfindet, und da kein finaler Sieg möglich ist, spielt es auch keine Rolle, ob der Krieg günstig oder ungünstig verläuft. Erforderlich ist allein, dass ein Kriegszustand herrscht. Die Aufspaltung des Verstandes, die die Partei ihren Mitgliedern abverlangt und die sich in einer Kriegsstimmung leichter bewerkstelligen lässt, ist heute nahezu allumfassend, doch je höher man die Rangordnung hinaufgelangt, desto deutlicher wird sie. So sind Kriegshysterie und Hass auf den Feind denn auch in der Inneren Partei am stärksten ausgeprägt. In seiner Funktion als

Sachbearbeiter muss ein Mitglied der Inneren Partei oft wissen, dass dieser oder jener Punkt in den Kriegsmeldungen erlogen ist, und er mag sich häufig bewusst sein, dass der Krieg insgesamt eine Kopfgeburt ist und entweder gar nicht stattfindet oder aus durchaus anderen als den verlautbarten Gründen geführt wird; aber derlei Wissen lässt sich leicht neutralisieren durch die Anwendung von *Doppeldenk*. Mittlerweile wankt kein Mitglied der Inneren Partei auch nur einen Augenblick lang in seinem mystischen Glauben, dass der Krieg echt ist und siegreich enden muss, mit Ozeanien als dem unbestrittenen Herrscher über die gesamte Welt.

Für alle Mitglieder der Inneren Partei ist diese kommende Eroberung ein Credo. Erreicht wird sie entweder, indem man mehr und mehr Territorien in Besitz nimmt und so zu einer erdrückenden Machtüberlegenheit gelangt, oder durch die Entwicklung einer neuen Waffe, die niemand abzuwehren weiß. Die Suche nach neuen Waffen geht unaufhörlich weiter und ist eine der sehr wenigen noch verbliebenen Tätigkeiten, in denen sich ein kreativer oder analytischer Geist ausleben kann. Wissenschaft im althergebrachten Sinn hat in Ozeanien heute fast gänzlich aufgehört zu existieren. Auf Neusprech gibt es kein Wort für »Wissenschaft«. Die empirische Denkweise, der alle wissenschaftlichen Leistungen der Vergangenheit zugrunde liegen, steht im Widerspruch zu den wichtigsten Grundsätzen von Engsoz. Und selbst technologischer Fortschritt wird nur erzielt, wenn seine Erzeugnisse sich irgendwie zur Einschränkung menschlicher Freiheit verwenden lassen. In allen nützlichen Disziplinen steht die Welt entweder still oder macht Rückschritte. Die Felder muss man mit Pferdepflügen beackern, aber Bücher werden maschinell geschrieben. In Bereichen von vitaler Bedeutung jedoch – meint letztlich: Kriegswesen und polizeiliche Überwachung – wird der empirische Ansatz weiterhin gefördert oder zumindest geduldet. Die beiden Ziele der Partei sind, die Erdoberfläche vollständig zu erobern und die Möglichkeit eigenständigen Denkens ein für alle Mal zu beseitigen. Daher gibt es zwei große Probleme, um deren Lösung die Partei sich bemüht. Das eine ist, herauszubekommen, was ein anderer Mensch denkt, ohne dass er sich dagegen wehren kann, und das andere, wie man mehrere hundert Millionen Leute innerhalb weniger Sekunden ohne vorherige Warnung tötet. Soweit es noch wissenschaftliche Forschung gibt, sind das ihre Themen. Der Wissenschaftler von heute ist entweder eine Mischung aus Psychologe und Inquisitor, der bis ins kleinste Detail die Bedeutung von Mimik, Gestik und des Klangbilds der Stimme erforscht und die wahrheitsbefördernden Wirkungen von Medikamenten, Elektroschocks, Hypnose und Folter erprobt; oder er ist ein Chemiker, Physiker oder Biologe, der sich nur mit den für das Auslöschen von Leben relevanten Teilgebieten seines jeweiligen Faches befasst. In den riesigen Laboren des Ministeriums für Frieden und in den geheimen Versuchsstationen im brasilianischen Urwald, der australischen Wüste oder auf entlegenen Inseln der Antarktis sind ganze Expertenteams unermüdlich am Werk. Manche sind nur mit dem Thema der Logistik künftiger Kriege befasst, andere konstruieren immer größere Raketenbomben, immer leistungsfähigere Sprengstoffe und immer widerstandsfähigere Panzerungen; wieder andere suchen nach neuen, noch tödlicheren Gasen, nach löslichen Giftstoffen, die so massenhaft hergestellt werden können, dass sich die Vegetation ganzer Kontinente vernichten ließe, oder nach Krankheitserregern, die vollständig gegen Antikörper immun sind;

andere wollen ein Fahrzeug entwickeln, das sich unterirdisch so effektiv fortbewegen kann wie ein U-Boot unter Wasser, oder ein Flugzeug, das von seinem Stützpunkt so unabhängig ist wie ein Segelschiff; andere erforschen noch viel abwegigere Möglichkeiten wie die Bündelung von Sonnenstrahlen durch Linsen, die sich Tausende Kilometer entfernt im All befinden, oder die Erzeugung künstlicher Erdbeben und Flutwellen mit Hilfe der heißen Energie aus dem Erdkern.

Doch keines dieser Projekte gelangt je in die Nähe seiner Verwirklichung, und keiner der drei Superstaaten vermag die anderen je wirklich zu dominieren. Noch bemerkenswerter ist, dass alle drei Mächte in Form der Atombombe bereits über eine Waffe verfügen, die weit schlagkräftiger ist als all jene, die durch die aktuelle Forschung entwickelt werden mögen. Obwohl die Partei ihre Erfindung nach alter Gewohnheit für sich reklamiert, wurden Atombomben bereits in den 1940er-Jahren entwickelt und rund zehn Jahre später in großem Stil eingesetzt. Zu dieser Zeit fiel die Bombe hundertfach auf Industriezentren vor allem im europäischen Russland, in Westeuropa und Nordamerika. In der Folge gelangten die herrschenden Klassen aller Länder zu der Einsicht, dass nur noch wenige Bomben fehlten, um das Ende jedweder geordneter Gesellschaftsform zu besiegeln und damit das Ende ihrer eigenen Macht. Danach fielen keine weiteren Bomben mehr, wenngleich nie ein formelles Abkommen zustande kam oder sich auch nur abzeichnete. Alle drei Mächte bauen einfach weiter ihre Atombomben und verwahren sie für die passende Gelegenheit, von der alle glauben, dass sie früher oder später kommen wird. Und seither tritt die Kriegskunst seit dreißig, vierzig Jahren praktisch auf der Stelle. Helikopter kommen stärker zum Einsatz als früher, Bombenflugzeuge wurden weitgehend von Geschossen mit Selbstantrieb abgelöst, und an die Stelle des verwundbaren Schlachtschiffs ist die nahezu unsinkbare Schwimmende Festung getreten; darüber hinaus hat sich wenig Neues getan. Panzer, U-Boote, Torpedos, Maschinengewehre, selbst Standardgewehre und Handgranaten sind weiter in Gebrauch. Und obwohl in der Presse und via Monitor von endlosen Gemetzeln berichtet wird, hat man die schrecklichen Schlachten früherer Tage, in denen Menschen zu Hunderttausenden oder gar Millionen binnen weniger Wochen den Tod fanden, nie wiederaufgenommen.

Keiner der drei Superstaaten wagt je einen Schachzug, mit dem das Risiko einer ernsten Niederlage verknüpft ist. Wenn eine große Operation gestartet wird, ist sie gemeinhin ein Überraschungsschlag gegen einen Verbündeten. Die Strategie, die alle drei Mächte verfolgen oder die zu verfolgen sie sich selbst vormachen, ist die gleiche. Sie besteht darin, im Zusammenspiel von Kämpfen, Verhandeln und zeitlich gutplatziertem Wortbruch einen Ring von Stützpunkten zu schaffen, der diesen oder jenen gegnerischen Staat vollständig umgibt, um dann mit diesem Gegner einen Freundschaftspakt zu schließen und so lange friedlich nebeneinanderher zu leben, bis jeder Argwohn eingeschlafen ist. Diese Zeit dient dazu, an allen strategischen Punkten Raketen mit Atomsprengköpfen aufzustellen; und dann werden diese schließlich alle zugleich abgefeuert, mit derart verheerender Wirkung, dass ein Vergeltungsschlag unmöglich wird. Nun gilt es, einen Freundschaftspakt mit der verbliebenen Weltmacht zu schließen, in Vorbereitung eines neuerlichen Angriffs. Diese Strategie ist, wie kaum erwähnt zu werden braucht, ein reiner Wunschtraum, unmöglich zu verwirklichen. Zudem kommt es zu keinerlei Kämpfen außer in den strittigen Gebieten am Äquator und am Pol; niemals wird in gegnerisches Hoheitsgebiet einmarschiert. Dies erklärt den Umstand, dass die Grenzen zwischen den Superstaaten an manchen Stellen so willkürlich gezogen sind. Zum Beispiel könnte Eurasien spielend leicht die Britischen Inseln erobern, die geografisch zu Europa gehören, umgekehrt wäre es für Ozeanien möglich, seine Grenzen bis an den Rhein oder sogar die Weichsel vorzuschieben. Dies jedoch würde den zwar niemals formulierten, doch von allen Seiten befolgten Grundsatz der kulturellen Einheit verletzen. Würde Ozeanien die Gebiete erobern, die früher als Frankreich und Deutschland bekannt waren, müsste es entweder sämtliche Bewohner ausrotten, was sehr schwer in die Tat umzusetzen wäre, oder eine Bevölkerung von rund einhundert Millionen Menschen, die in ihrer technologischen Entwicklung etwa auf dem Niveau Ozeaniens sind, assimilieren. Das Problem ist für alle drei Superstaaten das gleiche. Für ihr Gefüge ist unabdingbar, dass kein Kontakt mit Ausländern stattfindet außer in begrenzter Form mit Kriegsgefangenen und schwarzen Sklaven. Selbst dem jeweils aktuellen Verbündeten wird mit tiefstem Argwohn begegnet. Jenseits der Kriegsgefangenen bekommt der Normalbürger Ozeaniens niemals einen Bürger Eurasiens oder Ostasiens zu Gesicht, und die Kenntnis von Fremdsprachen ist ihm untersagt. Dürfte er Kontakt zu Ausländern haben, so würde er feststellen, dass sie sich wenig von ihm unterscheiden und dass ihm überwiegend Lügen über sie erzählt worden sind. Die luftdicht abgeschlossene Welt, in der er lebt, würde aufplatzen, und die Angst, der Hass und die Selbstgerechtigkeit, auf denen seine Moral gründet, könnten sich verflüchtigen. Von daher ist allen Seiten bewusst, dass außer Bomben nichts und niemand über die Hauptgrenzen gelangen darf, gleich wie oft Persien, Ägypten, Java oder Ceylon in neue Hände übergehen mögen.

Dem liegt eine nie laut ausgesprochene, aber stillschweigend vorausgesetzte und anerkannte Tatsache zugrunde: nämlich dass sich die Lebensbedingungen in allen drei Superstaaten sehr ähnlich sind. In Ozeanien wird die herrschende Weltanschauung Engsoz genannt, in Eurasien heißt sie Neo-Bolschewismus, und in Ostasien dient zu ihrer Bezeichnung ein chinesisches Wort, das gemeinhin mit Todeskult übersetzt wird, aber vielleicht besser mit Auslöschung des Ichs wiederzugeben ist. Der Bürger Ozeaniens darf nichts von den Inhalten der beiden anderen Weltanschauungen wissen, wird jedoch angewiesen, sie als barbarische Verbrechen gegen die guten Sitten und den gesunden Menschenverstand zu verdammen. Tatsächlich sind die drei Weltanschauungen kaum voneinander zu unterscheiden, und die Gesellschaftsformen, deren Unterbau sie darstellen, sind überhaupt nicht voneinander zu unterscheiden. Überall gibt es den gleichen pyramidenförmigen Aufbau, die gleiche Verehrung eines halbgottartigen Führers, die gleiche ganz auf den immerwährenden Krieg abgestellte und von ihm lebende Volkswirtschaft. Daraus folgt, dass die drei Superstaaten nicht nur einander nicht erobern können, sondern auch überhaupt keinen Vorteil davon hätten. Im Gegenteil, solange sie miteinander im Streit liegen, stützen sie einander wie drei gegeneinander gelehnte Getreidegarben. Und wiederum sind sich die herrschenden Klassen aller drei Mächte dessen, was sie tun, bewusst und nicht bewusst zugleich. Sie haben sich ganz der Welteroberung verschrieben, aber sie wissen auch um die Notwendigkeit, dass der Krieg immerwährend und ohne Sieg fortdauert. Unterdessen ermöglicht die Tatsache, dass keinerlei Gefahr einer Eroberung besteht, das Verleugnen der Realität, ein besonderes Merkmal von Engsoz und der damit konkurrierenden Denksysteme. An dieser Stelle ist die Aussage zu wiederholen, dass der Krieg, indem er immerwährend wurde, sein Wesen grundlegend geändert hat.

In früheren Zeiten war ein Krieg schon fast seiner Definition nach etwas, das früher oder später ein Ende fand, gemeinhin durch einen klaren Sieg oder eine klare Niederlage. In der Vergangenheit war der Krieg zudem ein zentrales Mittel, durch das die Gesellschaften auf Tuchfühlung mit der äußeren Wirklichkeit blieben. Sämtliche Machthaber haben zu allen Zeiten versucht, ihren Untertanen eine falsche Weltsicht aufzuzwingen, aber ein Trugbild zu fördern, das der militärischen Stärke zu schaden angetan war, konnten sie sich nicht leisten. Solange eine Niederlage mit dem Verlust von Eigenständigkeit oder anderen Folgen einherging, die niemand für wünschenswert halten konnte, musste man ernstliche Vorkehrungen gegen die Niederlage treffen. Harte Fakten konnten nicht ausgeblendet werden. In der Philosophie wie in der Religion, Ethik oder Politik mochte zwei und zwei fünf ergeben, aber für den, der ein Gewehr oder Flugzeug konstruierte, musste dabei vier herauskommen. Leistungsschwache Nationen wurden früher oder später immer erobert, und der Kampf um Leistungskraft vertrug sich einfach nicht mit Trugbildern. Mehr noch, um leistungsfähig zu sein, musste man aus der Vergangenheit zu lernen wissen, was bedeutete, dass man eine möglichst genaue Vorstellung davon brauchte, was sich in der Vergangenheit zugetragen hatte. Zeitungen und Geschichtsbücher waren selbstverständlich immer geschönt und unausgewogen, aber Verfälschungen von der Art, wie man sie heute betreibt, wären früher nicht möglich gewesen. Der Krieg war eine sichere Schutzvorkehrung für die Vernunft und in Bezug auf die herrschenden Klassen die vermutlich wichtigste Schutzvorkehrung überhaupt. Kriege konnten gewonnen oder verloren werden, aber keine herrschende Klasse konnte gänzlich ohne Verantwortungsgefühl sein.

Wenn der Krieg jedoch zum Dauerzustand wird, hört er auf, gefährlich zu sein. Wenn Krieg ein Dauerzustand ist, gibt es so etwas wie militärische Notwendigkeit nicht mehr. Dann kann technischer Fortschritt enden, und die eindeutigsten Tatsachen können geleugnet oder ignoriert werden. Wie wir gesehen haben, finden für Kriegszwecke weiterhin Forschungen statt, die wissenschaftlich genannt werden können, aber im Grunde sind sie eine Art Tagträumerei, und dass sie keine Ergebnisse liefern, spielt keine Rolle. Leistungsfähigkeit ist selbst im Bereich des Militärischen nicht mehr vonnöten. Bis auf die Gedankenpolizei ist in Ozeanien nichts leistungsfähig. Da die drei Superstaaten allesamt unbezwingbar sind, bildet jeder ein eigenes Universum, in dem nahezu jede Gedankenverdrehung gefahrlos möglich ist. Der Druck der Wirklichkeit macht seinen Einfluss nur in Alltagsdingen geltend – dass man essen und trinken muss, über Wohnraum und Kleidung verfügt, besser nichts Giftiges zu sich nimmt oder aus Dachgeschossfenstern steigt und dergleichen. Zwischen Leben und Tod besteht wie zwischen Wohlbehagen und Schmerz noch immer ein Unterschied, aber das ist auch schon alles. Abgeschnitten von jeglichem Kontakt zur Außenwelt und Vergangenheit, ist der Bürger Ozeaniens wie ein Mensch im interstellaren Raum, der keinerlei Orientierung darüber hat, wo oben ist und wo unten. Die Herrscher solcher Staaten sind so unbeschränkt mächtig, wie es die Pharaonen oder Cäsaren niemals sein konnten. Sie dürfen ihre Untertanen nicht in so großer Zahl verhungern lassen, dass es ihnen Scherereien macht, und sie müssen dafür Sorge tragen, dass sie das gleiche niedrige Niveau der Militärtechnik halten wie ihre Gegner; sind diese Minimalanforderungen einmal erfüllt, können sie die Wirklichkeit in jede von ihnen gewünschte Form verbiegen.

Somit ist der Krieg, gemessen an den Standards früherer Kriege, nichts als ein Schwindel. Er ist wie das Kämpfen unter bestimmten Huftieren, deren Hörner so vom Kopf weg wachsen, dass sie einander nicht verletzen können. Er ist zwar unwirklich, aber deshalb nicht sinnlos. Er macht den Überschuss an Verbrauchsgütern zunichte und dient zur Wahrung jener bestimmten Gefühlslage, die in einer hierarchischen Gesellschaft verbreitet sein muss. Krieg ist jetzt, wie man sehen wird, eine rein nach innen gerichtete Angelegenheit. In der Vergangenheit haben die herrschenden Klassen aller Länder gegeneinander gekämpft, mögen sie auch ihr gemeinsames Interesse erkannt und deshalb die Zerstörungskraft des Krieges begrenzt haben, und der Sieger hat die Besiegten stets ausgeplündert. In der heutigen Zeit kämpfen sie überhaupt nicht mehr gegeneinander. Jede herrschende Klasse führt Krieg gegen ihre eigenen Leute, und das Ziel des Krieges besteht nicht im Erobern oder Verteidigen von Gebieten, sondern im Erhalt des Machtgefüges. Von daher ist bereits das Wort »Krieg« irreführend geworden. Es wäre wohl zutreffend zu sagen, dass der Krieg, indem er immerwährend wurde, aufgehört hat zu existieren. Der besondere Druck, den er zwischen der Jungsteinzeit und dem frühen 20. Jahrhundert auf die Menschen ausgeübt hat, ist verschwunden und wurde durch etwas ganz anderes ersetzt. Wenn die drei Superstaaten, statt einander zu bekriegen, zu der Übereinkunft gelangten, in immerwährendem Frieden zu leben, jeder unbehelligt innerhalb der eigenen Grenzen, wäre die Wirkung so ziemlich die gleiche. Denn auch in diesem Fall noch wäre jeder ein in sich abgeschlossenes Universum, für immer der hinderlichen Einwirkung durch äußere Gefahren entledigt. Ein wirklich immerwährender Frieden wäre das gleiche wie ein immerwährender Krieg. Dies ist – auch wenn die überwiegende Mehrheit der Parteimitglieder nur eine simplere Sicht darauf hat – der tiefere Sinn der Parteiparole: *Krieg ist Frieden.*

Winston hielt kurz im Lesen inne. Irgendwo in weiter Ferne detonierte eine Raketenbombe. Das Glücksgefühl, allein zu sein mit dem verbotenen Buch, in einem Zimmer ohne Monitor, hatte noch nicht nachgelassen. Er genoss die Einsamkeit und Geborgenheit, vermischt mit der Müdigkeit seines Körpers, der Weichheit des Sessels, der vom Fenster herüberwehenden sanften Luft, die seine Wange umspielte. Das Buch fesselte ihn, oder genauer gesagt, es bestätigte ihn. In gewisser Weise las er nichts, was ihm neu war, aber darin bestand mit seine Anziehungskraft. Es sagte, was er selbst auch gesagt hätte, wäre ihm möglich gewesen, seine verstreuten Gedanken in eine Ordnung zu bringen. Es war das Produkt eines Geistes, der dem seinen glich, der nur erheblich kraftvoller war, viel systematischer, weniger angstbesetzt. Die besten Bücher, das spürte er, sind die, die dir von etwas erzählen, das du bereits weißt. Er hatte eben zum ersten Kapitel zurückgeblättert, da hörte er Julias Schritte auf der Treppe, und er sprang aus dem Sessel hoch, um sie in Empfang zu nehmen. Sie ließ ihre braune Werkzeugtasche auf den Boden fallen und warf sich in seine Arme. Es war mehr als eine Woche her, seit sie sich zuletzt gesehen hatten.

»Ich habe *das Buch*«, sagte er, als sie sich voneinander lösten.

»Ach, tatsächlich? Gut«, sagte sie ohne großes Interesse und kniete sich sofort neben den Ölbrenner, um Kaffee zu machen.

Erst als sie bereits seit einer halben Stunde im Bett lagen, kamen sie auf das Thema zurück. Der Abend war gerade so kühl, dass es sich lohnte, die Tagesdecke hochzuziehen. Von unten drangen der vertraute Gesang und das Scharren der Schuhe auf den Steinplatten herauf. Die Frau mit den stämmigen roten Unterarmen, die Winston dort bei seinem ersten Besuch gesehen hatte, gehörte fast schon zum Inventar des Hofes. Es schien keine Stunde des Tages zu geben, zu der sie nicht zwischen Zuber und Wäscheleine hin und her stapfte und entweder den Mund voller Klammern hatte oder herzhaft vor sich hin sang. Julia hatte sich auf die Seite gelegt und schien kurz davor, einzuschlafen. Er griff nach dem Buch, das auf dem Boden lag, und lehnte sich aufrecht gegen das Kopfende des Bettes.

»Wir müssen es lesen«, sagte er. »Du auch. Alle Mitglieder der Bruderschaft müssen es lesen.«

»Lies du«, sagte sie mit geschlossenen Augen. »Lies es laut vor. So geht's am besten. Dabei kannst du es mir gleich erläutern.«

Die Zeiger der Uhr standen auf sechs, also 18.00 Uhr. Sie hatten noch drei, vier Stunden für sich. Er stützte das Buch gegen seine Knie und begann zu lesen:

Kapitel eins
Unkenntnis ist Stärke

Seit Beginn der geschichtlichen Überlieferung und vermutlich seit dem Ende der Jungsteinzeit gab es drei Menschenklassen auf der Welt: die Ober-, die Mittel- und die Unterschicht. Sie waren vielfältig untergliedert, wurden ganz verschieden bezeichnet, und sowohl ihre relative Zahl wie auch ihre Stellung zueinander veränderte sich von Epoche zu Epoche. Doch an ihrer Struktur hat sich im Kern nie etwas geändert. Selbst nach schweren Umwälzungen und scheinbar unumkehrbaren Entwicklungen hat sich immer wieder das gleiche Muster durchgesetzt, ganz so wie sich ein drehendes Gyroskop stets wieder ausrichtet, gleich in welcher Weise auf es eingewirkt worden sein mochte.

»Bist du noch wach, Julia?«, fragte Winston.

»Ja, Liebster, ich höre zu. Lies weiter. Es ist wunderbar.«

Er las weiter:

Die Zielsetzungen dieser drei Gruppen sind völlig unvereinbar miteinander. Das Ziel der Oberen ist, zu bleiben, wo sie sind. Das Ziel der Mittelklasse ist, ihren Platz mit dem der Oberklasse zu tauschen. Das Ziel der Unterklasse, wenn sie überhaupt ein Ziel hat – denn die Unterklasse kennzeichnet bleibend, dass sie von harter Arbeit viel zu ausgelaugt ist, um mehr als nur sporadisch über ihren Lebensalltag hinauszublicken – ist, alle Unterschiede abzuschaffen und eine Gesellschaft zu errichten, in der alle Menschen gleich sind. Somit wiederholt sich die ganze Geschichte hindurch wieder und wieder ein in seinen Grundzügen immer gleicher Kampf. Lange Phasen hindurch schien die Oberklasse fest an der Macht zu sein, aber früher oder später kommt stets der Moment, an dem sie entweder den Glauben an sich selbst verliert, ihr Geschick im effizienten Regieren oder beides. Dann werden sie von der Mittelklasse gestürzt, die die Unterklasse an ihre Seite zieht, indem sie ihr vorspiegelt, sie kämpfe für Freiheit und Gerechtigkeit. Sobald sie ihr Ziel erreicht hat, stößt die Mittelklasse die Unterklasse zurück in ihre alte Knechtschaft und wird selbst zur Oberklasse. Bald darauf spaltet sich von einer der anderen Klassen oder von beiden eine neue Mittelklassengruppe ab, und dann beginnt der Kampf von vorn. Von den drei Klassen gelingt es nur der Unterklasse nie, auch nur vorübergehend ihre Ziele zu erreichen. Es wäre übertrieben zu sagen, im Verlauf der Geschichte habe es in materieller Hinsicht keine Fortschritte gegeben. Selbst heute, in einer Phase des Niedergangs, geht es dem Durchschnittsbürger materiell besser, als dies ein paar Jahrhunderte zuvor der Fall gewesen war. Doch kein Fortschritt im Wohlstand, keine Verfeinerung der Sitten, keine Reform oder Revolution hat die Menschen auch nur um einen Millimeter der Gleichheit nähergebracht. Vom Standpunkt der Unterklasse aus hat kein geschichtlicher Wandel für sie je sehr viel mehr bedeutet, als dass sich die Namen ihrer Herren änderten.

Gegen Ende des 19. Jahrhunderts war vielen Beobachtern aufgefallen, dass sich dieses Muster wiederholte. In der Folge entstanden philosophische Denkansätze, die die Geschichte als zyklischen Prozess beschrieben und nachweisen wollten, dass Ungleichheit als unveränderliches Gesetz zum Leben der Menschen gehöre. Diese Theorie hatte natürlich schon immer ihre Verfechter gehabt, aber in der Weise, wie sie jetzt in den Vordergrund trat, zeichnete sich ein bedeutsamer Wandel ab. In der Vergangenheit war insbesondere die Oberklasse für Theorien zur Notwendigkeit einer hierarchisch aufgebauten Gesellschaft zu haben gewesen. Gepredigt hatten dies Könige und Adlige, Geistliche, Advokaten und dergleichen Profiteure der Ungleichheit mehr, womit in der Regel das Versprechen einherging, dies werde in einer imaginären Welt jenseits des Grabes vergolten. Solange die Mittelklasse um die Macht kämpfte, hatte sie immer mit Begriffen wie Freiheit, Gerechtigkeit und Brüderlichkeit hantiert. Jetzt aber begann das Konzept der Brüderlichkeit unter den Menschen von Leuten attackiert zu werden, die über keine Machtpositionen verfügten, diese jedoch anstrebten. Früher hatte die Mittelklasse Revolutionen im Zeichen der Gleichheit gemacht und dann eine neue Tyrannei begründet, kaum dass die alte gestürzt war. Die neuen Gruppen der Mittelklasse verkündeten ihre Tyrannei nun bereits im Vorfeld. Der Sozialismus, eine im frühen 19. Jahrhundert aufkommende Theorie und das letzte Glied einer bis zu den Sklavenaufständen der Antike zurückreichenden Gedankenkette, war noch stark vom Utopismus vergangener Epochen durchdrungen. Doch in allen seit etwa 1900 aufkommenden Spielarten des Sozialismus wurde das Ziel, für Freiheit und Gleichheit zu sorgen, mehr und mehr offen fallen gelassen. Die neuen Bewegungen, die zur Mitte des Jahrhunderts in Erscheinung traten – Engsoz in Ozeanien, Neo-Bolschewismus in Eurasien, Todeskult, wie man gemeinhin sagt, in Ostasien – hatten das erklärte Ziel, *Un*freiheit und *Un*gleichheit fortzusetzen. Natürlich gingen diese neuen Bewegungen aus den alten hervor, sie wollten auch deren Namen beibehalten und legten Lippenbekenntnisse zu ihren Ideologien ab. Doch sie alle zielten darauf, Fortschritt zu unterbinden und die Geschichte zu gegebener Zeit ganz zum Stillstand zu bringen. Das vertraute Pendel sollte noch einmal ausschlagen und dann stehenbleiben. Wie stets sollte die Oberklasse der Mittelklasse weichen, die dann die Oberklasse wäre; doch diesmal sollte es der Oberklasse durch bewusste Planung gelingen, ihre Stellung dauerhaft zu behaupten.

Die neuen Lehren entstanden teils aufgrund des Zuwachses an historischem Wissen und eines stärkeren Geschichtsbewusstseins, das es vor dem 19. Jahrhundert kaum gegeben hatte. Die zyklische Bewegung der Geschichte war jetzt fassbar oder schien es zu sein; und war sie fassbar, dann war sie auch veränderbar. Doch der hauptsächliche, eigentliche Anlass für diese Lehren war, dass bereits seit Beginn des 20. Jahrhunderts Gleichheit technisch möglich geworden war. Es stimmte nach wie vor, dass die Menschen von ihren natürlichen Fähigkeiten her nicht gleich waren und dass viele Aufgaben einer Form der Arbeitsteilung unterlagen, die manche Menschen gegenüber anderen begünstigte; aber es bestand keine echte Notwendigkeit mehr für Klassenunterschiede und ein großes Wohlstandsgefälle. In früheren Zeiten hatten Klassenunterschiede nicht nur nicht ausbleiben können, sie waren auch erstrebenswert gewesen. Ungleichheit war der Preis der Zivilisation. Mit der Entwicklung der maschinellen Produktion änderte sich die Ausgangslage. Es blieb zwar weiterhin unumgänglich, dass die Menschen unterschiedliche Arbeiten verrichteten, aber sie brauchten deshalb nicht mehr sozial und ökonomisch auf verschiedenen Stufen zu stehen. Aus Sicht der neuen Gruppen, die kurz vor der Machtübernahme standen, war Gleichheit unter den Menschen daher gar kein erstrebenswertes Ideal mehr, sondern eine Gefahr, die abgewendet werden musste. In früheren Epochen, als eine gerechte und friedliche Gesellschaftsordnung in der Tat nicht möglich war, hatte man sehr leicht daran glauben können. Die Idee vom irdischen Paradies, in dem die Menschen ohne Gesetze und ohne harte Arbeit brüderlich vereint zusammenlebten, hatte seit Jahrtausenden in den Köpfen gespukt. Diese Vorstellung hatte sogar noch einen gewissen Einfluss auf jene Klassen gehabt, die noch aus jeder geschichtlichen Veränderung ihren Nutzen für sich zogen. Die Erben der Revolutionen in Frankreich, Großbritannien und den Vereinigten Staaten hatten ihr eigenes Gerede von Menschenrechten, freier Meinungsäußerung, Gleichheit vor dem Gesetz und dergleichen teilweise selbst geglaubt und sich in ihrem Handeln sogar ein Stück weit davon leiten lassen. Doch im vierten Jahrzehnt des 20. Jahrhunderts wurden alle Hauptströmungen des politischen Denkens autoritär. In genau dem Moment, da es umsetzbar schien, wurde das irdische Paradies in Misskredit gebracht. Jede neue politische Theorie, wie immer sie sich auch nannte, landete erneut bei Hierarchiedenken und Reglementierung. Und im Zuge der gegen 1930 allgemein immer rigoroser werdenden Ansichten waren Praktiken, die seit Langem, teils seit Jahrhunderten keine Anwendung mehr gefunden hatten – Gefängnishaft ohne Prozess, die Verwendung von Kriegsgefangenen als Sklaven, öffentliche Hinrichtungen, Folter zum Abpressen von Geständnissen, Geiselnahmen und die Deportation ganzer Bevölkerungsteile – nicht nur wieder an der Tagesordnung, sie wurden sogar von Menschen geduldet und in Schutz genommen, die sich für aufgeklärt und fortschrittlich hielten.

Erst nach einem Jahrzehnt voller Kriege, Bürgerkriege, Revolutionen und Gegenrevolutionen in allen Teilen der Welt traten Engsoz und seine Kontrahenten als voll entwickelte politische Theorien hervor. Sie hatten jedoch Vorläufer gehabt in den diversen, gemeinhin totalitär genannten Systemen, die früher in diesem Jahrhundert aufgekommen waren, und die wesentlichen Konturen der Welt, die aus dem herrschenden Chaos hervorgehen würde, lagen bereits klar zutage. Klar zutage lag auch, was für ein Menschenschlag diese Welt lenken sollte. Die neue Aristokratie bestand überwiegend aus Bürokraten, Wissenschaftlern, Technikern, Gewerkschaftsfunktionären, Werbefachleuten, Soziologen, Lehrern, Journalisten und Berufspolitikern. Diese Leute aus dem Angestelltenmilieu der Mittelklasse und den oberen Rängen der Arbeiterklasse waren das Produkt der rauen Welt der Monopolwirtschaft und Zentralstaaten und durch sie zusammengeführt worden. Im Vergleich mit ihren Pendants in früheren Zeiten waren sie weniger habgierig, weniger durch Luxus zu ködern, stärker auf reine Macht aus, und vor allem wussten sie genauer, was sie taten, und waren stärker darauf bedacht, Widerstand zu brechen. Dieser letztere Unterschied war zentral. Verglichen mit der Tyrannei von heute waren alle Tyranneien der Vergangenheit halbherzig und inkompetent. Die herrschenden Klassen waren immer ein Stück weit von liberalen Ideen infiziert und gaben sich überall mit Halbfertigem zufrieden, ihnen ging es nur um die konkrete Aktion; was ihre Untertanen dachten, interessierte sie nicht. Selbst die katholische Kirche im Mittelalter war nach heutigen Maßstäben tolerant. Dies erklärt sich zum Teil dadurch, dass früher keine Obrigkeit in der Lage war, ihre Bürger lückenlos zu überwachen. Durch die Erfindung des Buchdrucks wurde es dann leichter, auf die öffentliche Meinung einzuwirken, mit Film und Radio wurde diese Entwicklung weiter vorangetrieben. Mit der Entwicklung des Fernsehers und durch die technische Neuerung, mit demselben Gerät gleichzeitig senden und empfangen zu können, war es dann vorbei mit der Privatsphäre.

Jeder Bürger oder zumindest jeder, der so wichtig war, dass sich seine Überwachung lohnte, ließ sich vierundzwanzig Stunden am Tag durch die Polizei beobachten und mit amtlicher Propaganda beschallen, während ihm alle anderen Kommunikationswege abgeschnitten waren. Nicht nur ließ sich erstmals totaler Gehorsam gegenüber dem Willen des Staates erzwingen, möglich wurde nun auch die totale Gleichförmigkeit an Meinungen unter sämtlichen Untertanen.

Nach der revolutionären Phase der fünfziger und sechziger Jahre organisierte sich die Gesellschaft neu in Ober-, Mittel- und Unterschicht, wie jedes Mal. Doch anders als ihre Vorgänger handelte die neue Oberschicht nicht nach Instinkt, sie wusste vielmehr, was zu tun war, um ihre Position abzusichern. Längst war erkannt worden, dass Kollektivismus die einzige sichere Grundlage für eine Oligarchie bildet. Wohlstand und Vorrechte lassen sich am leichtesten verteidigen, wenn alle gemeinsam über sie verfügen. Die sogenannte »Abschaffung von Privateigentum«, die um die Mitte des Jahrhunderts erfolgte, bedeutete in Wirklichkeit die Konzentrierung von Eigentum in weniger Händen als zuvor, mit dem Unterschied, dass die neuen Besitzenden eine Klasse bildeten, statt nur eine Ansammlung von Einzelpersonen zu sein. Persönlich besitzt kein Parteimitglied mehr als ein paar private Habseligkeiten. Als Gemeinschaft besitzt die Partei in Ozeanien alles, weil sie über alles die Kontrolle hat und über die Erzeugnisse verfügt, wie sie es für angemessen hält. In den Jahren nach der Revolution vermochte sie sich nahezu ungehindert in diese Machtposition zu bringen, weil der gesamte Vorgang als Akt der Kollektivierung dargestellt wurde. Man hatte stets angenommen, auf die Enteignung der Kapitalistenklasse müsse der Sozialismus folgen; und die Kapitalisten waren ohne Frage enteignet worden. Fabriken, Bergwerke, Land, Gebäude, Transportmittel – alles war ihnen genommen worden; und da dies alles kein Privateigentum mehr war, ergab sich daraus, dass es Volkseigentum sein musste. Engsoz, der aus der früheren sozialistischen Bewegung hervorgegangen war und ihre rhetorischen Formeln übernahm, hat das Hauptanliegen des sozialistischen Programms wirklich in die Tat umgesetzt, mit dem – absehbaren und beabsichtigten – Ergebnis, dass ökonomische Ungleichheit zum Dauerzustand wurde.

Doch die Probleme beim Verstetigen einer hierarchischen Gesellschaft reichen noch tiefer. Es gibt nur vier Wege, auf denen eine herrschende Klasse ihre Macht einbüßen kann: Sie wird von außen besiegt, sie regiert so unfähig, dass es die Massen auf die Barrikaden treibt, sie lässt eine starke, unzufriedene Mittelklasse aufkommen oder sie verliert ihr Selbstvertrauen und ihren Willen zur Macht. Es liegt nie nur an einem dieser Gründe, und in der Regel haben alle vier ihren Anteil. Eine herrschende Klasse, die sich gegen alle zu wappnen weiß, bleibt dauerhaft am Ruder. Entscheidender Faktor ist letzten Endes die Moral innerhalb der herrschenden Klasse.

Die erste Gefahr besteht in der zweiten Hälfte dieses Jahrhunderts realiter nicht mehr. Jede der drei Mächte, die heute die Welt unter sich aufteilen, ist faktisch unbesiegbar und könnte allenfalls infolge eines langsamen demografischen Wandels besiegbar werden, den eine Regierung mit weitreichender Macht jedoch leicht zu verhindern weiß. Auch die zweite Gefahr besteht nur theoretisch. Die Massen gehen nie aus eigenem Antrieb auf die Barrikaden und begehren nie auf, nur weil man sie unterdrückt. Solange ihnen Vergleichsmaßstäbe fehlen, wird ihnen ja nicht einmal bewusst, *dass* sie unterdrückt werden. Die ständigen Wirtschaftskrisen früherer Zeiten waren vollkommen überflüssig, heute duldet man nicht mehr, dass sie eintreten; es kann jedoch zu anderen, ähnlich schweren Störungen kommen, und es kommt auch dazu, ohne dass dies politische Folgen hat, denn es gibt keinerlei Möglichkeit, sein Missfallen kundzutun. Das Problem der Überproduktion, das unsere Gesellschaft seit der Entwicklung maschineller Technik umtrieb, wurde durch das Instrument der permanenten Kriegführung gelöst (siehe Kapitel drei), welche sich zudem gut dazu eignet, die allgemeine Kampfmoral auf dem erforderlichen Level zu halten. Aus Sicht unserer derzeitigen Machthaber liegt die einzige echte Gefahr somit darin, dass sich eine neue Gruppe tüchtiger, machthungriger Leute mit überschüssiger Energie abspaltet und innerhalb ihrer eigenen Reihen Liberalismus und Skeptizismus zunehmen. Das Problem ist darum ein didaktisches. Es besteht im beharrlichen Formen des Bewusstseins der führenden Gruppe wie auch der erweiterten Führungsebene direkt unter ihr. Das Bewusstsein der Massen braucht nur in negativer Weise beeinflusst zu werden.

Würde man ihn nicht bereits kennen, ließe sich aus diesen Grundlagen der allgemeine Aufbau der ozeanischen Gesellschaft ableiten. An der Spitze der Pyramide steht der Große Bruder. Der Große Bruder ist unfehlbar und allmächtig. Jeder Erfolg, jede Errungenschaft, jeder Sieg, jede Forschungsleistung, alles Wissen, alle Weisheit, alles Glück, alle Tugend gelten als direkte Folge seiner Herrschaft und Inspiration. Niemand hat den Großen Bruder je gesehen. Er ist ein Gesicht auf den Plakatwänden, eine Stimme aus dem Monitor. Wir dürfen uns ziemlich sicher sein, dass er niemals sterben wird, und es besteht bereits erhebliche Unsicherheit darüber, wann er geboren wurde. Der

Große Bruder ist die Gestalt, in der die Partei sich der Welt zeigen möchte. Er hat als Sammelpunkt für Liebe, Angst und Ehrfurcht zu dienen, Gefühle, die einer Einzelperson leichter entgegenzubringen sind als einer Institution. Unter dem Großen Bruder folgt die Innere Partei. Ihr gehören maximal sechs Millionen Menschen oder knapp zwei Prozent der Bevölkerung Ozeaniens an. Unter der Inneren Partei folgt die Äußere Partei, die, wenn man die Innere Partei als das Gehirn des Staates auffasst, mit Recht als dessen Hände gelten kann. Unter ihr folgen die dummen Massen, die gemeinhin »die Prols« genannt werden und etwa 85 Prozent der Bevölkerung ausmachen. In der Begrifflichkeit unserer früheren Einteilung sind die Prols die Unterklasse, denn die Sklavenbestände in den Äquatorregionen, die fortwährend von einem Eroberer zum anderen wechseln, sind kein festes oder erforderliches Element der Gliederung.

Im Grundsatz ist die Zugehörigkeit zu einer dieser drei Klassen nicht erblich. In der Theorie wird ein Kind von Eltern, die der Inneren Partei angehören, nicht in die Innere Partei hineingeboren. Die Aufnahme in eine der beiden Parteiebenen erfolgt durch eine Prüfung, die im Alter von sechzehn Jahren abzulegen ist. Es gibt dort auch keinerlei Rassendiskriminierung oder merkliche Dominanz einer Provinz gegenüber einer anderen. Juden, Schwarze, südamerikanische Ureinwohner finden sich in den höchsten Stellen der Partei, und die Verwalter einer Region entstammen immer selbst dieser Region. In keinem Teil Ozeaniens haben die Menschen das Gefühl, eine von einer fernen Hauptstadt aus regierte Kolonialbevölkerung zu sein. Ozeanien hat gar keine Hauptstadt, und sein nominelles Oberhaupt ist eine Person, über deren Aufenthaltsort nichts bekannt ist. Mit der Ausnahme, dass Englisch seine *lingua franca* ist und Neusprech seine Amtssprache, ist es in keiner Weise zentralisiert. Seine Machthaber werden nicht durch Blutsbande zusammengehalten, sondern durch das Befolgen der gemeinsamen Lehre. Wohl wahr, unsere Gesellschaft ist geschichtet, sehr streng geschichtet nach der Herkunft, wie es auf den ersten Blick scheint. Zwischen den Klassen gibt es in beide Richtungen weit weniger Austausch, als es im Kapitalismus der Fall gewesen war oder sogar in vorindustrieller Zeit. Etwas Austausch gibt es zwischen den beiden Ebenen der Partei, aber nur so weit, dass sich Schwächlinge aus der Inneren Partei ausschließen und ehrgeizige Mitglieder der Äußeren Partei durch die Möglichkeit zum Aufstieg unschädlich machen lassen. Proletariern ist der Zugang zur Partei praktisch verwehrt. Die Begabtesten unter ihnen, die möglicherweise zu Keimzellen von Unzufriedenheit werden könnten, werden einfach von der Gedankenpolizei isoliert und beseitigt. Aber diese Sachlage braucht keineswegs unumstößlich zu sein, ihr liegt auch kein Prinzip zugrunde. Die Partei ist keine Klasse im altvertrauten Sinn des Wortes. Es geht ihr nicht darum, die Macht zum Selbstzweck auf die eigenen Kinder zu übertragen; und sollte es gar keine andere Möglichkeit geben, die fähigsten Leute an der Spitze zu halten, so würde sie dazu auch kurzerhand eine ganze neue Generation aus den Reihen des Proletariats rekrutieren. In den kritischen Jahren trug der Umstand, dass die Partei nicht auf Erbprinzipien gründete, erheblich zum Kaltstellen ihrer Gegner bei. Ein Sozialist alter Schule, der darauf geeicht worden war, sogenannte »Klassenprivilegien« zu bekämpfen, nahm an, dass etwas, das sich nicht vererben ließ, auch nicht von Dauer sein konnte. Ihm entging, dass in einer Oligarchie Stabilität nicht leiblich bedingt zu sein braucht, und er ging auch über den Gedanken hinweg, dass vererbte Adelsherrschaften immer kurzlebig waren, während offenstehende Institutionen wie die katholische Kirche teilweise Jahrhunderte oder Jahrtausende lang bestanden. Das Wesen oligarchischer Herrschaft ist nicht die Vererbung vom Vater auf den Sohn, sondern der Fortbestand einer den Lebenden von den Toten auferlegten, ganz bestimmten Weltanschauung und Lebensweise. Eine herrschende Klasse bleibt so lange herrschend, wie sie ihre Nachfolger festlegen kann. Die Partei treibt nicht um, dass sie ihr Blut bewahrt, sondern dass sie sich selbst bewahrt. Solange die hierarchische Struktur immer bestehen bleibt, ist nicht von Bedeutung, *wer* die Macht ausübt.

Alle unsere Zeit kennzeichnenden Überzeugungen, Gewohnheiten, Geschmäcker, Gefühle und Geisteshaltungen sind in Wahrheit dazu bestimmt, den Nimbus der Partei zu erhalten und Einblicke in das wahre Wesen der heutigen Gesellschaftsordnung zu verstellen. Konkretes Aufbegehren und jegliche zur Auflehnung hinführenden Schritte sind derzeit nicht möglich. Von den Proletariern ist nichts zu befürchten. Sich selbst überlassen, werden sie weiter durch die Generationen und Jahrhunderte arbeiten, sich fortpflanzen und sterben, nicht nur ohne jeden Drang zur Rebellion, sondern auch ohne über die Vorstellungskraft zu verfügen, dass die Welt anders beschaffen sein könnte als sie ist. Gefährlich werden könnten sie allenfalls, wenn sie aufgrund technologischer Fortschritte eine bessere Bildung benötigten; da jedoch militärische und wirtschaftliche Konkurrenz keine Rolle mehr spielen, nimmt das Niveau der Volksbildung sogar ab. Was für Ansichten die Massen haben oder nicht haben, gilt als völlig belanglos. Sie sind frei zu denken, was immer sie wollen, denn sie haben keinen Verstand. Auf der anderen Seite lässt man einem Parteimitglied selbst bei etwas völlig

Unwichtigem nicht die kleinste Abweichung von der geltenden Meinung durchgehen.

Ein Parteimitglied lebt von Geburt an bis zum Tod unter den wachsamen Augen der Gedankenpolizei. Selbst wenn er allein ist, kann er nie wissen, ob er wirklich allein ist. Wo er auch sein mag, ob er schläft oder wach ist, arbeitet oder ruht, sich im Bad oder im Bett befindet, er kann ohne Vorwarnung kontrolliert werden – und ohne zu wissen, dass man ihn kontrolliert. Nichts, was er tut, ist ohne Belang. Seine Freundschaften, seine Vergnügungen, sein Verhalten gegenüber Frau und Kindern, der Ausdruck seines Gesichts, wenn er allein ist, seine im Schlaf gemurmelten Worte, selbst die ihm eigene Art, sich zu bewegen, all dies wird mit Argusaugen untersucht. Nicht nur jedes tatsächliche Fehlverhalten, auch jede noch so kleine Verschrobenheit, jede Veränderung in den Gewohnheiten und jeder nervöse Tick, mögliche Anzeichen für einen inneren Kampf, wird mit Sicherheit entdeckt. Er hat keine Entscheidungsfreiheit, gleich worum es geht. Andererseits ist durch kein Gesetz und keinen klar formulierten Verhaltenskodex geregelt, wie er sich zu verhalten hat. In Ozeanien gibt es keine Gesetze. Gedanken und Taten, die im Fall ihrer Entdeckung den sicheren Tod bedeuten, sind nicht ausdrücklich verboten, und die zahllosen Säuberungen, Verhaftungen, Folterungen, Einkerkerungen und Vaporisierungen erfolgen nicht als Strafe für tatsächlich begangene Verbrechen, sondern dienen allein der Auslöschung von Personen, die vielleicht irgendwann in der Zukunft ein Verbrechen begehen könnten. Ein Parteimitglied benötigt nicht nur die richtigen Ansichten, sondern auch die richtigen Instinkte. Viele der ihm abgeforderten Meinungen und Gesinnungen wurden nie deutlich festgelegt, und sie könnten auch nicht festgelegt werden, ohne dass die Engsoz innewohnenden Widersprüche zutage träten. Ein von Natur orthodoxer Mensch (auf Neusprech ein *Gutdenker*) wird in jeder Sachlage ohne nachzudenken wissen, was die richtige Ansicht ist oder die genau passende Empfindung. Doch ohnehin wird er nach einem ausgeklügelten Mentaltraining, dem er als Kind unterzogen wird und das um die Neusprechwörter *Deliktstopp, Schwarzweiß* und *Doppeldenk* konzipiert ist, nicht mehr willens und in der Lage sein, allzu gründlich über irgendein Thema nachzudenken.

Von einem Parteimitglied wird erwartet, dass er keine eigenen Gefühle hat und in seinem Eifer niemals nachlässt. Sein Leben soll so gestaltet sein, dass er ausländische Feinde und inländische Verräter fortwährend abgrundtief hasst, über Siege frohlockt und sich vor der Macht und Weisheit der Partei in den Staub wirft. Das durch sein trostloses, unbefriedigendes Leben geschürte Missbehagen wird ganz bewusst nach außen gewendet und durch Einrichtungen wie die Zwei Minuten Hass zum Verschwinden gebracht, und Grübeleien, die eine skeptische oder rebellische Haltung nähren könnten, werden im Voraus durch seine früh erworbene innere Zucht abgetötet. Die erste und einfachste Stufe der Zucht, die bereits kleinen Kindern beigebracht werden kann, heißt in Neusprech *Deliktstopp*. *Deliktstopp* bedeutet die Fähigkeit, gleichsam instinktiv auf der Schwelle zu einem gefährlichen Gedanken Halt zu machen. Dazu gehört die Gabe, Parallelen nicht zu begreifen, logische Irrtümer nicht zu erkennen und die einfachsten Argumente falsch aufzufassen, wenn sie Engsoz entgegenstehen, sowie von jedem Gedankengang gelangweilt oder abgestoßen zu sein, der dazu angetan ist, in eine ketzerische Richtung zu gehen. *Deliktstopp* bedeutet, kurz gesagt, schützende Dummheit. Aber Dummheit allein genügt nicht. Im Gegenteil verlangt Orthodoxie im umfassenden Verständnis, dass man seine Denkabläufe so vollkommen beherrscht wie ein Schlangenmensch seinen Körper. Die ozeanische Gesellschaftsordnung gründet letztlich auf dem Glauben, dass der Große Bruder allmächtig ist und die Partei unfehlbar. Da der Große Bruder aber in Wahrheit gar nicht allmächtig ist und die Partei nicht unfehlbar, braucht es eine unermüdliche, reaktionsschnelle Anpassungsleistung im Umgang mit Fakten. Das Schlüsselwort dazu lautet *Schwarzweiß*. Wie so viele Neusprechwörter hat auch dieses Wort zwei einander zuwiderlaufende Bedeutungen. Auf einen Gegner angewandt meint es die Gewohnheit, glasklaren Fakten zum Trotz dreist zu behaupten, schwarz sei weiß. Auf ein Parteimitglied angewandt meint es die willige Bereitschaft, zu sagen, schwarz sei weiß, wenn es denn die Parteidisziplin so verlangt. Es bedeutet jedoch auch die Fähigkeit, zu glauben, schwarz sei weiß, und mehr noch, zu wissen, dass schwarz weiß ist, und zu vergessen, dass man je etwas anderes angenommen hatte. Dies macht ein ständiges Umändern der Vergangenheit erforderlich, möglich durch ein Denkverfahren, das wahrhaft alles Übrige miteinschließt und auf Neusprech als Doppeldenk bekannt ist.

Das Umändern der Vergangenheit muss aus zwei Gründen vorgenommen werden, deren einer untergeordnet und sozusagen präventiv ist. Der untergeordnete Grund ist der, dass ein Parteimitglied – wie der Proletarier – die Gegebenheiten von heute teils deshalb erträgt, weil ihm Vergleichsmöglichkeiten fehlen. Er muss von der Vergangenheit abgeschnitten werden, genauso wie er vom Ausland abgeschnitten werden muss, weil er glauben soll, dass er es besser hat als seine Vorfahren und dass das Niveau an materiellem Komfort im Schnitt fortwährend steigt. Doch der weit wichtigere Grund für das Anpassen der Vergangenheit liegt in der Notwendigkeit, die Unfehlbarkeit der Partei zu gewährleisten. Nicht nur müssen Reden, Statistiken und Dokumente aller Art ständig aktualisiert werden, damit sich belegen lässt, dass sich die Voraussagen der Partei in allen Fällen erfüllt haben. Es darf zudem auch nie eine Veränderung in der Doktrin oder in der politischen Ausrichtung zugegeben werden. Denn seine Meinung zu ändern oder gar seine Politik, ist ein Eingeständnis von Schwäche. Wenn zum Beispiel Eurasien oder Ostasien (darauf kommt es nicht an) heute der Feind ist, dann muss dieses Land seit jeher der Feind gewesen sein. Und wenn die Fakten anders lauten, müssen die Fakten eben geändert werden. Und so wird denn die Geschichte ständig neu gefasst. Diese vom Ministerium für Wahrheit vorgenommene Just-in-time-Verfälschung der Vergangenheit ist für die Stabilität der Ordnung genauso wichtig wie das Unterdrückungs- und Bespitzelungswerk, das dem Ministerium für Liebe obliegt.

Die Veränderbarkeit der Vergangenheit ist der Kern der Lehre von Engsoz. Ereignisse von früher, so wird dabei behauptet, haben kein objektives Dasein, sie überdauern nur in schriftlichen Dokumenten und in den Erinnerungen der Menschen. Die Vergangenheit ist, was immer sich mit den Dokumenten und den Erinnerungen deckt. Und da die Partei sämtliche Dokumente ganz unter Kontrolle hat, so wie sie auch das Denken ihrer Mitglieder ganz unter Kontrolle hat, folgt daraus, dass die Vergangenheit aus dem besteht, was die Partei zu ihr macht. Es folgt zudem daraus, dass die Vergangenheit zwar veränderbar ist, aber niemals irgendwie konkret geändert wurde. Denn hat man sie einmal in die aktuell benötigte Form gebracht, dann *ist* diese neue Version die Vergangenheit, und dann hat es nie eine andere Vergangenheit gegeben. Das gilt selbst dann, wenn, wie es häufig geschieht, dasselbe Ereignis im Verlauf eines Jahres mehrere Male bis zur Unkenntlichkeit verändert werden muss. Die Partei ist jederzeit im Besitz der vollkommenen Wahrheit, und etwas Vollkommenes kann, wie wohl einleuchten muss, niemals anders gewesen sein, als es heute ist. Man wird sehen, dass die Kontrolle über die Vergangenheit insbesondere von der Ertüchtigung des Gedächtnisses abhängt. Dafür Sorge zu tragen, dass alle schriftlichen Zeugnisse mit der Orthodoxie des Moments in Einklang stehen, ist ein rein technischer Vorgang. Aber man muss sich auch daran *erinnern*, dass sich Ereignisse genau in der erwünschten Weise zugetragen haben. Und wenn es erforderlich ist, seine Erinnerungen neu zu justieren oder schriftliche Dokumente nach Belieben zu ändern, dann muss man auch *vergessen* können, dass man dies getan hat. Der Dreh, wie das gelingt, ist erlernbar wie jede andere Geistestechnik. Die Parteimitglieder haben es denn auch mehrheitlich gelernt und gewiss alle, die verständig und orthodox zugleich sind. In Altsprech sagt man recht freimütig »Wirklichkeitslenkung« dazu. Auf Neusprech nennt man es *Doppeldenk*, wenngleich *Doppeldenk* noch viel weiter gefasst ist.

Doppeldenk steht für die Fähigkeit, zwei einander widersprechende Überzeugungen in seinem Kopf zu versammeln und beide gelten zu lassen. Der Parteiintellektuelle weiß, in welche Richtung seine Erinnerungen geändert werden müssen; daher ist ihm klar, dass er der Wirklichkeit einen Streich spielt. Aber durch Anwendung von *Doppeldenk* vergewissert er sich, dass der Wirklichkeit kein Schaden zugefügt wird. Dieser Vorgang muss bewusst sein, da er sonst nicht präzise genug stattfände, aber er muss auch unbewusst sein, denn sonst ginge er mit einem Gefühl von Verlogenheit und damit von Schuld einher. *Doppeldenk* ist das Herzstück von Engsoz, denn das Handeln der Partei besteht wesentlich darin, eine bewusste Täuschung vorzunehmen und dabei eine Entschlossenheit zu wahren, die aus reinster Ehrlichkeit entspringt. Bewusst Lügen zu erzählen und zugleich selbst fest an sie zu glauben; alle Fakten zu vergessen, die einem lästig geworden sind, um sie dann, wenn man sie braucht, wieder aus der Versenkung zu holen, aber nur so lang wie eben notwendig; die Existenz objektiver Wirklichkeit zu leugnen und trotzdem der Wirklichkeit, die man leugnet, Rechnung zu tragen – all dies gehört unabdingbar dazu. Allein schon beim Gebrauch des Wortes *Doppeldenk* hat man *Doppeldenk* anzuwenden. Indem man nämlich das Wort gebraucht, gesteht man ein, dass man an der Wirklichkeit herumschraubt; mit der nächsten Anwendung *Doppeldenk* löscht man dieses Wissen aus, und so endlos weiter, wobei die Lüge der Wahrheit immer einen Schritt voraus ist. Letztlich war die Partei mithilfe von *Doppeldenk* in der Lage, den Gang der Geschichte anzuhalten – und wird möglicherweise noch Tausende von Jahren dazu in der Lage sein.

Alle Oligarchien der Vergangenheit büßten ihre Macht ein, weil sie entweder verknöcherten oder verweichlichten. Entweder wurden sie beschränkt und anmaßend, verpassten den Anschluss an die Zeitumstände und wurden gestürzt; oder sie wurden tolerant und feige, machten Zugeständnisse, wo hartes Durchgreifen geboten gewesen wäre, und wurden ebenfalls gestürzt. Will sagen, sie stürzten entweder, weil sie ihren Verstand einsetzten oder weil sie ihn verschlossen. Es ist die Leistung der Partei, ein Denkverfahren hervorgebracht zu haben, in dem beides gleichzeitig existieren kann. Und auf keiner anderen geistigen Grundlage hätte die Herrschaft der Partei derart verstetigt werden können. Wenn man herrscht und weiter herrschen will, muss man die Bedeutung von Wirklichkeit verschieben können. Denn das Geheimnis von Herrschaft besteht darin, den Glauben an die eigene Unfehlbarkeit mit der Fähigkeit zu verbinden, aus Fehlern von früher zu lernen.

Es versteht sich von selbst, dass die feinsinnigsten Anwender von *Doppeldenk* jene sind, die *Doppeldenk* erfunden haben und wissen, dass es ein großes System der geistigen Selbstüberlistung ist. In unserer Gesellschaftsordnung sind diejenigen mit den besten Einblicken in die Sachlage auch am weitesten davon entfernt, die Welt so zu sehen, wie sie wirklich ist. Unterm Strich: Je größer die Einsicht, desto größer auch der Wahn; je verständiger, desto weniger vernünftig. Sehr anschaulich macht dies die Tatsache, dass die Kriegshysterie an Heftigkeit zunimmt, je höher einer gesellschaftlich steigt. Diejenigen, deren Einstellung zum Krieg fast schon vernünftig ist, sind die unterjochten Menschen der umkämpften Gebiete. Für diese Leute ist der Krieg schlichtweg ein anhaltendes Unglück, das wie eine Flutwelle immer neu über ihnen zusammenbricht. Welche Seite siegt, ist ihnen völlig egal. Sie wissen genau: Eine Änderung in den Machtverhältnissen bedeutet nichts, als dass sie die gleiche Arbeit wie bisher für neue Herren verrichten müssen, die genauso mit ihnen umspringen wie die alten. Die geringfügig bessergestellten Arbeiter, die wir »Prols« nennen, sind sich des Krieges nur zeitweilig bewusst. Falls erforderlich, lassen sie sich zu Angst- und Hasstiraden aufstacheln, aber wenn man sie in Ruhe lässt, können sie über lange Zeiträume ausblenden, dass Krieg herrscht. Die wahre Kriegsbegeisterung findet man in den Reihen der Partei, insbesondere der Inneren Partei. Ganz besonders fest an die Welteroberung glauben diejenigen, die wissen, dass sie nicht möglich ist. Diese merkwürdige Verknüpfung von Gegensätzen – Wissen mit Ignoranz, Zynismus mit Fanatismus – ist ein Hauptmerkmal der ozeanischen Gesellschaft. Die geltende Ideologie strotzt vor Widersprüchen, selbst da, wo kein praktischer Beweggrund für sie vorliegt. So verwirft und schmäht die Partei jeden Grundsatz, für den die sozialistische Bewegung ursprünglich eintrat, und tut das auch noch im Namen des Sozialismus. In beispielloser Weise predigt sie Verachtung für die Arbeiterklasse, dabei steckt sie ihre Mitglieder in eine Uniform, die einst die Fabrikarbeiter trugen und von ihnen übernommen wurde. Sie untergräbt systematisch den Zusammenhalt der Familie und lässt ihren Führer mit einem Namen anreden, der unmittelbar geschwisterliche Gefühle weckt. Selbst aus den Namen der vier Ministerien, von denen wir regiert werden, spricht in ihrer bewussten Verdrehung der Fakten blanker Hohn. Das Ministerium für Frieden befasst sich mit Krieg, das Ministerium für Wahrheit mit Lügen, das Ministerium für Liebe mit Folter und das Ministerium für Fülle mit Mangel. Diese Widersprüche sind kein Zufall und auch nicht das Ergebnis gewöhnlicher Heuchelei: Sie sind wohldurchdachte Anwendungen von *Doppeldenk*. Denn unbegrenzte Macht sichert man sich nur, wenn Widersprüche miteinander in Einklang gebracht werden. Auf keine andere Weise konnte der Kreislauf von ehedem durchbrochen werden. Wenn die Gleichheit der Menschen für alle Zeit verhindert werden soll – wenn die Oberen, wie wir sie genannt haben, ihren Platz dauerhaft behalten sollen –, dann muss die allgemein geltende Geistesverfassung gelenkter Irrsinn sein.

Aber da stellt sich eine Frage, die wir bis hierhin fast außer Acht gelassen haben. Sie lautet: Wieso überhaupt soll die Gleichheit der Menschen verhindert werden? Angenommen, die Mechanismen des Vorgangs wurden richtig beschrieben, was ist dann der Beweggrund für diesen großangelegten, minutiös geplanten Versuch, die Geschichte an einem ganz bestimmten Punkt erstarren zu lassen?

Damit wären wir beim innersten Geheimnis. Wie wir gesehen haben, beruht der Nimbus der Partei, insbesondere der Inneren Partei, auf *Doppeldenk*. Aber noch verborgener als dieses liegt der ursprüngliche Beweggrund, der nie erkundete Instinkt, der erst zur Machtergreifung führte und danach Doppeldenk, die Gedankenpolizei, permanenten Krieg und das ganze erforderliche Zubehör mit sich brachte. Dieser Beweggrund besteht im …

Winston wurde sich der Stille bewusst, wie man sich eines neuen Geräuschs bewusst wird. Julia war ihm seit einiger Zeit sehr still erschienen. Sie lag mit nacktem Oberkörper auf der Seite; die Wange ruhte auf ihrer Hand, eine schwarze Haarsträhne hing ihr über den Augen. Ihre Brust hob und senkte sich langsam und regelmäßig.

»Julia.«

Keine Reaktion.

»Julia, bist du wach?«

Keine Reaktion. Sie schlief. Er klappte das Buch zu, legte es behutsam auf den Boden, legte sich selbst hin und zog die Decke über sie beide.

Das letzte Geheimnis, überlegte er, hatte er noch immer nicht erfahren. Das *Wie* hatte er nachvollzogen, das *Wieso* nicht.

Das erste Kapitel hatte ihm wie das dritte im Grunde nichts Neues erzählt, es hatte bloß in eine Ordnung gebracht, was er an Wissen bereits besaß. Doch nach seiner Lektüre wusste er besser als zuvor, dass er nicht verrückt war. Einer Minderheit anzugehören, selbst wenn die Minderheit nur aus dir selbst bestand, machte dich nicht zu einem Verrückten. Hier gab es die Wahrheit, dort die Unwahrheit, und wenn du dich selbst der ganzen Welt zum Trotz an die Wahrheit hieltest, warst du nicht verrückt. Ein gelber Strahl der untergehenden Sonne fiel schräg durch das Fenster und auf das Kissen. Er schloss die Augen. Die Sonne auf seinem Gesicht und der weiche Körper des Mädchens, der den seinen berührte, verschafften ihm ein starkes, einlullendes Gefühl der Zuversicht. Er war geborgen, alles war gut. Beim Einschlafen murmelte er »Vernunft ist nichts Statisches«, wobei ihm war, als sei in dieser Bemerkung eine tiefe Weisheit enthalten.

X

Er erwachte mit dem Gefühl, sehr lange geschlafen zu haben, aber ein Blick auf die altmodische Uhr sagte ihm, dass es erst halb neun war. Er lag noch eine Weile dösend da; dann drang vom Hof der gewohnte kraftvolle Gesang herauf:

Ach, ein Blendwerk war er nur,
Dieser Tag der Seligkeit.
Doch ein Wort und ein Blick ließen Träume zurück
Und ein Herz voller Liebe und Leid!

Das dämliche Lied schien noch immer angesagt zu sein. Man hörte es weiter überall. Es hatte das Hasslied überdauert. Zu seinen Klängen wachte Julia auf, sie streckte sich genüsslich und stieg aus dem Bett.

»Ich habe Hunger«, sagte sie. »Lass uns noch einen Kaffee machen. Mist! Der Kocher ist ausgegangen, und das Wasser ist kalt.« Sie hob den Kocher an und schüttelte ihn. »Da ist gar kein Öl mehr drin.«

»Wir kriegen bestimmt welches von Mr Charrington.«

»Aber komisch, ich hatte extra dafür gesorgt, dass er voll ist. Ich ziehe mich rasch an«, fügte sie hinzu. »Es scheint kälter geworden zu sein.«

Auch Winston stand auf und zog sich an. Die unermüdliche Stimme sang weiter:

All dein Kummer, er vergeht,
Heißt es. Wunden heilt die Zeit.
Doch das einstige Glück und mein Missgeschick –
Wie quäl'n sie mich in der Einsamkeit.

Während er den Gürtel seines Overalls schloss, ging er zum Fenster. Die Sonne musste hinter den Häusern untergegangen sein, sie schien nicht mehr in den Hof. Die Steinplatten waren feucht, als seien sie eben gereinigt worden, und er hatte die Empfindung, dass auch der Himmel gereinigt worden sei, so frisch und hell war das Blau zwischen den Schornsteinen. Unermüdlich ging die Frau hin und her, ihr Mund ein Klammerspender, sie sang und verstummte wieder, hängte weitere und immer noch mehr Windeln auf. Er fragte sich, ob sie von Waschaufträgen lebte oder nur die Sklavin von zwanzig, dreißig Enkelkindern war. Julia war neben ihn getreten; gemeinsam schauten sie ein Stück weit fasziniert nach unten auf die korpulente Gestalt. Wie er die Frau in ihrer typischen Haltung so betrachtete, ihre zur Leine ausgestreckten, dicken Arme, die Wölbung ihres mächtigen Pferdehinterns, fand er zum ersten Mal, dass sie schön war. Nie zuvor war ihm in den Sinn gekommen, der Körper einer fünfzigjährigen Frau, monströs aufgequollen von Schwangerschaften und dann durch Arbeit derart verhärtet und ausgezehrt, dass die Haut runzlig war wie eine überreife Rübe, könne schön sein. Aber so war es, und überhaupt, dachte er, wieso denn auch nicht? Der ausufernde Leib, massiv wie ein Granitblock, und die raue rote Haut verhielten sich zum Körper eines Mädchens wie die Hagebutte zur Rose. Warum sollte man die Frucht geringer schätzen als die Blüte?

»Sie ist schön«, murmelte er.

»Sie hat locker einen Meter Hüftumfang«, sagte Julia.

»Durch ihn bringt sie ihre Schönheit zur Geltung«, sagte Winston.

Sein Arm umfasste spielend Julias biegsame Taille. Sie war von der Hüfte bis zum Knie an ihn geschmiegt. Aus ihren Körpern sollte nie ein Kind hervorgehen. Das war die eine Sache, die sie nicht vermochten. Nur von Mund zu Mund und an Menschen mit Verstand konnten sie das Geheimnis weitergeben. Die Frau da unten hatte keinen Verstand, sie hatte nur starke Arme, ein warmes Herz und einen fruchtbaren Leib. Er überlegte, wie viele Kinder sie wohl zur Welt gebracht hatte. Es konnten leicht fünfzehn sein. Sie hatte kurz, vielleicht ein Jahr lang, ihre Blütezeit als schöne Wildrose durchlebt, war dann plötzlich aufgegangen wie eine bestäubte Frucht und hart, rot und rau geworden, und seither hatte ihr Leben dreißig pausenlose Jahre lang aus Waschen, Schrubben, Stopfen, Kochen, Fegen, Putzen, Flicken, Schrubben, Waschen bestanden, erst für die Kinder, dann für die Enkel. Am Ende all dessen sang sie noch immer. Die geheime Verehrung, die er ihr gegenüber empfand, vermischte sich irgendwie mit dem Anblick des hellen, wolkenlosen Himmels, der sich hinter den Schornsteinen in die endlose Ferne erstreckte. Es war ein sonderbarer Gedanke, dass der Himmel für alle derselbe war, in Eurasien und Ostasien ebenso wie hier. Und die Menschen unter dem Himmel glichen sich auch – überall, weltweit, Hunderttausende, Millionen Menschen ganz wie hier, einander unbekannt, durch Mauern aus Hass und Lügen voneinander getrennt, und doch fast ohne Unterschied – Menschen, die niemals denken gelernt hatten, die aber in ihren Herzen, Leibern und Muskeln die Kraft aufspeicherten, die eines Tages die Welt umstürzen würde. Wenn es noch Hoffnung gibt, liegt sie bei den Prols! Ohne *das Buch* zu Ende gelesen zu haben wusste er, dass dies Goldsteins finale Botschaft sein musste. Die Zukunft gehörte den Prols. Und konnte er sicher sein, dass die Welt, die sie gestalteten, wenn ihre Zeit gekommen war, ihm, Winston Smith, nicht ebenso fremd sein würde wie die Welt der Partei? Ja, denn es wäre immerhin eine verständige Welt. Wo Gleichheit herrscht, kann die Vernunft walten. Früher oder später wäre es soweit, dann würde sich Kraft in Bewusstsein wandeln. Die Prols waren unsterblich, daran kam angesichts der wackeren Gestalt im Hof kein Zweifel auf. Zu guter Letzt würden sie erwachen. Bis es soweit war, und mochte es noch tausend Jahre dauern, würden sie allen Widrigkeiten zum Trotz fortbestehen wie die Vögel und von Mensch zu Mensch die Lebenskraft weitergeben, die der Partei abging und die sie nicht zerstören konnte.

»Weißt du noch«, sagte er, »wie uns die Drossel etwas vorsang an diesem ersten Tag am Rand des Wäldchens?«

»Sie hat uns nichts vorgesungen«, sagte Julia. »Sie hat nur zu ihrem eigenen Vergnügen gesungen. Nicht mal das, sie hat einfach gesungen.«

Die Vögel sangen, die Prols sangen, die Partei sang nicht. Auf dem gesamten Erdball, in London und New York, Afrika und Brasilien und in den geheimnisvollen verbotenen Ländern hinter den Grenzen, auf den Straßen von Paris und Berlin, in den Dörfern der endlosen russischen Ebene, auf den Basaren Chinas und Japans – überall stand die gleiche üppige, unbesiegbare Gestalt, aufgedunsen vom Arbeiten und Kinderkriegen, plagte sich ein Leben lang ab und sang dabei. Eines Tages musste aus diesen mächtigen Lenden ein Geschlecht selbstbestimmter Menschen hervorgehen. Du selbst zähltest zu den Toten, ihnen gehörte die Zukunft. Aber du konntest ein Teil dieser Zukunft sein, wenn du den Verstand am Leben hieltest, so wie sie den Körper am Leben erhielten, und das Geheimwissen weitergabst, dass zwei und zwei vier ist.

»Wir sind die Toten«, sagte er.

»Wir sind die Toten«, sprach ihm Julia brav nach.

»Ihr seid die Toten«, sagte eine harte Stimme hinter ihnen.

Sie fuhren auseinander. Winstons Eingeweide wirkten wie zu Eis erstarrt. Er sah das Weiß um die Iris von Julias Augen. Ihr Gesicht hatte sich milchig-gelb verfärbt. Die verbliebenen Flecken Rouge auf ihren Wangen standen scharf hervor, fast wie ohne Verbindung zur Haut darunter.

»Ihr seid die Toten«, sagte die harte Stimme erneut.

»Das kam von hinter dem Bild«, hauchte Julia.

»Das kam von hinter dem Bild«, sagte die Stimme. »Bleibt genau da, wo ihr seid. Rührt euch nicht, bis man euch dazu auffordert.«

Es war soweit, endlich war es soweit! Sie konnten nichts tun außer dazustehen und einander in die Augen zu blicken. Renn um dein Leben, nichts wie fort aus dem Haus, solange es noch geht – derlei Gedanken kamen ihnen nicht. Es war unvorstellbar, der harten Stimme aus der Wand nicht zu gehorchen. Ein Klicken wie durch das Lösen eines Hakens war zu hören und das Splittern von Glas. Das Bild war zu Boden gefallen, zum Vorschein kam der Monitor dahinter.

»Jetzt können sie uns sehen«, sagte Julia.

»Jetzt können wir euch sehen«, sagte die Stimme. »Stellt euch in die Mitte des Zimmers. Steht Rücken an Rücken. Verschränkt die Arme hinter den Köpfen. Berührt euch nicht.«

Sie berührten sich nicht, doch ihm war, als fühle er, wie Julia zitterte. Vielleicht war es auch nur sein eigenes Zittern. Das Klappern seiner Zähne bekam er in den Griff, aber über seine Knie hatte er keine Gewalt. Unten war drinnen wie draußen Trampeln von Stiefeln zu hören. Der Hof schien voller Menschen zu sein. Etwas wurde über die Steinplatten geschleift. Der Gesang der Frau brach abrupt ab. Ein langes, polterndes Scheppern klang so, als sei der Waschzuber über den Hof geschleudert worden, daraufhin gab es allerhand wütende Rufe, die mit einem Schmerzensschrei endeten.

»Das Haus ist umstellt«, sagte Winston.

»Das Haus ist umstellt«, sagte die Stimme.

Er hörte, wie Julia die Zähne aufeinanderbiss. »Mir scheint, wir können auch gleich voneinander Abschied nehmen«, sagte sie.

»Ihr könnt auch gleich voneinander Abschied nehmen«, sagte die Stimme. Und dann ließ sich eine völlig andere Stimme, eine dünne, gewandte Stimme hören, die Winston bekannt vorkam: »Ach, und wo wir gerade beim Thema sind: ›Here comes a candle to light you to bed, here comes a chopper to chop off your head‹!«

In Winstons Rücken krachte etwas auf das Bett. Die Spitze einer Leiter war durchs Fenster gestoßen worden und hatte den Rahmen zertrümmert. Jemand stieg durch das Fenster herein. Es gab polternde Schritte die Treppe hinauf. Überall im Zimmer standen starke Männer in schwarzer Uniform mit eisenbeschlagenen Stiefeln an den Füßen und Schlagstöcken in den Händen.

Winston zitterte nicht mehr. Selbst seine Augen bewegte er kaum. Es ging allein darum, stillzuhalten, stillzuhalten, damit sich ihnen kein Anlass bot, zuzuschlagen! Ein Mann mit der glattrasierten Visage eines Preisboxers, sein Mund nichts als ein Schlitz, blieb vor ihm stehen und ließ seinen Schlagstock sinnend zwischen Daumen und Zeigefinger baumeln. Winston begegnete seinem Blick. Dass er die Hände hinter dem Kopf verschränkt hielt und Gesicht und Körper völlig ungeschützt waren, ließ ihn eine Nacktheit empfinden, die fast unerträglich war. Der Mann streckte die Spitze einer weißen Zunge heraus, leckte über die Stelle, an der seine Lippen hätten sein sollen, und ging weiter. Erneut krachte es. Jemand hatte den gläsernen Briefbeschwerer vom Tisch genommen und ihn an der Kaminplatte zertrümmert.

Das Stückchen Koralle, ein winziges rosa Etwas wie die Zuckerverzierung auf einer Torte, rollte über den Vorleger. Wie klein, dachte Winston, wie klein es von jeher gewesen ist! Da waren ein Keuchen und ein dumpfer Schlag hinter ihm, und er bekam einen heftigen Tritt gegen den Knöchel, der ihm beinahe das Gleichgewicht nahm. Einer der Männer hatte Julia derart in den Solarplexus geschlagen, dass sie zusammenklappte wie ein Taschenmesser. Sie krümmte sich auf dem Boden und rang nach Luft. Winston wagte seinen Kopf nicht um einen Millimeter zu bewegen, aber manchmal geriet ihr leichenfahles, japsendes Gesicht in sein Blickfeld. Bei all seiner Angst war es, als verspüre er den Schmerz am eigenen Leib, den grässlichen Schmerz, der gleichwohl nicht so schlimm war wie die akute Atemnot. Er wusste, wie das war: der schreckliche, qualvolle Schmerz, der die ganze Zeit da war, den man aber wegdrücken musste, weil man einfach zunächst wieder Luft bekommen musste. Dann hoben zwei der Männer sie an den Knien und Schultern hoch und trugen sie wie einen Sack aus dem Zimmer. Winston sah noch einmal ganz kurz ihr Gesicht, kopfüber, gelb und verzerrt, mit geschlossenen Augen und den Rougeflecken auf beiden Wangen; es war das Letzte, was er von ihr sah.

Er stand reglos da. Bislang hatte ihn niemand geschlagen. Gedanken, die von ganz allein kamen, aber völlig ohne Belang schienen, begannen ihm durch den Kopf zu schwirren. Er fragte sich, ob sie Mr Charrington schon geschnappt hatten. Er fragte sich, was man wohl mit der Frau im Hof gemacht hatte. Ihm fiel auf, dass er dringend Wasser lassen musste, was ihn etwas wunderte, da er es zwei, drei Stunden zuvor erst getan hatte. Er stellte fest, dass die Uhr auf dem Kaminsims auf neun wies, es also 21.00 Uhr war. Aber das Licht wirkte zu hell. Müsste es an einem Augustabend um 21.00 Uhr nicht schon dunkler sein? Er überlegte, ob er und Julia sich nicht doch in der Zeit geirrt hatten – dass sie zwölf Stunden geschlafen hatten und um halb neun am nächsten Morgen dachten, es sei erst 20.30 Uhr. Aber er befasste sich nicht weiter mit diesem Gedanken. Es war belanglos.

Im Flur waren andere, schwächere Schritte zu hören. Mr Charrington trat ins Zimmer. Die schwarzuniformierten Männer verhielten sich mit einem Mal beherrschter. Auch in Mr Charringtons Erscheinung hatte sich etwas verändert. Sein Blick fiel auf die Bruchstücke des gläsernen Briefbeschwerers.

»Hebt die Scherben da auf«, sagte er scharf.

Ein Mann bückte sich folgsam. Der Cockney-Akzent war verschwunden; mit einem Mal wurde Winston klar, wessen Stimme er kurz zuvor aus dem Monitor gehört hatte. Mr Charrington trug noch seine alte Samtjacke, aber sein immer fast weißes Haar war nun schwarz. Er hatte auch seine Brille nicht auf. Er sah Winston nur einmal streng an wie um sich zu vergewissern, dass er es war, und würdigte ihn danach keines Blickes mehr. Man erkannte ihn noch wieder, aber er war nicht derselbe Mensch. Er stand aufrechter da und schien gewachsen zu sein. Die nur geringfügigen Veränderungen in seinem Gesicht hatten gleichwohl eine totale Verwandlung bewirkt. Die schwarzen Augenbrauen waren weniger buschig, die Falten waren fort, sämtliche Gesichtszüge wirkten anders; sogar die Nase schien kürzer zu sein. Es war das wachsame, kalte Gesicht eines rund 35-jährigen Mannes. Winston wurde bewusst, dass er zum ersten Mal in seinem Leben wissentlich einen Angehörigen der Gedankenpolizei vor sich sah.

Dritter Teil

I

Er wusste nicht, wo er war. Vermutlich war er im Ministerium für Liebe, doch darüber ließ sich keine Gewissheit erlangen.

Er befand sich in einer hohen, fensterlosen Zelle mit Wänden aus glänzenden weißen Kacheln. Verborgene Lampen tauchten sie in kaltes Licht, und es gab ein beständiges leises Brummen, das er mit der Belüftung in Zusammenhang brachte. Eine Bank oder Ablage, gerade breit genug, um darauf sitzen zu können, lief rings um die Wand, unterbrochen nur durch die Tür und einen Abort ohne hölzerne Klobrille gegenüber der Tür. Es gab vier Monitore, an jeder Wand einen.

Im Bauch empfand er einen dumpfen Schmerz. Er begleitete ihn, seit man ihn in den geschlossenen Transportwagen gepackt und fortgefahren hatte. Aber er war auch hungrig, er verspürte einen nagenden, unheilvollen Hunger. Es mochte vierundzwanzig Stunden her sein, seit er etwas gegessen hatte, oder auch sechsunddreißig. Er wusste noch immer nicht und würde vermutlich nie wissen, ob es bei seiner Festnahme Morgen oder Abend gewesen war. Seit er in Haft war, hatte er nichts zu essen bekommen.

So reglos er konnte saß er auf der schmalen Bank, die Hände gekreuzt auf den Knien. Er hatte bereits gelernt, still dazusitzen. Wegen unerwarteter Bewegungen wurde man aus dem

Monitor angeschrien. Aber sein Verlangen nach etwas Essbarem wurde immer heftiger. Ganz besonders sehnte er sich nach einem Stück Brot. Es konnte sein, dass er in der Tasche seines Overalls noch ein paar Brotkrumen hatte. Es war sogar möglich – er kam darauf, weil ihn dann und wann etwas am Bein zu kitzeln schien –, dass noch ein ansehnlicher Kanten darin steckte. Schließlich war die Verlockung nachzuschauen größer als die Angst; er schob eine Hand in die Tasche.

»Smith!«, schrie eine Stimme aus dem Monitor. »6079 Smith W.! Hände aus den Taschen in der Zelle!«

Er saß wieder reglos da, die Hände gekreuzt auf den Knien. Bevor er hierher gelangt war, hatte man ihn an einen anderen Ort gebracht, der ein normales Gefängnis oder ein von der Streife genutzter Verfügungsarrest gewesen sein musste. Er wusste nicht, wie lange er dort gewesen war; auf jeden Fall einige Stunden; ohne Uhr und Tageslicht war die Zeit schwer abzuschätzen. Es war ein lauter, übelriechender Ort gewesen. Man hatte ihn in eine Zelle gesteckt, die sich von seiner jetzigen wenig unterschied, aber ekelhaft dreckig und ständig mit zehn, fünfzehn Leuten überbelegt war. Es waren zumeist gewöhnliche Straftäter, aber es gab auch ein paar politische Gefangene unter ihnen. Von schmutzigen Leibern angerempelt, hatte er still an die Wand gelehnt dagesessen, zu beschäftigt mit seiner Angst und den Bauchschmerzen, um sich für sein Umfeld näher zu interessieren, wobei er doch bemerkte, wie enorm sich das Verhalten der Parteihäftlinge von dem der anderen unterschied. Die Parteihäftlinge waren immer still und in großer Angst, die normalen Gefangenen dagegen schienen keine Scheu vor niemand zu haben. Sie beleidigten die Wachen lautstark, setzten sich wütend gegen die Beschlagnahmung ihrer Habe zur Wehr, schrieben obszöne Wörter auf den Boden, aßen eingeschmuggelte Sachen, die sie aus diskreten Verstecken in ihrer Kleidung hervorzauberten, und brüllten sogar den Monitor nieder, wenn er wieder Ordnung zu schaffen versuchte. Auf der anderen Seite schienen manche einen guten Draht zu den Wachen zu haben; sie riefen sie bei Spitznamen und versuchten ihnen durch das Guckloch in der Tür Zigaretten abzuschwatzen. Die Wachen ihrerseits behandelten die normalen Gefangenen mit einer gewissen Langmut, selbst wenn sie sie hart anpacken mussten. Viel geredet wurde über die Zwangsarbeitslager; die meisten Gefangenen rechneten damit, dorthin geschickt zu werden. Es war »ganz okay« in den Lagern, so Winstons Fazit, wenn man denn gute Beziehungen hatte und die Spielregeln beherrschte. Es gab Bestechung dort, Günstlingswirtschaft und Geschäftemacherei jeglicher Art, es gab Homosexualität und Prostitution, es gab sogar aus Kartoffeln schwarz gebrannten Schnaps. Vertrauenspositionen gingen nur an gewöhnliche Straftäter, vor allem Berufsverbrecher und Mörder, die eine Art Aristokratie bildeten. Sämtliche Drecksarbeit erledigten die Politischen.

Es gab ein ständiges Kommen und Gehen von Insassen aller Art: Drogenhändler, Diebe, Räuber, Schwarzmarkthändler, Säufer, Prostituierte. Manche der Betrunkenen waren so aggressiv, dass sich die anderen Gefangenen zusammentun mussten, um sie zu bändigen. Ein riesiges Wrack von Frau, etwa sechzig Jahre alt mit großen Hängebrüsten und dicken, aufgesteckten weißen Locken, die sich im Gemenge gelöst hatten, wurde um sich tretend und schreiend von vier Wachen hereingetragen, die sie jeder an einem Ende festhielten. Sie zerrten ihr die Stiefel herunter, mit denen sie nach ihnen zu treten versucht hatte, und schubsten sie Winston auf den Schoß, wobei ihm fast die Schenkelknochen brachen. Die Frau rappelte sich auf und schickte ihnen ein lautes »Sch***kerle!« hinterher. Dann, als ihr auffiel, dass sie auf etwas Wackligem saß, rutschte sie von Winstons Knien auf die Bank.

»Tschuldigung, Süßer«, sagte sie. »Ich hätt mich nich auf dich draufgesetzt, die Ärsche ham mich da hinverfrachtet. Die verstehn auch gar nix vom Umgang mit Damen.« Sie hielt inne, tätschelte ihre Brust und rülpste. »Tschuldigung«, sagte sie, »bin noch nich ganz bei mir.«

Sie beugte sich vor und erbrach sich ausgiebig auf den Boden.

»So ist besser«, sagte sie und lehnte sich mit geschlossenen Augen wieder zurück. »Behalt's nie drin, sag ich immer. Raus damit, solang es noch frisch im Magen ist.«

Sie lebte auf, drehte sich für einen neuerlichen Blick auf Winston um und schien sofort Geschmack an ihm gefunden zu haben. Sie legte einen mächtigen Arm um seine Schultern und zog ihn an sich, dabei traf ihn ihr nach Bier und Kotze stinkender Atem.

»Wie heißt'n, Süßer?«, fragte sie.

»Smith«, sagte Winston.

»Smith?«, sagte die Frau. »Das's ja lustig. Ich heiß auch Smith. Na«, fügte sie gefühlig hinzu, »ich könnte deine Mutter sein!«

Sie konnte tatsächlich seine Mutter sein, dachte Winston. Vom Alter und der Statur kam das hin, und es ließ sich denken, dass zwanzig Jahre im Arbeitslager einen Menschen verändert hatten.

Sonst hatte niemand mit ihm gesprochen. Die Parteihäftlinge wurden von den normalen Straftätern verblüffend gründlich ignoriert. »Die Polit'schen« nannten sie sie mit interesseloser

Geringschätzung. Die Parteihäftlinge hatten offenbar Angst davor, mit jemandem zu reden, insbesondere untereinander. Nur einmal, als zwei Parteimitglieder, beides Frauen, auf der Bank eng aneinandergepresst wurden, hörte er inmitten des Stimmengewirrs ein paar hastig geflüsterte Worte mit; sie nahmen auf etwas Bezug, das sie »Raum eins-null-eins« nannten, was ihm nichts sagte.

Es mochte nun zwei, drei Stunden her sein, dass man ihn hierhergebracht hatte. Der dumpfe Schmerz in seinem Bauch ging nie weg, war aber manchmal erträglich und dann wieder übler, und je nachdem waren auch seine Gedanken eher schweifend oder gedrosselt. Wenn er schlimmer wurde, hatte er nur noch den Schmerz und sein Verlangen nach Nahrung im Sinn. Ließ er nach, ergriff ihn Panik. Es gab Momente, in denen er die Dinge, die mit ihm geschehen würden, mit solcher Deutlichkeit abzusehen vermochte, dass sein Herz raste und ihm der Atem stockte. Er spürte die Knüppelschläge auf seine Ellbogen und die Tritte eisenbeschlagener Stiefel gegen seine Schienbeine; er sah sich auf dem Fußboden winden und mit ausgeschlagenen Zähnen um Gnade flehen. An Julia dachte er kaum. Er konnte sich nicht auf sie konzentrieren. Er liebte sie und würde sie nicht verraten; aber das war nur ein Wissen, über das er verfügte wie über die Grundrechenarten. Liebe für sie empfinden konnte er nicht, und er fragte sich kaum einmal, was wohl mit ihr geschah. Häufiger dachte er an O'Brien, mit flackernder Hoffnung. O'Brien konnte wissen, dass er verhaftet worden war. Die Bruderschaft, so hatte er gesagt, versuchte niemals, ihre Mitglieder zu retten. Aber es gab noch die Rasierklinge; sie würden ihm die Rasierklinge schicken, wenn sie konnten. Er würde vielleicht fünf Sekunden Zeit haben, bis die Wachen in die Zelle gestürzt kämen. Mit beißender Kälte würde die Klinge in ihn eindringen, und sie würde selbst die sie haltenden Finger bis auf die Knochen durchschneiden. Es hing alles von seinem angeschlagenen Körper ab, der zitternd vor dem kleinsten Schmerz zurückwich. Er war nicht sicher, ob er die Rasierklinge, wenn sich ihm denn die Möglichkeit bot, wirklich einsetzen würde. Es war natürlicher, von Moment zu Moment zu existieren und noch weitere zehn Minuten Leben mitzunehmen in dem Wissen, dass es mit Folter zu Ende ging.

Manchmal versuchte er die Anzahl der Kacheln an der Zellenwand zu ermitteln. An sich keine schwere Aufgabe, aber er verzählte sich jedes Mal an irgendeiner Stelle. Noch öfter fragte er sich, wo er sich befand und welche Tageszeit wohl gerade war. In dem einen Moment glaubte er fest, dass draußen heller Tag sei, und im nächsten ebenso fest, es herrsche finstere Nacht. Hier an diesem Ort, wusste er unwillkürlich, wurde die Beleuchtung niemals ausgeschaltet. Es war der Ort, wo keine Dunkelheit herrscht: Jetzt begriff er, warum O'Brien die Anspielung verstanden zu haben schien. Das Ministerium für Liebe hatte keine Fenster. Seine Zelle konnte im Innern des Gebäudes liegen oder an einer Außenwand, zehn Stockwerke tief unter der Erde oder dreißig darüber. Er versetzte sich im Geist von Ort zu Ort und versuchte mittels Intuition zu bestimmen, ob er hoch in der Luft saß oder tief untertage vergraben war.

Draußen war das Geräusch von Stiefeln zu hören. Die Stahltür ging mit Getöse auf. Ein junger Offizier, eine schlanke, schwarzuniformierte Gestalt, die am ganzen Leib vor glänzendem Leder funkelte und deren bleiches, kantiges Gesicht wie eine Wachsmaske war, trat forsch ein. Er gab den Wachen draußen ein Zeichen, den Gefangenen in ihrer Obhut hereinzubringen. Der Dichter Ampleforth kam in die Zelle getrottet. Die Tür schloss sich wieder mit Getöse.

Ampleforth bewegte sich unsicher in verschiedene Richtungen, als habe er so eine Idee, dass da eine andere Tür sei, durch die es wieder hinaus ging, dann begann er in der Zelle auf und ab zu gehen. Winstons Anwesenheit hatte er noch gar nicht bemerkt. Mit nervösen Augen starrte er etwa einen Meter oberhalb von Winstons Kopf an die Wand. Er trug keine Schuhe; große, schmutzige Zehen standen aus den Löchern seiner Socken hervor. Zudem war es einige Tage her, dass er sich zuletzt rasiert hatte. Ein struppiger Bart bedeckte sein Gesicht bis zu den Wangen und verlieh ihm etwas Verruchtes, das schlecht zu seiner großen, schwachen Statur und seinen nervösen Bewegungen passte.

Winston erhob sich etwas aus seiner Lethargie. Er musste mit Ampleforth reden und das Risiko eingehen, durch den Monitor angeschrien zu werden. Es war sogar denkbar, dass Ampleforth ihm die Rasierklinge überbrachte.

»Ampleforth«, sagte er.

Vom Monitor her erfolgte kein Rüffel. Ampleforth blieb stehen, leicht verblüfft. Langsam nahmen seine Augen Winston ins Visier.

»Ach, Smith!«, sagte er. »Sie auch!«

»Weswegen sind Sie hier?«

»Mal ehrlich gesagt –« Er setzte sich unbeholfen auf die Bank Winston gegenüber. »Es gibt doch nur ein Delikt, oder etwa nicht?«

»Und das haben Sie begangen?«

»Offenbar ja.«

Er legte eine Hand an seine Stirn und massierte eine Weile die Schläfen wie im Versuch, sich an etwas zu erinnern.

»Derlei passiert«, begann er unbestimmt. »Ich konnte mir einen Fall ins Gedächtnis zurückrufen – einen möglichen Fall. Es war eine Unbedachtsamkeit, zweifelsohne. Wir arbeiteten an einer Ausgabe letzter Hand der Gedichte von Kipling. Ich ließ das Wort ›Gott‹ am Ende eines Verses stehen. Es ging nicht anders!«, fügte er fast entrüstet hinzu, während er den Kopf hob, um Winston anzusehen. »Es war nicht möglich, den Vers zu ändern. Das Reimwort war ›Spott‹. Ist Ihnen klar, dass unsere Sprache nur über ein Dutzend Reimwörter auf ›Spott‹ verfügt? Tagelang habe ich mir das Hirn zermartert. Es gab schlichtweg keinen anderen Reim.«

Seine Miene veränderte sich. Der Ärger schwand aus seinem Gesicht, und einen Moment lang wirkte er fast zufrieden. Eine Art geistiger Erregung, die Freude des Pedanten, der etwas Nutzlosem auf die Spur gekommen war, leuchtete durch den Schmutz und das zerzauste Haar.

»Haben Sie sich je bewusst gemacht«, sagte er, »dass die gesamte Geschichte der englischen Lyrik von dem Umstand geprägt wurde, dass es in der englischen Sprache zu wenige Reimwörter gibt?«

Nein, speziell dies hatte sich Winston nie bewusst gemacht. Angesichts der Umstände kam es ihm auch nicht allzu wichtig oder interessant vor.

»Wissen Sie, was für eine Tageszeit es ist?«, fragte er.

Ampleforth machte wieder ein erschrockenes Gesicht. »Darüber habe ich noch kaum nachgedacht. Verhaftet wurde ich – mag sein vor zwei Tagen – vielleicht auch drei.« Sein Blick streifte über die Wände, als halte er es durchaus für möglich, dass er irgendwo ein Fenster entdeckte. »An diesem Ort gibt es keinen Unterschied zwischen Tag und Nacht. Ich wüsste nicht, wie sich hier die Zeit ermitteln lassen sollte.«

Ein paar Minuten sprachen sie lustlos miteinander, dann befahl ihnen ohne ersichtlichen Anlass ein Ruf aus dem Monitor, zu schweigen. Winston saß still da, mit verschränkten Armen. Ampleforth, der zu groß war, um auf der schmalen Bank bequem sitzen zu können, rutschte unruhig hin und her, legte seine dünnen Arme erst um das eine Knie, dann um das andere. Der Monitor kläffte ihn an, stillzusitzen. Die Zeit verging. Zwanzig Minuten, eine Stunde – schwer zu sagen. Erneut war draußen das Geräusch von Stiefeln zu hören. In Winston zogen sich die Eingeweide zusammen. Bald, sehr bald, in fünf Minuten vielleicht oder jetzt gleich würden die Stiefelschritte bedeuten, dass er selbst an der Reihe war.

Die Tür ging auf. Der bleiche junge Offizier trat in die Zelle. Mit einer raschen Handbewegung deutete er auf Ampleforth.

»Raum 101«, sagte er.

Ampleforth trottete schwerfällig zwischen den Wachen hinaus, mit leicht verstörter Miene, aber ohne zu verstehen.

Viel Zeit schien dahinzugehen. Der Schmerz in Winstons Bauch war zurück. Sein Denken kreiste wieder und wieder um dasselbe, wie bei einem Spielautomaten, der bei der immer gleichen Reihe von Symbolen landet. Er kannte nur sechs Gedanken. Den Schmerz in seinem Bauch, ein Stück Brot, das Blut und die Schreie, O'Brien, Julia, die Rasierklinge. Wieder verkrampfte sich alles in ihm, die schweren Schritte kamen näher. Als die Tür aufging, wehte der Luftzug einen strengen Geruch nach kaltem Schweiß herein. Parsons trat in die Zelle. Er trug eine kurze Khakihose und ein Sporthemd.

Diesmal war Winston so verblüfft, dass er jede Achtsamkeit vergaß.

»*Sie* hier!«, sagte er.

Parsons warf Winston einen Blick zu, aus dem weder Interesse noch Erstaunen sprach, sondern nichts als Jammer. Er begann ruckartig auf und ab zu gehen, er konnte offenkundig nicht stillhalten. Wenn er seine plumpen Knie durchdrückte, sah man jedes Mal, dass sie zitterten. Seine Augen waren weit aufgerissen und blickten starr, als müsse er irgendetwas in mittlerer Entfernung zwanghaft angaffen.

»Weswegen sind Sie hier?«, fragte Winston.

»Gedankenverbrechen!«, sagte Parsons fast unter Tränen. Im Ton seiner Stimme lag das umfassende Eingeständnis seiner Schuld und zugleich ein ungläubiges Entsetzen darüber, dass ein solcher Begriff auf ihn Anwendung finden konnte. Er blieb vor Winston stehen und begann heftig auf ihn einzureden: »Glauben Sie, dass die mich erschießen, alter Knabe? Die erschießen einen doch nicht, wenn da gar nichts gewesen ist – nur Gedanken, für die man nichts kann? Ich weiß, dass man ein faires Verhör bekommt. Ach, in der Hinsicht vertraue ich denen ganz! Sie werden doch meine Akte kennen, oder? *Sie* wissen, was ich für einer bin. Kein schlechter Kerl auf meine Art. Nicht gerade eine Leuchte, aber beflissen. Ich habe mich nach Kräften für die Partei eingesetzt, stimmt doch? Ich komme mit fünf Jahren davon, was meinen Sie? Oder krieg ich zehn Jahre? Typen wie mich können die im Arbeitslager ganz gut gebrauchen. Die werden mich für einen einzigen Fehltritt doch nicht gleich erschießen?«

»Sind Sie schuldig?«, fragte Winston.

»Natürlich bin ich schuldig!«, schrie Parsons mit servilem Seitenblick auf den Monitor. »Sie glauben doch nicht, dass die

Partei jemand Unschuldigen verhaftet?« Sein Froschgesicht entspannte sich und nahm sogar einen leicht scheinheiligen Ausdruck an. »So ein Gedankenverbrechen, alter Junge, ist eine ganz üble Sache«, sagte er geziert. »Es ist heimtückisch. Es kann dir unterlaufen, ohne dass du es überhaupt mitbekommst. Wissen Sie, wie es mir unterlaufen ist? Im Schlaf! Ja, so war's. Da stand ich, warf mich ins Zeug, versuchte meinen Beitrag zu leisten – und wäre nie darauf gekommen, dass schlimme Dinge in meinem Kopf steckten. Und dann begann ich im Schlaf zu reden. Wissen Sie, was die mich sagen hörten?«

Er senkte seine Stimme wie jemand, der aus medizinischen Gründen etwas Unflätiges über die Lippen bringen muss.

»›Nieder mit dem Großen Bruder!‹ Ja, das hab ich gesagt! Offenbar wieder und wieder. Unter uns, alter Junge, ich bin ganz froh, dass die mich erwischt haben, bevor mehr daraus wurde. Wissen Sie, was ich sagen werde, wenn ich vor Gericht stehe? ›Danke‹, werde ich sagen, ›danke, dass Sie mich gerettet haben, ehe es zu spät war.‹«

»Wer hat Sie denunziert?«

»Mein Töchterlein war's«, sagte Parsons mit einer Art melancholischem Stolz. »Sie hat am Schlüsselloch gelauscht. Hat gehört, was ich sagte, und rannte am nächsten Tag gleich zur Streife. Ganz schön pfiffig für eine Siebenjährige, hm? Ich bin ihr deshalb überhaupt nicht böse. Viel eher bin ich stolz auf sie. Es zeigt jedenfalls, dass ich sie im richtigen Geist erzogen habe.«

Er stakste erneut ein paarmal auf und ab, wobei er mehrfach sehnsüchtige Blicke in Richtung Kloschüssel warf. Mit einem Mal streifte er seine kurze Hose herunter.

»Entschuldigung, alter Junge«, sagte er. »Ich kann nichts dafür. Die ewige Warterei.«

Er ließ seinen großen Hintern auf die Kloschüssel nieder. Winston hielt sich die Hände vors Gesicht.

»Smith!«, schrie die Stimme aus dem Monitor. »6079 Smith W.! Hände vom Gesicht. Keine bedeckten Gesichter in der Zelle.«

Winston gab sein Gesicht frei. Parsons benutzte die Toilette laut und ausgiebig. Danach stellte sich heraus, dass die Spülung defekt war, und noch Stunden später stank es widerwärtig in der Zelle.

Parsons wurde weggeholt. Neue Gefangene kamen und gingen auf geheimnisvolle Weise. Als einmal eine Frau nach »Raum 101« beordert wurde, fiel Winston auf, dass sie sich bei diesen Worten zu ducken und bleich zu werden schien. Es kam eine Zeit, zu der es, wenn er morgens hierhergebracht worden sein sollte, Nachmittag war; oder Mitternacht, falls er an einem Nachmittag hergebracht worden war. Sechs Gefangene befanden sich in der Zelle, Männer und Frauen. Alle saßen reglos da. Winston gegenüber saß ein Mann mit kinnlosem Gesicht und vorstehenden Zähnen, der wie ein großes, zahmes Nagetier aussah. Seine dicken, geäderten Backen waren nach unten derart ausgebeult, dass man kaum der Annahme widerstand, er habe kleine Nahrungsvorräte darin verstaut. Seine hellgrauen Augen schweiften ängstlich von Gesicht zu Gesicht und wandten sich rasch wieder ab, wenn sein Blick erwidert wurde.

Die Tür ging auf, und ein weiterer Gefangener wurde hereingebracht, dessen Erscheinung Winston kurz erschauern ließ. Der Mann war ein normaler Durchschnittstyp, der Ingenieur, Techniker oder etwas in der Richtung hätte sein können. Bestürzend war jedoch, was für ein ausgezehrtes Gesicht er hatte. Es war wie ein Totenschädel. Weil es so hager war, wirkten

Mund und Augen unverhältnismäßig groß, und aus seinem Blick sprach mörderischer, unversöhnlicher Hass auf jemanden oder etwas.

Der Mann setzte sich etwas entfernt von Winston auf die Bank. Winston sah ihn nicht erneut an, aber das gepeinigte, totenkopfartige Gesicht hatte sich ihm so plastisch eingeprägt, als hätte es ihm direkt vor Augen gestanden. Plötzlich begriff er, was hier los war. Der Mann starb vor Hunger. Jedem in der Zelle schien fast zeitgleich derselbe Gedanke zu kommen. Rings um die Bank regte sich ganz leise Empörung. Der Blick des kinnlosen Mannes strich über den Mann mit dem Totenschädelgesicht, wandte sich schuldbewusst ab und erlag dann wieder seiner unwiderstehlichen Anziehungskraft. Jetzt begann er auf seinem Platz herumzuzappeln. Schließlich stand er auf, wankte unbeholfen quer durch die Zelle, griff in die Tasche seines Overalls und hielt dem Mann mit dem Totenschädelgesicht verlegen ein schmutziges Stück Brot hin.

Ohrenbetäubend laut kam aus dem Monitor ein erbostes Gebrüll. Der kinnlose Mann sprang zurück. Der Mann mit dem Totenschädelgesicht hatte schnell die Hände hinter den Rücken gelegt, um aller Welt deutlich zu machen, dass er die Gabe ablehnte.

»Bumstead!«, brüllte die Stimme. »2713 Bumstead J.! Runter mit dem Stück Brot!«

Der kinnlose Mann ließ das Stück Brot zu Boden fallen.

»Bleiben Sie stehen, wo Sie sind«, sagte die Stimme. »Gesicht zur Tür. Und keine Bewegung.«

Der kinnlose Mann gehorchte. Seine großen Hängebacken zitterten unbeherrscht. Laut ging die Tür auf. Als der junge Offizier hereinkam und beiseitetrat, zeigte sich hinter ihm ein kleiner, untersetzter Wachmann mit mächtigen Armen und Schultern. Er baute sich vor dem kinnlosen Mann auf, und auf ein Zeichen des Offiziers versetzte er ihm mit vollem Schwung einen furchtbaren Schlag auf den Mund. Durch seine Wucht hob der kinnlose Mann fast vom Boden ab. Sein Körper wurde durch die Zelle geschleudert und landete vor der Kloschüssel. Einen Moment lag er wie betäubt da, dunkles Blut rann ihm aus Mund und Nase. Er gab ein sehr mattes Wimmern oder Winseln von sich, das unbewusst schien. Dann rollte er sich auf die Seite und richtete sich schwankend auf Hände und Knie auf. Umströmt von Blut und Speichel fielen die beiden Hälften eines Gebisses aus seinem Mund.

Die Gefangenen saßen vollkommen reglos da, die Hände gekreuzt auf den Knien. Der kinnlose Mann stieg zurück auf seinen Platz. Auf einer Gesichtshälfte lief die Haut dunkel an. Sein Mund war zu einer unförmigen kirschroten Masse mit einem schwarzen Loch in der Mitte angeschwollen.

Von Zeit zu Zeit tropfte etwas Blut vorn auf seinen Overall. Seine grauen Augen schweiften weiter von Gesicht zu Gesicht, schuldbewusster denn je, als versuche er abzuschätzen, wie sehr ihn die anderen wegen dieser Demütigung verachteten.

Die Tür ging auf. Mit einer kleinen Geste gab der Offizier dem Mann mit dem Totenschädelgesicht ein Zeichen.

»Raum 101«, sagte er.

Erhöhte Atmung und Unruhe neben Winston. Der Mann hatte sich mit ringenden Händen auf die Knie geworfen.

»Genosse! Offizier!«, rief er. »Bringen Sie mich doch nicht dorthin! Habe ich Ihnen nicht längst alles gesagt? Was wollen Sie denn noch von mir wissen? Es gibt nichts, was ich nicht gestehen würde, nichts! Sagen Sie mir einfach, was es sein soll, und ich gestehe es auf der Stelle. Setzen Sie einen Text auf, und ich unterschreibe ihn – was auch immer! Nur nicht Raum 101!«

»Raum 101«, sagte der Offizier.

Das ohnehin schon sehr bleiche Gesicht des Mannes nahm nun eine Farbe an, die Winston nicht für möglich gehalten hätte. Es war eindeutig und untrüglich eine Grünschattierung.

»Tun Sie mit mir, was immer Sie wollen!«, schrie er. »Seit Wochen lassen Sie mich hungern. Gehen Sie den letzten Schritt und lassen Sie mich sterben. Erschießen Sie mich. Knüpfen Sie mich auf. Verurteilen Sie mich zu fünfundzwanzig Jahren. Ist da noch jemand, den ich preisgeben soll? Sagen Sie einfach, um wen es geht, und ich verrate Ihnen alles, was Sie wollen. Es ist mir egal, wer es ist und was Sie mit ihm anstellen. Ich habe Frau und drei Kinder. Das älteste ist noch keine sechs Jahre alt. Nehmt sie allesamt her und schneidet ihnen vor meinen Augen die Kehlen durch, und ich werde dastehen und zuschauen. Nur nicht Raum 101!«

»Raum 101«, sagte der Offizier.

Verzweifelt sah sich der Mann unter den Gefangenen um, als verfolge er die Idee, einer von ihnen könne als Opfer an seine Stelle treten. Sein Blick blieb auf dem zerschlagenen Gesicht des kinnlosen Mannes haften. Er wies mit dürrem Arm auf ihn.

»Den da sollten Sie mitnehmen, nicht mich!«, rief er. »Sie haben nicht mitbekommen, was der nach dem Schlag in sein Gesicht gesagt hat. Hören Sie mir kurz zu, und ich sag's Ihnen Wort für Wort. *Er* ist gegen die Partei, nicht ich.« Die Wachen traten auf ihn zu. Die Stimme des Mannes steigerte sich zu einem Kreischen. »Sie haben ihn nicht gehört!«, sagte er noch einmal. »Mit dem Monitor hat etwas nicht gestimmt. *Er* ist der, den Sie wollen. Nehmen Sie ihn, nicht mich!«

Die beiden stämmigen Wachmänner beugten sich vor, um ihn an den Armen zu fassen. Doch in eben diesem Moment warf er sich auf den Boden der Zelle und umklammerte ein eisernes Stützbein der Bank. Er gab wortloses Geheul von sich, wie ein Tier. Die Wachen packten ihn, um ihn loszureißen, aber er hielt sich mit erstaunlicher Kraft fest. Vielleicht zwanzig Sekunden lang zerrten sie an ihm. Die Gefangenen saßen reglos da, die Hände gekreuzt auf den Knien, und blickten starr geradeaus. Das Geheul hörte auf; für etwas anderes als sich festzuhalten hatte der Mann keine Kraft mehr. Dann war eine andere Art Schrei zu hören. Mit einem Stiefeltritt hatte ein Wächter ihm die Finger einer Hand gebrochen. Sie stellten ihn aufrecht hin.

»Raum 101«, sagte der Offizier.

Der Mann wurde hinausgeführt; er ging wankend, mit gesenktem Kopf, umsorgte seine gebrochene Hand, jeglicher Widerstandswille war aus ihm gewichen.

Eine lange Zeit verging. Sollte der Mann mit dem Totenkopfschädel gegen Mitternacht hinausgeführt worden sein, war es jetzt Morgen; und falls am Morgen, dann war es jetzt Nachmittag. Winston war allein und saß bereits seit Stunden allein da. Vom Sitzen auf der schmalen Bank hatte er derartige Schmerzen, dass er oft aufstand und umherging, ohne aus dem Monitor getadelt zu werden. Das Stück Brot lag noch da, wo der kinnlose Mann es hatte fallen lassen. Anfangs hatte es viel Überwindung gekostet, nicht hinzublicken, doch inzwischen war der Hunger einem starken Durst gewichen. Sein Mund war klebrig und faulig. Der Brummton und das ewige weiße Licht verursachten Dumpfheit, ein Gefühl der Leere in seinem Kopf. Er stand auf, weil der Schmerz in seinen Knochen unerträglich wurde, und setzte sich fast sofort wieder hin, weil er zu benommen war, um auf den Beinen Halt zu finden. Kaum hatte er seine Körperreaktionen einigermaßen im Griff, kehrte die Angst zurück. Manchmal dachte er mit schwindender Hoffnung an O'Brien und die Rasierklinge. Es war denkbar, dass die Klinge in seinem Essen versteckt eintraf, sollte er je etwas zu essen bekommen. Eher schemenhaft dachte er an Julia. Irgendwo litt sie, vielleicht weit schlimmer als er. Es konnte sein, dass sie in diesem Moment vor Schmerzen schrie. Er überlegte: »Wenn ich Julia dadurch retten könnte, dass ich doppeltes Leid auf mich nehme, würde ich das tun? Ja, ich würde es.« Aber das war ein Entschluss rein vom Kopf her, getroffen im Bewusstsein der angebrachten Entscheidung. Er empfand ihn nicht. An diesem Ort konnte man gar nichts empfinden außer Schmerz und dass weiterer Schmerz bevorstand. Abgesehen davon: War es möglich, dass du dir beim Erleiden von Qualen aus welchem Grund auch immer wünschtest, deine Qual möge noch weiter zunehmen? Aber diese Frage ließ sich noch nicht beantworten.

Wieder näherten sich die Stiefelschritte. Die Tür ging auf. O'Brien trat ein.

Winston sprang auf. Der Schreck aufgrund des Anblicks hatte ihn aller Vorsicht beraubt. Zum ersten Mal seit vielen Jahren vergaß er das Vorhandensein des Monitors.

»Jetzt haben die Sie auch erwischt!«, rief er.

»Die haben mich schon vor langer Zeit erwischt«, sagte O'Brien mit sanfter, fast wehmütiger Ironie. Er trat beiseite. Hinter ihm erschien ein muskelbepackter Wachmann mit einem langen, schwarzen Schlagstock in der Hand.

»Sie wussten es, Winston«, sagte O'Brien. »Machen Sie sich doch nichts vor. Sie wussten es – Sie haben es immer gewusst.«

Ja, so erkannte er nun, er hatte es immer gewusst. Aber jetzt war keine Zeit für Gedanken. Seine ganze Aufmerksamkeit galt dem Schlagstock in der Hand des Wachmanns. Er konnte überall niedergehen: auf dem Schädel, der Ohrmuschel, auf dem Oberarm, dem Ellbogen –

Der Ellbogen! Er war auf die Knie gesunken, fast gelähmt, den getroffenen Ellbogen mit der freien Hand umklammernd. Alles war zu gelbem Licht zerplatzt. Unfassbar, ganz unfassbar, dass ein einziger Schlag solche Schmerzen bereiten konnte! Die Umnebelung schwand, und er sah die beiden anderen, wie sie auf ihn herabblickten. Der Wachmann lachte darüber, wie er sich krümmte. Eine Frage war jedenfalls beantwortet. Niemals, aus keinem Grund der Welt konnte man sich wünschen, dass die Qual weiter zunahm. Von Qualen konnte man sich nur eines erhoffen: dass sie aufhörten. Nichts auf der Welt war so schlimm wie körperlicher Schmerz. Im Angesicht von Schmerz gibt es keine Helden, keine Helden, dachte er wieder und wieder, während er sich auf dem Boden wälzte und nutzlos seinen versehrten linken Arm umfasst hielt.

II

Er lag auf etwas, das sich wie ein Feldbett anfühlte, außer dass es höher vom Boden entfernt und er auf irgendeine Weise fixiert war, sodass er sich nicht rühren konnte. Licht, das stärker wirkte als sonst, fiel auf sein Gesicht. O'Brien stand neben ihm und sah unverwandt zu ihm herab. Auf der anderen Seite stand ein Mann in weißem Kittel, eine Injektionsspritze in der Hand.

Auch nachdem er die Augen geöffnet hatte, erfasste er seine Umgebung nur allmählich. Er hatte das Gefühl, aus einer fremden Welt, einer Art Unterwasserwelt ganz tief darunter in dieses Zimmer emporzutauchen. Wie lange er dort unten gewesen war, wusste er nicht. Seit er festgenommen worden war, hatte er keine Dunkelheit und kein Tageslicht mehr erlebt. Zudem war seine Erinnerung lückenhaft. Es hatte Phasen gegeben, in denen das Bewusstsein, selbst die Art von Bewusstsein, die man im Schlaf hat, plötzlich ganz aussetzte und nach einer Leerstelle wieder zurückkehrte. Aber ob die Leerstellen Tage, Wochen oder nur Sekunden umfassten, konnte man unmöglich wissen.

Mit diesem ersten Schlag auf den Ellbogen hatte der Alptraum begonnen. Erst später sollte ihm klar werden, dass alles Folgende nur der Vorbereitung diente, eine Routinebefragung war, der fast alle Gefangenen unterzogen wurden. Es gab eine lange Reihe von Verbrechen – Spionage, Sabotage und dergleichen –, deren sich jeder ganz selbstverständlich schuldig bekennen musste. Das Geständnis war Formsache, auch wenn die Folter echt war. Wie oft er geschlagen worden war und wie lange die Züchtigungen jeweils dauerten, konnte er nicht sagen. Immer fielen fünf, sechs schwarzuniformierte Männer gleichzeitig über ihn her, mal mit den Fäusten, mal mit Schlagstöcken, mal mit Stahlruten und mal mit Stiefeltritten. Es gab Zeiten, in denen er auf dem Boden umherkroch, ungehemmt wie ein Tier, seinen Körper da- und dorthin streckte im endlosen, hoffnungslosen Bestreben, sich vor den Tritten wegzuducken, womit er nur immer noch mehr Tritte auf sich lenkte, in die Rippen, in den Bauch, gegen die Ellbogen, die Schienbeine, in die Lenden und Hoden, vors Steißbein. Es gab Zeiten, in denen dies so lange anhielt, bis ihm nicht mehr das ständige Prügeln der Wachen grausam, schlimm und unverzeihlich erschien, sondern dass es ihm selbst nicht gelingen wollte, bewusstlos zu werden. Es gab Zeiten, in denen seine Nerven so blank lagen, dass er schon vor Einsetzen der Schläge um Gnade zu flehen begann, in denen der Anblick einer zum Schlag ausholenden Faust genügte, um Geständnisse wirklicher und ausgedachter Verbrechen aus ihm hervorsprudeln zu lassen. Es gab andere Zeiten, in denen er zu keinerlei Geständnissen bereit war, in denen zwischen Schmerzgestöhn jedes Wort aus ihm herausgepresst werden musste, und es gab Zeiten, in denen er kraftlos einen Zwischenweg zu finden versuchte, in denen er zu sich selbst sagte: »Ich will gestehen, aber nicht sofort. Ich muss so lange durchhalten, bis die Schmerzen unerträglich werden. Drei Tritte noch, zwei Tritte, dann sage ich ihnen, was sie hören wollen.« Manchmal wurde er geschlagen, bis er kaum noch stehen konnte, dann wie ein Sack Kartoffeln auf den Steinboden geworfen, wo er ein paar Stunden in Ruhe gelassen wurde, um daraufhin erneut mitgenommen und geschlagen zu werden. Es gab auch längere Phasen der Erholung. Ihrer erinnerte er sich nur vage, denn er verbrachte sie überwiegend schlafend oder bewusstlos. Er erinnerte sich an eine Zelle mit einer Holzpritsche, einem aus der Wand ragenden Regal und einer Waschschüssel aus Blech, auch daran, dass er warme Suppe und Brot bekam und manchmal Kaffee. Er erinnerte sich an einen mürrischen Friseur, der erschien, um sein Kinn zu rasieren und sein Haar zu schneiden, und an geschäftige, teilnahmslose Männer in weißen Kitteln, die seinen Puls maßen, seine Reflexe prüften, seine Augenlider lüpften, ihn mit groben Fingern nach Knochenbrüchen abtasteten und ihm Nadeln in den Arm jagten, damit er schlafen konnte.

Schläge erhielt er bald weniger häufig, sie dienten vor allem der Drohung, als Schrecknis, das ihm jederzeit wieder blühen konnte, sollten seine Antworten unbefriedigend ausfallen. Die, die ihn verhörten, waren nun keine Rohlinge in schwarzer Uniform mehr, sondern Parteiköpfe, kleine dicke Männer mit flinken Bewegungen und blitzenden Brillen, die ihn abwechselnd in die Mangel nahmen, zehn, zwölf Stunden am Stück, wie es ihm vorkam – genau konnte er es nicht sagen. Diese ihn jetzt vernehmenden Männer sorgten dafür, dass ihn ständig etwas leicht schmerzte, aber in Schmerz allein erschöpften sich ihre Methoden nicht. Sie schlugen ihm ins Gesicht, verdrehten ihm die Ohren, rissen an seinen Haaren, ließen ihn auf einem Bein stehen, verweigerten ihm den Gang zur Toilette, hielten ihm gleißendes Licht vors Gesicht, bis ihm die Tränen liefen; aber dies alles diente nur dazu, ihn zu demütigen und ihn seiner Kraft zum klaren Denken und überlegten Handeln zu berauben. Ihre eigentliche Waffe war das erbarmungslose Verhör, das immer weiterging, Stunde um Stunde, bei dem er aus dem Konzept gebracht wurde, in Fallen tappte, das Wort im Mund herumgedreht bekam, bei jedem Schritt der Lügen und Widersprüche bezichtigt wurde, bis er vor Scham wie Überreizung zu weinen begann. Manchmal weinte er ein halbes Dutzend Mal während einer einzigen Sitzung. Fast die ganze Zeit hindurch beschimpften sie ihn lautstark und drohten bei jedem Zögern, ihn wieder den Wachen zu übergeben; manchmal wechselten sie jedoch plötzlich die Tonart, nannten ihn Genosse, appellierten im Namen von Engsoz und des Großen Bruders an ihn und fragten bekümmert, ob es ihm denn selbst jetzt noch an genügend Parteigehorsam fehle, um zu wünschen, das von ihm getane Unrecht möge nie geschehen sein. Wenn er nach stundenlangem Verhör mit den Nerven am Ende war, konnte ihn selbst eine solche Mahnung in Tränen ausbrechen lassen. Die quälenden Stimmen zerrütteten ihn letztlich gründlicher als die Tritte und Fäuste der Wachen. Bald war er nur noch ein Mund, der etwas von sich gab, und eine Hand, die unterschrieb, was immer man verlangte. Ihn interessierte nichts weiter als dahinterzukommen, was er gestehen sollte, um es dann rasch zu gestehen, bevor der Terror von Neuem begann. Er gestand die Ermordung führender Parteimitglieder, die Verbreitung umstürzlerischer Flugblätter, die Unterschlagung von Staatsgeldern, die Preisgabe militärischer Geheimnisse und Sabotage aller Art. Er gestand, dass er bereits 1968 ein Spion im Sold der ostasiatischen Regierung gewesen war. Er gestand, einem Glauben anzuhängen, den Kapitalismus zu bewundern und sexuell abartig zu sein. Er gestand, seine Frau ermordet zu haben, obwohl er wusste – und auch seine Befrager wissen mussten –, dass sie noch am Leben war. Er gestand, seit Jahren in persönlichem Kontakt mit Goldstein gestanden zu haben und Mitglied einer Untergrundorganisation gewesen zu sein, der fast alle Menschen angehört hatten, die er je kannte. Es war einfacher, alles zu gestehen und alle mit hineinzuziehen. Davon abgesehen stimmte in gewissem Sinn doch alles. Es stimmte, dass er ein Feind der Partei war, und aus Sicht der Partei bestand zwischen Gedanken und Taten kein Unterschied.

Es gab auch Erinnerungen anderer Art. In seinem Kopf stachen sie ohne Zusammenhang heraus, wie ganz von Dunkelheit umrahmte Bilder.

Er war in einer Zelle, in der es dunkel oder hell gewesen sein mochte, er konnte nichts sehen als ein Augenpaar. Dicht neben ihm tickte langsam und regelmäßig ein Apparat. Die Augen wurden größer und leuchtender. Plötzlich zog es ihn von seinem Platz empor, er tauchte in die Augen ein und wurde aufgesogen.

Er war unter grellem Licht auf einen von Messgeräten umgebenen Stuhl festgeschnallt. Ein Mann in weißem Kittel las die Skalen ab. Von draußen waren die Schritte schwerer Stiefel zu hören. Die Tür ging mit Getöse auf. Der wachsbleiche Offizier kam hereinmarschiert, gefolgt von zwei Wachen.

»Raum 101«, sagte der Offizier.

Der Mann im weißen Kittel wandte sich nicht um. Er sah auch Winston nicht an, er blickte nur auf die Skalen.

Er wankte durch einen riesigen Korridor, der einen Kilometer breit war und in goldenem Licht erstrahlte, er brüllte vor Lachen und schrie so laut er nur konnte Geständnisse heraus. Er gestand alles, selbst Dinge, die er unter der Folter bislang hatte für sich behalten können. Er breitete seine gesamte Lebensgeschichte vor einer Zuhörerschaft aus, die sie bereits kannte. Mit ihm wankten die Wachen, die anderen Verhörenden, die Männer in weißen Kitteln, O'Brien, Julia und Mr Charrington allesamt durch den Korridor, brüllend vor Lachen. Etwas Schreckliches, das für die Zukunft in Aussicht gestanden hatte, war irgendwie übersprungen worden und nicht geschehen. Alles war gut, es gab keinen Schmerz mehr, das letzte Detail aus seinem Leben war preisgegeben, verstanden, vergeben.

Er schreckte von der Holzpritsche hoch, halb überzeugt, O'Briens Stimme gehört zu haben. Obwohl er ihm nie begegnet war, hatte er das gesamte Verhör hindurch das Gefühl gehabt, O'Brien stehe direkt neben ihm, nur außer Sicht. O'Brien war es, der das alles steuerte. Er ließ die Wachen auf Winston los und hielt sie davon ab, ihn umzubringen. Er legte fest, wann Winston vor Schmerz schreien sollte, wann er eine Atempause bekam, wann es etwas zu essen gab, wann er schlafen konnte, wann er die Medikamente in seinen Arm gespritzt bekam. Er stellte die Fragen und flüsterte die Antworten ein. Niemand als er war der Peiniger, der Beschützer, der Inquisitor, der Freund. Und einmal – Winston erinnerte sich nicht, ob er unter einem Schlafmittel stand, normal schlief oder sich gar im Wachzustand befand – hatte ihm eine Stimme ins Ohr geflüstert: »Keine Sorge, Winston, du bist in meiner Obhut. Sieben Jahre lang habe ich über dich gewacht. Jetzt ist der Wendepunkt gekommen. Ich werde dich retten, ich werde dich vervollkommnen.« Er war nicht sicher, ob es die Stimme von O'Brien war, aber es war dieselbe Stimme, die in jenem anderen Traum vor sieben Jahren zu ihm gesagt hatte: »Dort, wo keine Dunkelheit herrscht, werden wir uns wiederbegegnen.«

Er erinnerte sich nicht, dass sein Verhör je ein Ende gefunden hätte. Es gab eine Phase der Dunkelheit, dann hatte die Zelle, der Raum, in dem er sich befand, allmählich um ihn herum Gestalt angenommen. Er lag nahezu flach auf dem Rücken und konnte sich nicht rühren. Sein Körper war an jeder notwendigen Stelle fixiert. Selbst sein Hinterkopf war irgendwie eingespannt. O'Brien blickte ernst und fast traurig zu ihm herunter. Von unten gesehen wirkte sein Gesicht feist und abgespannt, mit Tränensäcken und Müdigkeitsfalten von der Nase bis zum Kinn. Er war älter, als Winston ihn geschätzt hatte, achtundvierzig, fünfzig vielleicht. Er bediente einen Apparat mit einem Regler und lauter Zahlen auf der Skala.

»Ich sagte Ihnen doch«, sagte O'Brien, »sollten wir uns wiederbegegnen, dann hier.«

»Ja«, sagte Winston.

Ganz ohne Warnzeichen bis auf eine kleine Bewegung von O'Briens Hand durchflutete eine Woge aus Schmerz seinen Körper. Es war ein angsteinflößender Schmerz, weil Winston nicht sehen konnte, was da vor sich ging, und ihm war, als werde ihm eine tödliche Verletzung zugefügt. Er wusste nicht, ob man wirklich Hand an ihn legte oder die Wirkung elektrisch erzeugt wurde; doch es ließ seinen Körper aufbäumen und zog die Gelenke langsam auseinander. Obwohl ihm der Schmerz den Schweiß auf die Stirn getrieben hatte, war das Allerschlimmste die Angst, dass es ihm gleich sein Rückgrat zerfetze. Er biss die Zähne aufeinander und atmete schwer durch die Nase, um sich so lange es ging zu beherrschen.

»Sie fürchten«, sagte O'Brien, der sein Gesicht im Blick behielt, »dass gleich etwas kaputtgeht. Ihre große Sorge ist, dass es Ihr Rückgrat trifft. Sie malen sich lebhaft aus, wie die Wirbelknochen auseinanderreißen und das Rückenmark zwischen ihnen heraussickert. So sind doch Ihre Gedanken, nicht wahr, Winston?«

Winston antwortete nicht. O'Brien drehte den Regler am Gerät herunter. Die Woge aus Schmerz verebbte fast so rasch wieder, wie sie gekommen war.

»Das war vierzig«, sagte O'Brien. »Wie Sie sehen, reichen die Zahlen auf dieser Skala bis hundert. Seien Sie sich bitte während der gesamten Dauer unseres Gesprächs bewusst, dass es in meiner Macht liegt, Ihnen jederzeit Schmerz zuzufügen, und dass ich auch die Intensität frei wählen kann. Sollten Sie mir Lügen erzählen, Ausflüchte machen wollen oder sich auch nur dümmer stellen, als Sie sind, werden Sie sofort vor Schmerz aufschreien. Haben Sie das verstanden?«

»Ja«, sagte Winston.

O'Brien verhielt sich nun weniger streng. Er rückte bedächtig seine Brille zurecht und ging ein paar Schritte hin und her. Als er sprach, war seine Stimme sanft und geduldig. Er wirkte wie ein Arzt, ein Lehrer, ein Priester gar, dem es ums Erklären und Überzeugen ging, nicht ums Bestrafen.

»Ich gebe mir Mühe mit Ihnen, Winston«, sagte er, »denn bei Ihnen lohnt sich die Mühe. Sie wissen nur allzu gut, was mit Ihnen los ist. Seit Jahren schon wissen Sie es, auch wenn Sie es ausgeblendet haben. Sie sind geistig umnachtet. Sie leiden an einem beschädigten Gedächtnis. Sie sind außerstande, sich an tatsächlich Geschehenes zu erinnern, und reden sich die Erinnerung an andere Geschehnisse ein, die nie stattgefunden haben. Zum Glück ist das heilbar. Sie haben sich nie davon geheilt, weil Sie es nicht wollten. Es erfordert ein bisschen guten Willen, den Sie aber nicht aufzubringen vermochten. Wie ich sehr wohl merke, klammern Sie sich sogar jetzt noch an Ihre Krankheit, weil Sie sie für eine Tugend halten. Wir probieren das gleich mal aus. Mit welcher Macht befindet sich Ozeanien derzeit im Krieg?«

»Als ich verhaftet wurde, befand sich Ozeanien im Krieg mit Ostasien.«

»Mit Ostasien. Stimmt. Und Ozeanien hat sich immer im Krieg mit Ostasien befunden, oder nicht?«

Winston atmete tief ein. Er öffnete zum Sprechen den Mund, sagte dann aber nichts. Er konnte den Blick nicht von der Skala abwenden.

»Die Wahrheit, bitte, Winston. *Ihre* Wahrheit. Sagen Sie mir, an was Sie sich zu erinnern meinen.«

»Ich erinnere mich, dass wir uns noch bis eine Woche vor meiner Verhaftung durchaus nicht im Krieg mit Ostasien befunden hatten. Wir hatten ein Bündnis mit denen. Krieg geführt wurde gegen Eurasien. Seit vier Jahren schon. Davor …«

O'Brien gebot ihm mit einer Geste, innezuhalten.

»Probieren wir es anders«, sagte er. »Vor einigen Jahren hatten Sie eine sehr schlimme Wahnvorstellung. Sie glaubten, dass drei Männer, drei ehemalige Parteimitglieder mit Namen Jones, Aaronson und Rutherford – Männer, die nach dem denkbar umfassendsten Geständnis wegen Hochverrat und Sabotage hingerichtet wurden – die ihnen zur Last gelegten Verbrechen gar nicht begangen hatten. Sie glaubten, in einem Dokument den untrüglichen Beleg dafür gesehen zu haben, dass ihre Geständnisse falsch waren. Eine Fotografie war mit im Spiel gewesen, die eine Halluzination in Ihnen ausgelöst hatte. Sie glaubten, sie wirklich in Händen gehalten zu haben. Es war ein Foto etwa wie dieses hier.«

Ein länglicher Zeitungsausschnitt war zwischen O'Briens Fingern aufgetaucht. Vielleicht fünf Sekunden lang befand er sich in Winstons Gesichtsfeld. Es war eine Fotografie, und es bestand kein Zweifel, dass sie es war. Es war *die* Fotografie. Es war ein weiteres Exemplar der Fotografie von Jones, Aaronson und Rutherford auf der Parteisitzung in New York, auf die er vor elf Jahren zufällig gestoßen war und die er sofort vernichtet hatte. Er hatte nur ganz kurz einen Blick darauf werfen können, dann war sie schon wieder fort. Aber er hatte sie gesehen, hatte sie unstrittig gesehen! Mit einer verzweifelten, quälenden Anstrengung versuchte er seinen Oberkörper frei zu bekommen. Es war unmöglich, sich in welche Richtung auch immer auch nur einen Zentimeter zu bewegen. Darüber hatte er kurz sogar die Skala vergessen. Er wollte die Fotografie unbedingt noch einmal in Händen halten oder wenigstens sehen.

»Es gibt sie!«, rief er.

»Nein«, sagte O'Brien.

Er schritt durch den Raum. An der Wand gegenüber gab es ein Gedächtnisloch. O'Brien öffnete die Klappe. Unbemerkt wirbelte der leichte Papierschnipsel im Sog der warmen Luft davon; als blitzende Flamme löste er sich ganz auf. O'Brien kehrte sich von der Wand ab.

»Asche«, sagte er. »Nirgends nachweisbare Asche. Staub. Sie existiert nicht. Sie hat nie existiert.«

»Doch, sie existiert! Sie existiert sehr wohl! In der Erinnerung. Ich erinnere mich daran. Sie auch.«

»Ich erinnere mich nicht daran«, sagte O'Brien.

Winston sank der Mut. Das war Doppeldenk. Ein Gefühl tödlicher Hilflosigkeit überkam ihn. Wenn er hätte sicher sein können, dass O'Brien log, hätte es nichts ausgemacht. Aber es war sehr gut möglich, dass O'Brien die Fotografie wirklich vergessen hatte. In diesem Fall hätte er auch bereits vergessen, dass er geleugnet hatte, sich an sie zu erinnern, und vergessen, dass er das vergessen hatte. Wie erhielt man die Gewissheit, dass das nur Überlistung war? Vielleicht konnte diese irre Verschiebung im Gedächtnis wirklich vor sich gehen: Dies war der Gedanke, der ihn fertig machte.

O'Brien blickte grüblerisch zu ihm hinunter. Mehr denn je wirkte er wie ein Lehrer, der sich Mühe gibt mit einem eigensinnigen, aber begabten Kind.

»Es gibt eine Parteidevise zum Thema Kontrolle der Vergangenheit«, sagte er. »Geben Sie sie bitte mal wieder.«

»Wer die Vergangenheit beherrscht, beherrscht die Zukunft. Wer die Gegenwart beherrscht, beherrscht die Vergangenheit«, betete Winston folgsam her.

»›Wer die Gegenwart beherrscht, beherrscht die Vergangenheit‹«, sagte O'Brien mit zustimmendem Kopfnicken. »Sind Sie der Auffassung, Winston, dass die Vergangenheit eine tatsächliche Existenz hat?«

Wieder überfiel Winston das Gefühl von Hilflosigkeit. Er blickte in Richtung Skala. Nicht nur wusste er nicht, ob »Ja« oder »Nein« die Antwort war, die ihm Schmerz ersparen würde; er wusste nicht einmal, welche Antwort er selbst für zutreffend hielt.

O'Brien lächelte milde. »Sie sind kein Metaphysiker, Winston«, sagte er. »Bis jetzt hatten Sie noch nie darüber nachgedacht, was Existenz eigentlich bedeutet. Ich will es klarer in Worte fassen. Existiert die Vergangenheit konkret, im Raum? Gibt es irgendwo einen Ort, eine Welt greifbarer Dinge, wo die Vergangenheit noch immer stattfindet?«

»Nein.«

»Wo, wenn überhaupt, existiert die Welt denn dann?«

»In Dokumenten. Sie ist schriftlich festgehalten.«

»In Dokumenten. Und …?«

»Im Kopf. In der Erinnerung der Menschen.«

»In der Erinnerung. Na fein. Wir, die Partei, kontrollieren alle Dokumente, und wir kontrollieren die gesamte Erinnerung. Somit kontrollieren wir die Vergangenheit, oder nicht?«

»Aber wie können Sie Menschen davon abhalten, sich an Dinge zu erinnern?«, rief Winston, der die Skala wieder kurz vergessen hatte. »Das passiert absichtslos. Es ist abgekoppelt von einem selbst. Wie können Sie die Erinnerung kontrollieren? Meine jedenfalls haben Sie nicht kontrolliert!«

O'Briens Verhalten wurde wieder streng. Er griff nach dem Regler.

»Es ist genau anders«, sagte er, »*Sie* haben sie nicht kontrolliert. Genau deshalb sind Sie jetzt hier. Sie sind hier, weil es Ihnen an Demut gefehlt hat, an Selbstdisziplin. Sie haben sich dem Akt der Unterwerfung verweigert, ohne den geistige Gesundheit nicht zu haben ist. Sie wollten lieber ein Verrückter bleiben, eine Ein-Mann-Minderheit. Die Wirklichkeit erkennt nur ein disziplinierter Geist, Winston. Sie glauben, dass Wirklichkeit etwas Objektives, Äußeres ist, aus eigenem Recht existiert. Zudem glauben Sie, das Wesen der Wirklichkeit liege offen zutage. Wenn Sie der Selbsttäuschung aufsitzen, dass Sie etwas sehen, gehen Sie davon aus, dass jedermann das Gleiche sieht wie Sie. Aber ich sage Ihnen, Winston, die Wirklichkeit ist nichts Äußeres. Die Wirklichkeit existiert im menschlichen Geist und nirgendwo sonst. Nicht im Geist eines Einzelnen, der sich irren kann und in jedem Fall bald dahinscheidet: allein im Geist der

Partei, die eine Gemeinschaft ist und unsterblich. Was immer die Partei für die Wahrheit ansieht, *ist* die Wahrheit. Die Wirklichkeit lässt sich unmöglich anders als durch die Augen der Partei erkennen. Das ist der Sachverhalt, den Sie neu erlernen müssen, Winston. Das erfordert einen Akt der Selbstaufgabe, eine Willensanstrengung. Sie müssen sich unterwerfen, bevor Sie wieder geistig gesund werden können.«

Er hielt einen Moment inne, wie um Gelegenheit zu geben, das Gesagte wirken zu lassen.

»Erinnern Sie sich«, fuhr er fort, »wie Sie in Ihr Tagebuch schrieben: ›Freiheit ist die Freiheit zu sagen, dass zwei und zwei vier ist‹?«

»Ja«, sagte Winston.

O'Brien hob seine linke Hand, der Handrücken Winston zugekehrt, der Daumen eingeklappt und die vier Finger ausgestreckt.

»Wie viele Finger halte ich hoch, Winston?«

»Vier.«

»Und wenn die Partei sagt, es seien nicht vier, sondern fünf – wie viele dann?«

»Vier.«

Das Wort mündete in Schmerzgejaul. Der Zeiger der Skala war auf 55 geschnellt. Am ganzen Leib war Winston der Schweiß aus den Poren geschossen. Die in die Lungen gesogene Luft trat aus ihnen wieder hervor als heftiges Stöhnen, das er auch durch Zusammenbeißen der Zähne nicht in den Griff bekam. O'Brien sah ihm zu, die vier Finger weiter ausgestreckt. Er drehte den Regler herunter. Diesmal ließ der Schmerz nur unwesentlich nach.

»Wie viele Finger, Winston?«

»Vier.«

Der Zeiger ging auf 60.

»Wie viele Finger, Winston?«

»Vier! Vier! Was soll ich denn sonst sagen? Vier!«

Der Zeiger musste noch einmal weiter gegangen sein, aber er sah nicht hin. Für ihn gab es nur das große, ernste Gesicht und die vier Finger vor sich. Die Finger erhoben sich vor seinen Augen wie Säulen, riesig, verschwommen und scheinbar schwankend, aber untrüglich vier.

»Wie viele Finger, Winston?«

»Vier! Schluss, Schluss! Warum geben Sie denn keine Ruhe? Vier! Vier!«

»Wie viele Finger, Winston?«

»Fünf! Fünf! Fünf!«

»Nein Winston, so geht das nicht. Sie lügen. Sie denken immer noch, es seien vier. Wie viele Finger, bitte?«

»Vier! Fünf! Vier! Was Sie wollen. Nur hören Sie auf, Schluss mit der Qual!«

Unversehens saß er aufrecht da, O'Briens Arm lag um seine Schultern. Vielleicht war er einige Sekunden bewusstlos gewesen. Die Fesseln, die seinen Körper fixiert hatten, waren gelöst. Er fror heftig, bibberte unkontrolliert mit klappernden Zähnen, die Tränen liefen ihm über die Wangen. Einen Moment klammerte er sich an O'Brien wie ein kleines Kind, fühlte sich in dem Arm um seine Schultern seltsam geborgen. Er empfand, dass O'Brien sein Beschützer sei, dass der Schmerz von außen, von einer anderen Quelle herrühre und O'Brien ihn davor bewahren werde.

»Sie sind ein langsamer Schüler, Winston«, sagte O'Brien sanft.

»Was kann ich denn machen?«, winselte er. »Was kann ich dagegen machen, dass ich erkenne, was ich vor Augen habe? Zwei und zwei ist vier.«

»Manchmal ja, Winston. Manchmal ist es fünf. Manchmal drei. Manchmal ist es alles zugleich. Sie müssen sich mehr Mühe geben. Es ist nicht leicht, gesund zu werden.«

Er bettete Winston zurück auf die Liege. Seine Glieder wurden wieder festgezurrt, aber der Schmerz war abgeflaut und das Zittern hatte aufgehört, ihm war nur noch schwach und schlecht. Dem Mann im weißen Kittel, der die gesamte Prozedur hindurch reglos dagestanden hatte, gab O'Brien mit dem Kopf ein Zeichen. Der Mann im weißen Kittel beugte sich vor und sah Winston gründlich in die Augen, maß seinen Puls, legte ein Ohr auf seine Brust, klopfte ihn da und dort ab und nickte dann O'Brien zu.

»Noch mal«, sagte O'Brien.

Der Schmerz durchflutete Winstons Körper. Der Zeiger musste die 70, 75 erreicht haben. Diesmal hatte er die Augen geschlossen. Er wusste, dass die Finger noch da waren, weiterhin vier. Es kam nur darauf an, irgendwie am Leben zu bleiben, bis die Konvulsion überstanden war. Es kümmerte ihn nicht länger, ob er schrie oder nicht. Der Schmerz ließ erneut nach. Er öffnete die Augen. O'Brien hatte den Regler heruntergedreht.

»Wie viele Finger, Winston?«

»Vier. Ich glaube, es sind vier. Ich würde fünf sehen, wenn ich könnte. Ich versuche, fünf zu sehen.«

»Was wollen Sie: mir weismachen, dass Sie fünf sehen, oder sie wirklich sehen?«

»Sie wirklich sehen.«

»Noch mal«, sagte O'Brien.

Der Zeiger mochte auf 80 stehen, auf 90. Winston wusste nur zeitweilig, warum der Schmerz da war. Hinter den Lidern seiner verdrehten Augen schien ein Wald aus Fingern eine Art Tanz aufzuführen, indem sie umherschlängelten, einer hinter dem anderen verschwanden und wieder zum Vorschein kamen. Er versuchte sie zu zählen, ohne sich zu besinnen, warum. Es wusste nur, dass sie sich unmöglich zählen ließen, und zwar irgendwie aufgrund der geheimnisvollen Übereinstimmung von vier und fünf. Der Schmerz ließ wieder nach. Er öffnete die Augen und sah doch wieder nur das gleiche Bild. Unzählige Finger schlängelten wie bewegliche Bäume in alle Richtungen kreuz und quer herum. Er schloss die Augen wieder.

»Wie viele Finger halte ich hoch, Winston?«

»Ich weiß es nicht. Ich weiß es doch nicht. Sie bringen mich um, wenn Sie das noch mal machen. Vier, fünf, sechs – ganz ehrlich, ich weiß es nicht.«

»Schon besser«, sagte O'Brien.

Eine Nadel glitt in Winstons Arm. Fast sofort breitete sich eine selige, wohltuende Wärme in seinem gesamten Körper aus. Schon war der Schmerz wieder halb vergessen. Er öffnete die Augen und sah dankbar zu O'Brien hoch. Beim Anblick des großen, durchfurchten, so hässlichen wie intelligenten Gesichts schien ihm das Herz höherzuschlagen. Hätte er sich bewegen können, er hätte eine Hand ausgestreckt und sie auf O'Briens Arm gelegt. Nie hatte er ihn so sehr geliebt wie in diesem Augenblick, und nicht nur, weil er den Schmerz abgestellt hatte. Das alte Gefühl, dass es im Grunde keine Rolle spielte, ob O'Brien ein Freund war oder ein Feind, war wiedergekehrt. O'Brien war jemand, mit dem man reden konnte. Vielleicht wollte man eher verstanden als geliebt werden.

O'Brien hatte ihn bis an den Rand des Wahnsinns gefoltert, und bald, soviel war gewiss, würde er ihn dem Tod überantworten. Das fiel nicht weiter ins Gewicht. In gewissem Sinn reichte das hier tiefer als Freundschaft, sie waren Vertraute: Irgendwo gab es einen Ort, an dem sie zusammenfinden und reden konnten, selbst wenn die Worte niemals wirklich ausgesprochen werden mochten. O'Brien sah mit einer Miene zu ihm hinunter, die wirkte, als könne ihm eben der gleiche Gedanke durch den Sinn gehen. Als er sprach, schlug er einen lockeren Plauderton an.

»Wissen Sie, wo Sie sich befinden, Winston?«, fragte er.

»Ich weiß es nicht, kann es mir aber denken. Im Ministerium für Liebe.«

»Wissen Sie, wie lange Sie schon hier sind?«

»Ich weiß es nicht. Tage, Wochen, Monate – ich würde sagen, Monate.«

»Und warum, denken Sie, bringen wir die Leute hierher?«

»Weil sie gestehen sollen.«

»Nein, das ist nicht der Grund. Nächster Versuch.«

»Damit sie bestraft werden.«

»Nein!«, rief O'Brien aus. Seine Stimme klang deutlich verändert, und sein Gesicht war mit einem Mal ernst und lebhaft geworden. »Nein! Nicht einfach um Ihnen ein Geständnis abzuringen, auch nicht um Sie zu bestrafen. Soll ich Ihnen sagen, warum wir Sie hierhergebracht haben? Um Sie zu heilen! Um Sie gesund zu machen. Verstehen Sie denn nicht, Winston, dass kein Mensch, den wir an diesen Ort bringen, je ungeheilt aus unseren Händen entlassen wird? Diese dummen Verbrechen, die Sie begangen haben, interessieren uns kein Stück. Die offene Tat beschäftigt die Partei nicht: allein der Gedanke treibt uns um. Wir vernichten unsere Feinde nicht einfach, wir wandeln sie um. Verstehen Sie, was ich damit meine?«

Er beugte sich über Winston. Sein Gesicht wirkte riesig, weil es so nah war, und aus der Perspektive von unten abgrundtief hässlich. Zudem war es von leidenschaftlicher Erregung erfüllt, von etwas stark Wahnhaftem. Wieder sank Winston der Mut. Wäre es möglich gewesen, er hätte sich tiefer in die Liege gedrückt. Er glaubte fest, O'Brien werde gleich aus reinem Übermut den Regler betätigen. Doch in genau diesem Augenblick wandte sich O'Brien ab. Er ging ein paar Schritte auf und ab. Dann fuhr er weniger vehement fort:

»Zunächst gilt es für Sie zu verstehen, dass es an diesem Ort kein Märtyrertum gibt. Sie haben von den religiösen Verfolgungen in der Vergangenheit gelesen. Im Mittelalter gab es die Inquisition. Sie war ein Fehlschlag. Sie wollte die Ketzerei ausmerzen und setzte sie dadurch doch nur endlos fort. Für jeden auf dem Scheiterhaufen verbrannten Ketzer erhoben sich tausend neue. Warum das? Weil die Inquisition ihren Feinden in aller Öffentlichkeit das Leben nahm und sie tötete, ohne dass sie zuvor Reue gezeigt hätten – ja sie töteten sie letztlich, weil sie keine Reue gezeigt hatten. Die Menschen starben, weil sie nicht von ihrem tiefempfundenen Glauben lassen wollten. Selbstredend fiel der gesamte Ruhm den Opfern zu, und alle Schande ging auf den Inquisitor, der sie verbrannte. Später, im zwanzigsten Jahrhundert, gab es die totalitären Systeme, wie man sie nannte. Es gab die deutschen Nazis und die russischen Kommunisten. Die Russen verfolgten Ketzerei noch grausamer als zu ihrer Zeit die Inquisition. Und sie glaubten, aus den Fehlern der Vergangenheit gelernt zu haben; jedenfalls wussten sie, dass man keine Märtyrer hervorbringen durfte. Ehe sie ihre Opfer in Schauprozessen bloßstellten, gingen sie wohlüberlegt daran, ihnen die Würde zu nehmen. Sie rieben sie mittels Folter und Einzelhaft auf, bis sie klägliche, im Staub kriechende arme Teufel waren, die alles gestanden, was ihnen in den Mund gelegt wurde, die sich selbst geißelten, einander beschuldigten und vorschoben und um Gnade winselten. Gleichwohl sollte sich die ganze Sache nur ein paar Jahre später wiederholen. Die Toten waren zu Märtyrern geworden, und ihre Erniedrigung war vergessen. Und wieder: Warum das? Zunächst, weil die von ihnen abgelegten Geständnisse offenkundig erzwungen und falsch waren. Solche Fehler begehen wir nicht. Alle hier geäußerten Geständnisse sind echt. Wir machen sie echt. Und vor allem verhindern wir, dass die Toten sich gegen uns wenden können. Nehmen Sie Abschied von dem Gedanken, die Nachwelt werde Sie rehabilitieren, Winston. Die Nachwelt wird niemals von Ihnen hören. Aus dem Lauf der Geschichte werden Sie feinsäuberlich entfernt. Wir verwandeln Sie in Gas und blasen Sie in die Atmosphäre. Von Ihnen wird nichts bleiben, kein Name auf einer Liste, keine Erinnerung in einem lebenden Gehirn. Sie werden aus der Vergangenheit wie aus der Zukunft getilgt. Es wird Sie nie gegeben haben.«

Wozu dann all der Aufwand mit der Folter?, dachte Winston plötzlich mit Bitterkeit. O'Brien blieb unvermittelt stehen, als habe Winston diesen Gedanken laut ausgesprochen. Sein großes, hässliches Gesicht, die Augen leicht verengt, kam näher heran.

»Sie denken«, sagte er, »wenn wir Sie denn so umfassend vernichten wollen, dass völlig ohne Belang ist, was Sie denken oder tun – warum wir uns dann so viel Mühe machen, sie vorher zu verhören? Das haben Sie doch eben gedacht, oder nicht?«

»Ja«, sagte Winston.

O'Brien lächelte leicht. »Sie sind ein Fehler im Muster, Winston. Sie sind ein Fleck, der weggewischt werden muss. Ich habe Ihnen doch gerade erzählt, dass wir anders sind als die Verfolger von einst. Wir begnügen uns nicht mit negativem Gehorsam, auch nicht mit der ergebensten Unterwerfung. Wenn Sie sich schließlich vor uns geschlagen geben, müssen Sie dies aus freiem Willen tun. Wir vernichten den Ketzer nicht, weil er sich uns widersetzt: Solange er sich uns widersetzt, vernichten wir ihn überhaupt niemals. Wir bauen ihn um, dringen vor in sein innerstes Wesen, formen ihn neu. Wir ätzen alles Böse und jedes Wahnbild aus ihm heraus; wir ziehen ihn auf unsere Seite, nicht äußerlich, sondern wirklich, mit Herz und Seele. Wir machen ihn zu einem von uns, bevor wir ihn töten. Es ist unerträglich für uns, dass irgendwo in der Welt ein irriger Gedanke kursiert, und mag er noch so verborgen und machtlos sein. Selbst im Moment des Todes können wir keinerlei Abweichung zulassen. Wenn früher der Ketzer auf den Scheiterhaufen ging, war er immer noch ein Ketzer, der seine Irrlehre verkündete und darüber frohlockte. Selbst ein Opfer der russischen Säuberungen trug noch den Widerstandsgeist im Hirnkasten mit sich, während es zu seiner Erschießung schritt. Wir jedoch sorgen für ein makelloses Gehirn, bevor wir es fortblasen. Das Gebot der alten Gewaltherrschaften hieß ›Du sollst nicht‹. Das Gebot des Totalitarismus hieß ›Du sollst‹. Unser Gebot lautet *›Du hast zu sein‹*. Niemand, den wir an diesen Ort bringen, kommt uns je davon. Sie alle werden reingewaschen. Sogar die drei miesen Verräter, an deren Unschuld Sie früher glaubten – Jones, Aaronson und Rutherford – haben wir schließlich geknackt. Ich habe selbst an ihrem Verhör mitgewirkt. Ich sah sie langsam mürbe werden, winseln, sich winden, heulen – und zuletzt nicht vor Schmerz oder Furcht, sondern vor Reue. Als wir unsere Arbeit erledigt hatten, waren sie nur noch leere Hüllen von Menschen. In ihnen war nichts mehr geblieben außer Bedauern über ihr Handeln und Liebe für den Großen Bruder. Es war bewegend zu sehen, wie sehr sie ihn liebten. Sie flehten darum, rasch erschossen zu werden, damit sie sterben konnten, solange ihr Geist rein war.«

Seine Stimme klang nun fast träumerisch. Die leidenschaftliche Erregung, das Wahnhafte lag noch immer in seinen Zügen. Er verstellt sich nicht, dachte Winston, er ist kein Heuchler, er glaubt jedes Wort, das er sagt. Am meisten bedrückte ihn das Bewusstsein seiner eigenen geistigen Unterlegenheit. Er verfolgte, wie die wuchtige und doch anmutige Gestalt hin und her wandelte, mal in seinem Gesichtskreis, mal jenseits davon. O'Brien überragte ihn selbst in jeder Beziehung. Jeder Gedanke, den er je gehabt hatte oder hätte haben können, war von O'Brien längst gefasst, erwogen und verworfen worden. Winstons Verstand war in dem seinen *enthalten.* Aber konnte in diesem Fall zutreffen, dass O'Brien verrückt war? Der Verrückte hier musste er, Winston, sein. O'Brien blieb stehen und sah zu ihm herunter. Seine Stimme klang nun wieder streng.

»Denken Sie nicht, Sie könnten sich retten, Winston, und wenn Sie sich uns noch so umfassend beugen. Niemand, der vom Weg abgekommen ist, wird je verschont. Und selbst wenn wir beschließen sollten, Sie bis zu Ihrem natürlichen Ende weiterleben zu lassen, würden Sie uns doch nie entrinnen. Was hier mit Ihnen passiert, gilt für immer. Machen Sie sich das vorab klar. Wir nehmen Sie in die Mangel bis zu dem Punkt, an dem es kein Zurück gibt. Ihnen werden Dinge angetan, von denen Sie nicht gesunden können, und sollten Sie tausend Jahre leben.

Niemals wieder werden Sie zu normalen menschlichen Gefühlen imstande sein. Alles in Ihrem Innern wird abgestorben sein. Liebe, Freundschaft, Lebenslust, Lachen, Wissbegierde, Mut, Redlichkeit, all dessen werden Sie nie wieder fähig sein. Sie werden hohl sein. Wir werden Sie leerpressen und Sie dann nach unserem Gusto neu befüllen.«

Er hielt inne und gab dem Mann im weißen Kittel ein Zeichen. Winston merkte, wie hinter seinem Kopf eine schwere Vorrichtung an ihren Platz geschoben wurde. O'Brien hatte sich neben der Liege hingesetzt, sodass sein Gesicht fast auf Winstons Höhe war.

»Dreitausend«, sagte er über Winstons Kopf hinweg zu dem Mann im weißen Kittel.

Zwei weiche Polster, die sich leicht feucht anfühlten, drückten sich an Winstons Schläfen. Ihm wurde mulmig zumute. Da stand Schmerz bevor, eine neue Art Schmerz. O'Brien legte beruhigend, fast gütig eine Hand auf die seine.

»Diesmal wird es nicht wehtun«, sagte er. »Sehen Sie mir fest in die Augen.«

In diesem Augenblick gab es eine verheerende Explosion, jedenfalls wirkte es wie eine Explosion, obwohl nicht klar war, ob Geräusch dazu gehörte. Unzweifelhaft hatte blendendes Licht aufgeblitzt. Winston war nicht verletzt, nur niedergestreckt. Obwohl er bereits auf dem Rücken gelegen hatte, als es geschah, hatte er das merkwürdige Gefühl, in diese Lage gestoßen worden zu sein. Ein gewaltiger, schmerzloser Hieb hatte ihn lang hinschlagen lassen. Auch in seinem Kopf war etwas passiert. Als seine Augen wieder scharf sehen konnten, wusste er, wer er war und wo er sich befand, und er erkannte auch das Gesicht, das in seines blickte; aber es gab da so eine große

Leerstelle, als sei ihm ein Teil seines Gehirns herausgenommen worden.

»Das hält nicht an«, sagte O'Brien. »Sehen Sie mir in die Augen. Mit welchem Land befindet sich Ozeanien im Krieg?«

Winston überlegte. Er wusste, was mit Ozeanien gemeint war und dass er selbst ein Bürger Ozeaniens war. Auch an Eurasien und Ostasien erinnerte er sich; aber wer sich mit wem im Krieg befand, wusste er nicht. Eigentlich war ihm nicht einmal klar, dass überhaupt Krieg herrschte.

»Ich erinnere mich nicht.«

»Ozeanien befindet sich im Krieg mit Ostasien. Erinnern Sie sich jetzt daran?«

»Ja.«

»Ozeanien hat sich immer im Krieg mit Ostasien befunden. Seit Ihrer Geburt, seit der Gründung der Partei, seit Anbeginn der Geschichte läuft der Krieg ohne Unterbrechung, immer derselbe Krieg. Erinnern Sie sich?«

»Ja.«

»Vor elf Jahren setzten Sie eine Legende von drei Männern in die Welt, die wegen Hochverrats zum Tod verurteilt worden waren. Sie redeten sich ein, einen Zeitungsausschnitt gesehen zu haben, der ihre Unschuld belegte. Ein solches Stück Papier hat es niemals gegeben. Sie haben es erfunden, und später haben Sie selbst geglaubt, Sie hätten es gesehen. Erinnern Sie sich nun an genau den Moment, in dem Sie es erstmals erfunden haben. Erinnern Sie sich?«

»Ja.«

»Neulich hielt ich Ihnen die Finger meiner Hand entgegen. Sie sahen fünf Finger. Erinnern Sie sich?«

»Ja.«

O'Brien hielt die Finger seiner linken Hand hoch, mit eingeklapptem Daumen.

»Hier sind fünf Finger. Sehen Sie fünf Finger?«

»Ja.«

Und er sah sie wirklich, einen kurzen Moment lang, bis sich das Bild in seinem Kopf wandelte. Er sah fünf Finger, und nichts schlängelte umher. Dann war alles wieder normal, und die alte Furcht, der Hass und die Verwirrung kehrten mit Macht zurück. Aber es hatte – wie lange, das wusste er nicht, für dreißig Sekunden vielleicht – einen Moment leuchtender Gewissheit gegeben, als jeder neue Hinweis O'Briens eine Leerstelle gefüllt hatte und zur reinen Wahrheit geworden war und als zwei und zwei ohne Weiteres auch drei oder fünf sein konnten, sollte das dienlich sein. Er war dahin, noch bevor O'Brien seine Hand hatte sinken lassen; obwohl er ihn nicht wieder einfangen konnte, vermochte er sich doch daran zu erinnern, so wie man sich an ein starkes Erlebnis aus einer früheren Lebensphase erinnert, als man in Wirklichkeit ein anderer Mensch war.

»Jetzt sehen Sie«, sagte O'Brien, »dass es immerhin möglich ist.«

»Ja«, sagte Winston.

O'Brien erhob sich mit zufriedener Miene. Links hinter sich sah Winston, wie der Mann im weißen Kittel eine Ampulle aufbrach und den Kolben einer Spritze aufzog. O'Brien wandte sich lächelnd Winston zu. In fast gewohnter Weise rückte er seine Brille auf der Nase zurecht.

»Erinnern Sie sich«, sagte er, »dass Sie in Ihr Tagebuch schrieben, es spiele keine Rolle, ob ich ein Freund bin oder ein Feind, immerhin sei ich jemand, der Sie verstehe und mit dem man reden könne? Sie hatten Recht. Ich rede gern mit Ihnen. Ich fühle mich zu Ihrem Verstand hingezogen. Er ähnelt dem meinen, nur dass Sie geistig krank sind. Ehe wir gleich die Sitzung schließen, können Sie mir, wenn Sie möchten, noch ein paar Fragen stellen.«

»Jede Frage, die ich habe?«

»Jede.« Er sah, dass Winston zur Skala schaute. »Das ist abgestellt. Wie lautet Ihre erste Frage?«

»Was haben Sie mit Julia gemacht?«, sagte Winston.

O'Brien lächelte wieder. »Sie hat Sie verraten, Winston. Sofort – uneingeschränkt. Ich habe selten jemanden so prompt zu uns überlaufen sehen. Sie würden sie kaum wiedererkennen, wenn Sie sie sähen. Ihre Aufsässigkeit, das Falsche an ihr, ihre Lasterhaftigkeit, die niedrige Gesinnung – all das wurde aus ihr herausgeätzt. Es war eine makellose Umformung, ein Fall wie aus dem Lehrbuch.«

»Sie wurde gefoltert?«

O'Brien ließ das unbeantwortet.

»Nächste Frage«, sagte er.

»Gibt es den Großen Bruder?«

»Natürlich gibt es ihn. Es gibt die Partei. Der Große Bruder ist die Verkörperung der Partei.«

»Gibt es ihn, so wie es mich gibt?«

»Es gibt Sie gar nicht«, sagte O'Brien.

Wieder überfiel ihn das Gefühl von Hilflosigkeit. Er wusste, mit welchen Schlussfolgerungen seine eigene Nichtexistenz bewiesen wurde, oder konnte es sich vorstellen; aber sie waren Unsinn, sie waren nichts als ein Spiel mit Worten. »Es gibt Sie gar nicht« – lag in dieser Behauptung nicht logischer Widersinn? Aber welche Absicht steckte hinter dieser Formulierung? Sein Verstand scheute, als er an die unwiderleglichen, verrückten Schlussfolgerungen dachte, mit denen O'Brien ihn niederbügeln würde.

»Ich denke, es gibt mich«, sagte er müde. »Ich bin mir meiner Individualität bewusst. Ich wurde geboren und werde sterben. Ich habe Arme und Beine. Ich nehme einen gewissen Platz im Raum ein. Kein anderes festes Objekt kann gleichzeitig denselben Platz einnehmen. Gibt es den Großen Bruder in diesem Sinn?«

»Das ist bedeutungslos. Es gibt ihn.«

»Wird der Große Bruder einmal sterben?«

»Natürlich nicht. Wie sollte er sterben können? Nächste Frage.«

»Gibt es die Bruderschaft?«

»Das, Winston, werden Sie nie erfahren. Selbst wenn wir Ihnen die Freiheit geben sollten, nachdem wir mit Ihnen fertig sind, und Sie neunzig Jahre alt werden – niemals werden Sie dahinterkommen, ob die Antwort auf diese Frage Ja oder Nein lautet. Solange Sie leben, wird dies als unlösbares Rätsel in Ihrem Kopf stecken.«

Winston lag reglos da. Sein Brustkorb hob und senkte sich etwas schneller. Noch hatte er nicht die Frage gestellt, die ihm als erste in den Sinn gekommen war. Er musste sie stellen, und doch war es, als wolle sie ihm nicht über die Lippen kommen. O'Briens Miene wirkte vergnügt. Selbst seine Brille schien ironisch zu funkeln. Er weiß, dachte Winston mit einem Mal, er weiß, was ich fragen will! Kaum gedacht, brach es aus ihm heraus: »Was ist in Raum 101?«

O'Briens Miene blieb unverändert. Kühl antwortete er:

»Sie wissen, was in Raum 101 ist, Winston. Jeder weiß, was in Raum 101 ist.«

Er gab dem Mann im weißen Kittel einen Fingerzeig. Die Sitzung war offenbar zu Ende. Eine Nadel drang in Winstons Arm ein. Fast sofort sank er in tiefen Schlaf.

III

»Ihre Wiedereingliederung erfolgt in drei Schritten«, sagte O'Brien. »Lernen, begreifen und bejahen. Sie sind jetzt bereit für den zweiten Schritt.«

Winston lag wie immer flach auf dem Rücken. Aber seine Fesseln saßen neuerdings etwas lockerer. Sie hielten ihn weiterhin nieder, aber er konnte sein Knie leicht beugen, den Kopf nach beiden Seiten drehen und seine Unterarme anwinkeln. Auch die Skala hatte an Schrecken eingebüßt. Solange er geistesgegenwärtig blieb, entging er ihrem Schmerz; O'Brien drehte im Wesentlichen am Regler, wenn er etwas Dummes sagte. Manchmal absolvierten sie eine ganze Sitzung, ohne dass die Skala zum Einsatz kam. Er konnte nicht sagen, wie viele Sitzungen es gegeben hatte. Der Prozess insgesamt schien sich über eine sehr lange, unbestimmte Zeit hinzuziehen – über Wochen womöglich –, und zwischen den Sitzungen mochten manchmal Tage vergangen sein, manchmal aber auch nur ein, zwei Stunden.

»Während Sie so dalagen«, sagte O'Brien, »haben Sie sich oft gefragt – ja sogar mich gefragt –, wieso das Ministerium für Liebe so viel Zeit und Mühe auf Sie verwendet. Und als Sie frei gewesen waren, hatten Sie sich letztlich schon genau das Gleiche gefragt. Sie begriffen die Mechanismen der Gesellschaft, in der Sie lebten, aber nicht die ihr zugrundeliegenden Motive.

Erinnern Sie sich, dass Sie in Ihr Tagebuch schrieben: ›Das *Wie* verstehe ich; das *Wieso* verstehe ich nicht‹? Wenn Sie über das *Wieso* nachdachten, kamen Ihnen Zweifel an Ihrem Verstand. Sie haben *das Buch* gelesen, Goldsteins Buchs, oder zumindest Teile daraus. Haben Sie etwas aus ihm erfahren, was Sie nicht schon vorher wussten?«

»Sie haben es gelesen?«, fragte Winston.

»Ich habe es geschrieben. Das heißt, ich habe daran mitgearbeitet. Wie Sie wissen, ist kein Buch das Werk eines Einzelnen.«

»Ist wahr, was in ihm drinsteht?«

»In der Beschreibung ja. Das Programm, das es entwickelt, ist Unfug. Das geheime Ansammeln von Wissen – schrittweise verbreitete Aufklärung – schließlich eine proletarische Revolte – der Sturz der Partei. Sie haben selbst absehen können, dass es darauf hinauslief. Das ist alles Unfug. Die Proletarier werden sich niemals erheben, nicht in tausend oder einer Million Jahren. Sie können es nicht. Den Grund dafür muss ich Ihnen nicht sagen, Sie kennen ihn bereits. Sollten Sie jemals von einer gewaltsamen Erhebung geträumt haben: Geben Sie's auf. Die Partei kann durch kein Mittel zu Fall gebracht werden. Die Herrschaft der Partei währt ewig. Machen Sie dies zum Ansatzpunkt Ihres Nachdenkens.«

Er trat näher an die Liege. »Sie währt ewig!«, wiederholte er. »Widmen wir uns wieder der Frage nach dem *Wie* und dem *Wieso.* Sie verstehen bereits, *wie* die Partei sich an der Macht hält. Jetzt sagen Sie mir, *wieso* wir an der Macht festhalten. Was sind unsere Motive? Warum ist es uns so um die Macht zu tun? Na los, ich höre«, fügte er hinzu, weil Winston still blieb.

Dennoch sagte Winston eine Weile lang nichts. Ein Gefühl von Überdruss hatte ihn übermannt. Auf O'Briens Gesicht zeichnete sich wieder der Anflug wahnhafter Begeisterung ab. Ihm war längst klar, was O'Brien sagen würde. Dass die Partei die Macht nicht aus Eigennutz anstrebt, sondern allein zum Wohl der Mehrheit. Dass sie nach der Macht gestrebt hat, weil Menschen in der Masse schwache, feige Geschöpfe sind, die es nicht ertragen, frei zu sein oder der Wahrheit ins Gesicht zu blicken, und daher von anderen, Stärkeren beherrscht und systematisch getäuscht werden mussten. Dass die Menschheit die Wahl zwischen Freiheit und Glück hatte und Glück für den Großteil der Menschheit besser war. Dass die Partei die ewige Beschützerin der Schwachen war, eine geweihte Sekte, die Böses tat, damit das Gute eintrete, und die für die anderen ihr eigenes Glück opferte. Das Schreckliche, dachte Winston, das Schreckliche daran war, dass O'Brien dies auch glaubte, wenn er es sagte. Man konnte es seinem Gesicht ablesen. O'Brien wusste alles. Tausendmal besser als Winston wusste er, wie die Welt wirklich beschaffen war, in welcher Erniedrigung die Masse der Menschen lebte und mittels welcher Lügen und Grausamkeiten die Partei sie dort hielt. Er hatte das alles begriffen, alles abgewogen, und es spielte keine Rolle: Der Endzweck rechtfertigte alles. Was, dachte Winston, kannst du schon ausrichten gegen einen Wahnsinnigen, der intelligenter ist als du, der deinen Argumenten freundlich Gehör schenkt und dann doch einfach auf seinem Irrsinn beharrt?

»Sie beherrschen uns zu unserem eigenen Besten«, sagte er schwach. »Sie glauben, dass die Menschen nicht in der Lage sind, sich selbst zu regieren, und deshalb …«

Er zuckte zusammen und schrie fast laut auf. Ein stechender Schmerz durchfuhr seinen Körper. O'Brien hatte den Regler der Skala auf 35 gedreht.

»Das war dumm, Winston, einfach dumm!«, sagte er. »Sie sollten es besser wissen und nicht so reden.«

Er drehte den Regler zurück und fuhr fort:

»Ich will die Antwort auf meine Frage selbst geben. Und so lautet sie. Die Partei strebt nach der Macht ausschließlich um ihrer selbst willen. Das Wohlergehen anderer interessiert uns nicht, uns interessiert allein die Macht als solche. Nicht Reichtum oder Luxus oder langes Leben oder Glück: nur Macht, reine Macht. Was mit reiner Macht gemeint ist, werden Sie gleich verstehen. Uns unterscheidet von allen Oligarchien der Vergangenheit, dass wir wissen, was wir tun. Alle anderen, selbst die, die uns ähnelten, waren Memmen und Heuchler. Die deutschen Nazis und die russischen Kommunisten kamen in ihren Methoden an unsere fast heran, aber ihnen fehlte der Schneid, zu ihren Motiven zu stehen. Sie taten so, und glaubten es vielleicht sogar selbst, dass ihnen die Macht unversehens und für einen begrenzten Zeitraum zugefallen war, und hinter der nächsten Ecke liege ein Paradies, in dem die Menschen frei und gleich wären. Wir sind da anders. Wir wissen, dass niemand je die Macht ergreift mit der Absicht, sie wieder loszulassen. Macht ist kein Mittel, sie ist ein Zweck. Man errichtet keine Diktatur, damit eine Revolution stattfinden kann; man macht eine Revolution, damit eine Diktatur errichtet werden kann. Das Ziel von Verfolgung ist Verfolgung. Das Ziel von Folter ist Folter. Das Ziel von Macht ist Macht. Verstehen Sie mich jetzt allmählich?«

Wie schon einmal fiel Winston auf, wie müde O'Briens Gesicht wirkte. Es war kräftig, fleischig und brutal, es war voll Klugheit und einer Art beherrschter Leidenschaft, der gegenüber er sich machtlos fühlte; aber es war müde. Es hatte Tränensäcke, die Haut hing schlaff von den Wangen herab. O'Brien beugte sich über ihn und führte das erschöpfte Gesicht bewusst näher an ihn heran.

»Sie denken«, sagte er, »dass mein Gesicht alt und müde ist. Sie denken, ich rede von Macht und kann doch nicht einmal dem Verfall meines eigenen Körpers Einhalt gebieten. Will Ihnen denn nicht in den Kopf, Winston, dass der einzelne Mensch nur eine Zelle ist? Das Ermüden der Zelle ist die Stärke des Organismus. Sterben Sie etwa, wenn Sie sich die Fingernägel schneiden?«

Er kehrte sich von der Liege ab und begann mit einer Hand in der Tasche wieder hin und her zu gehen.

»Wir sind die Priester der Macht«, sagte er. »Gott ist Macht. Aber was Sie betrifft, ist Macht momentan nicht mehr als ein Wort. Es wird Zeit, dass Sie eine Vorstellung davon bekommen, was Macht bedeutet. Zunächst müssen Sie sich klarmachen, dass die Macht in der Gemeinschaft liegt. Der Einzelne hat Macht nur insoweit, als er aufhört, ein Einzelner zu sein. Sie kennen die Parteiparole: ›Freiheit ist Sklaverei‹. Ist Ihnen je eingefallen, dass dies auch umgekehrt gilt? Sklaverei ist Freiheit. Allein – frei – wird der Mensch immer besiegt. Das muss so sein, denn jeder Mensch ist zum Sterben verdammt, was der größte seiner Fehler ist. Wenn ihm jedoch die vollständige, totale Unterwerfung gelingt, wenn er seinem Ich zu entrinnen und in der Partei aufzugehen vermag, sodass er die Partei *ist*, dann ist er allmächtig und unsterblich. Als Zweites müssen Sie begreifen, dass Macht immer Macht über Menschen bedeutet. Über den Körper – aber vor allem über den Geist. Macht über Dinge – die äußere Wirklichkeit, wie Sie sagen würden – ist nicht wichtig. Unsere Herrschaft über die Dinge ist bereits allumfassend.«

Einen Moment lang blendete Winston die Skala aus. Er versuchte mit großer Anstrengung, in eine Sitzposition zu gelangen, wobei er seinen Körper doch nur schmerzhaft zu winden vermochte.

»Aber wie können Sie die Dinge beherrschen?«, brach es aus ihm heraus. »Sie beherrschen nicht mal das Wetter oder die Schwerkraft. Und da sind Krankheit, Leid, Tod …«

O'Brien gebot ihm mit einer Geste, zu schweigen. »Wir beherrschen die Dinge, weil wir den Geist beherrschen. Die Wirklichkeit spielt sich im Kopf ab. Sie werden das nach und nach lernen, Winston. Es gibt nichts, was wir nicht könnten. Unsichtbarkeit, Schwerelosigkeit – alles. Ich könnte von diesem Boden aufsteigen wie eine Seifenblase, wenn ich wollte. Ich will es nicht, weil die Partei es nicht will. Sie müssen sich vom Konzept der Naturgesetze aus dem 19. Jahrhundert lösen. Die Naturgesetze machen wir.«

»Aber das stimmt doch nicht! Sie sind nicht einmal Herr über diesen Planeten. Was ist mit Eurasien und Ostasien? Die sind noch nicht erobert.«

»Unwichtig. Wir erobern sie, wenn es uns gelegen kommt. Und wenn nicht, was würde das schon ausmachen? Wir können sie aus der Realität verbannen. Ozeanien ist die Welt.«

»Aber die Welt ist selbst nichts als ein Körnchen Staub. Und der Mensch ist winzig klein – hilflos! Seit wann gibt es ihn denn? Millionen Jahre lang war die Erde unbewohnt.«

»Unsinn. Die Erde ist so alt wie wir selbst, und nicht älter. Wie sollte sie älter sein können? Alles existiert allein durch das menschliche Bewusstsein.«

»Aber das Gestein ist voll mit Knochen ausgestorbener Tiere – vom Mammut und Mastodon und von riesigen Reptilien, die hier lebten, lange bevor etwas vom Menschen bekannt wurde.«

»Haben Sie solche Knochen je gesehen, Winston? Natürlich nicht. Sie sind eine Erfindung von Biologen des 19. Jahrhunderts. Vor dem Menschen gab es nichts. Und nach dem Menschen, wenn es einmal aus sein sollte mit ihm, gäbe es wieder nichts. Es gibt nichts jenseits des Menschen.«

»Aber das gesamte Universum liegt jenseits von uns. Sehen Sie hoch zu den Sternen! Manche sind Millionen Lichtjahre entfernt. Sie sind für alle Zeiten außerhalb unserer Reichweite.«

»Was sind die Sterne denn?«, sagte O'Brien ungerührt. »Sie sind Klumpen aus Feuer, ein paar Kilometer entfernt. Wir könnten sie erreichen, wenn wir wollten. Wir könnten sie auch zerstören. Die Erde ist der Mittelpunkt des Universums. Die Sonne und die Sterne drehen sich um sie.«

Winston machte erneut eine ruckende Bewegung. Diesmal sagte er nichts. O'Brien fuhr fort, als reagiere er auf einen geäußerten Einwand:

»Für manche Zielsetzungen trifft das natürlich nicht zu. Wenn wir das Meer befahren oder eine Sonnenfinsternis vorausberechnen, kommt uns oft die Annahme gelegen, dass sich die Erde um die Sonne dreht und die Sterne Abermillionen Kilometer weit entfernt sind. Na, wenn schon. Denken Sie, wir wären nicht in der Lage, ein doppeltes System der Himmelskunde zu erschaffen? Die Sterne können nah oder fern sein, je nach unserer Anforderung. Denken Sie, unsere Mathematiker seien dem nicht gewachsen? Haben Sie Doppeldenk ganz vergessen?«

Winston sank auf die Liege zurück. Was immer er auch sagte, die prompte Antwort ging wie ein Knüppel auf ihn nieder. Und doch wusste er, *wusste* er, dass er recht hatte. Die Ansicht, es existiere nichts außerhalb unserer Vorstellung – es ließ sich doch sicher irgendwie beweisen, dass sie irrig war? War sie nicht schon vor langer Zeit als Trugschluss entlarvt worden? Es gab sogar einen Begriff dafür, aber den hatte er vergessen. Ein mattes Lächeln umspielte O'Briens Lippen, während er zu ihm heruntersah.

»Ich habe schon einmal festgehalten, Winston«, sagte er, »dass Metaphysik nicht eben Ihre Stärke ist. Der Begriff, der Ihnen nicht einfallen will, lautet Solipsismus. Aber Sie liegen falsch. Dies ist kein Solipsismus. Kollektiver Solipsismus, von mir aus. Das hier ist etwas anderes, im Grunde das Gegenteil davon. Mit all dem schweifen wir ab«, fügte er in einem anderen Tonfall hinzu. »Die wahre Macht, die Macht, um die wir Tag und Nacht kämpfen müssen, ist nicht die Macht über Dinge, sondern über Menschen.« Er hielt inne, und kurz wirkte er wieder wie ein Lehrer, der einen begabten Schüler abfragt:

»Wie erlangt ein Mensch die Macht über einen anderen, Winston?«

Winston überlegte. »Indem er ihn leiden lässt«, sagte er.

»Ganz genau. Indem er ihn leiden lässt. Gehorsam allein reicht nicht. Solange er nicht leidet, weiß man nicht genau, ob er Ihrem Willen gehorcht oder seinem eigenen. Macht heißt: andere erniedrigen und ihnen Schmerz zufügen. Macht heißt: den Verstand eines Menschen in Stücke reißen und ihn nach den eigenen Vorstellungen neu zusammensetzen. Erkennen Sie nun langsam, was für eine Art von Welt wir da erschaffen? Sie ist das genaue Gegenteil der törichten hedonistischen Utopien, die die alten Reformer erdachten. Eine Welt voller Angst, Verrat und Qualen, eine Welt des Tretens und Getretenwerdens, eine Welt, die im Verlauf ihrer Entwicklung nicht an Grausamkeit verliert, sondern immer grausamer wird. Fortschritt in unserer Welt ist ein Fortschreiten zu noch größerem Schmerz. Die alten Zivilisationen erhoben den Anspruch, auf Liebe und Gerechtigkeit gegründet zu sein. Unsere ist auf Hass gegründet. In unserer Welt wird es keine anderen Empfindungen mehr geben als Angst, Wut, Häme und Selbsthass. Alles andere werden wir ausmerzen – wirklich alles. Wir zerstören bereits die Denkweisen, die aus der Zeit vor der Revolution erhalten geblieben sind. Wir haben die Verbindungen zwischen Kind und Eltern, Mensch und Mensch, Mann und Frau gekappt. Niemand wagt mehr, einem Kind, einer Ehefrau oder einem Freund zu vertrauen. Aber in Zukunft wird es gar keine Ehefrauen und keine Freunde mehr geben. Kinder wird man ihren Müttern gleich nach der Geburt wegnehmen, so wie man Hennen die Eier wegnimmt. Der Geschlechtstrieb wird ausgerottet. Zeugung wird eine jährlich anstehende Formalität sein wie die Verlängerung einer Lebensmittelkarte. Den Orgasmus schaffen wir ab. Unsere Neurologen arbeiten aktuell daran. Es wird keine Treue mehr geben außer der Parteitreue. Es wird keine Liebe mehr geben außer der Liebe zum Großen Bruder. Es wird kein Lachen mehr geben außer dem hämischen Auslachen eines besiegten Feindes. Es wird keine Kunst mehr geben, keine Literatur, keine Wissenschaft. Wenn wir allmächtig sind, wird es keinen Bedarf an Wissenschaft mehr geben. Zwischen Schönheit und Hässlichkeit wird es keinen Unterschied mehr geben. Es wird keine Neugierde mehr geben und keinen Spaß am Leben. Alle Freude am Wettstreit wird zerstört sein. Aber immer – vergessen Sie das nicht, Winston – immer wird es den Rausch der Macht geben, die ständig anwächst und ständig raffinierter wird.

Immer, in jedem Augenblick, wird es die Lust am Siegen geben, das schöne Gefühl, wenn man auf einen hilflosen Gegner eintritt. Wenn Sie die Zukunft in ein Bild fassen möchten, stellen Sie sich einen Stiefel vor, der in das Gesicht eines Menschen tritt – bis in alle Ewigkeit.«

Er hielt inne wie in der Erwartung, dass Winston etwas sagte. Wieder hätte sich Winston gern in die Fläche der Liege verkrochen. Er konnte nichts sagen. Sein Herz war wie zu Eis erstarrt. O'Brien fuhr fort:

»Denken Sie daran, bis in alle Ewigkeit. Das Gesicht zum Hineintreten wird immer vorhanden sein. Den Abweichler, den Feind der Gesellschaft wird es immer geben, sodass er weiter bezwungen und erniedrigt werden kann. Alles, was Sie erlebt haben, seit Sie in unserer Hand sind – all dies wird weitergehen, nur schlimmer noch. Das Bespitzeln, Verraten, Festnehmen, Foltern, Hinrichten, Verschwinden wird niemals enden. Es wird eine Welt des Schreckens sein wie auch eine Welt des Triumphs. Je mächtiger die Partei sein wird, desto weniger duldsam wird sie sein; je schwächer der Widerstand, desto härter die Despotie. Goldstein und seine Irrlehren werden ewig fortleben. An jedem Tag, in jedem Augenblick wird man sie bloßstellen, anprangern, verhöhnen, bespucken, und doch wird es sie immer geben. Das Schauspiel, dessen Darsteller wir beide sieben Jahre hindurch gewesen sind, wird man wieder und wieder und über alle Generationen hinweg aufführen, in immer subtileren Formen. Immer wird uns ein Abweichler auf Gedeih und Verderb ausgeliefert sein, der vor Schmerz schreit, zerbricht, zum Nichts wird – und am Ende zutiefst reumütig, vor sich selbst gerettet, ganz von allein vor uns im Staub kriecht. Das ist die Welt, an der wir arbeiten, Winston. Eine Welt, in der Sieg auf Sieg folgt und ein Triumph den nächsten jagt: ein pausenloser Reiz auf den Nerv der Macht. Ich sehe schon, Sie erkennen langsam, wie diese Welt sein wird. Aber am Ende werden Sie mehr tun als sie nur zu begreifen. Sie werden sie annehmen, begrüßen, zu ihr gehören.«

Winston war nun wieder genügend bei Kräften, um sprechen zu können. »Das können Sie nicht!«, sagte er schwach.

»Worauf zielt diese Bemerkung, Winston?«

»Sie können keine Welt erschaffen wie eben geschildert. Das ist Träumerei. Es ist unmöglich.«

»Warum?«

»Es ist unmöglich, eine Kultur auf Angst, Hass und Gewalt zu gründen. Sie hätte niemals Bestand.«

»Wieso nicht?«

»Sie wäre nicht lebensfähig. Sie würde zerbrechen. Sie würde Selbstmord begehen.«

»Unsinn. Sie gehen davon aus, dass Hass anstrengender ist als Liebe. Warum sollte das zutreffen? Und wenn dem so wäre, was würde dadurch anders? Angenommen, wir wollten schneller altern. Angenommen, wir steigerten das Tempo des Lebens, bis die Menschen schon mit dreißig vergreist sind. Was würde dadurch anders? Warum wollen Sie nicht begreifen, dass der Tod des Einzelnen überhaupt kein Tod ist? Die Partei ist unsterblich.«

Wie gewohnt hatte die Stimme Winston bis zur Bewusstlosigkeit malträtiert. Er fürchtete zudem, O'Brien werde wieder am Regler drehen, sollte er auf seinem Widerspruch beharren. Und doch konnte er nicht still bleiben. Schwach, ohne Argumente, durch nichts getragen als sein undeutliches Grauen vor dem, was O'Brien gesagt hatte, ging er erneut zum Angriff über.

»Ich weiß nicht – meinetwegen. Sie werden scheitern, irgendwie. Etwas wird Sie bezwingen. Das Leben wird Sie bezwingen.«

»Wir beherrschen das Leben, Winston, auf allen seinen Ebenen. Sie glauben, es gäbe da etwas mit Namen menschliche Natur, die empört sein wird über das, was wir tun, und sich gegen uns auflehnt. Aber wir gestalten die menschliche Natur. Die Menschen sind unbegrenzt formbar. Oder vielleicht sind Sie wieder bei Ihrer alten Idee gelandet, dass sich die Proletarier oder die Sklaven erheben und uns zu Fall bringen werden. Schlagen Sie sich das aus dem Kopf. Sie sind machtlos wie die Tiere. Die Menschheit, das ist die Partei. Die anderen sind draußen – ohne Bedeutung.«

»Mag sein. Letztlich werden sie Sie schlagen. Früher oder später werden sie Ihr Wesen erkennen und Sie daraufhin in Stücke reißen.«

»Sehen Sie irgendwelche Anzeichen dafür, dass es so kommt? Oder irgendeinen Anlass dazu?«

»Nein. Ich glaub's einfach. Ich *weiß*, dass Sie scheitern werden. Es gibt da etwas in der Menschheit – keine Ahnung, eine Kraft, ein Naturgesetz –, das Sie niemals aus der Welt schaffen werden.«

»Glauben Sie an Gott, Winston?«

»Nein.«

»Was soll das dann für eine Kraft sein, die uns bezwingen wird?«

»Ich weiß nicht. Die Kraft der Menschen.«

»Und halten Sie sich für einen Menschen?«

»Ja.«

»Wenn Sie ein Mensch sind, Winston, dann sind Sie der letzte Mensch. Ihre Art ist ausgestorben; wir haben das Erbe angetreten. Ist Ihnen klar, dass Sie *ganz* allein sind? Sie befinden sich außerhalb der Geschichte, Sie sind überhaupt nicht vorhanden.« Er änderte sein Verhalten und sagte eher unfreundlich: »Und Sie halten sich uns gegenüber, die wir lügen und grausam sind, für moralisch überlegen?«

»Ja, ich halte mich für überlegen.«

O'Brien sagte nichts. Zwei andere Stimmen redeten. Wenig später erkannte Winston eine von ihnen als die seine. Es war ein Mitschnitt des Gesprächs, das er am Abend seiner Aufnahme in die Bruderschaft mit O'Brien geführt hatte. Er hörte, wie er sich bereiterklärte, zu lügen, zu stehlen, zu fälschen, zu morden, Drogenkonsum und Prostitution zu fördern, Geschlechtskrankheiten zu verbreiten, einem Kind Schwefelsäure ins Gesicht zu schütten. O'Brien machte eine gereizte kleine Geste wie um zu sagen, diese Vorführung sei im Grunde entbehrlich. Dann betätigte er einen Schalter, die Stimmen brachen ab.

»Stehen Sie von der Liege auf«, sagte er.

Die Fesseln hatten sich gelöst. Winston setzte die Beine auf den Fußboden und richtete sich unsicher auf.

»Sie sind der letzte Mensch«, sagte O'Brien. »Sie sind der Hüter des menschlichen Geistes. Sie sollen sich sehen, wie Sie sind. Ziehen Sie sich aus.«

Winston knotete das Stück Schnur auf, das seinen Overall zusammenhielt. Der Reißverschluss war längst aus ihm herausgerissen. Er entsann sich nicht, ob er in seiner Haft die Kleidung überhaupt schon einmal komplett abgelegt hatte. Unter dem Overall hingen schmutzig-gelbe Lumpen um seinen Körper, gerade noch erkennbar als Reste von Unterwäsche. Als er sie zu Boden gleiten ließ, sah er, dass am anderen Ende des Raums ein dreiseitiger Spiegel stand. Er trat näher heran, dann blieb er mit einem Mal stehen. Er hatte unwillkürlich aufschreien müssen.

»Weiter vor«, sagte O'Brien. »Stellen Sie sich zwischen die beiden Flügel des Spiegels. Sie sollen sich auch von der Seite sehen.«

Er war vor Schreck stehengeblieben. Ein gebeugtes, graues Gerippe kam auf ihn zu. Er erschrak vor dem tatsächlichen Aussehen und nicht nur, weil er wusste, dass er selbst das war. Er trat näher an den Spiegel heran. Das Gesicht der Gestalt ragte aufgrund ihrer gebeugten Haltung vor. Eine trostlose Verbrechervisage mit Hakennase, Denkerstirn, die in kahle Kopfhaut überging, und ramponierten Wangenknochen, über denen die Augen wachsam funkelten. Die Wangen waren verschrammt, der Mund eingefallen. Es war eindeutig sein Gesicht, aber er fand, dass es stärker verändert wirkte, als er sich innerlich verändert hatte. Ihm hatten sich andere Empfindungen eingeschrieben als seinem Herzen. Er hatte viel Haar verloren. Im ersten Moment hatte er gedacht, er sei auch ergraut, aber grau war nur die Kopfhaut. Mit Ausnahme seiner Hände und des Gesichts war sein gesamter Körper grau von altem, tiefsitzendem Schmutz. Rote Narben von Verletzungen befanden sich da und dort unter dem Schmutz, und das Geschwür am Fußknöchel war eine entzündete Masse, von der sich Hautfetzen lösten. Aber ganz besonders erschreckte ihn, wie abgezehrt sein Körper war. Die Rippen des Brustkorbes zeichneten sich ab wie bei einem Skelett, die Beinmuskeln waren so geschrumpft, dass die Knie dicker waren als die Schenkel. Nun wurde ihm bewusst, was O'Brien mit der Ansicht von der Seite im Sinn gehabt hatte. Die Krümmung seiner Wirbelsäule war erstaunlich. Die mageren Schultern standen vor, als sollte vor der Brust ein Hohlraum gebildet werden, der hagere Hals schien durch das Gewicht des Schädels einzuknicken. Hätte er raten sollen, er hätte dies für den Körper eines Sechzigjährigen mit einer tückischen Krankheit gehalten.

»Sie haben manchmal gedacht«, sagte O'Brien, »dass mein Gesicht – das Gesicht eines Mitglieds der Inneren Partei – alt und verbraucht wirkt. Was halten Sie von Ihrem eigenen Gesicht?«

Er fasste Winston an der Schulter und drehte ihn herum, sodass er ihm gegenüberstand.

»Sehen Sie, in was für einem Zustand Sie sind!«, sagte er. »Sehen Sie die Schmutzschicht auf Ihrem gesamten Körper. Sehen Sie den Dreck zwischen Ihren Zehen. Sehen Sie die ekelhaft suppende Wunde an Ihrem Bein. Wissen Sie, dass Sie wie eine Ziege stinken? Vermutlich merken Sie das überhaupt nicht mehr. Schauen Sie nur, wie abgemagert Sie sind. Hier, ich kann mit Daumen und Zeigefinger Ihren Bizeps umfassen. Ich könnte Ihren Hals durchknicken wie eine Möhre. Wissen Sie, dass Sie fünfundzwanzig Kilo abgenommen haben, seit Sie sich bei uns aufhalten? Sogar Ihr Haar fällt büschelweise aus. Schauen Sie!« Er griff in Winstons Schopf und hatte die Hand voller Haare. »Machen Sie mal den Mund auf. Neun, zehn, elf Zähne fehlen. Wie viele hatten Sie, als Sie herkamen? Und die paar, die noch da sind, fallen ebenfalls aus. Schauen Sie!«

Er fasste einen von Winstons verbliebenen Schneidezähnen mit seinem starken Daumen und Zeigefinger. Ein stechender Schmerz durchfuhr Winstons Kiefer. O'Brien hatte ihm den lockeren Zahn samt der Wurzel ausgerissen. Er warf ihn durch die Zelle.

»Sie modern dahin«, sagte er, »Sie fallen auseinander. Was sind Sie? Ein Haufen Dreck. Drehen Sie sich noch mal um und schauen Sie in den Spiegel. Sehen Sie das Ding da vor Ihnen?

Das ist der letzte Mensch. Wenn Sie menschlich sind, dann ist das die Menschheit. Ziehen Sie sich jetzt wieder an.«

Mit langsamen, steifen Bewegungen begann sich Winston anzukleiden. Bislang schien ihm gar nicht aufgefallen zu sein, wie dünn und schwach er war. Nur ein Gedanke beschäftigte ihn: dass er schon länger an diesem Ort gewesen sein musste als gedacht. Und während er die elenden Lumpen anlegte, überkam ihn mit einem Mal ein Gefühl des Mitleids für seinen kaputten Körper. Noch ehe ihm bewusst wurde, was er tat, war er auf einen kleinen Hocker neben der Liege gesackt und in Tränen ausgebrochen. Ihm war bewusst, wie hässlich und abstoßend er dasaß, ein Haufen Knochen in schmutziger Unterwäsche im grellen weißen Licht, aber er konnte nicht an sich halten. O'Brien legte ihm fast gütig eine Hand auf die Schulter.

»Es wird nicht ewig dauern«, sagte er. »Sie können es abkürzen, wann immer Sie wollen. Es hängt alles von Ihnen selbst ab.«

»Das ist Ihr Werk!«, schluchzte Winston. »Sie haben mich derart zugerichtet.«

»Nein, Winston, Sie selbst haben sich derart zugerichtet. Sie haben es mit in Kauf genommen, als Sie sich gegen die Partei auflehnten. Dieser erste Schritt hat alle weiteren in sich inbegriffen. Es ist nichts passiert, das Sie nicht absehen konnten.«

Er hielt inne, dann fuhr er fort:

»Wir haben Sie geschlagen, Winston. Wir haben Sie kleingekriegt. Sie haben gesehen, was mit Ihrem Körper los ist. In genau diesem Zustand befindet sich auch Ihr Geist. Ich denke nicht, dass noch sehr viel Stolz in Ihnen stecken kann. Sie wurden getreten, geschlagen und beschimpft, Sie haben vor Schmerz geschrien, Sie haben sich in Ihrem Blut und Erbrochenen auf dem Boden gewälzt. Sie haben um Gnade gewinselt,

Sie haben alles und jeden verraten. Fällt Ihnen auch nur eine einzige Demütigung ein, um die Sie herumgekommen sind?«

Winston hatte aufgehört zu weinen, wenngleich ihm noch Tränen aus den Augen rannen. Er sah zu O'Brien hoch.

»Julia habe ich nicht verraten«, sagte er.

O'Brien blickte nachdenklich zu ihm hinab. »Nein«, sagte er, »nein, das ist völlig richtig. Julia haben Sie nicht verraten.«

Die sonderbare Verehrung für O'Brien, die offenbar nichts erschüttern konnte, durchströmte wieder Winstons Herz. Welche Klugheit, dachte er, welche Intelligenz! O'Brien fasste immer ganz genau auf, was man zu ihm sagte. Jeder andere Mensch auf Erden hätte prompt geantwortet, er habe Julia sehr wohl verraten. Denn was gab es noch, was ihm unter der Folter nicht abgepresst worden wäre? Er hatte alles mitgeteilt, was er von ihr wusste, ihre Gewohnheiten, die Art ihres Wesens, ihr bisheriges Leben; bis ins kleinste Detail hatte er offengelegt, wie es bei ihren Treffen zugegangen war, was er ihr erzählt hatte und sie ihm, die Lebensmittel vom Schwarzmarkt, ihre Bettgeschichten, ihre vagen Pläne zum Kampf gegen die Partei – alles. Und doch hatte er, nach seinem Verständnis des Wortes, keinen Verrat an ihr begangen. Er hatte nicht aufgehört, sie zu lieben; seine Gefühle für sie waren unverändert geblieben. O'Brien hatte verstanden, worum es ihm ging, ohne dass es der Erklärung bedurfte.

»Sagen Sie mir«, fragte Winston, »wie lange ist es hin bis zu meiner Erschießung?«

»Das kann noch eine ganze Zeit dauern«, sagte O'Brien. »Sie sind ein schwieriger Fall. Aber geben Sie die Hoffnung nicht auf. Früher oder später wird jeder geheilt. Zum Schluss erschießen wir Sie.«

IV

Es ging ihm viel besser. Mit jedem Tag wurde er dicker und kräftiger, wenn es denn richtig war, von Tagen zu sprechen.

Wie gehabt gab es das weiße Licht und das Brummgeräusch, aber die Zelle war etwas bequemer als die früheren. Es gab ein Kissen und eine Matratze auf der Pritsche und einen Hocker, auf dem er sitzen konnte. Er hatte ein Bad nehmen dürfen, und er konnte sich recht oft in einer Blechschüssel waschen. Dazu gab man ihm sogar warmes Wasser. Er hatte neue Unterwäsche und einen sauberen Overall bekommen. Sein Geschwür war samt einer lindernden Salbe verbunden worden. Die restlichen Zähne hatte man ihm gezogen, er trug nun ein künstliches Gebiss.

Wochen oder Monate mussten verstrichen sein. Es wäre jetzt möglich gewesen, den Verlauf der Tage mitzuzählen, wenn er das hätte tun wollen, denn er erhielt sein Essen in offenbar regelmäßigen Abständen. Er bekam drei Mahlzeiten im Verlauf von vierundzwanzig Stunden, wie er schätzte; manchmal fragte er sich, ob sie nachts kamen oder am Tag. Das Essen war überraschend gut, jede dritte Mahlzeit war mit Fleisch. Einmal war sogar ein Päckchen Zigaretten dabei. Er hatte keine Streichhölzer, aber der schweigende Wachmann, der ihm das Essen brachte, gab ihm Feuer. Als er das erste Mal wieder rauchte, wurde ihm schlecht, aber er blieb dabei und kam, indem er nach jedem Essen eine halbe Zigarette rauchte, eine ganze Weile mit dem Päckchen hin.

Er hatte eine weiße Schiefertafel bekommen, an deren Ecke ein kurzer Griffel angebunden war. Zunächst machte er keinen Gebrauch davon. Auch im Wachzustand war er vollkommen träge. Oft lag er von einer Mahlzeit zur nächsten fast ohne sich zu rühren da, teils schlafend, teils in schemenhafte Tagträume versunken, bei denen es die Mühe nicht lohnte, die Augen zu öffnen. Er hatte sich längst daran gewöhnt, bei dem grellen Licht zu schlafen, das in sein Gesicht schien. Der Unterschied bestand nur darin, dass die Träume zusammenhängender waren. Er träumte diese ganze Zeit hindurch sehr viel, und es waren immer schöne Träume. Er war im Goldenen Land, oder er saß mit seiner Mutter, mit Julia, mit O'Brien zwischen riesigen, prächtigen Ruinen – hatte nichts zu tun, saß nur in der Sonne da und sprach von friedvollen Dingen. Wenn er im Wachzustand überhaupt Gedanken hatte, drehten sie sich um seine Träume. Nun, da ihn kein Schmerz mehr dazu anstachelte, schien ihm die Fähigkeit zur geistigen Anstrengung abhandengekommen zu sein. Ihm war nicht langweilig, er empfand kein Verlangen nach Unterhaltung oder Ablenkung. Dass er allein war, nicht geschlagen oder verhört wurde, ausreichend zu essen bekam und sich rundum sauber fühlte, genügte ihm vollkommen.

Allmählich verbrachte er weniger Zeit mit Schlafen, aber er verspürte noch immer keinen Drang, aufzustehen. Er wollte nichts als still daliegen und spüren, wie die Kraft in seinen Körper zurückkehrte. Er betastete sich da und dort, weil er sich vergewissern wollte, dass seine Muskeln tatsächlich zulegten und seine Haut straffer wurde. Schließlich war zweifelsfrei erwiesen, dass er an Gewicht zunahm; seine Schenkel waren wieder eindeutig dicker als seine Knie. Danach begann er, widerstrebend zunächst, mit regelmäßigen Trainingseinheiten. Wenig später konnte er drei Kilometer laufen, gemessen nach der Anzahl seiner Schritte in der Zelle, und seine gebeugten Schultern wurden gerader. Er versuchte kompliziertere Übungen und stellte dabei erstaunt und beschämt fest, was ihm alles nicht gelang. Er konnte beim Gehen sonst keine anderen Bewegungen machen, er konnte seinen Hocker nicht mit ausgestreckten Armen halten, er konnte nicht auf einem Bein stehen, ohne umzukippen. Er ging in die Hocke und stellte fest, dass er es unter entsetzlichen Schmerzen in Oberschenkeln und Waden gerade so eben wieder in den Stand schaffte. Er legte sich flach auf den Bauch und versuchte sich mit den Armen hochzustemmen. Es war aussichtslos, er schaffte nicht einen Zentimeter. Aber ein paar Tage – und ein paar Mahlzeiten – später vollbrachte er auch dieses Kunststück. Es kam eine Zeit, da schaffte er es sechs Mal hintereinander. Er wurde zunehmend stolz auf seinen Körper und machte sich insgeheim Hoffnungen, dass auch sein Gesicht wieder normal werde. Nur wenn er zufällig seine Hand auf den kahlen Schädel legte, fiel ihm das ramponierte, kaputte Gesicht ein, das ihm aus dem Spiegel entgegengeblickt hatte.

Sein Geist wurde reger. Er setzte sich auf die Pritsche, lehnte sich mit der Tafel auf dem Schoß an die Wand und ging gezielt daran, sich neu auszurichten.

Er hatte kapituliert, soviel stand fest. In Wirklichkeit hatte seine Bereitschaft zur Kapitulation, wie er nun erkannte, schon lange, bevor er den Entschluss dazu gefasst hatte, existiert. Von dem Moment an, als er sich im Ministerium für Liebe befand –

und, ja, sogar bereits während er und Julia hilflos dagestanden hatten und die harte Stimme aus dem Monitor ihnen Anweisungen gab –, hatte er erkannt, wie leichtfertig und unbedarft sein Versuch gewesen war, sich gegen die Macht der Partei aufzulehnen. Er wusste jetzt, dass die Gedankenpolizei ihn sieben Jahre hindurch beobachtet hatte wie einen Käfer unter der Lupe. Es gab keine äußere Tätigkeit, kein laut ausgesprochenes Wort, die sie nicht mitbekommen hatten, keinen Gedankengang, den sie nicht hatten schlussfolgern können. Sie hatten sogar das weiße Staubkörnchen auf dem Einband seines Tagebuchs sorgsam wieder hingelegt. Sie hatten ihm Tonmitschnitte vorgespielt, ihm Fotografien gezeigt. Einige waren Bilder von Julia und ihm. Ja, selbst … Er konnte nicht länger gegen die Partei ankämpfen. Außerdem war die Partei im Recht. Sie musste es sein; wie sollte sich der unsterbliche Kollektivgeist irren können? Welche äußeren Maßstäbe gab es schon zur Beurteilung ihrer Ratschlüsse? Was klarer Verstand war, besagte die Statistik. Es ging einzig darum, so denken zu lernen, wie sie dachten. Bloß …!

Der Griffel in seinen Fingern wirkte dick und sperrig. Er begann aufzuschreiben, was ihm an Gedanken durch den Kopf ging. Zunächst schrieb in klobigen Großbuchstaben:

FREIHEIT IST SKLAVEREI

Dann schrieb er fast ohne innezuhalten darunter:

ZWEI UND ZWEI IST FÜNF

Nun aber hemmte ihn etwas. Sein Verstand schien außerstande, sich zu konzentrieren, als scheue er vor etwas zurück. Er wusste, dass er wusste, was als Nächstes kam, aber gerade wollte es ihm nicht einfallen. Dass es ihm dann einfiel, gelang ihm nur durch gezieltes Herleiten; von allein wollte er nicht darauf kommen. Er schrieb:

GOTT IST MACHT

Er stimmte jetzt allem zu. Die Vergangenheit war veränderbar. Die Vergangenheit war nie geändert worden. Ozeanien befand sich im Krieg mit Ostasien. Ozeanien hatte sich immer im Krieg mit Ostasien befunden. Jones, Aaronson und Rutherford hatten die Verbrechen begangen, die man ihnen zur Last legte. Die Fotografie, die ihre Schuld widerlegte, hatte er nie gesehen. Es hatte sie nie gegeben, er hatte sie erfunden. Er erinnerte sich, dass er sich entgegengesetzter Dinge erinnert hatte, aber das waren falsche Erinnerungen, Folgen von Selbsttäuschung. Wie einfach doch alles war! Du musstest nur aufgeben, dann ergab sich alles Weitere von selbst. Es war wie gegen eine Strömung zu schwimmen, die dich zurückriss, wie sehr du dich auch anstrengtest, bis du aus eigenem Entschluss plötzlich kehrtmachtest und mit dem Strom schwammst statt gegen ihn. Außer deiner Einstellung hatte sich nichts geändert; was vorherbestimmt war, trat sowieso ein. Er wusste kaum noch, warum er je rebelliert hatte. Alles war einfach, nur dass …!

Alles konnte wahr sein. Die sogenannten Naturgesetze waren Unsinn. Das Gravitationsgesetz war Unsinn. »Ich könnte von diesem Boden aufsteigen wie eine Seifenblase, wenn ich wollte«, hatte O'Brien gesagt. Winston spann den Faden weiter. »Wenn er *denkt*, dass er vom Boden aufsteigt, und ich gleichzeitig *denke,* dass ich sehe, wie er das tut, dann geschieht es wirklich.« So wie Teile eines gesunkenen Schiffes auf der Wasseroberfläche auftauchen, kam plötzlich der Gedanke in ihm hochgeschossen: »Das passiert gar nicht wirklich. Wir stellen es uns nur vor. Es ist Einbildung.« Er drückte ihn sofort wieder weg. Der Trugschluss war offensichtlich. Er setzte voraus, dass es irgendwo außerhalb von einem selbst eine »wirkliche« Welt gab, in der »wirkliche« Dinge geschahen. Aber wie sollte es eine solche Welt geben können? Was wissen wir schon von etwas außer durch unser Denken? Sämtliche Geschehnisse spielen sich im Denken ab. Was immer sich im Denken aller abspielt, geschieht wirklich.

Er konnte den Trugschluss mühelos als erledigt betrachten und war nicht in Gefahr, ihm zu erliegen. Und doch war ihm bewusst, dass er ihm gar nicht erst hätte kommen sollen. Der Verstand sollte einen blinden Fleck aktivieren können, wann immer ein gefährlicher Gedanke naht. Es müsste ein automatischer, instinktiver Vorgang sein. *Deliktstopp* hieß das auf Neusprech.

Er ging daran, sich in Deliktstopp zu üben. Er stellte Behauptungen auf – »Die Partei sagt, die Erde ist eine Scheibe«, »Die Partei sagt, Eis ist schwerer als Wasser« – und schulte sich darin, die dagegensprechenden Argumente nicht zu erkennen oder nicht zu verstehen. Das war nicht leicht. Es erforderte großes Geschick im Schlussfolgern und Spontanreagieren. So warf eine Behauptung wie »Zwei und zwei ist fünf« mathematische Probleme auf, die seine Auffassungsgabe überstiegen. Auch eine Art geistiger Fitness war vonnöten, um im einen Moment Logik in Reinform anzuwenden und im nächsten die gröbsten logischen Fehler zu übersehen. Dummheit war genauso wichtig wie Klugheit und ebenso schwer zu erreichen.

Unterdessen war ein Winkel seines Verstandes mit der Frage befasst, wann sie ihn wohl erschießen würden. »Es hängt alles von Ihnen selbst ab«, hatte O'Brien gesagt; aber er wusste, dass sich durch kein bestimmtes Handeln Einfluss darauf nehmen ließ. Es konnte in zehn Minuten so weit sein oder in zehn Jahren. Vielleicht hielten sie ihn jahrelang in Einzelhaft, vielleicht steckten sie ihn ins Arbeitslager, vielleicht ließen sie ihn eine Zeit lang frei, wie das manchmal geschah. Es war sehr gut möglich, dass das gesamte Drama aus Verhaftung und Verhör erneut mit ihm durchgespielt wurde, bevor man ihn erschoss. Sicher war nur, dass der Tod niemals eintrat, wenn man mit ihm rechnete. Es war Sitte – eine unausgesprochene Sitte, von der man irgendwie wusste, obwohl nie davon die Rede war –, dass man von hinten erschossen wurde; immer von hinten in den Kopf, ohne Warnung, während man gerade durch den Flur von Zelle zu Zelle ging.

Eines Tages – aber »eines Tages« war so nicht richtig, es konnte genauso gut mitten in der Nacht gewesen sein, also: Einmal versank er in eine seltsame, wonnige Tagträumerei. Er ging durch den Flur in Erwartung der Kugel. Er wusste, sie würde gleich kommen. Alles war erledigt, bereinigt und im Lot. Es gab keine Zweifel mehr, keinen Streit, keinen Schmerz, keine Angst. Sein Körper war gesund und stark. Er ging entspannt, mit Freude an der Bewegung und in dem Gefühl, dass die Sonne schien. Er war nicht mehr in den engen, weißen Fluren des Ministeriums für Liebe, er befand sich in dem riesigen kilometerbreiten Korridor, den er in seinem von Medikamenten ausgelösten Delirium entlanggegangen zu sein schien. Er war im Goldenen Land und folgte dem Trampelpfad durch die alte, von Kaninchen bewohnte Weide. Er empfand den kurzen, federnden Rasen unter den Füßen und die milde Sonne auf seinem Gesicht. Am Rand des Feldes standen die sanft wogenden Ulmen, und etwas dahinter floss der Bach, an dessen seichten Stellen unter den Weiden die Haselfische umherschwammen.

Mit einem Mal fuhr er starr vor Entsetzen hoch. Schweiß rann ihm über den Rücken. Er hatte sich laut rufen hören:

»Julia! Julia! Julia, Geliebte! Julia!«

Kurz hatte ihn die Wahnvorstellung gepackt, sie sei wirklich da. Dabei schien sie nicht nur bei ihm gewesen zu sein, sondern in ihm drin. Es war, als sei sie unter das Gewebe seiner Haut gelangt. In diesem Moment hatte er sie noch viel mehr geliebt denn je zu der Zeit, als sie zusammen und frei waren. Er wusste auch, dass sie irgendwo noch am Leben war und seine Hilfe brauchte.

Er legte sich zurück aufs Bett und versuchte sich zu fassen. Was hatte er nur getan? Wie viele weitere Jahre der Knechtschaft hatte er sich durch diesen einen Augenblick der Schwäche eingehandelt?

Gleich würde er draußen die Stiefelschritte hören. Einen solchen Ausbruch konnten sie nicht ungestraft hinnehmen. Jetzt würden sie wissen, wenn sie es nicht schon gewusst hatten, dass er die Vereinbarung brach, die er mit ihnen getroffen hatte. Er gehorchte der Partei, aber er hasste die Partei weiterhin. Früher hatte er einen ketzerischen Geist hinter einer Fassade aus Anpassung verborgen. Jetzt hatte er sich noch einen Schritt weiter zurückgezogen: Geistig hatte er sich geschlagen gegeben, jedoch gehofft, seine innersten Gefühle könnten unversehrt bleiben. Er wusste, dass er im Unrecht war, aber er wollte auch im Unrecht bleiben. Sie würden dahinterkommen – O'Brien würde dahinterkommen. All das hatte dieser eine törichte Schrei offenbart.

Er würde noch einmal ganz von vorn beginnen müssen. Es konnte Jahre dauern. Er fuhr sich mit einer Hand über das Gesicht in dem Versuch, sich mit seiner neuen Form vertraut zu machen. Da waren tiefe Furchen in den Wangen, die Wangenknochen fühlten sich spitz an, die Nase flachgedrückt. Davon abgesehen hatte er, seit er sich zuletzt im Spiegel gesehen hatte, ein ganz neues Gebiss bekommen. Es war nicht leicht, eine undurchschaubare Miene aufzusetzen, wenn man gar nicht wusste, wie man aussah. In jedem Fall genügte es nicht, nur seine Gesichtszüge im Griff zu behalten. Zum ersten Mal erkannte er, dass du, um ein Geheimnis zu bewahren, es auch vor dir selbst bewahren musst. Du musst die ganze Zeit wissen, dass es da ist, aber solange kein Anlass dazu besteht, darfst du es nie in irgendwie benennbarer Form in dein Bewusstsein dringen lassen. Von jetzt an musste er nicht allein richtig denken; er musste auch richtig empfinden, richtig träumen. Unterdessen musste er seinen Hass in seinem Innern verkapseln wie eine Eiterblase, als zugehörigen Teil seiner selbst und doch mit allem Übrigen ohne Kontakt, wie eine Art Zyste.

Eines Tages würde die Entscheidung fallen, ihn zu erschießen. Es ließ sich nicht sagen, wann es soweit war, aber ein paar Sekunden vorher sollte man es im Gefühl haben. Es geschah immer von hinten, während man den Flur entlangging. Zehn Sekunden sollten reichen. In dieser Zeit konnte sich die Welt in ihm umkehren. Und dann, plötzlich, ohne ein Wort zu sagen, ohne den Schritt zu verlangsamen, ohne die kleinste Regung im Gesicht – plötzlich würde die Tarnung fallen und Peng! schlügen die Geschützstellungen seines Hasses los. Hass würde in ihm aufsteigen wie eine riesige lodernde Flamme. Und nahezu im selben Moment würde Peng! die Kugel fallen, zu spät oder zu früh. Dann hätten sie sein Hirn zerfetzt, ohne seiner wieder habhaft geworden zu sein. Der ketzerische Gedanke bliebe unbestraft, unbereut, ihnen für immer entzogen. Sie hätten ein Loch in ihre eigene Vollkommenheit geschossen. Im Hass gegen sie sterben, das war Freiheit.

Er schloss die Augen. Das war schwieriger, als sich eine geistige Zucht aufzuerlegen. Es ging darum, sich zu erniedrigen, sich zu verstümmeln. Er musste in den ekelhaftesten Schmutz eintauchen. Was war das Schrecklichste, Widerlichste von allem? Er dachte an den Großen Bruder. Das riesige Gesicht (weil er es ständig auf Plakaten sah, war es in seiner Vorstellung immer einen Meter breit) mit dem großen schwarzen Schnurrbart und den Augen, die einem überall hin folgten, schien ihm ganz von selbst in den Sinn zu kommen. Was empfand er wirklich für den Großen Bruder?

Auf dem Flur waren schwere Stiefeltritte zu hören. Die Stahltür ging mit Getöse auf. O'Brien trat in die Zelle. Hinter ihm waren der wachsbleiche Offizier und die schwarzuniformierten Wachen.

»Stehen Sie auf«, sagte O'Brien. »Kommen Sie her.«

Winston stand vor ihm. O'Brien ergriff mit seinen starken Händen Winstons Schultern und sah ihn streng an.

»Sie haben darüber nachgedacht, mich zu hintergehen«, sagte er. »Das war dumm. Stehen Sie aufrechter. Sehen Sie mir ins Gesicht.«

Er hielt inne, dann fuhr er freundlicher fort:

»Sie bessern sich. Was den Verstand betrifft, ist sehr wenig an Ihnen auszusetzen. Nur im Bereich der Gefühle sind Sie nicht vorangekommen. Sagen Sie mir, Winston – und denken Sie daran, keine Lügen: Sie wissen ja, dass ich Lügen immer auf die

Spur komme – sagen Sie mir, was empfinden Sie wirklich für den Großen Bruder?«

»Ich hasse ihn.«

»Sie hassen ihn. Schön. Dann ist es nun Zeit, dass Sie den letzten Schritt tun. Sie müssen den Großen Bruder lieben. Es genügt nicht, ihm zu gehorchen: Sie müssen ihn lieben.«

Er entließ Winston mit einem leichten Schubs in Richtung der Wachen.

»Raum 101«, sagte er.

V

In jeder Phase seiner Haft hatte er gewusst oder zu wissen gemeint, wo in dem fensterlosen Gebäude er sich befand. Möglicherweise gab es kleine Unterschiede im barometrischen Druck. Die Zellen, in denen die Wachen ihn geprügelt hatten, lagen unterirdisch. Der Raum, in dem er von O'Brien verhört worden war, lag hoch oben nahe dem Dach. Dieser Ort nun befand sich viele Meter unter der Erde, so tief wie nur irgend möglich.

Er war größer als die meisten Zellen, in denen er gesteckt hatte. Aber Winston nahm seine Umgebung kaum wahr. Er sah nur die beiden kleinen Tische vor sich, auf beiden lag grünes Billardtuch. Der eine stand ein, zwei Meter entfernt, der andere etwas weiter weg bei der Tür. Er saß aufrecht auf einem Stuhl und war derart eng festgeschnallt, dass er sich überhaupt nicht bewegen konnte, nicht einmal seinen Kopf. Etwas Stützenartiges hielt seinen Kopf von hinten umklammert, weshalb sein Blick nur ganz geradeaus gehen konnte.

Eine Weile war er allein, dann ging die Tür auf, und O'Brien trat ein.

»Sie haben mich einmal gefragt«, sagte O'Brien, »was in Raum 101 ist. Ich erwiderte, dass Sie die Antwort bereits wüssten. Dass alle sie wüssten. Was einen in Raum 101 erwartet, ist das Schlimmste auf der Welt.«

Wieder ging die Tür auf. Ein Wachmann kam herein, er hatte etwas aus Draht dabei, eine Art Behälter oder Korb. Er stellte es auf den Tisch weiter hinten. Weil O'Brien im Weg stand, konnte Winston nicht sehen, was das für ein Ding war.

»Das Schlimmste auf der Welt«, sagte O'Brien, »ist je nach Mensch verschieden. Es kann sein, lebendig begraben zu werden, durch Feuer zu sterben, durch Ertrinken, durch Gepfähltwerden oder fünfzig andere Arten. Es gibt Fälle, in denen ist es eine ganz banale, nicht einmal tödlich endende Sache.«

Er war etwas zur Seite getreten, sodass Winston das Ding auf dem Tisch besser sehen konnte. Es war ein länglicher Drahtkäfig mit einem Tragegriff oben dran. An der Vorderseite war etwas befestigt, das wie eine Fechtermaske aussah, mit der Höhlung nach außen. Obwohl er drei, vier Meter von ihm entfernt war, konnte Winston sehen, dass der Käfig der Länge nach in zwei Fächer geteilt war und dass in beiden ein Lebewesen steckte. Es waren Ratten.

»In Ihrem Fall«, sagte O'Brien, »sind zufällig Ratten das Schlimmste auf der Welt.«

Beim ersten Anblick des Käfigs hatte Winston ein unguter Schauer befallen, eine Furcht vor etwas, das ihm unklar blieb. In diesem Moment jedoch erschloss sich ihm jäh der Sinn der maskenförmigen Vorrichtung. Ein Abgrund schien unter ihm aufzureißen.

»Das können Sie doch nicht machen!«, rief er schrill aus. »Nicht das, nicht das! Es kann nicht sein.«

»Erinnern Sie sich«, sagte O'Brien, »an den Moment der Panik, der in Ihren Träumen eintrat? Es gab eine Mauer aus Dunkelheit vor Ihnen und ein tosendes Geräusch in den Ohren. Hinter der Mauer lag etwas Unerträgliches. Sie waren sich bewusst, dass Sie wussten, was es war, aber Sie wagten es nicht ans Licht zu befördern. Das auf der anderen Seite der Mauer waren die Ratten.«

»O'Brien!«, sagte Winston, der seine Stimme unter Kontrolle zu halten versuchte. »Sie wissen, dass dies nicht sein muss. Was ist es bloß, das ich für Sie tun soll?«

O'Brien antwortete nicht gleich. Als er sprach, legte er wieder die schulmeisterliche Art an den Tag, die ihm gelegentlich eigen war. Er blickte nachdenklich in die Ferne, als wende er sich an ein Publikum irgendwo in Winstons Rücken.

»Schmerz als solcher«, sagte er, »reicht nicht immer aus. Es gibt Anlässe, da bieten Menschen dem Schmerz die Stirn, sogar bis zum Tod. Aber für jeden gibt es etwas ganz Unerträgliches – etwas jenseits aller Vorstellung. Es ist ganz abgelöst von Mut und Feigheit. Wenn man von hoch oben hinabstürzt, ist es nicht feige, nach einem Seil zu greifen. Wenn man von einem Tauchgang kommt, ist es nicht feige, tief Luft zu schöpfen. Das sind reine, unzerstörbare Instinkthandlungen. Mit den Ratten ist es das Gleiche. Für Sie sind sie unerträglich. Sie sind eine Form der Belastung, der Sie nicht standhalten können, selbst wenn Sie wollten. Sie werden tun, was man von Ihnen verlangt.«

»Aber was ist es denn, was ist es? Wie kann ich es tun, wenn ich nicht weiß, was es ist?«

O'Brien nahm den Käfig und trug ihn zu dem Tisch weiter vorn. Er stellte ihn behutsam auf das Billardtuch. Winston hörte das Blut in seinen Ohren rauschen. Er hatte die Empfindung, in völliger Einsamkeit dazusitzen. Er befand sich mitten auf einer großen, leeren Ebene – eine flache Wüste unter der prallen Sonne –, über die jedes Geräusch aus gewaltiger Ferne zu ihm drang. Dabei stand der Käfig mit den Ratten keine zwei

Meter von ihm entfernt. Die Ratten waren riesig. Sie waren in einem Alter, in dem ihre Schnauzen energisch und scharf werden und ihr Fell von Grau nach Braun wechselt.

»Die Ratte«, sagte O'Brien weiter wie an ein unsichtbares Publikum gewendet, »ist, wenngleich Nagetier, ein Fleischfresser. Das ist Ihnen bekannt. Sie werden gehört haben, was für Dinge in den Armenvierteln dieser Stadt geschehen. In manchen Straßen wagt eine Frau ihr Baby nicht für fünf Minuten allein im Haus zu lassen. Die Ratten würden garantiert darüber herfallen. Binnen kürzester Zeit hätten sie es bis auf die Knochen abgenagt. Sie fallen auch über Kranke und Sterbende her. Sie verfügen über eine erstaunliche Intelligenz darin zu erkennen, wann ein Mensch hilflos ist.«

Wütendes Quieken drang vom Käfig herüber. Es schien Winston von weit her zu erreichen. Die Ratten stritten; durch das Trenngitter versuchten sie einander anzufallen. Er hörte zudem ein tiefes Stöhnen der Verzweiflung. Auch dies schien von außerhalb seiner selbst zu kommen.

O'Brien nahm den Käfig und drückte dabei auf etwas im Innern. Ein helles Klicken war zu hören. Wie besessen versuchte Winston sich von dem Stuhl loszureißen. Es war aussichtslos; jedes Glied und selbst sein Kopf waren fest fixiert. O'Brien hielt den Käfig näher heran. Er befand sich jetzt weniger als einen Meter vor Winstons Gesicht.

»Ich habe den ersten Hebel betätigt«, sagte O'Brien. »Sie verstehen, wie der Käfig konstruiert ist. Die Maske passt über Ihren Kopf, ohne dass eine Lücke entsteht. Wenn ich den anderen Hebel hier umlege, klappt die Käfigtür auf. Dann werden diese ausgehungerten Viecher hervorgeschossen kommen. Haben Sie schon mal eine Ratte durch die Luft springen sehen? Sie werden Ihnen ins Gesicht springen und sich sofort hineinverbeißen. Manchmal fallen sie zunächst über die Augen her. Manchmal wühlen sie sich durch die Wangen und fressen die Zunge.«

Der Käfig kam näher und immer näher. Winston hörte eine Folge schriller Schreie, die in der Luft über seinem Kopf zu entstehen schien. Aber er kämpfte heftig gegen seine Panik an. Nachdenken, nachdenken, wenn auch nur der Bruchteil einer Sekunde dafür blieb – nachdenken war die einzige Hoffnung. Plötzlich drang ihm der widerliche Modergeruch der Biester in die Nase. Es schüttelte ihn vor Ekel, und er verlor fast das Bewusstsein. Alles war schwarz geworden. Kurz war er dem Irrsinn verfallen, ein brüllendes Tier. Dann jedoch entrann er dem Dunkel, indem er sich an einen Gedanken klammerte. Es gab eine Möglichkeit, sich zu retten, eine einzige. Er musste einen anderen Menschen, den *Körper* eines anderen Menschen zwischen sich und die Ratten bringen.

Die Maske war jetzt so nah vor ihm, dass sie die Sicht auf alles andere versperrte. Die Drahttür war wenige Handspannen von seinem Gesicht entfernt. Die Ratten wussten, was jetzt kam. Die eine sprang auf und ab, die andere, ein angegrauter Großvater aus der Kanalisation, richtete sich mit den rosa Pfoten an den Gitterstäben auf und schnüffelte wild umher. Winston sah die Schnurrhaare und die gelben Zähne. Wieder überkam ihn die schwarze Panik. Er war blind, hilflos, gedankenleer.

»Im China der Kaiserzeit war das eine verbreitete Strafe«, sagte O'Brien in seiner dozierenden Art.

Die Maske umschloss sein Gesicht. Der Draht drückte sich in seine Wange. Und da – nein, es war keine Erlösung, nur Hoffnung, ein winziges Körnchen Hoffnung. Zu spät, zu spät vielleicht. Doch mit einem Mal hatte er erkannt, dass es in der ganzen Welt genau *einen* Menschen gab, auf den er seine Strafe abwälzen konnte – *einen* Körper, den er zwischen sich und die Ratten bringen konnte. Und er schrie wie besessen wieder und immer wieder:

»Nehmt Julia! Nehmt Julia! Nicht mich! Julia! Mir egal, was ihr angetan wird. Reißt ihr das Gesicht ab, zieht ihr das Fleisch von den Knochen. Lasst mich! Nehmt Julia! Nicht mich!«

Er stürzte nach hinten, in ungeheure Weiten, fort von den Ratten. Er saß noch festgeschnallt auf dem Stuhl, aber er war durch den Boden gestürzt, durch die Mauern des Gebäudes, durch die Erde, durch die Meere, durch die Atmosphäre, in den Weltraum, in die Abgründe zwischen den Sternen – immer fort, fort, fort von den Ratten. Er war Lichtjahre entfernt, doch O'Brien stand noch neben ihm. Und noch war da der kalte Druck des Drahtes gegen seine Wange. Aber durch die Dunkelheit, die ihn umhüllte, hörte er wieder ein metallisches Klicken, und er wusste, dass die Käfigtür nicht geöffnet, sondern geschlossen worden war.

VI

Das Chestnut Tree Cafe war fast leer. Ein schräg durch ein Fenster dringender Sonnenstrahl fiel auf staubige Tischplatten. Es war die stille Stunde nach 15.00 Uhr. Blecherne Musik rieselte aus dem Monitor.

Winston saß in seiner gewohnten Ecke und starrte in ein leeres Glas. Dann und wann blickte er zu einem riesigen Gesicht auf, das ihn von der Wand gegenüber ansah. DER GROSSE BRUDER WACHT ÜBER DICH, stand darunter. Ein Kellner erschien unaufgefordert, goss ihm Victory-Gin ins Glas und gab noch ein paar Tropfen aus einer anderen Flasche hinein, in dessen Korken ein Federschaft steckte. Es war Zuckerwasser mit Gewürznelkenaroma, die Spezialität dieses Cafés.

Winston hörte dem Monitor zu. Gerade lief nur Musik, aber man konnte jederzeit mit einer Sondermeldung des Ministeriums für Frieden rechnen. Die Nachrichten von der Afrikafront waren extrem beunruhigend. Schon den ganzen Tag hindurch hatten sie ihn immer wieder mit Sorge erfüllt. Eine eurasische Armee (Ozeanien befand sich im Krieg mit Eurasien; Ozeanien hatte sich immer im Krieg mit Eurasien befunden) rückte erschreckend schnell nach Süden vor. Der Bericht vom Mittag hatte keine konkrete Region erwähnt, aber vermutlich war inzwischen bereits die Kongomündung Kriegsschauplatz. Brazzaville und Leopoldville waren in Gefahr. Auch ohne einen

Blick auf die Landkarte war klar, was das bedeutete. Es ging nicht allein um den Verlust von Zentralafrika: Zum ersten Mal in diesem Krieg war ozeanisches Staatsgebiet bedroht.

Eine starke Regung, nicht direkt Angst, eher eine unspezifische Nervosität, wallte in ihm auf und legte sich wieder. Er dachte nicht mehr an den Krieg. Dieser Tage konnte er sich auf kein Thema länger als ein paar Augenblicke konzentrieren. Er griff nach seinem Glas und leerte es auf einen Zug. Wie jedes Mal musste er danach schaudern und sogar etwas würgen. Das Zeug war furchtbar. Gewürznelke und Zuckerwasser, auf ihre Art selbst eklig genug, konnten den schalen, öligen Geruch nicht überdecken; am Schlimmsten von allem aber war, dass der Gingeruch, der ihn Tag und Nacht begleitete, in seinem Kopf untrennbar verbunden war mit dem Geruch dieser …

Er nannte sie nie beim Namen, selbst in Gedanken nicht, und er sah sie, soweit ihm das gelang, auch nie vor dem inneren Auge. Für ihn waren sie etwas Halbbewusstes, das dicht vor seinem Gesicht schwebte, ein Geruch, der ihm in der Nase hing. Als ihm der Gin hochkam, ging ein Rülpser über seine violetten Lippen. Er hatte an Gewicht zugelegt seit seiner Freilassung und wieder die alte Farbe angenommen – sogar mehr als das. Seine Gesichtszüge waren fleischiger, die Haut über Nase und Wangen war puterrot, und sogar seine Glatze war tiefrosa. Ein Kellner brachte, wieder unaufgefordert, das Schachbrett und die aktuelle Ausgabe der *Times*, aufgeschlagen auf der Seite mit der Schachaufgabe. Als er sah, dass Winston nichts im Glas hatte, holte er auch die Ginflasche und schenkte ihm ein. Bestellungen aufzugeben war nicht nötig. Man kannte seine Gewohnheiten. Das Schachbrett stand immer für ihn bereit, sein Ecktisch wurde stets freigehalten; selbst wenn das Lokal voll war, hatte er ihn für sich allein, denn niemand wollte dabei gesehen werden, wie er zu sehr in seiner Nähe saß. Er machte sich nicht die Mühe, seine Getränke mitzuzählen. In unregelmäßigen Abständen erhielt er einen schmutzigen Zettel, der seine Rechnung darstellen sollte, aber nach seiner Einschätzung wurde ihm immer zu wenig berechnet. Wenn das Gegenteil der Fall gewesen wäre, hätte es auch nichts ausgemacht. Er hatte jetzt immer viel Geld. Er hatte sogar Arbeit, einen Ruheposten, der besser bezahlt wurde als seine frühere Stelle.

Die Musik aus dem Monitor endete, es war nun eine Stimme zu hören. Winston hob den Kopf, um zu lauschen. Es kam aber kein Frontbericht, nur eine kurze Mitteilung vom Ministerium für Fülle. Im abgelaufenen Quartal, lautete sie, sei das vom zehnten Dreijahresplan vorgegebene Soll an Schnürsenkeln um 98 Prozent übertroffen worden.

Er befasste sich mit der Schachaufgabe und stellte die Figuren auf. Es war ein vertracktes Endspiel mit zwei Springern. »Weiß zieht und setzt in zwei Zügen schachmatt.« Winston sah hoch zum Porträt des Großen Bruders. Weiß setzt immer schachmatt, dachte er gleichsam wolkig-mystisch. So ist es eingerichtet, immer, ohne Ausnahme. Seit Anbeginn der Welt hatte noch in keiner Schachaufgabe je Schwarz gewonnen. War das nicht ein Symbol für den ewigen, unveränderlichen Sieg des Guten über das Böse? Das riesige Gesicht erwiderte voll gelassener Stärke seinen Blick. Weiß setzt immer schachmatt.

Die Stimme aus dem Monitor hielt inne und fügte in anderem, viel ernsterem Tonfall an: »Halten Sie sich in Bereitschaft für eine wichtige Durchsage um 15.30 Uhr. 15.30 Uhr! Wir haben Nachrichten von höchster Bedeutung. Versäumen Sie sie auf keinen Fall. 15.30 Uhr!« Wieder setzte die blecherne Musik ein.

Winstons Herz pochte. Das war der Frontbericht; sein Bauchgefühl sagte ihm, dass es schlechte Nachrichten gab. Den ganzen Tag hindurch hatte ihn, begleitet von kleinen Erregungsschüben, immer wieder der Gedanke an eine vernichtende Niederlage in Afrika umgetrieben. Er sah schon vor sich, wie die eurasische Armee die nie zuvor verletzte Grenze überschreitet und in die Südspitze Afrikas einströmt wie eine Ameisenkolonne. Warum war es nicht möglich gewesen, sie in irgendeiner Form zu umfassen? Die Konturen der westafrikanischen Küste standen ihm plastisch vor Augen. Er nahm den weißen Springer und ließ ihn über dem Brett kreisen. *Dort* war der richtige Ort. Er sah, wie die schwarzen Horden südwärts voranstürmen, und zugleich eine andere, wundersam rekrutierte Streitmacht, die sich plötzlich von hinten nähert und sie von ihren Nachschublinien zu Land und zu Wasser abschneidet. Ihm war, als sei er durch einen Willensakt in der Lage, diese neue Streitmacht zu erschaffen. Aber es musste rasch gehandelt werden. Wenn sie ganz Afrika unter ihre Kontrolle zu bringen vermochten, wenn sie über Flugplätze und U-Boot-Stützpunkte am Kap verfügten, wäre Ozeanien durchtrennt. Und dann war alles möglich: Niederlage, Zusammenbruch, die Neuaufteilung der Welt, die Vernichtung der Partei! Er holte tief Luft. Ein erstaunliches Gemisch an Empfindungen – genauer gesagt kein Gemisch, es waren eher einander ablösende Gefühlsschichten, ohne dass sich bestimmen ließ, welche Schicht die unterste war – kämpfte in seinem Innern.

Der Anfall ging vorüber. Er stellte den weißen Springer zurück an seinen Platz, aber im Moment war er zu keiner ernsthaften Auseinandersetzung mit dem Schachproblem in der Lage. Seine Gedanken schweiften erneut ab. Fast unbewusst schrieb er mit dem Finger in den Staub auf dem Tisch:

»Sie haben keinen Zugang in dein Inneres«, hatte Julia gesagt. Aber sie hatten diesen Zugang. »Was hier mit Ihnen passiert, gilt für immer«, hatte O'Brien gesagt. Ein wahres Wort. Es gab Dinge, deine eigenen Handlungen, die du nie wieder loswurdest. Etwas in deiner Brust war zerstört worden: ausgebrannt, weggeätzt.

Er war ihr begegnet; er hatte sogar mit ihr gesprochen. Es bestand keine Gefahr dabei. Er wusste gleichsam instinktiv, dass denen jetzt nahezu gleichgültig war, was er tat. Er hätte eine zweite Begegnung mit ihr abmachen können, wenn es einer von ihnen gewollt hätte. Sie waren sich zufällig über den Weg gelaufen. Es war im Park gewesen, an einem scheußlichen, beißend kalten Märztag; die Erde wirkte bleiern, alles Gras war wie abgestorben, und nirgendwo war eine Knospe zu sehen bis auf ein paar Krokusse, die sich hochgekämpft hatten, um vom Wind zerrupft zu werden. Er eilte mit eiskalten Händen und tränenden Augen dahin, als er sie keine zehn Meter entfernt sah. Sofort fiel ihm auf, dass sie sich auf eine schwer benennbare Weise verändert hatte. Fast wären sie ohne ein Zeichen des Erkennens aneinander vorbeigelaufen, dann machte er kehrt und ging ihr nach, ohne großen Antrieb. Er wusste, dass keinerlei Gefahr bestand, niemand würde sich für ihn interessieren. Sie sagte nichts. Sie ging quer über den Rasen davon wie im Versuch, ihn abzuschütteln, dann schien sie sich damit abzufinden, dass er neben ihr herlief. Schließlich gelangten sie zu einer Gruppe knorriger, laubloser Sträucher, die weder als Versteck noch als Windschutz dienen konnten. Sie blieben stehen. Es war beißend kalt. Der Wind pfiff durch die Zweige und zauste die schmutzig aussehenden Krokusse, die verstreut dastanden. Er legte seinen Arm um ihre Hüfte.

Es gab keinen Monitor, aber es mussten versteckte Mikrofone vorhanden sein, außerdem konnte man sie sehen. Es war egal, alles war egal. Sie hätten sich auf den Boden legen und *es* tun können, wenn ihnen danach gewesen wäre. Sein Fleisch erstarrte vor Grauen nur bei dem Gedanken daran. Sie reagierte nicht im Geringsten auf den Griff seines Arms, versuchte sich ihm nicht einmal zu entwinden. Jetzt wusste er, was an ihr anders war. Ihr Gesicht war bleicher, und über Stirn und Schläfe verlief, teilweise vom Haar überdeckt, eine lange Narbe; aber das war nicht die Veränderung. Sie bestand darin, dass ihre Hüfte breiter und in erstaunlicher Weise steif geworden war. Ihm fiel ein, wie er einmal nach der Detonation einer Raketenbombe geholfen hatte, eine Leiche aus den Trümmern zu ziehen, und dass er nicht nur über ihr unglaubliches Gewicht gestaunt hatte, sondern auch darüber, wie steif und sperrig sie war, eher wie aus Stein denn aus Fleisch. Julias Körper fühlte sich genauso an. Ihm kam der Gedanke, dass sich das Gewebe ihrer Haut sehr verändert haben musste.

Er unternahm keinen Versuch, sie zu küssen, sie sagten auch beide nichts. Während sie über den Rasen zurückgingen, sah sie ihn zum ersten Mal direkt an. Es war nur ein kurzer Blick voller Verachtung und Aversion. Er fragte sich, ob diese Aversion allein mit der Vergangenheit zu tun hatte, oder ob sie auch von seinem aufgedunsenen Gesicht und den vom Wind weiterhin triefenden Augen herrührte. Sie setzten sich auf zwei Eisenstühle, nebeneinander, aber nicht zu nahe beieinander. Er sah, dass sie kurz davor stand, etwas zu sagen. Sie schob ihren klobigen Schuh ein paar Zentimeter vor und zertrat absichtsvoll einen Zweig. Ihre Füße, so fiel ihm auf, schienen breiter geworden zu sein.

»Ich habe dich verraten«, sagte sie geradeheraus.

»Und ich dich«, sagte er.

Sie blickte ihn erneut kurz angewidert an.

»Manchmal«, sagte sie, »drohen sie dir mit etwas – etwas, das du nicht erträgst, das jenseits deiner Vorstellung liegt. Und dann erwiderst du: ›Tut mir das nicht an, tut es jemand anderem an, tut es dem-und-dem an.‹ Und hinterher redest du dir vielleicht ein, das sei nur vorgeschoben gewesen, du hättest das nur gesagt, damit sie aufhören, und würdest das nicht wirklich so meinen. Aber das stimmt nicht. In dem Moment, wo es passiert, meinst du es genau so. Du denkst, dass du dich anders nun mal nicht retten kannst und dass es dir auch nicht schwerfällt, es auf diese Weise zu tun. Du *willst*, dass es dem anderen widerfährt. Dir ist scheißegal, was sie erleiden. Es geht dir nur noch um dich selbst.«

»Es geht dir nur noch um dich selbst«, wiederholte er.

»Und hinterher empfindest für den anderen nicht mehr dasselbe.«

»Nein«, sagte er, »du empfindest dann nicht mehr dasselbe.«

Mehr hatten sie sich anscheinend nicht zu sagen. Der Wind presste die dünnen Overalls gegen ihre Leiber. Mit einem Mal wurde es unangenehm, schweigend dazusitzen, zumal es zum Stillhalten auch zu kalt war. Sie sagte, sie müsse ihre U-Bahn erwischen, und stand auf, um zu gehen.

»Wir müssen uns wiedersehen«, sagte er.

»Ja«, sagte sie, »wir müssen uns wiedersehen.«

Unschlüssig folgte er ihr ein kleines Stück, einen halben Schritt hinter ihr. Gesprochen wurde nichts mehr. Sie versuchte ihn nicht direkt abzuschütteln, ging aber gerade so schnell, dass er nicht zu ihr aufzuschließen vermochte. Er hatte sich überlegt, sie noch bis zur U-Bahn-Station zu begleiten, aber plötzlich erschien ihm dieses Hinterherlaufen durch die Kälte sinnlos und unerträglich. Er empfand den brennenden Wunsch, nicht so sehr von Julia wegzukommen, sondern wieder im Chestnut Tree Cafe zu sein, das ihm nie so reizvoll erschienen war wie in diesem Augenblick. Voller Wehmut sah er seinen Ecktisch mit der Zeitung, dem Schachbrett und dem ewig fließenden Gin vor sich. Vor allem wäre es warm dort. Im nächsten Moment hatte er sich, nicht ganz unzufällig, durch eine kleine Gruppe Menschen von ihr abdrängen lassen. Er unternahm einen halbherzigen Versuch, wieder Anschluss zu finden, wurde dann langsamer, machte kehrt und ging in die entgegengesetzte Richtung fort. Nach fünfzig Metern blickte er sich um. Auf der Straße war nicht viel los, aber er konnte sie schon nicht mehr ausmachen. Da liefen ein Dutzend Gestalten, die allesamt sie hätten sein können. Vielleicht ließ sich ihr breiter und steifer gewordener Körper von hinten gar nicht mehr von anderen unterscheiden.

»In dem Moment, wo es passiert«, hatte sie gesagt, »meinst du es genau so.« Er hatte es genau so gemeint. Er hatte es nicht nur gesagt, sondern auch erhofft. Er hatte gehofft, sie und nicht er werde zum Opfer der …

An der Musik, die aus dem Monitor rieselte, ging eine Veränderung vor sich. Ein befremdlicher, höhnischer Unterton, schwang in ihr mit, ein gelber Klang. Und dann – vielleicht geschah es gar nicht wirklich, vielleicht war es nur eine Erinnerung in Gestalt eines Klangs – sang eine Stimme:

Under the spreading chestnut tree
I sold you and you sold me …

Tränen stiegen ihm in die Augen. Ein vorbeikommender Kellner sah, dass sein Glas leer war, und holte die Ginflasche.

Winston nahm das Glas und roch daran. Mit jedem Schluck, den er trank, wurde das Zeug nicht etwa erträglicher, sondern nur noch widerlicher. Aber es war das Element geworden, in dem er schwamm. Es war sein Leben, sein Tod, seine Wiederauferstehung. Gin setzte ihn jeden Abend außer Gefecht, und Gin holte ihn jeden Morgen wieder ins Leben zurück. Wenn er, selten vor 11.00 Uhr, mit verklebten Augen, brennendem Mund und wie zerschlagen wirkendem Rücken aufwachte, hätte er sich unmöglich auch nur aus der Liegeposition zu erheben vermocht, hätten da nicht schon die Flasche und eine Teetasse neben seinem Bett bereitgestanden. Über Mittag saß er mit glasigem Blick da, die Flasche griffbereit, und lauschte dem Monitor. Von 15.00 Uhr bis zur Sperrstunde gehörte er zum Inventar des Chestnut Tree Cafe. Niemand wollte mehr wissen, was er machte, kein Pfeifen weckte ihn, kein Monitor tadelte ihn. Ab und zu, vielleicht zwei Mal pro Woche, betrat er ein staubiges, verwaist wirkendes Büro im Ministerium für Wahrheit und widmete sich ein wenig der Arbeit oder dem, was man Arbeit nannte. Er war dem Untergremium eines Untergremiums zugeordnet, das sich von einem der zahllosen Gremien abgezweigt hatte, deren Aufgabe es war, sich mit kleineren, bei der Redaktion der elften Auflage des Neusprech-Wörterbuchs auftretenden Problemen zu befassen. Ihre Aufgabe bestand in der Erstellung eines sogenannten Interimsberichts, nur dass er nie so ganz dahintergekommen war, über was sie zu berichten hatten. Es hatte irgendwie mit der Frage zu tun, ob Kommas innerhalb von Klammern gesetzt werden sollten oder außerhalb. Noch vier andere gehörten dem Gremium an, sämtlich Menschen von derselben Art wie er. Es gab Tage, an denen sie zusammentraten und sogleich wieder auseinandergingen, da sie einander offen eingestanden, dass es im Grunde überhaupt nichts zu tun gab. An anderen Tagen jedoch wurden sie fast schon beflissen tätig, entwickelten mit großem Tamtam ihre Konzepte und entwarfen lange Memoranden, die niemals fertig wurden – und dann wurde der Streit darüber, um was sie eigentlich stritten, höchst verwickelt und abstrus und ging mit beckmesserischem Feilschen über Definitionen und enormen Abschweifungen einher, ja sogar mit der Drohung, eine höhere Instanz einzuschalten. Dann wich mit einem Mal jegliche Kraft aus ihnen, und sie saßen nur noch um den Tisch herum und sahen einander aus erloschenen Augen an wie Gespenster, die beim ersten Hahnenschrei vergehen.

Der Monitor war einen Moment lang still. Winston hob wieder den Kopf. Der Frontbericht! Aber nein, es war nur andere Musik dran. Er hatte die Landkarte Afrikas vor dem inneren Auge. Die Bewegungen der Truppen sah er als Grafik: Ein schwarzer Pfeil wies senkrecht nach Süden und ein weißer Pfeil waagerecht in Richtung Osten, durch den Schweif des ersteren. Wie zur Beruhigung sah er zu dem gleichmütigen Gesicht auf dem Bild hoch. War denkbar, dass es den zweiten Pfeil überhaupt nicht gab?

Sein Interesse ließ wieder nach. Er trank einen Schluck Gin, nahm den weißen Springer und machte versuchsweise einen Zug. Schach. Aber es war offenbar nicht der richtige Zug, denn …

Ungerufen kam ihm eine Erinnerung in den Sinn. Er sah ein Zimmer im Kerzenschein, darin ein riesiges Bett mit weißer Tagesdecke und er selbst als neun- oder zehnjähriger Junge; er saß auf dem Boden, schüttelte einen Würfelbecher und lachte aufgeregt. Seine Mutter saß ihm gegenüber und lachte ebenfalls.

Es musste etwa einen Monat vor ihrem Verschwinden gewesen sein. Es war ein versöhnlicher Moment, in dem der nagende Hunger in seinem Bauch vergessen und seine einstige Liebe für sie vorübergehend wiederaufgeblüht war. Er erinnerte sich gut an den Tag, einen trüben Regentag, an dem das Wasser die Fensterscheibe hinabströmte und drinnen zu wenig Licht zum Lesen war. Die Langeweile der beiden Kinder in dem dunklen, engen Schlafraum wurde unerträglich. Winston greinte und quengelte, verlangte vergeblich etwas zu essen, störte sich am Zimmer, wobei er alles in Unordnung brachte und gegen die Wandvertäfelung trat, bis die Nachbarn gegen die Wand schlugen; das jüngere Kind heulte zwischendrin immer wieder. Schließlich hatte seine Mutter gesagt: »Sei jetzt lieb, und ich kaufe dir ein Spielzeug. Ein schönes Spielzeug – es wird dir gefallen«; und dann war sie durch den Regen zu einem kleinen Kramladen um die Ecke gegangen, der noch manchmal geöffnet hatte, und war mit einer Pappschachtel heimgekehrt, darin der vollständige Satz eines Leiterspiels. Er erinnerte sich noch an den Geruch des muffigen Kartons. Es war ein armseliges Spiel. Das Brett war rissig, und die kleinen Holzwürfel waren so schlecht zugesägt, dass sie kaum auf ihren Flächen liegen blieben. Winston sah das Ding mürrisch und teilnahmslos an. Dann aber entzündete seine Mutter einen Kerzenstumpf, und sie setzten sich zum Spielen auf den Boden. Bald war er ganz hingerissen und schrie vor Lachen, wenn die Spielfiguren munter die Leitern hinaufstiegen und auf den Schlangen dann doch wieder hinabrutschten, fast zurück bis an den Start. Sie spielten acht Runden, beide gewannen je vier. Seine winzige Schwester, die zu klein war, um das Spiel zu begreifen, hatte gegen ein Kissen gelehnt dagesessen und gelacht, weil die anderen lachten. Einen ganzen Nachmittag hindurch waren sie gemeinsam glücklich gewesen, wie in den früheren Jahren seiner Kindheit.

Er verdrängte das Bild aus seinen Gedanken. Es war eine falsche Erinnerung. Ihn plagten mitunter falsche Erinnerungen. Sie machten nichts aus, solange man sie als das erkannte, was sie waren. Manche Dinge hatten sich zugetragen, andere dagegen nicht. Er widmete sich dem Schachbrett und nahm erneut den weißen Springer in die Hand. Der fiel fast im selben Moment klappernd auf das Brett. Winston war hochgeschreckt wie von der Nadel gestochen.

Ein schriller Fanfarenstoß hatte die Luft durchstoßen. Das war der Frontbericht! Sieg! Wenn vor den Nachrichten ein Fanfarenstoß kam, bedeutete es immer Sieg. Das ganze Café war wie elektrisiert. Auch die Kellner waren zusammengeschreckt und spitzten die Ohren.

Mit dem Fanfarenstoß war gewaltiger Lärm aufgebrandet. Schon tönte eine erregt plappernde Stimme aus dem Monitor, doch kaum, dass sie losgelegt hatte, ging sie bereits im Freudengeschrei von draußen unter. Die Neuigkeit hatte sich wie durch Zauberhand in den Straßen verbreitet. Von dem, was aus dem Monitor vermeldet wurde, verstand er gerade so viel, um zu begreifen, dass alles so gekommen war wie von ihm vorausgesehen: Eine gewaltige Kriegsflotte hatte den Feind überraschend in seinem Rücken angegriffen, der weiße Pfeil hatte also den Schweif des schwarzen durchstoßen. Bruchstücke siegestrunkener Sätze drangen durch den Lärm: »Gewaltige strategische Operation – perfektes Zusammenspiel – totale Niederlage – halbe Million Gefangene – völlige Demoralisierung – Herrschaft über ganz Afrika – ist das Kriegsende absehbar näher gerückt – Sieg – größter Sieg seit Menschengedenken – Sieg, Sieg, Sieg!«

Winstons Füße unter dem Tisch bewegten sich ruckhaft. Er hatte sich nicht von seinem Platz gerührt, aber in Gedanken lief er, rannte er schnell, war er draußen in der Menge und schrie sich jubelnd die Lunge aus dem Leib. Er sah wieder zum Porträt des Großen Bruders hoch. Der Gigant, der sich die Welt einverleibt hat! Der Fels, gegen den die asiatischen Horden vergebens anrannten! Er dachte, wie noch vor zehn Minuten – ja, vor zehn Minuten erst – sein Herz geschwankt hatte angesichts der Frage, ob die Meldung von der Front Sieg oder Niederlage lauten würde. Ach, weit mehr war untergegangen als eine eurasische Armee! Viel hatte sich in ihm geändert seit jenem ersten Tag im Ministerium für Liebe, aber die letzte, unerlässliche, heilende Wandlung war ausgeblieben, bis zu diesem Augenblick.

Die Stimme aus dem Monitor spulte noch immer ihren Bericht über Gefangene, Beute und Blutzoll ab, aber das Geschrei von draußen hatte sich etwas gelegt. Die Kellner gingen wieder an ihre Arbeit. Einer kam mit der Ginflasche. Winston, in selige Träume versunken, merkte gar nicht, dass ihm eingeschenkt wurde. Er lief und jubelte nicht mehr. Er war wieder im Ministerium für Liebe, alles war verziehen, seine Seele rein wie Schnee. Er saß öffentlich auf der Anklagebank, gestand alles, zog jeden mit hinein. Er ging den weißgefliesten Gang entlang in dem Gefühl, dass die Sonne scheint, ein bewaffneter Wachmann in seinem Rücken. Die langersehnte Kugel drang ihm ins Gehirn.

Er blickte auf zu dem riesigen Gesicht. Vierzig Jahre hatte er gebraucht, um zu verstehen, was für ein Lächeln sich unter dem dunklen Schnurrbart verbarg. Oh grausamer, unnötiger Irrtum! Oh störrische, eigensinnige Verbannung von der liebenden Brust! Zwei nach Gin riechende Tränen rannen ihm zu beiden Seiten der Nase herab. Aber nun war es gut, alles war gut, der Kampf war beendet. Er hatte den Sieg über sich selbst errungen. Er liebte den Großen Bruder.

Anhang

Die Grundlagen von Neusprech

Neusprech war die Amtssprache von Ozeanien und wurde im Zuge der ideologischen Erfordernisse von Engsoz (Englischer Sozialismus) entwickelt. Im Jahr 1984 verwendete noch niemand Neusprech als einzige Form der Kommunikation, weder mündlich noch schriftlich. Die Leitartikel der *Times* wurden in ihr verfasst, aber dies war eine *Tour de Force,* die nur Spezialisten fertigbrachten. Neusprech sollte, so die Erwartung, etwa im Jahr 2050 ganz an die Stelle von Altsprech (oder wie wir sagen: Standard-Englisch) getreten sein. Unterdessen gewann es stetig an Boden, alle Parteimitglieder integrierten Neusprech-Wörter und -Grammatik mehr und mehr in ihre Alltagssprache. Die 1984 verwendete Version nach der neunten und zehnten Auflage des Neusprech-Wörterbuchs war eine vorläufige und enthielt noch viele überflüssige Wörter und veraltete Bildungen, die später abgeschafft werden sollten. Hier befassen wir uns mit der finalen, ausgereiften Version nach der elften Auflage des Wörterbuchs.

Neusprech sollte Anhängern von Engsoz ein ihrem Weltbild und ihrer geistigen Haltung angemessenes Ausdrucksmedium bieten, doch auch jede andere Art des Denkens unmöglich machen. War Neusprech einmal für alle Zeit etabliert und

Altsprech vergessen, sollten, so das Ziel, ketzerische Gedanken – also Gedanken, die im Widerspruch zu den Grundsätzen von Engsoz standen – im Wortsinn undenkbar geworden sein, jedenfalls insoweit das Denken auf Sprache beruht. Das Vokabular war so angelegt, dass sich jeder Inhalt, den ein Parteimitglied überhaupt mitteilen wollen könnte, präzis und oft sehr differenziert zum Ausdruck bringen ließ, während es sich jedem anderen Inhalt verschloss wie auch der Möglichkeit, ihn auf indirektem Weg zu erreichen. Dies gelang teils durch das Erfinden neuer Wörter, aber insbesondere durch das Eliminieren unerwünschter Wörter und dadurch, dass verbleibende Wörter aller unorthodoxen Bedeutungen und so weit wie möglich sämtlicher Nebenbedeutungen entledigt wurden. Um ein Beispiel zu nennen: Auch in Neusprech gab es noch das Wort *frei*, aber verwenden ließ es sich nur noch in Sätzen wie »Dieser Hund ist frei von Flöhen« oder »Dieser Acker ist frei von Unkraut«. In seiner alten Bedeutung von »politisch frei« oder »geistig frei« konnte es nicht mehr verwendet werden, da es politische oder geistige Freiheit nicht einmal mehr als Idee gab und daher zwangsläufig unbekannt war. Abgesehen davon, dass klar ketzerische Wörter abgeschafft wurden, sah man im Verkleinern des Vokabulars einen Wert an sich, und kein Wort, das sich als verzichtbar erwies, durfte fortbestehen. Nicht um das Spektrum des Denkbaren zu erweitern, wurde Neusprech entwickelt, sondern um es zu *verringern,* und dieser Absicht diente indirekt auch, dass die Auswahl an Wörtern auf ein Minimum reduziert wurde.

Neusprech basiert auf der vorhandenen Sprache, wie wir sie kennen, wenngleich ein Mensch von heute viele Neusprech-Sätze kaum verstehen dürfte, selbst wenn keine Wortneuschöpfungen darin vorkommen. Neusprech-Wörter waren in drei klar voneinander abgegrenzte Klassen eingeteilt, das A-Vokabular, das B-Vokabular (die Komposita) und das C-Vokabular. Der Einfachheit halber wird jede Klasse separat behandelt; was die grammatischen Besonderheiten der Sprache betrifft, sei ganz auf die Ausführungen zum A-Vokabular verwiesen, denn hier gelten für alle drei Kategorien dieselben Regeln.

Das A-Vokabular. Das A-Vokabular umfasste alle Wörter, die man im täglichen Leben brauchte – also rund ums essen, trinken, arbeiten, Kleidung tragen, Treppen steigen, Nutzen von Verkehrsmitteln, gärtnern, kochen und dergleichen. Es war fast vollständig aus Wörtern gebildet, die es bereits gab – Wörter wie *schlagen, laufen, Hund, Baum, Zucker, Haus, Feld* –, aber im Vergleich zum Wortschatz von heute waren es äußerst wenige und in ihrer Bedeutung zudem weit enger gefasste. Sie waren um sämtliche Mehrdeutigkeiten und Bedeutungsnuancen bereinigt. Soweit irgend möglich, war ein Neusprech-Wort aus dieser Klasse nichts als ein abgehackter Klang, der für *eine* klar umrissene Bedeutung stand. Es wäre ganz unmöglich gewesen, mit dem A-Vokabular literarisch tätig zu werden oder politische und philosophische Themen aufzugreifen. Es diente allein zur Mitteilung einfacher, zweckbestimmter Gedanken, bei denen es gemeinhin um konkrete Dinge oder faktisches Handeln ging.

Die Grammatik von Neusprech hatte zwei hervorstechende Besonderheiten. Die erste war die fast völlige Austauschbarkeit unter den verschiedenen Satzelementen. Jedes Wort (und das gilt im Prinzip selbst für ganz abstrakte Wörter wie *ob* oder *wenn*) konnte als Verb, Substantiv, Adjektiv und Adverb Verwendung finden. Substantiv- und Verbform waren bei gleicher Wurzel identisch, und allein diese Regel brachte die Vernichtung vieler alter Formen mit sich. Das Wort *Gedanke* zum Beispiel gab es in Neusprech nicht. An seine Stelle trat *Denk,* das als Substantiv wie als Verb diente. Hierbei folgte man keinem etymologischen Prinzip: In manchen Fällen wurde das ursprüngliche Substantiv beibehalten, in anderen das Verb. Selbst wo ein Substantiv und ein Verb mit verwandter Bedeutung etymologisch nicht zusammenhingen, wurde häufig eines von beiden abgeschafft. Zum Beispiel gab es das Wort *schneiden* nicht, da seine Bedeutung durch das Substantiv-Verb *Messer* hinreichend abgedeckt war. Indem das Substantiv-Verb das Suffix *-voll* erhielt, wurden Adjektive gebildet, und Adverbien durch das Suffix *-weise.* So bedeutete *eilvoll* »schnell« und *eilweise* »flugs«. Manche Adjektive von heute wie *gut, stark, groß, schwarz, weich* blieben erhalten, aber es waren insgesamt nur sehr wenige. Man benötigte sie kaum, weil sich nahezu jede Adjektivbedeutung erzielen ließ, indem man *-voll* an ein Substantiv-Verb hängte. Von den heutigen Adverbien blieb keines erhalten bis auf die sehr wenigen, in denen *-weise* bereits enthalten war: Die Endung *-weise* galt ohne Ausnahme. An die Stelle des Wortes *wohl* zum Beispiel trat *gutweise.*

Außerdem ließen sich alle Wörter – und auch dies galt im Prinzip für jedes Wort der Sprache – durch das Affix *un-* in ihre Negativform bringen oder durch das Affix *plus-* oder *doppelplus-* (für noch mehr Nachdruck) steigern. So hatte *unkalt* die Bedeutung »warm«, während *pluskalt* und *doppelpluskalt* »sehr kalt« bzw. »äußerst kalt« bedeuteten. Es war auch wie heutigentags möglich, die Bedeutung nahezu jedes Wortes durch präpositionale Affixe wie *vor-, nach-, ober-, unter-* und dergleichen abzuwandeln. Dieses Verfahren ermöglichte eine gewaltige Reduzierung des Vokabulars. Wenn man zum Beispiel das Wort *gut* hatte, war ein Wort wie *schlecht* entbehrlich, da sich die gewünschte Bedeutung ebenso gut – letztlich sogar besser – durch *ungut* erzielen ließ. Wo immer zwei Wörter ein natürliches Gegensatzpaar darstellten, war nur noch zu entscheiden, welches davon abgeschafft wurde. *Dunkel* etwa ließ sich durch *unhell* ersetzen oder *hell* durch *undunkel,* ganz nach Vorliebe.

Das zweite hervorstechende Merkmal der Neusprech-Grammatik war ihre Gesetzmäßigkeit. Von einigen weiter unten genannten Ausnahmen abgesehen folgten alle Flexionen denselben Regeln. Bei sämtlichen Verben waren das Präteritum und das Partizip Perfekt gleich und endeten auf *-te*. Das Präteritum von *stehlen* war *stehlte,* das Präteritum von *denken* war *denkte* und so weiter durch die gesamte Sprache, in der Formen wie *schwamm, gab, brachte, sprach, nahm* usw. abgeschafft waren. Alle Pluralformen entstanden durch das Anhängen von *-s* oder *-es*. Die Pluralformen von *Mensch, Maus, Leben* lauteten *Menschs, Mauses, Lebens*. Die Steigerung von Adjektiven erfolgte immer durch das Anfügen von *-er, -est (gut, guter, gutest)*, unregelmäßige Formen und Bildungen wie *mehr, am meisten* waren abgeschafft.

Die einzigen Wortarten, die weiterhin unregelmäßig flektiert werden durften, waren die Pronomen und die Hilfsverben. Hier blieb man jeweils bei der alten Form. Gewisse Unregelmäßigkeiten in der Wortbildung ergaben sich auch daraus, dass Wörter schnell und leicht aussprechbar sein sollten. Ein Wort, das schwer über die Lippen ging oder bei dem man sich leicht verhören konnte, galt *eo ipso* als schlecht; aus klanglichen Gründen wurde daher manchmal ein zusätzlicher Buchstabe ins Wort eingefügt oder eine alte Form beibehalten. Aber dies spielte insbesondere beim B-Vokabular eine Rolle. Wieso der leichten

Aussprache so viel Bedeutung zukam, zeigt sich im weiteren Verlauf dieser Erläuterungen.

Das B-Vokabular. Das B-Vokabular bestand aus Wörtern, die ganz bewusst zu politischen Zwecken gebildet wurden: aus Wörtern also, die nicht nur in jedem Fall eine politische Implikation hatten, sondern auch dem, der sich ihrer bediente, eine erwünschte Geisteshaltung aufzwingen sollten. Ohne umfassende Kenntnis der Grundsätze von Engsoz war es schwierig, diese Wörter korrekt zu gebrauchen. In manchen Fällen ließen sie sich in Altsprech übersetzen oder sogar in Begriffe aus dem A-Vokabular, aber dies erforderte meist lange Umschreibungen und ging stets mit dem Verlust bestimmter Nuancen einher. Die B-Wörter bildeten eine Art verbaler Kurzschrift, die oft ganze Gedankenreihen in ein paar Silben fasste und dabei zugleich exakter und zwingender war als die normale Sprache.

Die B-Wörter waren grundsätzlich Komposita.[1] Sie bestanden aus zwei oder mehr Wörtern oder Wortteilen, zusammengefügt zu einer Form, die sich leicht aussprechen ließ. Das so entstandene Mischwort war immer ein Substantiv-Verb und wurde nach den normalen Regeln flektiert. Um ein Beispiel zu nennen: Das Wort *Gutdenk* bedeutete ganz grob »Orthodoxie« oder, wenn man es als Verb auffasste, »in orthodoxer Weise denken«. Daraus leitete sich ab: *Gutdenk* (Substantiv-Verb), *gutdenkte* (Präteritum und Partizip Perfekt), *gutdenkend* (Partizip Präsens), *gutdenkvoll* (Adjektiv), *gutdenkweise* (Adverb), *Gutdenker* (Substantiv).

1 Auf Komposita wie *Sprechschreiber* stieß man natürlich auch im A-Vokabular, dort waren sie jedoch nur praktische Abkürzungen und nicht spezifisch ideologisch gefärbt.

Die Bildung von B-Wörtern unterlag keinem etymologischen Modell. Die Wörter, aus denen sie zusammengefügt wurden, konnten allen Wortarten entstammen und in jeder Reihenfolge angeordnet werden; sie konnten auch zum Zweck der leichteren Aussprache beliebig abgekürzt werden, solange sie noch ihre Herkunft erkennen ließen. Im Wort *Deliktdenk* (Gedankendelikt) zum Beispiel kam das *Denk* an zweiter Position, während es bei *Denkpol* (Gedankenpolizei) an erster stand und man im zweiten Wortteil *Polizei* abkürzte.

Einige B-Wörter hatten höchst subtile Bedeutungen, die jemand, der die Sprache nicht von Grund auf beherrschte, kaum verstand. Nehmen wir als Beispiel einen typischen Satz aus einem *Times*-Leitartikel: *Altdenkers unbauchfühl Engsoz*. Die kürzest mögliche Wiedergabe auf Altsprech würde lauten: »Menschen, deren Ideen vor der Revolution geformt wurden, können die Grundlagen des Englischen Sozialismus gefühlsmäßig nicht voll erfassen.« Aber dies ist keine adäquate Übersetzung. Um vollständig zu erfassen, was der genannte Neusprechsatz zum Ausdruck bringt, braucht man zunächst eine klare Vorstellung davon, was mit *Engsoz* gemeint ist. Zudem kann nur ein Mensch mit wirklich fundiertem Engsoz-Wissen voll ermessen, welche Wucht in dem Wort *bauchfühl* liegt, in dem eine blinde, begeisterte Billigung mitschwingt, die sich heute nur schwer nachvollziehen lässt; oder in dem Wort *Altdenk,* das untrennbar mit der Vorstellung von Bosheit und Dekadenz verbunden ist. Aber die besondere Funktion bestimmter Neusprechwörter, zu denen *Altdenk* zählt, war nicht, Bedeutungen zu transportieren, sondern sie zu zerstören. Diese naturgemäß wenigen Wörter hatten ihre Bedeutung so weit ausgedehnt, bis sie Unmengen von Wörtern in sich einschlossen, die dann, weil ein einzelner

Begriff sie hinreichend abdeckte, ausgesondert und vergessen werden konnten. Das größte Problem für die Kompilatoren des Neusprech-Wörterbuchs bestand nicht darin, neue Wörter zu erfinden, sondern nach ihrer Erfindung genau abzustecken, was sie bedeuteten: und das hieß, genau abzustecken, welche Wortreihen sie durch ihre Existenz auslöschten.

Wie wir bereits bei dem Wort *frei* gesehen haben, wurden Wörter, denen früher eine ketzerische Bedeutung innewohnte, manchmal aus Gründen der Bequemlichkeit beibehalten, aber nur bereinigt um die unerwünschten Bedeutungen. Zahllose andere Wörter wie *Ehre, Gerechtigkeit, Moral, Internationalismus, Demokratie, Wissenschaft* und *Religion* hatten schlicht aufgehört zu existieren. Sie wurden durch eine Handvoll Oberbegriffe abgedeckt und eben dadurch beseitigt. Zum Beispiel waren sämtliche um die Ideen von Freiheit und Gleichheit gruppierten Wörter in dem einen Wort *Deliktdenk* enthalten, während sämtliche um die Ideen von Objektivität und Rationalismus gruppierten Wörter in dem einen Wort *Altdenk* enthalten waren. Größere Genauigkeit wäre gefährlich gewesen. Von einem Parteimitglied wurde eine Haltung gefordert, die der des alten Hebräers ähnelt, der wusste, ohne sonst viel zu wissen, dass alle Völker außer dem seinem »falsche Götter« anbeten. Er brauchte gar nicht zu wissen, dass diese Götter Baal, Osiris, Moloch, Astaroth und ähnlich hießen: Je weniger er über sie wusste, umso besser wahrscheinlich für seine Orthodoxie. Er kannte Jehova und die Gebote Jehovas, und deswegen wusste er, dass alle Götter mit anderen Namen oder anderen Attributen falsche Götter waren. Auf ganz ähnliche Weise wusste das Parteimitglied, wie richtiges Verhalten aussah, und in überaus vagen, pauschalen Begriffen wusste es, inwieweit man davon abweichen konnte.

Sein Sexualleben zum Beispiel war vollständig durch die zwei Neusprechwörter *Sexdelikt* (sexueller Sittenverstoß) und *Gutsex* (Keuschheit) reglementiert. *Sexdelikt* deckte sämtliche sexuellen Vergehen ab. Es umfasste Unzucht, Ehebruch, Homosexualität sowie andere Perversionen, zudem normalen Geschlechtsverkehr um seiner selbst willen. Es bestand kein Anlass, sie einzeln aufzuzählen, denn sie waren alle gleichermaßen strafbar und unterlagen im Prinzip alle der Todesstrafe. Im C-Vokabular, das aus wissenschaftlichen und technischen Wörtern bestand, mochte es geboten gewesen sein, konkrete sexuelle Verirrungen jeweils mit Namen zu versehen, aber der Normalbürger brauchte sie nicht. Er wusste, was mit *Gutsex* gemeint war – nämlich normaler Geschlechtsverkehr zwischen Mann und Frau zwecks Zeugung von Kindern und ohne Lustempfinden aufseiten der Frau; alles andere war *Sexdelikt.* Auf Neusprech ließ sich ein ketzerischer Gedanke selten weiter als bis zu der Einsicht verfolgen, dass er ketzerisch *war.* Für weiterführende Erkenntnisse fehlten die dazu erforderlichen Wörter.

Kein Wort des B-Vokabulars war ideologisch neutral. Sehr viele waren Euphemismen. Wörter wie *Freudelager* (Zwangsarbeitslager) oder *Minipax* (Ministerium für Frieden, d. h. Kriegsministerium) bedeuteten ziemlich genau das Gegenteil von dem, wonach sie aussahen. Manche Wörter dagegen legten ganz offen ein abschätziges Verständnis vom wahren Wesen der ozeanischen Gesellschaft an den Tag. Ein Beispiel war *Prolfraß* zur Bezeichnung der miesen Unterhaltung und Falschnachrichten, mit denen die Partei die Massen abspeiste. Andere Wörter wiederum waren mehrdeutig, sie hatten die Konnotation »gut«, wenn auf die Partei angewendet, und »schlecht« in Bezug auf ihre Feinde. Dazu gab es noch eine große Anzahl Wörter, die auf den ersten Blick einfach Abkürzungen zu sein schienen und ihre ideologische Färbung nicht durch ihre Bedeutung, sondern durch ihren Aufbau erhielten.

Soweit es sich einrichten ließ, wurde alles, was irgendeine politische Bedeutung hatte oder haben konnte, in das B-Vokabular eingepasst. Der Name jeder Organisation, Vereinigung, Lehre, Nation, Einrichtung und jedes öffentlichen Gebäudes wurde ausnahmslos zu der geläufigen Form verkürzt, das heißt zu einem leicht aussprechbaren Wort mit möglichst wenigen Silben, die ihren Ursprung noch erkennen ließen. Im Ministerium für Wahrheit zum Beispiel wurde die Archiv-Abteilung, in der Winston arbeitete, *Archab* genannt, die Roman-Abteilung *Romab,* die Teleprogramm-Abteilung hieß *Telab* und so weiter. Dies geschah nicht allein, um Zeit zu sparen. Schon in den ersten Jahrzehnten des 20. Jahrhunderts war die Bildung von Silbenwörtern und -begriffen ein typisches Merkmal der politischen Sprache gewesen; und es hatte sich gezeigt, dass der Hang zur Bildung von Kurzformen dieser Art in totalitären Ländern und Organisationen besonders ausgeprägt war. Beispiele waren Wörter wie *Nazi, Gestapo, Komintern, Agitprop.* Anfangs hatte man die Methode eher unwillkürlich betrieben, aber in Neusprech wurde sie mit einem klaren Hintergedanken eingesetzt. Man hatte erkannt, dass sich durch den Einsatz solcher Abkürzungen ihre Bedeutung verengen und diskret ändern ließ, indem man die ihr sonst anhaftenden Assoziationen weitgehend ausschloss. Der Begriff *Kommunistische Internationale* zum Beispiel ließ ein Bild von allgemeiner Verbrüderung, roten Fahnen, Barrikaden, Karl Marx und der Pariser Kommune entstehen. Das Wort *Komintern* dagegen lässt nur an eine straff gelenkte Organisation und eine klar abgesteckte Doktrin denken. Es bezieht sich auf etwas, das beinahe so leicht wiederzuerkennen ist und in der Verwendung so eng umrissen wie Stuhl oder Tisch. *Komintern* ist ein Wort, das fast ohne Nachdenken über die Lippen kommt, während *Kommunistische Internationale* ein Ausdruck ist, der beim Sprechen kurz etwas Aufmerksamkeit verlangt. In gleicher Weise sind die Assoziationen, die ein Wort wie *Miniwahr* auslöst, geringer und leichter zu steuern als jene, die bei *Ministerium für Wahrheit* entstehen. Dies erklärt nicht nur die Angewohnheit, etwas wann immer möglich abzukürzen, sondern auch die fast übertriebene Sorgfalt, die an den Tag gelegt wurde, damit sich jedes Wort leicht aussprechen ließ.

In Neusprech kam dem Wohlklang mehr Gewicht zu als jedem anderen Kriterium mit Ausnahme der präzisen Bedeutung. Falls erforderlich, wurden Grammatikregeln immer geopfert. Und das nicht zu Unrecht, denn was man insbesondere zu politischen Zwecken brauchte, waren verknappte Wörter mit unmissverständlicher Bedeutung, die man rasch von sich geben konnte und die im Kopf dessen, der sie sprach, nur ein Minimum an Assoziationen auslösten. Die Wörter des B-Vokabulars gewannen durch den Umstand, dass sie einander alle sehr ähnelten, noch an Wirkungskraft. Fast immer bestanden diese Wörter – *Gutdenk, Minipax, Prolfraß, Sexdelikt, Freudelager, Engsoz, Bauchfühl, Denkpol* – aus zwei oder drei Silben, mit paritätischer Betonung auf vorderem und hinterem Element. Ihr Gebrauch förderte eine plappernde, zugleich stakkatohafte und monotone Art zu reden. Und genau darauf hatte man es angelegt. Die Absicht war, das Reden und besonders das Reden über jedes ideologisch nicht neutrale Thema so weit wie möglich vom Bewusstsein abzulösen. Im täglichen Leben musste man zweifellos nachdenken, bevor man sprach, jedenfalls manchmal, aber ein

Parteimitglied, das aufgefordert wird, ein politisches oder ethisches Urteil abzugeben, sollte die korrekten Ansichten automatisch abfeuern können wie ein Maschinengewehr seine Patronen. Es wurde darin geschult, die Sprache gab ihm dazu ein fast idiotensicheres Instrument an die Hand, und die Struktur der Wörter mit ihrem barschen Klang und der absichtsvollen Hässlichkeit, die dem Geist von Engsoz entsprachen, unterstützte den Prozess noch weiter.

Auch die Tatsache, dass nur sehr wenige Wörter zur Auswahl standen, trug dazu bei. Im Vergleich zu dem unsrigen war das Neusprech-Vokabular winzig, und ständig ersann man neue Ansätze zu seiner Reduzierung. Neusprech unterschied sich von fast allen anderen Sprachen darin, dass sein Vokabular mit jedem Jahr abnahm, statt zu wachsen. Jede Reduzierung brachte Vorteile, denn je kleiner die Auswahl, desto kleiner auch die Versuchung zum Nachdenken. Letztlich hoffte man dahin zu gelangen, dass das Reden ganz ohne Zutun der Gehirnzentren weiter oben direkt vom Kehlkopf ausging. Dieses Ziel bekannte ganz offen das Neusprechwort *Quaksprech,* d. h. »quaken wie eine Ente«. Wie viele andere Wörter des B-Vokabulars war *Quaksprech* ambivalent. Waren die gequakten Ansichten orthodox, besagte es nichts als Lob, und war ein Parteiredner für die *Times* ein *doppelplusguter Quaksprecher*, galt dies als großes und förderliches Kompliment.

Das C-Vokabular. Das C-Vokabular ergänzte die anderen und bestand nur aus wissenschaftlichen und technischen Begriffen. Diese ähnelten den heutigen Fachbegriffen und wurden aus den gleichen Wurzeln gebildet, aber auch hier achtete man sorgfältig darauf, sie streng zu definieren und von unerwünschten Bedeutungen zu säubern. Sie folgten denselben grammatischen Regeln wie die Wörter der beiden anderen Vokabulare. Im Alltag oder in der politischen Sprache waren nur sehr wenige C-Wörter präsent. Jeder Wissenschaftler und Techniker fand alle von ihm benötigten Wörter in seinem jeweiligen Spezialverzeichnis; über die Wörter in den anderen Verzeichnissen hatte er allenfalls bruchstückhafte Kenntnisse. Nur sehr wenige Wörter standen in allen Verzeichnissen, und es gab kein Vokabular, mit dem sich die Funktion von Wissenschaft als Geisteshaltung oder Denkmethode ungeachtet ihrer Fachgebiete zum Ausdruck bringen ließ. So gab es gar kein Wort für »Wissenschaft«, denn jegliche Bedeutung, die es hätte haben können, wurde vom Wort *Engsoz* bereits hinreichend abgedeckt.

Aus der hier erfolgten Darstellung wird ersichtlich, dass in Neusprech die Artikulierung unorthodoxer Ansichten über ein sehr bescheidenes Niveau hinaus nahezu unmöglich war. Auf jeden Fall äußern ließen sich Ketzereien der übelsten Art, eine Form der Blasphemie. Es wäre zum Beispiel möglich gewesen, zu sagen: *Der Große Bruder ist ungut.* Aber diese Aussage, die ein orthodoxes Ohr nur als offensichtliche Albernheit auffasste, hätte sich nicht näher begründen lassen können, weil die dazu erforderlichen Begriffe fehlten. Engsoz-feindliche Ideen ließen sich nur in verschwommener, wortloser Gestalt erwägen und nur mit sehr vagen Begriffen benennen, die ganze Gruppen von Ketzerei zusammenrührten und verdammten, ohne sie dabei genauer zu bestimmen. Für unorthodoxe Zwecke ließ sich Neusprech eigentlich nur verwenden, indem man verbotenerweise einige Wörter zurück in Altsprech übersetzte. Zum Beispiel war *Alle Menschs sind gleich* ein möglicher Neusprechsatz, aber nur in der Weise, wie *Alle Menschen sind rothaarig* ein möglicher Altsprechsatz ist. Er war grammatikalisch korrekt, formulierte aber eine offenkundige Unwahrheit – nämlich, dass alle Menschen gleich groß, gleich schwer oder gleich stark sind. Die Idee politischer Gleichheit existierte nicht mehr, und entsprechend war diese Nebenbedeutung aus dem Wort *gleich* getilgt worden. Im Jahr 1984, als Altsprech das normale Mittel der Verständigung war, bestand theoretisch die Gefahr, sich beim Verwenden von Neusprechwörtern noch ihrer ursprünglichen Bedeutungen zu entsinnen. In der Praxis fiel es jedem in *Doppeldenk* geübten Menschen nicht schwer, dies zu umgehen, aber ein paar Generationen später würde allein die Möglichkeit eines solchen Lapsus verlorengegangen sein. Jemand, der mit Neusprech als alleiniger Sprache aufwuchs, würde nicht mehr wissen, dass *gleich* einmal die Nebenbedeutung »politisch gleich« besessen oder *frei* einmal auch »geistig frei« besagt hatte, so wie jemand, der noch nie etwas vom Schachspiel gehört hat, nichts über die Nebenbedeutungen der Wörter *Königin* oder *Turm* wüsste. Es würde viele Delikte und Irrtümer geben, die zu begehen außerhalb seiner Macht stand, einfach weil sie namenlos und deshalb unvorstellbar waren. Und es war absehbar, dass sich die für Neusprech zentralen Merkmale im Verlauf der Zeit mehr und mehr ausprägen würden – immer weniger Wörter, immer stärker eingeschränkte Bedeutungen und immer weniger Möglichkeiten, sie in unkorrekter Weise zu verwenden.

Wäre Altsprech ein für alle Mal verdrängt, wäre damit das letzte Bindeglied zur Vergangenheit durchtrennt. Die Geschichte war bereits umgeschrieben worden, aber da und dort hatten Bruchstücke der Literatur von einst unvollständig zensiert überdauert, und solange man noch über Altsprech-Kenntnisse verfügte, war es möglich, sie zu lesen. In der Zukunft wären solche Bruchstücke, selbst wenn sie überdauerten, unverständlich und unübersetzbar. Es war unmöglich, einen Altsprech-Text in Neusprech zu übersetzen, außer, er hatte mit technischen Verfahren oder ganz alltäglichen Vorgängen zu tun oder war seiner Tendenz nach bereits orthodox (*gutdenkvoll* würde der Neusprechausdruck lauten). Konkret bedeutete dies, dass kein vor etwa 1960 geschriebenes Buch mehr vollständig übersetzt werden konnte. Vorrevolutionäre Schriften ließen sich nur noch einer ideologischen Übersetzung unterziehen – was meint: einer Umänderung in Bedeutung und Duktus. Nehmen wir beispielhaft die wohlbekannte Stelle aus der Unabhängigkeitserklärung:

Folgende Wahrheiten erachten wir als selbstverständlich: dass alle Menschen gleich geschaffen sind, dass sie von ihrem Schöpfer mit gewissen unveräußerlichen Rechten ausgestattet sind, dass dazu Leben, Freiheit und das Streben nach Glück gehören. Dass zur Sicherung dieser Rechte Regierungen unter den Menschen eingerichtet werden, die ihre rechtmäßige Macht aus der Zustimmung der Regierten herleiten. Dass, wenn irgendeine Regierungsform sich für diese Zwecke als schädlich erweist, es das Recht des Volkes ist, sie zu ändern oder abzuschaffen und eine neue Regierung einzusetzen …

Es wäre ganz unmöglich gewesen, dies in Neusprech wiederzugeben und dabei den Sinn des Originals zu erhalten. Am nächsten käme man der Lösung, wenn man die gesamte Passage in einem einzigen Wort aufgehen ließe: *Deliktdenk.* Eine vollständige Übersetzung könnte nur eine ideologische sein, wobei Jeffersons Worte die Gestalt einer Lobpreisung absoluter Herrschaft annähmen.

Einen Großteil der Literatur der Vergangenheit hatte man bereits in dieser Weise umgewandelt. Aus Prestigegründen erschien es wünschenswert, das Andenken mancher historischen Persönlichkeiten zu bewahren, wobei man ihre bedeutenden Leistungen zugleich in Einklang mit der Philosophie von Engsoz brachte. Diverse Schriftsteller wie Shakespeare, Milton, Swift, Byron, Dickens und einige andere wurden daher zur Übersetzung bestimmt; nach Abschluss dieser Arbeit wären ihre Originalwerke samt allem, was von der Literatur der Vergangenheit überdauert hatte, vernichtet. Diese Übersetzungen waren ein langwieriges und diffiziles Geschäft, und man rechnete nicht damit, sie vor dem ersten oder zweiten Jahrzehnt des 21. Jahrhunderts zum Abschluss zu bringen. Es gab auch noch massenhaft reine Gebrauchstexte zu übersetzen – unerlässliche technische Handbücher und dergleichen –, die auf dieselbe Weise bearbeitet werden mussten. Man wollte genügend Zeit für die vorbereitende Übersetzungsarbeit haben und hatte hauptsächlich deshalb die endgültige Übernahme von Neusprech mit dem Jahr 2050 so spät angesetzt.